KB211277

변신

변신

Die Verwandlung

프란츠 카프카 중단편집　홍성광 옮김

DIE VERWANDLUNG
by FRANZ KAFKA (1915)

이 책은 실로 꿰매어 제본하는 정통적인 사철 방식으로 만들어졌습니다.
사철 방식으로 제본된 책은 오랫동안 보관해도 손상되지 않습니다.

관찰

밀레나 B.를 위하여

국도 위의 아이들

격자 모양의 정원 울타리 너머로 마차들이 지나가는 소리가 들려왔고, 정자 옆 나뭇가지들이 살랑살랑 흔들리는 틈새로 가끔씩 마차들이 보였다. 뜨거운 여름날, 수레바퀴의 바퀴살과 테가 요란한 소리를 내며 지나가고 있었던 것이다!

난 우리 집 정원의 나무들 사이에서 조그만 그네에 앉아 푹 쉬고 있었다.

울타리 밖에서는 끊임없이 소리가 들려왔다. 방금 아이들이 달음박질치며 지나갔다. 보릿단 위로 남자와 여자들을 태운 짐수레가 지나가며, 주위의 화단에 그림자를 드리웠다. 해 질 무렵 지팡이를 든 한 신사가 느릿느릿 산책하는 모습이 보였고, 팔짱을 끼고 그를 향해 다가오던 두세 명의 소녀들은 그에게 인사를 하며 옆의 풀밭으로 비켜섰다.

그러자 마치 누군가 하늘에 뿌린 듯 새들이 날아올랐고, 나는 새들을 시선으로 뒤쫓았다. 새들이 단숨에 날아오르는 바람에 새들이 비상하는 게 아니라 내가 추락하고 있는 듯한 느낌이 들었다. 머리가 어질어질해져서, 나는 줄을 꽉 붙잡고 그네를 약간 흔들기 시작했다. 이내 그네를 좀 더 세게 흔들자 어느덧 보다 서늘한 바람이 불고 있었고, 하늘에는 새들이 날아오르는 대신에 별들이 반짝이며 모습을 드러내고 있었다.

나는 촛불을 켜 놓고 저녁 식사를 했다. 때때로 나는 두 팔을 나무판자 위에 올려놓고, 어느덧 피곤을 느끼며 버터 바른 빵을 씹고 있었다. 따스한 바람이 불자 구멍이 숭숭 뚫려 있는 커튼이 불룩하게 부풀어 올랐다. 때때로 바깥을 지나가던 행인이 나를 더 잘 보려고 하거나 나에게 말을 걸려고 할 때면, 커튼을 두 손으로 거머쥐기도 했다. 대개는 얼마 안가 촛불이 꺼졌고, 초에서 피어나는 어두컴컴한 연기 속으로 모기떼가 한동안 이리저리 날아다녔다. 누군가 창밖에서 나에게 이것저것을 물어 오면 나는 산맥이나 허공 속을 바라보듯 그를 쳐다보았고, 그도 답변을 듣는 것이 그다지 중요해 보이진 않았다.

그러다가 누군가 창틀 위로 뛰어오르며 다른 사람들이 벌써 집 앞에 와 있다고 알려 오면 나는 말할 것도 없이 한숨을 지으며 일어났다.

「아니, 왜 그리 한숨을 짓는 거니? 대체 무슨 일이니? 돌이킬 수 없는 특별히 불행한 일이라도 일어났니? 우린 다시 그 불행에서 회복될 수 없는 거니? 정말 모든 게 끝난 거니?」

아무것도 끝장나지 않았다. 우리는 집 앞으로 달려갔다.

「다행이다, 너희들이 마침내 왔으니!」 — 「너는 언제나 늦는구나!」 — 「뭐라고 내가?」 — 「바로 너 말이야. 같이 가기 싫으면 집에 있지 그래.」 — 「걱정 마!」 — 「뭐? 걱정 말라고? 어떻게 그런 말을 하니?」

우리는 앞머리로 저녁 어둠을 뚫고 앞으로 내달렸다. 낮이든 밤이든 가리지 않았다. 때로는 우리가 입은 조끼의 단추들이 이빨처럼 서로 부딪치기도 했다. 우리는 때때로 열대 지방의 짐승들처럼 입에 불을 머금고 일정한 거리를 유지하며 달리기도 했다. 옛날 전쟁터의 중기병(重騎兵)들처럼 세차게 땅을 구르고 높이 허공으로 날아오르며 쫓고 쫓기듯 짧은 골목을 내려갔고, 그들처럼 다리에 힘을 주어 국도를 계속 힘차게 내달렸다. 어떤 아이들은 인도와 차도 사이의 도랑으로 들어갔는데, 그들은 어두컴컴한 제방에 막혀 모습이 보이지 않다가 어느 순간 다시 위쪽 들길에 서서 이방인들처럼 아래를 내려다보고 있었다.

「이 아래로 내려와!」 ─ 「먼저 이 위로 올라오라니까!」 ─ 「우리를 밀어뜨리려고 그러지. 싫어. 쉽게 속을 줄 알고.」 ─ 「뭘 그렇게 겁내는 거니. 올라와, 올라오라니까!」 ─ 「정말? 너희들? 우릴 아래로 밀어뜨릴 거니? 왜 그리 험상궂은 꼴을 하고 있는 거니?」

우리는 공격을 시작했고, 그들이 가슴을 들이밀며 덤벼드는 바람에 길가의 도랑으로 데굴데굴 구르며 쓰러지기도 했으며, 제풀에 넘어지기도 했다. 우리가 느끼기에 모든 것이 똑같이 따뜻해져 있어서, 우리는 풀밭에서 온기도 냉기도 느끼지 못했고, 다만 피곤에 지쳐 있을 뿐이었다.

오른쪽으로 몸을 돌리고 손을 귀 밑에 갖다 대자 그대로 스르르 잠들고 싶은 기분이 들었다. 사실 턱을 치켜들고 또 한 번 일어서려고 해보았지만 도랑으로 더 깊이 떨어질 뿐이었다. 그러고 나서 팔을 옆으로 내밀고 두 다리를 비스듬히 쳐들어 공중으로 몸을 솟구쳤지만 이번에도 어김없이 더 깊이 도랑으로 떨어질 뿐이었다. 하지만 우리는 이런 일을 그치지 않고 계속하려고 했다.

도랑 밑바닥에서 몸을 쭉 뻗고, 특히 두 무릎을 쭉 뻗고 정말 잠이 들 거라는 생각은 미처 하지 못한 채 누워 있으려니 등이 하도 아파 눈물이 왈칵 쏟아질 것만 같았다. 한번은 어떤 소년이 팔꿈치를 허리에 대고 새까만 발바닥으로 우리들 얼굴을 넘어 제방에서 거리로 뛰쳐나간 적이 있었는데, 그때도 우리들은 눈만 껌벅거리고 있었다.

벌써 달이 휘영청 떠올라 있었고, 우편 마차가 등불을 켜고 지나갔다. 주변에 바람이 약하게 일었는데, 도랑 속에서도 그 바람을 느낄 수 있었다. 그리고 근처의 숲에서 나뭇잎이 살랑거리는 소리가 들리기 시작했다. 그래서 우리끼리 누워 있는 것도 더는 재미가 없어졌다.

「너희들 어디 있는 거니?」 —「이리 나와!」 —「모두 모여!」 —「왜 숨어 있는 거니? 바보 같은 짓 그만둬!」 —「우편 마차가 지나갔다는 걸 모르니?」 —「아니, 그럴 리가? 벌써 지나갔다고?」 —「물론이지. 네가 자고 있는 동안 지나가 버렸어.」 —「내가 잤다고? 자지 않았어!」 —「입 다물고 있어. 너의 얼굴에 다 쓰여 있다니까.」 —「말도 안 돼.」 —「오라니까!」

우린 한데 어울려 내달렸고, 서로에게 손을 내미는 아이들도 더러 있었다. 내리막길이라서 머리를 똑바로 세우고 달릴 수 없었다. 누군가가 인디언이 내는 소리를 질렀고, 우리는 전에 없이 전력으로 질주했다. 우리가 달릴 때 바람이 우리의 허리를 들어 올려 주었다. 우리를 멈추게 할 수 있는 건 아무것도 없었을 것이다. 우리는 달리면서 추월을 할 때에도 팔짱을 끼고 유유히 우리 주위를 둘러볼 수 있을 정도가 되었다.

우리가 빌트바흐 다리 위에 서 있자 계속 달려가던 아이들이 되돌아왔다. 다리 밑을 흐르는 물이 돌멩이와 나무뿌리에 부딪치며 소리를 내니 늦은 밤이라고 느껴지지 않았다. 그러니 누군가가 다리의 난간 위로 뛰어오르지 못할 이유가 없었다.

멀리 수풀 뒤에서 열차가 모습을 드러냈다. 객실마다 환하게 불 밝혀져 있었고, 유리창은 꼭 닫혀 있었다. 우리들 중 한 명이 유행가를 부르기 시작하자 우리는 모두 같이 따라 불렀다. 우리는 기차가 달리는 속도보다 훨씬 더 빨리 노래를 불렀고, 목소리만으로 부족해서 팔까지 휘둘렀다. 우리의 목소리가 서로 혼란스럽게 마구 뒤섞이는 가운데 우리는 기분이 좋아졌다. 자신의 목소리를 다른 사람의 목소리에 섞게 되면 사람들은 마치 낚싯바늘에 걸린 물고기처럼 붙잡혀 있게 된다.

이렇게 우리는 숲을 등지고 멀리 있는 여행객들의 귀에 노래를 불러 주었다. 마을의 어른들은 아직 깨어 있었고, 어머니들은 밤을 위해 잠자리를 준비하고 있었다.

벌써 돌아갈 시간이 되었다. 나는 옆에 서 있는 아이에게 입맞춤을 하고, 그 다음의 세 아이들에게는 악수만을 하고서, 왔던 길을 되돌아 달리기 시작했다. 아무도 나를 부르지 않았다. 더 이상 내 모습이 아무에게도 보이지 않는 첫 번째

13

네거리에서 길을 돌아, 들길을 달리다가 다시 숲 속으로 들어갔다. 나는 남쪽의 도시로 가려고 애를 썼는데, 우리 마을에서는 그 도시에 대해 이런 말이 있었다.

「저곳 사람들은 잠을 자지 않는대!」

「왜 그러지?」

「피곤해지지 않기 때문이래.」

「왜 피곤해지지 않지?」

「바보들이니까.」

「바보는 피곤해지지 않나?」

「바보가 어떻게 피곤해지겠어!」

사기꾼의 가면 벗기기

마침내 밤 열 시경에 나는 전부터 언뜻 안면이 있을 뿐이고, 이번에 다시 우연히 맞닥뜨려 나를 두 시간 동안이나 골목으로 이리저리 끌고 다닌 한 사내와 으리으리한 저택 앞에 도착했다. 나는 이곳에서 열리는 파티에 초대를 받은 것이다.

「자 그럼!」 나는 이렇게 말하며, 이제는 어쩔 수 없이 꼭 헤어져야겠다는 표시로 손뼉을 쳤다. 나는 이번처럼 분명하지는 않지만 이런 시도를 벌써 여러 번 했었다. 나는 이미 완전히 지쳐 있었다.

「곧장 올라가시려고요?」 그가 물었다. 그의 입에서 이빨 부딪히는 소리 같은 게 들렸다.

「네.」

그래도 나는 초대를 받았고, 이런 사실을 그에게 즉시 말했었다. 하지만 나는 전부터 너무나 가고 싶어 하던 곳으로 오라고 초대받은 것이지, 이 아래 대문 앞에 서서 내 맞은편 사람의 귀 옆으로 흘낏 쳐다보기나 하라고 초대받은 것은 아니었다. 또한 이제 우리가 이 장소에 오래 있기로 결심이

나 한 듯한 그 사내와 말없이 있으라고 초대받은 것은 더더욱 아니었다. 이때 주위의 집들마저 이내 이러한 침묵에 가담했고, 집들 위의 어둠은 별들에까지 이어져 있었다. 눈에 보이지 않는 산책자들의 발자국 소리가 들려와도, 그들이 어디로 가는지 알고 싶은 기분이 나지 않았다. 바람은 번번이 건너편 거리로 불어 가 종적을 감추었고, 어느 방의 닫힌 창에서는 축음기 소리가 흘러나왔다. ─ 침묵이 영원히 자기들의 소유물이라도 되는 듯, 이들은 옛날부터 번번이 침묵 속에서 자신의 소리를 알려 왔다.

그리고 나의 동반자는 자신의 이름을 말하고 ─ 빙그레 미소를 지은 후에 ─ 나의 이름도 말하고는, 담벼락을 따라 걸으며 오른팔을 위로 치켜든 채 두 눈을 감고 자신의 얼굴을 팔에 기댔다.

하지만 나는 수치스러운 느낌에 갑자기 얼굴을 돌렸기 때문에 이러한 미소를 끝까지 지켜보지 않았다. 그러나 그의 미소를 보고 비로소 나는 이 사람이 바로 사기꾼이라는 사실을 깨달았다. 나는 벌써 몇 달 동안이나 이 도시에 있었으므로 이러한 사기꾼들을 속속들이 알고 있다고 생각하고 있었다. 나는 밤에 이들이 옆길에서 두 손을 앞으로 내밀고 음식점 주인들처럼 우리에게 다가오는 것, 우리가 서 있는 광고탑 주위를 얼쩡거리며 마치 숨바꼭질하는 것처럼 둥근 기둥 뒤에서 한쪽 눈으로 몰래 엿보는 것, 네거리에서 우리가 불안해할 때면 인도의 가장자리에서 갑자기 우리 앞에 모습을 드러내는 것을 알고 있었던 것이다! 그렇지만 난 그들을 아주 잘 이해하고 있었다. 정말이지 그들은 조그마한 음식점들에서 내가 처음으로 알게 된 도시의 사람들이었다. 그리고 나는 그들 덕분에 한 치도 양보할 줄 모른다는 게 무엇인지 알게 되었다. 나는 나에게도 그런 점이 있다는 것을 느끼기 시작하게 되어 이제 지상에 그런 것이 없다고는 도저히 생각할 수 없게 되었다. 벌써 오래전에 그들에게서 달아나 더는 잡힐 위험이 없다고 생각될 때도 그들은 어느새 나타나 나와 마주 보고 서 있는 것이었다! 그들은 주저앉거나 넘어지는 법이 없으며, 먼 곳이긴 하지만 여전히 확신에 찬 눈초리로 사람을 지켜보는 것이었다! 그리고 그들의 수단은 언제나 똑같았다. 그들은 되도록 넓게 퍼져 우리 앞길을 가로막고는, 우리가 가려고 하는 곳으로 가지 못하게 했다. 그 대신에 우리가 묵을 거처를 그들 자신의 가슴에 준비해 두고 있었다. 그러다가 마침내 쌓인 감정이 우리 마음속에서 고개를 쳐들 때면 이들은 그것을 포옹하자는 뜻으로 받아들이고, 얼굴을 앞으로 향한 채 자신의 몸을 내던지는 것이었다.

그런데 이번에는 오랫동안 같이 있은 후에야 비로소 이러한 오래된 유희를 깨닫게 되었다. 나는 이런 치욕이 일어나지 않은 것으로 하기 위해 손가락 끝을 서로 마구 비벼 댔다.

하지만 이 사내는 여전히 자신을 사기꾼이라 여기며, 예전과 다름없이 그곳에 몸을 기대고 있었고, 자신의 운명에 만족하여 자신의 드러난 뺨을 발갛게 물들였다.

「알아냈어!」 나는 이렇게 말하며 그의 두 어깨를 가볍게 두드렸다. 이윽고 서둘러 계단을 올라가 위쪽 응접실에서 더없이 충실한 하인들의 얼굴을 보자, 나는 흐뭇한 일로 뜻밖에 놀랐을 때처럼 기분이 좋아졌다. 하인들이 나의 외투를 벗겨 주고 구두에 묻은 먼지를 털어 주는 동안 나는 이들의 얼굴을 차례로 바라보았다. 그러고 나서 나는 안도의 한숨을 쉬고 몸을 쭉 뻗은 채 방 안으로 들어갔다.

갑작스러운 산책

저녁 무렵이 되어 오늘은 그냥 집에 있어야겠다고 최종 결정을 내린 것처럼 보일 때, 집에서 입는 옷으로 갈아입고 저녁 식사를 마친 후 환하게 불 밝혀진 탁자에 앉아 일에 착수하거나, 그걸 끝마친 후 으레 잠자리에 드는 놀이를 시작했을 때, 바깥 날씨가 좋지 않아 집에 있는 게 당연하게 여겨질 때, 이미 오랫동안 탁자에 조용히 앉아 있었으므로 새삼스레 밖에 나간다고 하면 다들 깜짝 놀랄 게 분명할 때, 이미 계단 부분도 어둡고 집 대문도 잠겨 있을 때, 그래도 갑자기 기분이 나빠져 자리에서 일어나 상의를 갈아입고 금방 외출 준비를 하고 나타나서 밖으로 나가지 않을 수 없다고 설명하고, 잠시 나갔다 오겠다고 인사하고, 현관문을 닫는 속도에 따라 화가 난 정도를 알린다고 생각하고, 골목에 나와 마음의 안정을 되찾고는 뜻하지 않은 이러한 자유를 얻자 이에 보답이라도 하듯 팔다리를 유별나게 움직일 때, 이런 하나의 결심을 함으로써 자신의 내부의 모든 결단력을 모았다고 느낄 때, 신속하기 짝이 없는 변화를 쉽게 일으키고 이를 견딜 만한 힘이 자신에게 필요 이상으로 있음을 보통의 의미 이상으로 깨달을 때, 그리하여 기다란 골목을 걸어갈 때 — 그럴 때 이러한 밤에 그림자와 같은 존재로 변하는 자신의 가족으로부터 완전히 벗어나게 되고, 그런 반면 자신은 아주 확고하게, 검은 윤곽도 선명하게, 허벅지 안쪽을 치면서 자신의 본연의 모습으로 드높여지는 것이다.

　이런 깊은 밤에 친구가 어떻게 지내는지 보려고 그를 찾아간다면 이런 모든 느낌이 한층 강해질 것이다.

결심들

일부러 에너지를 모으면 비참한 상태에서 빠져나오기 쉬울 것이다. 나는 안락의자에서 벌떡 일어나 탁자 주위를 돌아다니며, 머리와 목을 움직이고, 두 눈에 불을 켜고는 눈 주위의 근육을 긴장시킨다. 일체의 감정을 억누르고, 지금 A가 찾아오면 열렬히 맞이하고, 내 방에서 B를 다정하게 견디며, C의 집에서 이야기되는 모든 사실들에 대해 고통을 참고 수고를 마다하지 않으며, 길게 숨을 쉬면서 그것을 나의 내부로 들이마신다.

하지만 그런 식으로 일이 진행된다 하더라도 실수를 모두 피할 수는 없으며, 가벼운 일이든 무거운 일이든 모든 일이 막혀 버릴 것이다. 그리고 나는 원을 그리며 반대 방향으로 돌지 않을 수 없을 것이다.

하지만 그 때문에 최선책은 자신을 무거운 덩어리라 여기고 이 모든 것을 참고 견디는 것이다. 그리고 자신이 사라져 없어질 것 같은 느낌이 들면 유혹에 넘어가 불필요한 발걸음을 옮기지 말고, 다른 사람을 짐승의 눈초리로 바라보고 후

회하지 말아야 한다. 요컨대 유령으로 간신히 목숨을 부지하고 있는 것을 자신의 손으로 눌러 으깨 버리도록 한다. 즉 무덤과 같은 궁극적인 안식을 증가시키고, 그것 말고 다른 것은 하나도 존재하지 못하도록 하는 것이다.

그런 상태를 특징짓는 움직임은 새끼손가락으로 눈썹 위를 쓰다듬는 일이다.

산으로 소풍 가기

〈모르겠어.〉난 마음속으로 외쳤다. 〈정말 모르겠어. 아무도 안 온다면 사실 아무도 안 오는 거지. 난 누구에게도 나쁜 짓을 한 적이 없고, 어느 누구도 나에게 나쁜 짓을 한 적이 없어. 그런데 나를 도우려는 사람이 아무도 없어. 결코 아무도 말이야. 그건 모두 사실이 아니야. 문제는 아무도 나를 도와주지 않는다는 것뿐이야. 차라리 아무것도 아닌 사람들이 더 나을지도 몰라. 나는 《아무것도 아닌 사람》들과 어울려 소풍 가는 것을 아주 좋아할지도 몰라. 왜 그렇게 생각하지 않겠어. 물론 산으로 가야지, 달리 어디로 가겠어?

이렇게 아무것도 아닌 많은 사람들이 팔을 옆으로 뻗거나 팔짱을 낀 채 서로 밀치며 가고 있어. 많은 사람들의 발꿈치가 서로 거의 맞닿아 있는 거야! 말할 것도 없이 다들 연미복을 입고 있다지. 우리는 발걸음도 흥겹게 걸어가고 있고, 우리의 몸과 팔다리 사이의 틈새로 바람이 솔솔 불어와. 목청은 산속에서 자유로워져! 우리가 노래를 부르지 않는다는 것은 하나의 기적과도 같아.〉

독신 남자의 불행

독신으로 계속 살아가는 것은 썩 쉬운 일이 아닌 모양이다. 나이가 들어 하룻저녁을 사람들과 같이 보내려 할 때 자못 품위를 지키며 자신을 받아 달라고 부탁하기란 썩 쉬운 일이 아닌 모양이다. 병이 들면 침대 구석에서 몇 주일 동안이나 텅 빈 방 안을 지켜보아야 하고, 언제나 대문 앞에서 사람들과 헤어져야 하며, 자기 아내와 나란히 계단을 오르는 일도 없다. 그의 방에는 다른 집으로 통하는 옆문만이 있을 뿐이고, 저녁 식사를 손에 들고 집에 와야 한다. 남의 집 아이들을 놀라운 시선으로 쳐다볼 수밖에 없지만, 〈나에게는 아이가 없어!〉라고 언제까지나 되뇔 수도 없는 노릇이다. 젊은 시절에 본 한두 명의 독신자를 기억 속에 떠올려 외모와 태도를 가꾸어 나가야 한다.

누구나 실제로 오늘이나 훗날 그런 형편에 처할지도 모르는 일이니, 하나의 몸과 하나의 실제 머리, 그러므로 이마도 하나 갖고 있는 이유는 손으로 그것들을 세게 때리라는 의미일 게다.

상인

　몇몇 사람들이 나를 동정하고 있을지도 모르지만, 나는 그런 사실을 전혀 못 느끼고 있다. 나의 머리는 나의 조그만 가게에 대한 걱정으로 가득 차 있다. 그래서 내 이마와 관자놀이가 쿡쿡 쑤시고 아프다. 나의 가게가 보잘것없어서 미래에 대한 전망이 만족스럽지 못한 까닭이다.

　몇 시간 앞서 미리 결정을 내려야 하고, 종업원이 기억을 잊지 않도록 해야 한다. 우려할 만한 실수를 저지르지 않도록 그에게 주의를 주어야 하고, 한 계절이 오면 다음 계절에 뭐가 유행할 건지 생각해 보아야 한다. 그것도 우리가 사는 지역 사람들의 유행이 아니라 아주 먼 곳에 사는 사람들의 유행을 말이다.

　내 돈은 모르는 사람들의 수중에 들어 있다. 그들이 처한 상황을 나는 또렷이 알 수 없는 노릇이다. 난 그들이 어떤 불행을 당할지 알지 못한다. 내가 그걸 어떻게 막을 수 있겠는가! 어쩌면 그들에게 낭비벽이 생겨 어떤 음식점 뜰에서 잔치를 벌이고 있을지도 모른다. 그리고 다른 어떤 사람들은

미국으로 도주하는 중에 잠시 이 잔치에 참가하고 있을지도
모른다.

그런데 어느 평일 저녁에 가게 문을 닫자, 더 이상 가게 일
을 볼 필요가 없어 갑자기 몇 시간의 여유가 생기게 된다. 그
러면 훨씬 앞당겨 아침부터 미리 느끼고 있던 흥분이 밀물처
럼 되돌아와 내 가슴속에 밀려들지만, 내 마음은 이를 배겨
내지 못해 나는 끝없이 흥분에 휩쓸려 버린다.

그렇지만 난 이러한 흥분된 기분을 전혀 이용하지 못하고
그냥 집으로 돌아갈 수밖에 없다. 얼굴과 손이 더럽고 땀에
젖어 있으며, 옷에는 얼룩이 지고 먼지가 묻어 있기 때문이
다. 머리에는 작업모를 썼고, 구두는 상자에서 삐져나온 못
에 마구 긁혔기 때문이다. 그래서 나는 파도를 타듯 걸어가
며 양손의 손가락 마디를 딱딱 꺾는다. 그리고 아이들이 다
가오면 이들의 머리를 쓰다듬어 준다.

그러나 집으로 가는 길은 너무 짧다. 이내 집에 도착하여
승강기의 문을 열고 안으로 들어간다.

그런데 지금, 갑자기 나 자신이 혼자라는 사실이 문득 떠
오른다. 계단으로 올라가야 하는 사람들은 중간에 약간 지
치면 누가 현관문을 따주러 올 때까지 가쁜 숨을 몰아쉬며
기다려야 한다. 그러니 초조한 마음에 화가 날 법도 하다. 그
들은 이제 응접실에 들어가 모자를 벗어놓고, 복도를 통과해
몇 개의 유리문을 지나 자기 방에 들어가면 비로소 혼자가
되는 것이다.

하지만 나는 승강기 안에서 곧장 혼자가 되어, 무릎을 땅
에 대고는 조그만 거울 속을 들여다본다. 승강기가 올라가기

시작하면 나는 이렇게 말한다.

「너희들, 잠자코 뒤로 물러나라. 나무들 그늘 속으로, 창문의 커튼 뒤로, 정자의 나무 그늘 길로 들어가고 싶으냐?」

내가 이를 악물고 이렇게 말하자, 계단 난간들이 우윳빛 유리창 위로 폭포수처럼 쏟아진다.

「날아가 버리렴. 내가 한 번도 본 적이 없는 날개들이 너희를 마을의 골짜기나 가능하다면 파리까지 데려다 줄지도 모른다.

하지만 세 방향의 길에서 행렬이 다가와 서로 비켜서지 않고 섞여 버려, 마지막 열들 사이에 다시 빈 공간이 생긴다면 즐거운 마음으로 창밖을 내다보기로 하자. 손수건을 흔들고, 화들짝 놀라 감동을 받으며, 지나가는 아름다운 숙녀를 칭찬하도록 하라.

시냇물 위의 나무다리를 건너가 멱 감는 아이들에게 고개를 끄덕여 보고, 멀리 있는 장갑함 위의 선원들 수천 명이 내는 만세 소리에 놀라워하라.

신통찮은 남자 뒤를 쫓아가, 그를 현관으로 통하는 길에 몰아넣고는 그의 물건을 빼앗으라. 그런 다음 다들 호주머니에 두 손을 찔러 넣고 그가 슬픈 표정을 지으며 왼쪽 골목으로 터덜터덜 걸어가는 모습을 지켜보도록 하라.

말 잔등에 올라타고 여기저기서 달려오는 경찰들이 말을 멈추어 세우고는 너희들을 몰아낸다. 그들이 하는 대로 놓아두어라. 나는 알고 있어, 텅 빈 골목을 보고 그들이 낙심할 거라고. 벌써 그들은 말을 타고, 물론 삼삼오오 짝을 지어, 길모퉁이를 천천히 돌아가 나는 듯이 광장을 통과한다.」

그러면 나는 내리지 않을 수 없어, 승강기를 밑으로 내려보내고, 문에 달린 초인종을 눌러야 한다. 그리고 하녀가 문을 여는 동안 나는 인사말을 건넨다.

멍하니 바깥을 바라보기

서둘러 다가오는 이 봄날에 우리는 이제 무엇을 할 것인가? 오늘 새벽하늘은 흐려 있었지만, 지금 창가에 다가가서는 깜짝 놀라 뺨을 창의 손잡이에 대본다.

창 아래서는 걸어가면서 주위를 둘러보는 순진한 소녀의 얼굴에, 이미 저물어 가는 석양이 어른거린다. 그리고 그와 동시에 그녀 뒤에서 잰걸음으로 다가오는 남자의 그림자가 그녀 얼굴에 어른거린다.

그런 다음 그 남자가 완전히 지나가 버리자 소녀의 얼굴이 환하게 밝아진다.

집으로 가는 길

뇌우가 지나간 후 공기의 힘에 얼마나 설득력이 있는지를 보라! 나의 공로가 분명히 나타나, 아무런 반항을 하지 않는데도 나를 압도해 버린다.

나는 힘차게 걸어가는데, 내가 걷는 속도는 이 골목 쪽의 속도이고, 이 골목, 이 구역의 속도이다. 문을 두드리는 소리, 탁자 바닥을 두드리는 소리, 모든 건배의 소리에 내가 책임을 느끼는 것은 당연하다. 침대 속에 있는 한 쌍의 연인들, 새로 건축 중인 건물의 비계 속이나 어두컴컴한 골목의 담벼락에 달라붙어 있는 한 쌍의 연인들, 유곽의 터키식 긴 의자에 앉아 있는 한 쌍의 남녀에 대해 내가 책임을 느끼는 것은 당연하다.

나는 내 미래에 비해 내 과거를 더 좋게 평가하지만, 양쪽다 탁월하다고 생각하므로 딱히 어느 쪽이 좋다고 말할 수 없다. 다만 나에게 이토록 은총을 베푸는 신의 섭리가 불공평하다고 비난할 수밖에 없을 뿐이다.

내 방에 들어서면 약간 생각에 잠긴 듯하지만, 그렇다고 해서 계단을 올라가는 동안 곰곰이 생각하는 것의 가치를 발견한 것은 아니다. 창문을 활짝 열어젖히고, 뜰에서 울려오는 음악 소리에 귀 기울여 보지만 그것이 나에게 별로 도움이 되지는 않는다.

달려서 지나가는 사람들

밤에 골목길을 산책할 때, 멀리서부터 눈에 띄던 — 눈앞의 길은 오르막길이고, 마침 보름달이 떴기 때문이다 — 한 사내가 우리들 쪽으로 달려온다면 우린 그를 붙잡지 않을 것이다. 비록 그 사내의 몸이 허약하고 그가 남루한 옷을 걸치고 있더라도, 누군가 그의 뒤에서 쫓아오며 소리를 치더라도 우리는 그를 붙잡지 않고 그가 계속 달리게 놓아둘 것이다.

때가 밤이기 때문이다. 그리고 보름달이 떴고 눈앞의 골목길이 오르막길이라 우린 어찌할 수 없기 때문이다. 게다가 두 사람이 재미 삼아 쫓고 쫓기는 놀이를 하고 있는지도 모르고, 어쩌면 두 사람이 다른 한 사람을 뒤쫓고 있는지도 모르며, 혹시 앞에 가는 사내가 아무런 죄도 없이 쫓기고 있는지도 모른다. 행여 쫓고 있는 사내가 그를 죽이려 하는지도 모르므로, 자칫하다간 우리가 살인 공범이 될지도 모른다. 어쩌면 서로를 전혀 모를지도 모르는 두 사람이, 각자 자신의 책임하에 자신의 침대로 달릴지도 모른다. 어쩌면 둘이 몽유병 환자일지도 모르고, 앞선 사내가 흉기를 지니고 있을지도 모른다.

하여간, 우리라고 지치지 말란 법이 어디 있으며, 우리는 포도주를 진탕 마시지 않았던가? 두 번째 사내의 모습도 더는 보이지 않자 우리의 마음이 홀가분해진다.

전차 승객

나는 전차의 플랫폼에 서 있다. 이 세상, 이 도시, 우리 가족에서 내가 처한 위치를 생각해 볼 때 난 말할 수 없이 불안하다. 나는 어떤 요구들을 어느 방향으로 하는 게 옳은지 대충 아무렇게 말할 수도 없을 것 같다. 나는 이렇게 플랫폼에 서 있다가, 이런 손잡이 줄을 잡고 이런 전차에 실려 가는 자신을 조금도 변호할 수 없는 처지이다. 사람들이 전차를 피하거나, 조용히 걸어가거나, 또는 쇼윈도 앞에 멈추고 있는 것에 대해서도 조금도 변호할 수 없다 — 물론 그런 것을 나에게 요구하는 사람이 아무도 없긴 하지만, 그건 아무래도 상관없는 일이다.

전차는 어떤 역에 가까이 다가가고, 한 소녀가 내리려고 계단 옆으로 다가선다. 나는 그녀를 손으로 만져 보기라도 한 듯 그녀에 대해 아주 상세히 알 것 같다. 그녀는 검은 옷을 입고 있고, 치마의 주름은 거의 흔들리지 않는다. 블라우스는 가슴에 꼭 끼고, 옷깃에는 작은 그물코의 흰 레이스가 달려 있다. 왼손은 벽에 찰싹 붙이고 있고, 오른손은 위에서 두 번째 단의 양산을 잡고 있다. 그녀의 얼굴은 갈색이고, 양옆이 약간 눌린 듯한 코끝은 둥글고 넓적하다. 갈색의 머리카락은 숱이 많고, 오른쪽 관자놀이 근처의 가느다란 머리카락은 바람에 흩날리고 있다. 귀는 뒤쪽으로 달라붙어 있지만, 내가 바로 옆에 서 있기 때문에 오른쪽 귓바퀴의 뒤쪽이 완전히 보이고, 귀 뿌리의 그늘진 곳도 보인다.

나는 그때 스스로에게 물어보았다. 그녀가 어떻게 자신에 대해 놀라워하지 않을 수 있을까? 어떻게 그와 같은 사실에 대해 입을 꼭 다물고 아무 말도 하지 않을 수 있을까?

옷들

종종 나는 여러 겹의 주름과 주름 장식이며 아름다운 몸에 멋지게 드리워진 술 장식이 달린 옷들을 볼 때마다 언제까지나 그것들이 그런 상태로 있지는 않을 거라는 생각을 한다. 주름이 잡혀도 더 이상 반듯이 다려 펼 수 없을 것이고, 장식 부분에 두껍게 먼지가 쌓여 더 이상 털어 낼 수 없을 것이다. 그리고 슬프고도 우스꽝스럽게도 매일 아침마다 똑같은 값비싼 옷을 입었다가 저녁에 벗으려고 하는 사람은 아무도 없을 것이다.

그렇지만 나는 그런 소녀들을 보곤 한다. 매혹적인 근육과 뼈마디를 지니고, 팽팽한 피부와 부드러운 머리카락을 지닌 아름다운 소녀들이 날이면 날마다 가장무도회를 방불케 하는 복장을 하고 나타나는 것을 말이다. 그들은 손바닥에 올려놓은 손거울로 언제나 똑같은 얼굴을 비춰 보곤 한다.

가끔씩 밤늦게 파티에서 돌아올 때, 이들은 거울 속에 비친 자신의 모습이 지치고, 부어 있으며, 먼지투성이가 되어 있어, 뭇 사람들이 이미 다 보았으므로 더는 참을 수 없다고 생각하는 모양이다.

거절

나는 어떤 아름다운 소녀를 만나면 이렇게 애원한다.

「제발, 나랑 좀 같이 가 주지 않으실래요?」 그러면 그녀는 말없이 지나가며 마음속으로 이렇게 생각한다.

〈당신은 명성이 자자한 공작(公爵)도 아니고, 인디언 같은 체격에 고요하게 생각에 잠긴 듯한 눈매, 대초원과 그곳을 관통해 흐르는 강들의 공기로 부드러워진 피부를 지닌 미국인도 아니에요. 당신은 칠대양(七大洋)으로 여행을 떠난 적도 없고, 어디 있는지도 알 수 없는 그곳으로 항해한 적도 없잖아요. 그런데 나처럼 아름다운 소녀가 왜 당신 같은 사람과 같이 가겠어요?〉

「아가씨는 잊고 있어요. 아가씨는 덜컹거리며 골목을 달리는 자동차에 타고 있는 게 아닙니다. 몸에 꽉 끼는 옷을 입고 아가씨를 수행하는 신사들도 없잖아요. 그대를 위해 축복의 말을 중얼거리며 정확히 반원을 그리면서 그대 뒤를 따라가는 신사들 말입니다. 그대의 가슴은 코르셋으로 단단히 잡아맸지만, 그대의 허벅지와 엉덩이는 탱탱하게 부풀어 올랐어요. 그대는 지난 가을 우리 모두를 마냥 즐겁게 해준 주름투성이의 태피터 드레스를 입고 있군요. 그런데 생명에 위험한 걸 몸에 걸치고 있으면서 그대는 때때로 미소 짓고 있어요.」

〈그래요, 우리 둘의 견해가 옳아요. 그런데 우리가 어쩔 수 없이 그런 사실을 의식하지 않도록, 오히려 각자 따로 집에 가는 게 좋지 않겠어요?〉

경마 기수들을 위한 깊은 생각

곰곰 생각해 보면 경마에서 일등으로 골인하도록 유혹할 수 있는 것은 아무것도 없다.

오케스트라가 울리는 가운데 한 나라에서 제일가는 기수(騎手)로 인정받는 영예를 얻자, 이튿날 아침 기쁨이 도를 지나쳐 후회스러운 감정에 사로잡힌다.

적수들, 제법 영향력이 큰 교활한 자들의 질투심에 좁은 울타리 안에서 살아가는 우리 마음이 아프지 않을 수 없다. 이제 우리는 말을 타고 그 울타리를 빠져나와 평지로 나아간다. 우리 앞의 평지는 추월당한 몇몇의 기수들만 보일 뿐이내 텅 비게 되었다. 지평선의 끝을 향해 말 타고 가는 이들의 모습이 조그맣게 보였다.

우리의 많은 친구들은 서둘러 당첨금을 타러 가서, 멀찍이 떨어진 창구에서 그들의 어깨 너머로 우리한테 만세를 외쳐댄다. 하지만 가장 친한 친구들은 결코 우리 말[馬]에 걸지 않았다. 만약 그랬다가 손해를 볼 경우 우리를 원망하게 될까 봐 우려했기 때문이다. 하지만 이제 우리의 말이 우승을 했지만, 그들은 한 푼도 걸지 않았기 때문에 우리가 옆으로 지나갈 때 고개를 돌려 외면하고, 오히려 관람석을 바라본다.

성적이 뒤처진 경주자들은 안장에 앉은 채 자신들이 당한 불운을 돌아보며, 자신들에게 어떤 부정이 저질러졌는지 살펴본다. 아까 것은 애들 장난이고 이번이 진짜인 경주가 이제 새로 시작되어야 하는 것처럼 그들은 생기 있는 모습을 보인다.

많은 숙녀들은 승리자를 우스꽝스럽다고 여긴다. 그는 끊임없이 악수하고 인사하며, 허리를 숙이고 우쭐해 있지만, 먼 곳에 있는 사람들한테 어떻게 인사를 시작해야 할지 모르기 때문이다. 반면에 경주에 진 자들은 입을 다물고, 대개 힝힝거리고 있는 말들의 목덜미를 가볍게 두드려 준다.

마침내 잔뜩 찌푸린 하늘에서 비가 내리기 시작한다.

골목으로 난 창

혼자 쓸쓸히 살아가지만 그래도 가끔씩 어딘가에 끼고 싶어 하는 사람, 하루의 시간이며 날씨의 변화, 사업이 되어 가는 상황의 변화를 고려하여, 이와 같은 사정으로 서슴없이 그가 매달릴 수 있는 어떤 팔을 보고 싶어 하는 사람은 골목으로 난 창이 없으면 그다지 오래 참고 버티지 못할 것이다.

그리고 그가 아무것도 찾지 않고 다만 지친 나머지 사람들과 하늘을 번갈아 쳐다보면서 창틀로 다가가, 아무런 바람도 없이 머리를 약간 뒤로 젖히고 있다면, 창문 아래의 말들이 자신들이 끌고 가는 마차와 소음으로 그를 끌어들여, 결국 협동해서 살아가는 인간의 세계로 이끄는 것이다.

인디언이 되고픈 소망

　어떡하든 인디언이 될 수 있다면! 망설일 것도 없이 달리는 말에 올라타서 비스듬히 허공을 가르며, 진동하는 대지 위를 수도 없이 세차게 내딛고는 마침내 박차(拍車)를 내버린다. 애당초 박차라는 게 없었기 때문이다. 그리고 애당초 고삐라는 게 없었기 때문에 마침내 고삐마저 내던진다. 그리고 말끔히 풀을 깎은 황야 같은 땅도 거의 눈앞에 보이지 않고, 어느덧 말의 목과 머리도 없다.

나무들

우리는 눈 속에 서 있는 나무줄기와 같기 때문이다. 언뜻 보면 그것들은 눈 위에 아슬아슬하게 서 있는 것 같다. 그래서 조금만 밀어도 간단히 밀어젖힐 수 있을 것 같다. 아니, 그럴 수 없다. 그것들은 땅에 뿌리를 단단히 내리고 있기 때문이다. 그러나 보라, 그것마저 겉으로 보기에 그럴 뿐이다.

불행하다는 것

더는 참을 수 없게 되어—11월 어느 날 저녁 무렵이었다— 나는 경주 트랙에서 달리듯 내 방의 좁은 양탄자 위를 달리다 가, 불이 환하게 밝혀진 골목의 모습을 보고 깜짝 놀라 방향 을 바꾸었다. 하지만 방 안 깊숙한 곳에 있는 거울 속에서 다 시 새로운 목표물을 발견하고 고함을 지르지만, 이는 단지 고 함 소리를 듣기 위함일 뿐 그것에 대한 응답은 없다. 또한 고 함의 위력을 빼앗는 것이 아무것도 없기 때문에 아무런 방해 도 받지 않고 소리가 커지기만 하고, 고함을 멈추어도 소리는 그칠 줄 모른다. 이때 벽 속에서 문이 홱 열렸다. 서둘러야 했 기 때문이다. 그리고 심지어 저 아래 거리에는 마차를 끄는 말 들이 사납게 날뛰는 전장의 말들처럼 목구멍을 훤히 드러내 보이며, 몸을 일으켜 세웠다.

한 아이가 아직 불이 켜지지 않아 칠흑같이 어두운 복도 에서 유령처럼 빠져나와서는, 눈에 띄지 않을 정도로 미세하 게 흔들리는 마루청 위에 발끝으로 우뚝 서 있었다. 아이는 방에서 나오는 흐릿한 빛에 눈이 부신 듯 두 손으로 급히 얼굴을 가리려다가, 창 쪽으로 눈길을 돌리면서 자신도 모르게 마음이 진정되는 듯 보였다. 창문의 십자형 창살 앞에는 가로등 불빛이 안개처럼 뿌옇게 떠올랐다가 마침내 어둠 속에 잠겨 들었다. 아이는 열린 문 앞에서 오른쪽 팔꿈치를 벽에 대고 똑바로 서서, 밖에서 들어오는 바람이 발목 관절 부위를, 또한 목과 관자놀이도 부드럽게 스쳐 지나가게 했다.

나는 이런 광경을 잠시 지켜보다가 〈안녕!〉 하고 말하고는, 난로의 방열용 칸막이에서 나의 상의를 집어 들었다. 이렇게 반쯤 벗은 몸으로 서 있고 싶지 않아서였다. 나는 입을 통해 흥분이 빠져나가도록 잠시 동안 입을 벌리고 있었다. 몸속에는 좋지 않은 침이 고여 있었고, 얼굴에선 속눈썹이 파르르 떨리고 있었다. 요컨대, 이는 말할 것도 없이 학수고대하던 방문이라, 나에게 하등 문제될 게 없었다.

아이는 아까 있던 벽 가에 아직 그대로 서 있었다. 그는 오른손을 벽에 대고, 뺨을 아주 붉게 물들이며 하얗게 칠한 우툴두툴한 벽면을 손가락 끝으로 계속 문지르고 있었다. 내가 말했다.

「정말 나를 찾아왔나요? 잘못 찾아온 게 아닌가요? 이 커다란 집에선 밥 먹듯이 잘못이 저질러집니다. 내 이름은 이러이러한데, 4층에 살고 있지요. 그러므로 바로 나를 찾아온 건가요?」

「조용, 조용히 하세요!」 아이가 어깨 너머로 말했다. 「죄다 틀림없군요.」

「그럼 방 안으로 쑥 들어갑시다. 난 문을 닫고 싶으니까요.」

「문은 내가 방금 닫았어요. 애쓰지 말고 그대로 계세요.

아무쪼록 마음 편히 계십시오.」

「애쓰는 게 아닙니다. 이 복도에는 많은 사람들이 살고 있지요. 물론 내가 다 아는 사람들이지요. 대부분의 사람들은 이제 가게에서 돌아올 겁니다. 방 안에서 말소리가 들리면, 그들은 무슨 일인가 하고 문을 빠끔 열고 들여다볼 권리가 있다고 생각하지요. 언젠가 이미 그런 일이 있었지요. 이들은 하루 일과를 마친 사람들입니다. 임시로 얻은 저녁의 자유 시간에 이들이 누구 말을 듣겠어요! 아닌 게 아니라 당신도 그런 사실은 잘 알고 있겠죠. 그럼 문들을 닫도록 하겠습니다.」

「아니, 대체 왜 이러세요? 무슨 일인데요? 집 안의 모든 사람들이 다 들어온다 해도 난 상관없습니다. 다시 한 번 말하지만 난 문들을 진작 닫아 버렸습니다. 당신만 문을 닫을 수 있다고 생각하세요? 그뿐만 아니라 자물쇠도 채워 버렸답니다.」

「그럼 좋습니다. 더 이상은 바라지 않겠어요. 자물쇠는 채우지 않는 게 좋을 뻔했습니다. 그런데 이곳에 찾아온 이상 부디 마음 편히 계십시오. 당신은 내 손님이니까요. 내 말을 백분 믿어 주십시오. 아무 염려 말고 편히 계시도록 하세요. 나는 당신을 억지로 이곳에 붙잡아 두거나 내쫓지 않을 겁니다. 굳이 이런 말까지 해야 하나요? 나를 그렇게 나쁜 사람으로 알고 있나요?」

「아닙니다. 굳이 그런 말을 할 필요는 없었습니다. 그뿐만 아니라 그런 말을 하지 말았어야 했습니다. 난 어린아이니까요. 나를 왜 그렇게 어렵게 대하십니까?」

「그렇다고 그게 그리 나쁜 일은 아닙니다. 물론 어린이지요. 하지만 당신이 아주 작지는 않습니다. 벌써 완전히 어른 같은 체격이지요. 만약 당신이 소녀라면 이렇게 아무렇지 않게 나와 한 방에 같이 있어서는 안 될 겁니다.」

「그 점은 우리가 걱정할 필요 없습니다. 내가 하고 싶은 이야기는 이것뿐입니다. 내가 당신을 썩 잘 알고 있다고 해서 나에게 별로 도움이 되지 않고, 당신이 힘들여 나에게 거짓말을 할 필요가 없어지는 것뿐입니다. 하지만 그런데도 당신은 나에게 여러 가지 겉치레 인사말을 합니다. 그러지 마십시오. 강력히 요구하건대, 그러지 마십시오. 더구나 나는 언제 어디서나, 심지어 이런 어둠 속에서도 당신을 알고 있는 건 아닙니다. 불을 켜는 게 훨씬 더 나을지도 모르겠습니다. 아니, 차라리 이대로가 좋습니다. 어쨌거나 당신이 벌써 나에게 협박을 했다는 사실은 깨닫게 될 겁니다.」

「뭐라고요? 내가 협박을 했다고요? 말도 안 됩니다. 난 당신이 마침내 이곳에 와서 자못 기쁩니다. 〈마침내〉라고 말하는 것은 이미 너무 늦었기 때문입니다. 당신이 왜 그리 늦게 왔는지 도무지 알 수 없어요. 내가 너무 기쁜 나머지 이것저것 마구 뒤죽박죽으로 말해서, 당신이 그런 식으로 받아들였는지도 모르겠습니다. 내가 그런 식으로 말한 것은 충분히 인정합니다. 정말이지 당신이 원하는 일을 내가 협박한 것인지도 모릅니다 — 그런데 제발 부탁인데 말다툼은 하지 맙시다! — 하지만 어떻게 그런 생각을 하게 되었어요? 어떻게 내 마음을 그렇게 아프게 할 수 있나요? 왜 당신은 이곳에 잠깐 머물러 있는 이 시간을 어떻게든 망치려고 하나요? 당신보다는 차라리 모르는 사람이 더 친절할지도 모르겠습니다.」

「그야 그렇겠죠. 그건 새삼스러운 일이 아닙니다. 어떤 낯선 사람이 당신에게 친절히 대할 수 있는 것만큼이나 난 벌써 원래부터 당신과 아주 가까운 사이였습니다. 그러니까 슬픔이 무엇 때문에 생기는지 당신도 알고 계시지요? 당신이 희극을 꾸밀 작정이라면, 난 당장 가겠습니다.」

「그래요? 감히 나에게 그런 말을 하다니요? 당신은 좀 지나치다 싶을 정도로 대담하군요. 하지만 결국 당신은 내 방에 있습니다. 당신은 마치 정신 나간 사람처럼 벽에 손가락을 비비고 있어요. 내 방의 벽에 말입니다! 게다가 당신이 하는 말은 뻔뻔스러울 뿐만 아니라 우스꽝스럽기도 합니다. 당신은 천성 때문에 어쩔 수 없이 나와 이런 식으로 이야기한다고 말합니다. 정말인가요? 천성 때문에 어쩔 수 없다는 당신의 말이? 고마운 천성이군요. 당신의 천성은 나의 천성이기도 하니까, 내가 천성대로 당신에게 친절하게 군다면 당신도 달리 행동해서는 안 됩니다.」

「그게 친절한 건가요?」

「이전 이야기를 말하는 겁니다.」

「내가 나중에 어떻게 될지 당신은 알고 계시는지요?」

「하나도 아는 바가 없습니다.」

그러고 나서 나는 초가 불타고 있는 침실용 탁자 쪽으로 갔다. 당시에 내 방에는 가스등도 전등도 없었다. 나는 잠시 탁자에 앉아 있다가 그것도 싫증이 나 외투를 걸쳐 입고, 안락의자에서 모자를 집어 들고는 촛불을 껐다. 밖으로 나가려다 나는 안락의자의 다리에 걸렸다.

계단에서 나는 같은 층에 세 든 사람을 만났다.

「벌써 다시 나가시려고요? 룸펜처럼 말입니다.」그는 다리를 두 계단에 걸쳐 벌려 놓고 쉬면서 물었다.

「어떡하면 좋을까요?」내가 말했다.「방금 방에서 유령을 봤거든요.」

「불만을 말하는 게 마치 수프에서 머리카락을 발견하기라도 한 것 같군요.」

「농담하지 마세요. 내가 본 게 분명 유령이니까요.」

「그럴 수도 있겠죠. 하지만 사람들이 유령이라는 걸 전혀 믿지 않는다면 어쩌겠어요?」

「그럼, 내가 유령을 믿는다고 생각하세요? 하지만 내가 그런 걸 믿지 않는다고 해서 나에게 무슨 소용이 있겠습니까?」

「아주 간단합니다. 유령이 정말 나타나도 사실 더 이상 무서워할 필요가 없습니다.」

「그래요, 하지만 그건 부차적인 두려움입니다. 본래적인 두려움이란 그러한 현상이 나타나는 원인에 대한 두려움입니다. 그런데 이러한 두려움은 없어지지 않아요. 내 마음속에 단단히 똬리를 틀고 있거든요.」

나는 안절부절못하며 주머니란 주머니는 모조리 뒤지지 시작했다.

「하지만 그러한 현상 자체가 두렵지 않으니 그 원인에 대해 유령에게 차분히 물어볼 수 있잖아요!」

「보아하니 당신은 아직까지 유령들과 대화를 나눠 본 적이 없는 모양이군요. 유령들한테서는 결코 분명한 정보를 얻을 수 없습니다. 그건 이것도 저것도 아닌 어정쩡한 겁니다. 이런 유령들은 자신의 존재에 대해 우리보다 더 의구심을 품고 있는 모양입니다. 하긴 그들의 존재가 무력하다는 것을 생각해 보면 그것도 하등 이상한 일이 아니지요.」

「하지만 내가 들은 바로는 유령도 키울 수 있다는데요.」

「잘 아시고 있군요. 그럴 수 있습니다. 하지만 누가 그런 일을 하겠습니까?」

「왜 못한다는 말입니까? 가령 여자 유령이라면 말입니다.」 그는 이렇게 말하고는 위쪽 계단으로 훌쩍 뛰어올랐다.

「아, 그렇구나.」 내가 말했다. 「하지만 그렇더라도 그런 일을 하지 않을 거야.」

나는 곰곰 생각해 보았다. 그 사람은 벌써 아주 높이 올라가 있어서 나를 보려면 계단의 둥근 부분에서 허리를 아래로 굽혀야 했다.

「하지만 그럼에도」 나는 소리쳤다. 「당신이 저 위에서 내 유령을 빼앗아 간다면 우리 사이는 끝장입니다. 영원히 말입니다.」

「아니 그건 농담일 뿐이었어요.」 그는 이렇게 말하고 머리를 원래의 위치로 들어 올렸다.

「그럼 좋습니다.」 내가 말했다. 그러고 나니 그제야 차분히 산책을 할 수 있을 것 같았다. 하지만 이제 완전히 홀로 버림받은 느낌이 들어 오히려 위로 올라가 잠자리에 들었다.

선고

펠리체 B.를 위한 이야기

눈이 부시도록 화창한 어느 봄날 일요일 오전이었다. 젊은 상인인 게오르크 벤데만은 날림으로 지은 나지막한 집들 중의 하나인 2층 집에 있는 자기 방에 앉아 있었다. 강을 따라 길게 줄지어 늘어서 있는 집들은 높이와 색깔만 다를 뿐 거의 같은 모습이었다. 그는 외국에 있는 어릴 적 친구에게 보낼 편지를 막 끝내고, 장난하는 기분으로 그것을 천천히 봉투에 넣어 봉했다. 그런 다음 책상에 팔꿈치를 대고는 창밖을 내다보았다. 강과 다리가 보였고, 연한 녹색을 띠고 있는 건너편 강가의 언덕들이 눈에 들어왔다.

그는 이 친구에 대해 곰곰 생각해 보았다. 고국에서의 앞날에 만족치 못하고 벌써 수년 전에 도망치듯 러시아로 달아난 친구였다. 그는 페테르부르크에 가서 사업을 했다. 처음에는 사업이 아주 잘 되었지만, 벌써 오래전부터 어려움을 겪고 있는 모양이었다. 그가 고향을 찾아오는 횟수는 점점 줄어들었는데 그때마다 자신의 신세를 한탄하곤 했다. 이처럼 그는 낯선 땅에서 쓸데없이 힘들게 일하고 있었다. 이상

야릇하게 자란 무성한 수염이 어릴 때부터 잘 아는 그 얼굴을 보기 흉하게 온통 뒤덮고 있었다. 누런 얼굴색은 그의 몸에 어떤 병이 있지 않나 암시해 주는 것 같았다. 그의 말에 따르면 그는 그곳에 사는 독일 동포들과 이렇다 할 접촉이 없었고, 그렇다고 러시아인 가정과 사교적인 교류를 하는 것도 아니었다. 이렇게 그는 평생 독신 생활을 하기로 마음먹고 살아가고 있었다.

곤경에 빠진 게 분명한 남자, 안타깝기는 하지만 어떻게 도와줄 수 없는 그런 사내에게 뭐라고 편지를 쓴단 말인가. 다시 고향에 돌아와서, 생활 터전을 이곳으로 옮기고, 예전에 맺은 모든 우호적인 관계들을 다시 회복하라고 — 이에 대해서는 물론 아무런 장애물도 존재하지 않았다 — 그 밖에 친구들의 도움을 믿으라고 혹시 그에게 충고라도 해야 한단 말인가? 하지만 그런 편지는 조심스럽게 쓰면 쓸수록 그의 감정을 상하게 해서, 그가 지금까지 시도한 것이 실패로 끝났다고 말하는 격이 되고, 동시에 그가 손댄 것을 결국 그만두고 고향으로 돌아오라고 타이르는 꼴이 될 것이다. 그리고 다들 영원히 고향에 되돌아온 그를 보고 놀라 눈이 휘둥그레지겠지만, 그의 친구들만은 사정을 좀 이해할 거라고 말하는 것과 다름없게 된다. 그래서 그는 덩치만 큰 어린아이에 불과하니, 고향에 남아 성공을 거둔 친구들의 말을 그대로 따라야 한다고 말하는 셈이 될 것이다. 그렇게 되었을 때, 그에게 갖은 고통을 가할 수밖에 없는 이러한 행동에 어떤 목적이 있으리라는 게 분명히 드러나지 않겠는가? 어쩌면 그를 집에 데리고 오는 데 성공할지조차 알 수 없는 일일지도 몰랐다. 그는 직접 고향의 상황을 더는 이해하지 못하겠노라고 말했던 것이다. 그래서 그가 이 모든 일에도 불구하고 낯선 타향에 그냥 죽치고 있는지도 몰랐다. 여러 가지 충고를 듣고 씁쓸한 기분이 들어, 친구들로부터 한층 더 소외된 채로 말이다. 하지만 그가 정말 그 충고를 받아들여, 이곳에 와서 풀이 죽게 된다면 — 물론 일부러 그러는 것이 아니라, 여러 가지 사실들로 인해 — 친구들 사이에서, 또는 그들이 없는 가운데서도 제 갈 길을 찾지 못하고 수치심에 시달린다면, 그래서 정말로 더는 고향도 친구도 없게 된다면, 그렇다면 지금까지처럼 타향에 그냥 머물러 있는 것이 그에게 훨씬 더 낫지 않을까? 사정이 이러한데 그가 이곳에 와서 제대로 적응해 살아갈 거라고 생각할 수 있겠는가?

이런 이유들로 인해서, 어쨌거나 그와 편지 왕래를 계속하려면 아주 먼 친지들에게도 거리낌 없이 할 수 있는 보편적인 이야기들조차 그에게는 전할 수 없었다. 그 친구는 고향 땅을 밟지 않은 지 벌써 3년이나 되었는데, 러시아 정세가 불안해서 자신과 같은 영세 상인은 러시아를 잠시도 떠날 수 없었노라고 아주 궁색하게 그 이유를 설명했다. 반면에 다른 수십만의 러시아인들은 아무 걱정 없이 세계 각지를 돌아다니고 있었다. 하지만 이 3년 동안 바로 게오르크에게는 많은 변화가 있었다. 약 2년 전에 게오르크의 어머니가 돌아가셨고, 그 이후로 게오르크는 늙은 아버지와 함께 가계를 꾸려왔다. 그 친구도 이런 소식을 들었는지, 편지에서 무미건조하게 조의를 표해 왔다. 그런 사건이 벌어져도 이역만리에서 슬퍼한다는 것은 도저히 상상할 수 없는 일이기에 그런 모양이었다. 하지만 그때부터 게오르크는 다른 모든 일에도 그랬지만, 이제 보다 마음을 단단히 다져 잡고 사업에 임했다. 어쩌면 어머니가 살아 계실 때 아버지가 사업에서 자신의 견해만을 관철시키려고 해서 게오르크 자신이 실제로 활동하는 데 방해가 되었을지도 모른다. 아버지는 어머니가 사망한 후에도 여전히 가게에서 일을 했지만 예전보다 소극적인 태도를 보였다. 어쩌면 요행이 보다 중요한 역할을 했다는 게 더욱 그럴듯하다고 할 수 있겠지만 어쨌거나 이 2년 동안 뜻하지 않게 사업이 아주 잘 되었다. 직원을 두 배로 늘려야 했고, 매상은 다섯 배나 올랐으며, 앞으로도 사업이 계속 번창하리라는 것은 의심의 여지가 없었다.

하지만 그 친구는 이런 변화를 까맣게 모르고 있었다. 이전에, 어쩌면 마지막일지도 모를 조의 편지를 보낼 때 그는 게오르크에게 러시아로 이주하라고 설득하려 했고, 바로 게오르크가 하는 사업이 페테르부르크에서 전망이 아주 밝다고 장광설을 늘어놓았던 것이다. 게오르크의 현재 사업 규모에 비하면 그 숫자는 보잘것없는 것이었다. 그렇지만 게오르크는 친구에게 자신이 사업에 성공을 거두고 있다고 편지 쓸 생각이 없었다. 게다가 지금 와서 뒤늦게 그런 편지를 쓰면 정말 이상하게 보일지도 몰랐다.

그리하여 게오르크는 늘 그 친구에게 그저 별 대수롭지 않은 사건들에 대해 쓰는 데 그쳤다. 한가한 일요일에 곰곰이 생각에 잠길 때 두서없이 뇌리에 떠오르는 것 같은 사건들 말이다. 그는 친구가 띄엄띄엄 편지를 보내며 고향 도시에 대해 행여 품고 있을지도 모르는 상상이 방해받지 않기를 바랄 뿐이었다. 친구는 이런 상상을 하며 만족해하고 있었다. 이리하여 게오르크는 그 친구와 별 상관이 없는 어떤 남자가 역시 그와 별 상관이 없는 어떤 소녀와 약혼한 이야기를 제법 시간적 간격을 두며 세 번이나 편지로 알리게 되었다. 그런데 그 친구는 게오르크의 의도와는 정반대로 이 색다른 이야기에 대해 당연히 관심을 보이기 시작했다.

그렇지만 게오르크는 자신이 한 달 전에 양갓집 처녀인 프리다 브란덴펠트 양과 약혼한 사실에 대해 고백한 것 이상으로 그러한 일들에 대해 편지 쓰는 것을 훨씬 더 좋아했다. 그는 자신의 약혼녀에게 종종 이 친구에 대해 이야기했고, 그와 특수한 서신 왕래 관계를 맺고 있음을 이야기했다.

「그럼 그 친구는 우리 결혼식에 오지 못하겠네요.」 그녀가 말했다. 「그렇지만 나에겐 당신의 친구들을 다 알 권리가 있단 말이에요.」

「난 그 친구에게 폐를 끼치고 싶지는 않아요.」 게오르크가 대답했다. 「잘 생각해 보면, 어쩌면 올지도 모르지요. 적어도 난 그렇게 생각해요. 하지만 그는 강요당했다거나 왠지 손해를 봤다는 느낌을 가질지도 몰라요. 어쩌면 나를 부러워하고, 확실히 불만족해하면서, 그런 불만족한 기분을 쉽사리 떨쳐 버리지 못하고 다시 혼자 러시아로 돌아가 버리겠지요. 홀로 쓸쓸히 말입니다 — 그게 무슨 말인지 알겠어요?」

「그래요, 그런데 그는 다른 경로로도 우리 결혼에 대해 알 수 있지 않을까요?」

「물론 내가 그것까지 막을 수야 없는 일이지요. 하지만 그가 사는 방식을 생각해 보면 도저히 그럴 수 없을 겁니다.」

「당신에게 그런 친구들이 있다면, 게오르크, 당신은 결코 약혼하지 말아야 했을 거예요.」

「그래, 그건 우리 둘의 탓이지요. 하지만 지금 와서 달리 어쩔 수 없는 일입니다.」

그리고 그가 키스를 퍼붓는 가운데 그녀는 급히 숨을 몰아쉬며 이렇게 말했다.

「어찌 됐건 내 마음이 편치 않아요.」

그는 사실 그 친구에게 모든 사실을 있는 그대로 써 보내도 아무런 해가 없을 거라 생각했다.

「난 이런 사람이니까, 그는 나를 있는 그대로 받아들여야 해.」 그는 혼자 중얼거리며 말했다. 「난 지금의 나보다 그 친구와의 우정에 더 적합한 사람이 될 수 없거든.」

그리고 실제로 그는 자신이 약혼한 사실을 그 친구에게 알려 주려고 이날 오전 긴 편지를 썼다. 그 편지 내용은 이러했다.

가장 좋은 소식을 마지막에 알리려고 남겨 두었네. 난 양갓집 규수인 프리다 브란덴펠트 양과 약혼을 했어. 자네가 이곳을 떠나고 한참 있다가 이사 왔기 때문에 자네는 그 집에 대해 잘 모를 거야. 앞으로 또 기회가 있을 테니 그때 나의 약혼녀에 대해 보다 상세한 이야기를 들려주겠네. 오늘은 내가 행복하다는 소식으로 만족해 주게나. 그리고 우리 둘의 관계에서 뭔가 변한 게 있다면 자네는 이제 아주 평범한 친구 대신에 마음이 행복한 친구를 가지게 될 뿐이라는 소식으로 만족해 주게나. 그것 말고도 자네에게 진심으로 안부를 전하고, 나중에 자네에게 직접 편지를 쓰려고 하는 내 약혼녀가 자네의 진정한 여자 친구가 되어 줄 거네. 이는 총각인 자네에게는 꽤 의미 있는 일이겠지. 나는 자네가 이곳에 찾아오지 못하는 이유가 여러 가지 있는 걸로 알고 있네. 하지만 바로 내 결혼식이 모든 장애물을 일거에 허물어뜨릴 절호의 기회가 아니겠는가? 하지만 어찌 됐던 간에 이것저것 따지지 말고, 오직 자네의 생각 여하에 따라 행동하길 바라네.

이 편지를 손에 들고 게오르크는 얼굴을 창 쪽으로 돌린 채 자신의 책상에 오랫동안 앉아 있었다. 골목을 지나가다 그에게 인사를 건네는 어떤 아는 남자에게 그는 멍하니 미소 지으며 답례할 뿐이었다.

마침내 그는 편지를 주머니에 찔러 넣고, 자기 방에서 나와 조그만 복도를 가로질러 아버지 방으로 갔다. 그가 그 방에 발을 들여놓지 않은 지 벌써 여러 달이나 되었다. 가게에 가면 언제나 아버지를 만날 수 있었기 때문에 그럴 필요도 없었다. 점심은 식당에서 같이 먹었고, 저녁은 각자 알아서 챙겨 먹었지만 식사 후에는 대개 저마다 신문을 보면서 거실에 잠시 같이 앉아 있었다. 그런데 언젠가부터 게오르크가 친구들과 있거나, 또는 약혼녀를 찾아가는 경우가 더 잦았다.

맑게 갠 일요일 오전인데도 아버지의 방이 어두컴컴한 것에 게오르크는 흠칫 놀랐다. 좁은 안뜰의 건너편에 우뚝 솟아 있는 높다란 담벼락이 그림자를 드리우고 있었던 것이다. 아버지는 돌아가신 어머니가 떠오르게 하는 여러 기념품이 장식되어 있는 방 한구석의 창가에 앉아 계셨다. 그리고 약한 시력을 보완하려고 신문을 눈의 옆쪽에 대고 보고 계셨다. 식탁에는 아침 식사를 하고 남은 음식이 놓여 있었는데, 식사를 그리 많이 한 것 같지는 않았다.

「아, 게오르크구나!」 아버지는 이렇게 말하며 곧장 그의 곁으로 다가갔다. 아버지가 걸음을 옮기자 묵직한 잠옷이 열리며 옷자락 끝이 그의 주위에 나부꼈다.

〈아버지 몸집은 여전히 거구야.〉 게오르크가 마음속으로 생각했다.

「이 방은 참을 수 없을 정도로 어둡군요.」 그가 말했다.

「그래, 어두운 건 사실이야.」 아버지가 대답했다.

「창문도 닫아 놓으셨어요?」

「나에겐 그게 더 좋단다.」

「바깥은 아주 따뜻해요.」 게오르크는 먼저 한 말에 덧붙이듯 말하고는 자리에 앉았다.

아버지는 아침 식사를 한 그릇을 찬장 위에 올려놓았다.

「아버지께 드릴 말씀이 있어서요.」 게오르크는 연로한 아버지가 움직이는 모습을 멍하니 바라보며 말을 계속했다.

「페테르부르크에 제가 약혼한 사실을 알리려고요.」 그는 주머니에서 편지를 조금 꺼냈다가 다시 도로 떨어뜨렸다.

「페테르부르크라고?」 아버지가 물었다.

「제 친구에게 말입니다.」 게오르크는 이렇게 말하고 아버지의 눈치를 살폈다. 〈가게에 계실 때하고는 완전 딴판이야〉하고 그가 생각했다. 〈이렇게 떡 버티고 앉아 팔짱을 끼고 있으니 말이야.〉

「그래. 너의 친구에게 말이지.」 아버지는 힘주어 말했다.

「아버지도 아시다시피 말입니다. 처음에는 그에게 약혼한 사실을 알리지 않으려고 했어요. 그를 배려해서 그런 거지, 뭐 별다른 이유가 있는 건 아니었어요. 아버지도 아시다시피 그는 까다로운 친구거든요. 그가 혼자 고독하게 살아서 그럴 가능성이 별로 없긴 하지만, 다른 경로로 제가 약혼한 사실을 알고 있을지도 모른다고 생각했어요. 그런 일까지 막을 수야 없는 노릇이니까요. 하지만 제가 직접 그에게 약혼한 사실을 알리고 싶지는 않았어요.」

「그랬는데 지금은 생각이 달라졌다는 거냐?」 아버지는 이렇게 물으며 커다란 신문을 창턱에 올려놓고는 손으로 가리고 있던 안경을 그 신문 위에 벗어 놓았다.

「네. 이제 생각이 다시 바뀌었어요. 그가 나의 좋은 친구라면 나에게 행복한 약혼이 그에게도 기쁜 일이라고 생각했어요. 그래서 더는 머뭇거리지 말고 그에게 알리기로 했어요. 하지만 편지를 부치기 전에 그런 사실을 아버지께 말씀드리려고요.」

「게오르크야!」 아버지는 이렇게 말하며 치아가 없는 입을 옆으로 벌렸다. 「내 말 좀 들어 보거라! 넌 이 문제로 상의를 하려고 나에게 왔다. 그건 정말 칭찬할 만큼 잘한 일이야. 하지만 네가 이제 진실을 다 털어놓지 않으면 그건 하잘것없는 일이 되고, 그것은 하잘것없는 일이 되는 것보다 더 나쁘단다. 이 문제와 직접 관련이 없는 일들까지 들추어내지는 않겠다. 네 어미가 죽은 뒤로 여러 가지 불미스러운 일들이 일어났어. 어쩌면 그런 일이 일어날 때가 되었는지도 모르고,

어쩌면 우리가 생각한 것보다 그때가 더 일찍 찾아온 것인지도 모르지. 사업을 하다 보면 은밀히 벌어지는 일들이 더러 있더구나. 어쩌면 나에게 숨기려고 그러는 건 아닐지도 모르지. 나에게 숨기려 한다고는 결코 생각하고 싶지 않다. 난 이제 예전과 달리 힘이 부치고, 기억력도 떨어지고 있어. 온갖 일에 일일이 신경을 쓸 수 없게 되었다. 그건 첫째로 자연의 섭리 때문이고, 둘째로 네 어미의 죽음에 너보다 내가 훨씬 더 많은 타격을 받았기 때문이야. 하지만 아까 우리가 이야기하던 게 있었으니까 편지 얘기로 돌아가 생각해 보면, 게오르크야, 부디 부탁하는데 날 속이지 말거라. 그건 아주 사소한 일이고, 언급할 가치도 없는 일이니 나를 속이지 말거라. 페테르부르크에 정말 그 친구가 있는 거냐?」

게오르크는 당황해서 일어섰다. 「제 친구들 이야기는 그만 하기로 해요. 친구가 수천 명이나 있다 해도 아버지를 대신하지는 못하죠. 제가 무슨 생각을 하고 있는지 알고 계세요? 아버지는 몸을 제대로 보살피지 않고 계세요. 그 연세가 되면 몸에 신경을 쓰셔야요. 아버지도 아주 잘 알고 계시다시피 아버지는 제 사업에서 없어서는 안 되는 분입니다. 하지만 사업 때문에 아버지의 건강이 위태로워진다면 내일이라도 당장 문을 닫을 겁니다. 그건 안 됩니다. 그렇게 되면 우리는 아버지가 다른 방식으로 살아가게 해드려야지요. 하지만 아주 근본적으로 말입니다. 아버지는 여기 어둠 속에 앉아 계십니다. 거실에 가면 불빛이 환한데 말입니다. 아버지는 제대로 드시고 힘을 내셔야 하는데 아침 식사를 드는 둥 마는 둥 하십니다. 아버지는 창을 닫아 놓고 앉아 계십니다. 바깥 공기가 아버지의 건강에 무척 좋을 텐데 말입니다. 그렇게는 안 됩니다, 아버지! 전 의사를 부를 거고, 우리는 그의 지시에 따를 겁니다. 방을 바꾸는 게 좋겠어요. 아버지는 바깥쪽 방으로 가시고, 제가 이 방으로 올 겁니다. 그렇다고 아버지의 환경이 바뀌지는 않을 겁니다. 이 방에 있는 것을 죄다 그곳으로 옮겨 드릴 테니까요. 하지만 이 모든 일을 하려면 시간이 걸리므로 지금은 침대에 좀 누워 계세요. 아버지껜 절대적으로 휴식이 필요합니다. 자, 옷 벗는 것을 도와드리겠습니다. 제가 그 일을 할 수 있다는 걸 보시게 될 겁니다. 아니면 당장 바깥쪽의 제 방으로 가서서 당분간 제 침대에 누워 계시도록 하세요. 아닌 게 아니라 그게 무척 현명한 일인 것 같습니다.」

게오르크는 백발이 성성한 머리를 가슴 쪽으로 떨구고 있는 아버지 바로 옆에 서 있었다.

「게오르크야!」 아버지는 꼼짝하지 않고 나지막하게 말했다. 게오르크는 즉각 아버지 옆에 무릎을 꿇었다. 게오르크는 아버지가 피곤한 얼굴로 눈을 둥그렇게 뜨고 자신을 쏘아보고 있는 것을 보았다.

「너에겐 페테르부르크에 친구가 없어. 넌 항상 익살을 부려 왔는데, 나에게도 그런 일을 삼가지 않았어. 어떻게 그런 곳에 너의 친구가 있단 말이냐! 난 도저히 못 믿겠다.」

「다시 한 번 잘 생각해 보십시오, 아버지!」 게오르크는 이렇게 말하며 아버지를 안락의자에서 일으켜 세우고는, 맥없이 옆에 서 있는 그의 잠옷을 벗겨 주었다.

「이제 얼마 안 있으면 3년쯤 될 겁니다. 그러니까 그때 제 친구가 우리 집에 찾아왔지요. 아버지가 그를 별로 좋아하지 않은 기억이 납니다. 그가 바로 제 방에 앉아 있는데도 저는 적어도 두 번이나 아버지께 그가 오지 않았다고 부인했습니다. 정말이지 아버지가 그 친구를 좋아하지 않는다는 것을 저는 아주 잘 이해할 수 있었습니다. 그 친구에게는 좀 독특한 점이 있었거든요. 하지만 나중에는 그와 아주 즐겁게 대화를 나누시더군요. 저는 그때 아버지가 그의 말에 귀 기울이고 고개를 끄덕이며 질문하는 것에 자못 으쓱한 기분이 들었습니다. 아버지도 잘 생각해 보면 기억이 나실 겁니다. 그는 당시에 러시아 혁명에 관한 믿을 수 없는 이야기를 들려주었지요. 예를 들어 그는 키예프에 출장을 갔다가 폭동의 와중에 어떤 성직자가 발코니에 나와 있는 것을 보았다 그랬지요. 커다란 피의 십자가를 손바닥에 새긴 그 신부는 손을 치켜들고 군중에게 호소했다고 그랬어요. 아버지가 직접 그 이야기를 여기저기서 가끔씩 다시 하기도 하셨잖아요.」

그러는 동안 게오르크는 아버지를 앉혀 양말을 벗기고는, 아울러 리넨 팬티 위에 입고 있는 몸에 착 달라붙는 바지를 조심스럽게 벗길 수 있었다. 내의가 그리 깨끗하지 않은 것을 보고 그는 아버지를 소홀히 대했다고 스스로를 꾸짖었다. 신경을 써서 아버지 내의를 갈아입히는 것도 확실히 그의 의무였을지도 모른다. 그는 앞으로 아버지를 어떻게 모실 건가에 대해 약혼녀와 분명히 의견을 교환한 적이 없었다. 서로 말은 하지 않았지만, 두 사람은 아버지가 옛날부터 쭉 살아오던 이 집에 그냥 혼자 계실 거라고 전제했다. 하지만 지금 게오르크는, 가정을 꾸리면 아버지를 모시고 살아야겠다고 확고하게 마음을 다져 먹었다. 엄밀히 따져 보면, 새 가정을 꾸미고 나서 아버지를 돌본다는 것이 너무 늦은 감이 없지 않나 싶지만.

그는 아버지를 안고 침대로 갔다. 그가 침대로 몇 발자국 옮기는 동안 아버지는 그의 가슴에 안겨 시곗줄을 만지작거렸다. 그는 아버지의 그 몸짓을 알아채고는 섬뜩해졌다. 아버지가 자신의 시곗줄을 꽉 붙잡고 있어서 그는 아버지를 곧장 침대에 눕힐 수 없었다.

하지만 아버지가 침대에 눕자 모든 일이 잘 되어 가는 것 같았다. 아버지는 스스로 이불을 덮은 다음 어깨까지 잔뜩 끌어당겼다. 아버지는 정다운 눈초리로 게오르크 쪽을 올려다보았다.

「이제 그 친구가 기억나시죠, 그렇죠?」 게오르크는 이렇게 물으며 아버지를 격려하듯 고개를 끄덕였다.

「이제 내 몸이 잘 덮여 있느냐?」 아버지는 자신의 발이 잘 덮여 있는지 볼 수 없다는 듯 물어보았다.

「그러니까 침대에 누워 계시는 게 벌써 마음에 드신 겁니다.」 게오르크는 이렇게 말하며 이불을 더 잘 덮어 주었다.

「내 몸이 잘 덮여 있느냐?」 아버지는 또 한 번 같은 질문을 하며 대답에 특히 신경을 쓰는 것 같았다.

「잘 덮여 있으니 가만히 계세요.」

「아니야!」 아버지는 질문에 대한 대답이 못마땅하다는 듯 소리치더니, 일순간 이불이 홱 휘날릴 정도로 힘차게 걷어 내고는 침대에 똑바로 일어섰다. 그는 한 손만을 천장에 살짝 대고 있었다.

「난 네가 나에게 이불을 덮어 주려고 하는 걸 알고 있어, 이 녀석아. 하지만 내 몸에 아직 덮여 있지 않아. 그리고 이것이 나에게 남은 마지막 힘이라 해도, 너에겐 그것으로 충분하고, 너에겐 너무 지나친 것일지도 몰라! 난 너의 친구를 잘 알고 있어. 그가 내 마음에 드는 아들일지도 모르지. 네가 오랜 세월 내내 그를 속인 것도 그런 이유 때문이었지. 그렇지 않다면 왜 그랬겠느냐? 넌 내가 그 친구 일로 눈물을 흘리지 않았다고 생각하느냐? 그런데 그 때문에 넌 사무실의 문을 걸어 잠그고 있어. 사장이 바쁘니까 아무도 방해하지 못하도록 말이야. 그 틈에 러시아로 거짓 편지를 써서 보낼 수 있도록 말이야. 하지만 다행히도, 아비들은 아들의 마음을 꿰뚫어 보기 위해 가르침을 받을 필요가 없지. 넌 이제 아버지를 굴복시켰다고 생각했겠지. 네 엉덩이로 아버지를 깔아뭉개, 내가 옴짝달싹하지 못한다고 생각하자 결혼할 결심을 한 거야!」

게오르크는 아버지의 소름끼치는 모습을 올려다보았다. 아버지가 느닷없이 아주 잘 알고 있다고 한 페테르부르크의 친구가 전에 없이 그의 상상력에 나래를 펴게 했다. 광막한 러시아에서 행방불명 상태인 친구의 모습이 그의 눈에 보인 것이었다. 깡그리 약탈당해 텅 빈 가게의 문가에 서 있는 그의 모습이 말이다. 그 친구는 폐허가 된 진열장, 산산조각 난 물품들, 떨어질 듯 내려뜨려져 있는 가스등 받침들 사이에 아직 우두커니 서 있었다. 그는 왜 그토록 멀리 가 버려야 했을까!

「나를 잘 보거라!」 아버지가 소리쳤다. 게오르크는 어느 한 모습도 놓치지 않으려는 듯 거의 얼이 빠진 채 침대로 달려갔지만, 가는 도중에 우뚝 멈춰 서고 말았다.

「그 여자가 치마를 들어 올리는 바람에.」 아버지는 피리 같은 소리로 말하기 시작했다.

「그 여자가 치마를 냉큼 들어 올리는 바람에, 역겹고 푼수 같은 그 여자가 말이야.」

그리고 그 장면을 실제로 보여 주기 위해 아버지가 셔츠를 높이 들어 올리자, 그의 허벅지에 전쟁 때 입은 상처 자국이 보였다.

「치마를 이렇게, 이렇게 들어 올리는 바람에 네가 그 여자에게 사랑한다고 말하게 되었지. 그리고 네가 아무런 방해를 받지 않고 그 여자에게서 만족을 얻을 수 있도록 네 어머니의 기념품을 손상시켰고, 친구를 배반했으며, 네 아버지를 꼼짝하지 못하게 침대에 처박아 놓았어. 하지만 아비가 꼼짝하지 못할 줄 아느냐?」

그리고 나서 그는 아무런 부축도 받지 않고 혼자 힘으로 서서 두 다리를 뻗으며 흔들었다. 그의 얼굴은 무언가를 깨달은 듯 환하게 빛나고 있었다.

게오르크는 되도록 아버지로부터 멀리 떨어진 채 한쪽 구석에 서 있었다. 꽤 오래전부터 그는 모든 것을 아주 면밀히 관찰해야겠다고 단단히 마음먹고 있었다. 어쩌다 주위에서 간접적으로, 뒤나 위에서 불의의 습격을 당하지 않도록 말이다. 이제 그는 오래전에 잊어버린 결심을 생각해 냈다가, 짧은 실을 바늘귀에 꿸 때처럼 다시 이를 잊어버렸다.

「하지만 따지고 보면 그 친구가 배반당한 게 아니야!」 아버지는 이렇게 외치면서 자신의 말에 힘을 싣기 위해 집게손가락을 이리저리 움직였다. 「내가 그의 이곳 현지 대리인이었어.」

「희극 배우시군요!」 게오르크는 참지 못하고 이렇게 소리쳤는데, 불이익을 당할 것을 깨닫고 너무 늦긴 하지만 얼어붙은 표정으로 혀를 깨무는 바람에 허리를 구부렸다.

「그래, 물론 난 희극을 꾸미고 있는 셈이야! 희극이라! 좋은 말이구나! 늙은 홀아비에게 다른 위안거리가 뭐가 남아 있겠느냐! 말해 보렴 — 그리고 대답하는 순간은 아직 네가 나의 살아 있는 아들이라 치자 — 골방에 갇혀 불충한 직원한테 박해당하는 폭삭 늙은 나에게 남은 게 뭐가 있었겠느냐? 그런데 내 아들은 환호하며 세상을 두루 돌아다녔고, 내가 준비해 놓은 거래의 계약을 맺었으며, 너무 기쁜 나머지 구르고 날뛰었지. 그리고 근엄한 남자처럼 과묵한 표정을 지으며 아버지 앞에서 달아나 버렸어! 내가 너를 사랑하지 않았다고 생각하느냐? 너를 낳은 이 아비가?」

〈이제 앞으로 고꾸라질 거야.〉 게오르크가 마음속으로 생각했다.

〈넘어져 몸이 박살 나면 말이야!〉 이런 생각이 얼핏 그의 뇌리를 스쳐 갔다.

아버지는 몸을 앞으로 구부렸지만 쓰러지지는 않았다. 게오르크가 가까이 다가가지 않으니까 그의 예상대로 아버지는 다시 몸을 일으켰다.

「그냥 그대로 있어. 너의 도움은 필요 없으니까! 넌 이리로 올 힘이 아직 있다고 생각하겠지. 그리고 네가 가만히 있는 것은 그러고 싶기 때문이야. 잘못 생각하지 않기를 바란다! 아직은 내가 여전히, 훨씬 더 힘이 세거든. 나 혼자라면 행여 뒤로 물러났을지도 모르지만 너의 어머니가 나에게 힘을 주고 갔기에 난 너의 친구와 멋들어지게 제휴할 수 있었어. 너의 고객 정보가 여기 내 주머니 안에 들어 있다!」

〈셔츠에도 주머니가 있다니!〉 게오르크는 마음속으로 이렇게 말하며, 이 말 한마디면 아버지를 온 세상이 상대할 수 없는 사람으로 만들 수 있다고 생각했다. 그러나 이런 생각을 한 것은 잠시 동안에 불과했다. 그는 줄곧 모든 것을 잊어먹었기 때문이었다.

「네 신부와 팔짱을 끼고 한번 다가와 봐라! 그녀를 네 옆구리에서 쓸어버릴 테니까. 어떤 방법으로 그렇게 할 수 있을지 넌 모르겠지!」

게오르크는 믿지 못하겠다는 듯 얼굴을 찡그렸다. 아버지는 자신이 한 말이 정말임을 단언하듯 게오르크가 있는 구석쪽으로 그저 고개를 끄덕일 뿐이었다.

「네가 오늘 나를 찾아와 페테르부르크에 있는 그 친구에게 약혼 사실을 알려야 하는지 물어서 내 마음이 얼마나 흐뭇한지 모른다. 하지만 그는 다 알고 있어, 멍청한 녀석아. 다 알고 있단 말이야! 네가 내게서 필기도구를 앗아 가는 것을 잊는 바람에 난 편지를 썼단다. 벌써 몇 년 전부터 그가 오지 않은 것은 바로 그 때문이야. 그는 모든 것을 너 자신보다 백배는 더 잘 알고 있어. 그는 내 편지는 오른손에 든 채 눈앞에 대고 읽는 반면 너의 편지는 왼손에 쥐고 읽지도 않고 구겨 버릴 거야!」

아버지는 감격에 겨운 나머지 팔을 머리 위로 흔들었다. 「그는 모든 것을 수천 배는 더 잘 알고 있어!」 아버지가 소리 쳤다.

「수만 배는 되겠죠!」 게오르크는 아버지를 비웃기 위해 이렇게 말했지만 그의 입에서 그 말은 지극히 심각한 음색을 띠고 있었다.

「나는 네가 이런 질문을 하러 올 거라고 벌써 몇 년 전부터 기다려 왔다! 넌 내가 그것 말고 다른 데 신경 쓸 거라고 생각하느냐? 넌 내가 신문들을 읽는다고 생각하느냐? 이것들 말이야!」 그러면서 아버지는 함께 침대로 가져온 신문지를 게오르크에게 던져 주었다. 게오르크로서는 그 이름을 도통 알 수 없는 옛날 신문이었다.

「네 녀석은 철들 때까지 얼마나 오래 걸렸는지! 너의 어미는 죽을 수밖에 없었어. 그 친구가 러시아에서 파멸하는 바람에 그녀는 기쁜 날을 맛볼 수 없었어. 벌써 3년 전에 그는 차마 눈뜨고 볼 수 없을 정도로 피폐해졌어. 그리고 나의 형편은 지금 네가 보는 그대로다. 두 눈이 있으니 잘 알겠지!」

「그러니까 아버지는 내 동정을 살피고 계셨군요!」 게오르크가 소리쳤다.

아버지는 말이 나온 김에 동정 어린 목소리로 말했다. 「넌 아마 진작부터 그런 말을 하고 싶었겠지. 이젠 더는 맞지 않는 말이야.」

그리고 나서 더욱 큰 소리로 이렇게 말했다. 「그러므로 넌 이제야 너 말고 뭐가 또 있는지 알겠지. 이제까지 넌 너 자신 밖에 알지 못했어! 넌 사실 천진난만한 아이였지만, 보다 엄밀히 말하자면 악마 같은 녀석이었어! 그리하여 이제 내가 너에게 익사 형을 선고하니 그런 줄 알아라!」

게오르크는 방에서 쫓겨난 기분을 느꼈다. 아버지가 등 뒤에서 침대 위로 쿵 하고 쓰러지는 소리가 아직 그의 귓전에 맴돌았다. 비탈길을 내달리듯 부리나케 계단을 내려가다 그는 하녀와 맞닥뜨렸다. 그녀는 아침 청소를 하러 계단을 올라오는 중이었다.

「에구머니나!」

그녀는 이렇게 소리치고 앞치마로 얼굴을 가렸지만 그는 벌써 쏜살같이 지나갔다. 그는 대문을 뛰쳐나와서는 차도를 건너 정신없이 강가로 내달렸다. 굶주리는 사람이 음식물을 움켜잡듯 그는 벌써 난간을 꽉 붙잡고 있었다. 소년 시절 부모님이 자랑해 마지않는 탁월한 체조 선수였던 그는 몸을 흔들어 옆으로 훌쩍 넘어갔다. 난간을 붙잡고 있는 손에서 점점 힘이 빠지는 것을 느끼며, 그는 자신이 떨어지는 소리를 손쉽게 덮어 줄 버스가 난간 기둥 사이로 지나가기를 엿보며 나지막하게 소리쳤다.

「사랑하는 부모님, 난 언제나 부모님을 사랑했어요!」 그러고는 아래로 몸을 떨어뜨렸다.

이 순간 다리 위에서는 그야말로 끊임없는 차량의 행렬이 이어지고 있었다.

화부

미완성 작품

카를 로스만은 그를 유혹한 하녀가 그의 아이를 낳는 바람에, 불과 열여섯의 나이에 가난한 부모에 의해 강제로 미국에 가게 되었다. 그를 태운 배가 속력을 늦추고 뉴욕 항에 들어섰을 때 그가 벌써 오래전부터 바라보고 있던 자유의 여신상이 갑자기 더욱 강렬해지는 햇살을 받으며 떠오르는 것처럼 보였다. 여신은 요즘 들어 새삼스레 그러는 것처럼 검을 든 팔을 높이 치켜들고 있었고, 신상 주위에는 바람이 거침없이 불고 있었다.

「상당히 높구나!」 그는 혼잣말로 중얼거렸다. 그 자리에서 떠날 생각을 하지 않고 서 있던 그는 자기 옆을 지나가는 짐꾼들의 수가 점점 더 불어나는 바람에 배의 난간까지 밀려나게 되었다.

그가 항해하는 동안 조금 알게 된 한 젊은이가 한마디 하면서 지나갔다.

「이봐요, 아직 내릴 생각이 없나요?」

「아니, 내릴 준비가 됐습니다.」 카를은 그를 보고 빙그레

웃으며 말했다. 카를은 힘이 세다는 걸 뻐기려고 트렁크를 어깨 위로 번쩍 들어올렸다. 하지만 그는 자신과 알게 된 젊은이가 지팡이를 가볍게 흔들며 다른 사람들과 함께 멀어져 가는 모습을 물끄러미 바라보다가 우산을 아래쪽의 선실에 두고 왔음을 깨닫고 화들짝 놀랐다. 그는 그리 탐탁지 않게 생각하는 것 같은 그 젊은이에게 자신의 트렁크를 잠시 맡아 달라고 급히 부탁하고, 돌아올 때 제대로 찾아오기 위해 자신이 있는 곳을 쓱 훑어보고는 서둘러 내려갔다. 아래에 내려가 보니 질러갈 수 있는 통로는 유감스럽게도 처음으로 막혀 있었는데, 이는 전체 승객이 배에서 내리는 문제와 관련이 있는 모양이었다. 그래서 무수히 많은 조그만 공간들을 통과하고, 잇달아 나오는 짧은 계단을 지나, 계속 굽어지는 복도를 통과하고, 책상 하나만 덩그러니 놓여 있는 빈 방을 지나 힘들게 길을 찾아가다가 급기야 그만 길을 잃어버리고 말았다. 이 길을 고작 한두 번, 그것도 여러 사람들과 항상 어울려 다녔기 때문이었다. 오가는 사람 하나 보이지 않고, 머리 위에서는 끊임없이 수많은 사람들의 구두 소리만 또각또각 들려왔기에 그는 어찌 할 바를 몰랐다. 그리고 이미 작동을 멈춘 엔진이 마지막으로 돌아가는 소리가 멀리서 숨결처럼 들려왔다. 그는 이것저것 따질 것 없이, 이리저리 헤매다가 앞을 가로막는 어떤 작은 문을 두드리기 시작했다.

「열려 있어요.」 안에서 외치는 소리가 들렸다. 그래서 카를은 안도의 한숨을 쉬며 문을 열었다.

「왜 그리 미친 듯이 문을 두드리는 거요?」 거구의 남자가 카를은 거들떠보지도 않고 물었다. 어딘가에 있는 채광창을 통해 배의 윗부분을 지나온 흐릿한 빛이 초라한 선실에 떨어지고 있었다. 선실에는 침대며 옷장이며 안락의자가 다닥다닥 놓여 있었고, 바로 그 옆에 남자가 마치 헛간에 갇힌 것처럼 서 있었다.

「길을 잘못 들어서요.」 카를이 말했다. 「항해 중에는 잘 몰랐는데, 배가 무척 크군요.」

「그래요, 맞는 말이오.」 그 남자는 약간 자랑스러운 듯 말하며, 작은 트렁크의 자물쇠를 계속 만지작거리고 있었다. 〈찰칵〉 하고 자물쇠가 걸리는 소리를 들으려고 그는 자꾸만 트렁크를 두 손으로 누르고 있었다.

「좌우간 이리 좀 들어오시오.」 그 남자가 계속 말했다. 「그렇게 밖에 서 있지 말고요!」

「방해가 되지 않을까요?」 카를이 물어보았다.

「원, 무슨 방해가 되겠소!」

「독일 분인가요?」 카를은 미국으로 새로 이주하는 사람들이 특히 아일랜드인들에게 위험한 일을 많이 당한다는 말을 들었기 때문에 확실히 알아 두고자 했다.

「그럼요, 그렇고말고요.」 그 남자가 말했다.

카를은 계속 머뭇거리고 있었다. 그때 남자가 자신도 모르게 문의 손잡이를 잡아당겨 문이 획 닫히는 바람에, 카를은 그 남자 쪽으로 딸려 가게 되었다.

「복도에서 들여다보는 것을 참을 수 없거든요.」 그 남자는 이렇게 말하며 다시 자신의 트렁크를 만지작거렸다.

「누구나 지나가면서 안을 들여다보거든요. 누가 그 꼴을 보고 참겠어요!」

「그런데 복도는 텅 비어 있던데요.」 카를은 침대의 기둥에 몸을 바짝 붙인 채 불편하게 서서 말했다.

「그래요, 지금은 그렇지요.」 그 남자가 말했다.

〈그렇지만 지금이 중요한 문제가 아닌가〉 하고 카를은 생각했다. 〈이 사내하고는 대화하기가 쉽지 않구나.〉

「침대에 좀 누워요. 당신 자리가 더 넓으니까.」 그 남자가 말했다. 카를은 재주껏 기어 들어가면서 침대로 뛰어오르다가 처음에 실패를 하고서 큰 소리로 웃었다. 하지만 침대 속에 들어가자마자 그는 이렇게 외쳤다.

「아차, 트렁크를 깜빡 잊었구나!」

「어디다 두었는데요?」

「갑판 위에요. 안면 있는 사람이 지켜 주고 있어요. 이름이 뭐였더라?」

그러고 나서 그는 여행을 떠나는 아들을 위해 어머니가 상의의 안감에 달아 준 비밀 주머니에서 명함을 한 장 꺼냈다.

「부터바움, 프란츠 부터바움이라 그랬지.」

「꼭 필요한 트렁크인가요?」

「물론이지요.」

「그럼 왜 잘 알지도 못하는 사람에게 그걸 맡겼지요?」

「깜빡 잊고 우산을 아래에 두고 오는 바람에, 그걸 찾으러 가는 길이었어요. 하지만 트렁크를 끌고 갈 순 없었죠. 그러다가 길을 잃고 헤매게 되었어요.」

「혼자 여행하는 거요? 같이 동행하는 사람은 없고요?」

「네, 혼자입니다.」

〈이 남자라면 혹시 믿고 의지해도 될지 모르겠어.〉 카를의

머릿속에 이런 생각이 얼핏 스쳤다. 〈당장 어디 가서 더 나은 친구를 얻겠나.〉

「그럼 이제 댁은 트렁크도 잃어버린 셈이군요. 우산은 말할 것도 없고요.」

그러고 나서 그 남자는 이제 카를의 일에 약간 관심이 생긴 듯 안락의자에 앉았다.

「하지만 트렁크를 아직 잃어버린 것 같지는 않은데요.」

「믿는 자에게 복이 있나니.」 그 남자는 이렇게 말하고, 자신의 짧고 더부룩한 까만 머리카락을 북북 긁어 댔다.

「배를 타 보면 항구마다 풍속도 달라지거든요. 함부르크에서는 부터바움이 당신의 트렁크를 지켜봐 주었을지 모르지만, 여기서는 십중팔구 사람도 트렁크도 감쪽같이 사라졌을 겁니다.」

「그렇다면 당장 위에 올라가 봐야겠는데요.」 카를은 이렇게 말하며, 어떻게 하면 이곳을 빠져나갈 수 있을지 둘러보았다.

「그냥 있으라니까요.」 그 남자는 이렇게 말하며, 한 손으로 카를의 가슴을 거칠게 밀어붙여 도로 침대에 밀어 넣었다.

「왜 이러세요?」 카를은 화를 내며 물었다.

「그래 봐야 쓸데없는 짓이니까요.」 그 남자가 말했다. 「조금 있다가 나도 갈 겁니다. 그때 같이 가도록 합시다. 그자가 트렁크를 갖고 달아났다면 아무 소용이 없는 일이고, 트렁크를 두고 갔다면 배가 완전히 비고 나서 찾아보는 게 더 나을 거요. 우산도 마찬가지고요.」

「배의 내부를 속속들이 잘 아시나요?」 카를은 미심쩍은 듯이 물었다. 전 같으면 배가 텅 비면 자신의 물건을 찾기가 제일 쉬울 거라고 굳게 믿었을 텐데, 그런 생각도 이젠 긴가 민가했다.

「난 배의 화부거든요.」 그 남자가 말했다.

「화부라고요!」 카를은 전혀 예상 밖이라는 듯 기뻐 소리치고는, 팔꿈치를 괴고 그 남자를 물끄러미 쳐다보았다. 「내가 슬로바키아인들과 같이 잠을 잔 선실 바로 앞에 미닫이창이 하나 달려 있었는데, 그 창으로 기관실 내부를 들여다볼 수 있었지요.」

「그래요, 난 그곳에서 일했소.」 화부가 말했다.

「나는 늘 기술에 아주 관심이 많았어요.」 카를은 나름대로 자신만의 생각에 잠기며 말했다. 「그리고 내가 미국에 건너오지 않았더라면, 십중팔구 나중에 기술자가 되었을 겁니다.」

「그럼 무엇 때문에 미국에 건너와야 했지요?」

「아, 뭐라고 해야 할까!」 카를은 이렇게 말하고, 손을 흔들며 모든 이야기를 끊어 버렸다. 그러면서 그는 말 못할 사정이 있으니 그냥 넘어가 달라고 부탁하는 듯이 미소를 지으며 화부를 쳐다보았다.

「필경 무슨 곡절이 있는 모양이군요.」 화부가 이렇게 말했다. 그런데 그 이유를 이야기해 달라는 건지, 아니면 말하지 말라는 건지 잘 알 수 없었다.

「이제 나도 화부가 될 수 있을지도 몰라요.」 카를이 말했다. 「그런데 나의 부모는 내가 뭐가 되든지 전혀 개의치 않는답니다.」

「내 자리가 비게 되는데.」 화부는 이렇게 말하고, 그런 사실을 충분히 의식하면서 두 손을 바지 주머니에 넣고, 주름 잡힌 회색 빛깔의 가죽 바지에 들어 있던 두 다리를 침대 위로 올리고는 쭉 뻗었다. 그래서 카를은 벽 쪽으로 좀 더 움직이지 않을 수 없었다.

「배를 안 탈 건가요?」

「물론이고말고요. 우린 오늘 보란 듯이 나갈 거요.」

「대체 왜요? 배가 마음에 들지 않나요?」

「아, 이런저런 사정들이 있어서요. 마음에 들고 안 들고의 여부로 일이 항상 결정되는 것은 아니지요. 아닌 게 아니라 당신 말이 맞아요. 이곳 생활이 마음에 들지 않기도 해요. 당신이 정말 화부가 될 생각은 아니겠지만, 그런 만큼 마음만 먹으면 아주 쉽게 될 수 있을 거요. 그러니 제발 그러지 말라고 충고하는 거요. 유럽에서 공부하려고 한다면, 왜 이곳에서 공부할 생각은 않는 거요? 정말이지 미국 대학들은 유럽 대학들과는 비교도 안 될 정도로 좋거든요.」

「그럴지도 모르죠.」 카를이 말했다. 「하지만 대학 다닐 돈이 한 푼도 없는 걸요. 어떤 사람이 쓴 글을 읽어 보니, 낮에는 가게에서 일하고 밤에는 공부해 박사가 된 후 시장이 된 사람도 있더군요. 그러려면 보통 인내심으로는 어림도 없겠지요? 나에게는 그런 게 부족할 것 같습니다. 게다가 난 학교 다닐 때 공부를 특출나게 잘한 학생도 아니었고, 사실 학교를 그만두는 것을 쉽게 생각했거든요. 그런데 이곳 학교들은 보다 엄격할지도 몰라요. 난 영어는 거의 할 줄 몰라요. 어쨌거나 난 미국 사람들은 외국 사람들에게 편견이 무척 심하던데요.」

「벌써 그런 것도 알아냈어요? 뭐, 그럼 잘된 일이군요. 그렇다면 당신은 나의 동지인 셈이오. 보다시피, 우린 함부르크-아메리카-라인 소속의 독일 배를 타고 있어요. 그런데 여기에 왜 순전히 독일 사람만 있지 않나요? 일등 기관사가 왜 루마니아 사람인 건가요? 이름이 슈발이라 그러더군요. 참으로 어처구니없는 일이 아닌가요. 이 망나니 같은 녀석이 독일 배에서 우리의 등골을 빼먹고 있단 말입니다! 내가」 — 그는 숨이 답답한지 손으로 부채질을 했다 — 「불평을 위한 불평을 한다고 생각지 마시오. 난 당신이 아무 영향력이 없는 가난한 풋내기에 불과하다는 걸 알고 있으니까. 하지만 이건 너무 심한 일이 아닌가요!」

그리고 그는 주먹으로 책상을 여러 번 내리쳤는데, 그러면서도 주먹에서 눈을 떼지 않았다.

「난 지금까지 수많은 배를 타 보았어요.」 — 그러면서 그가 배 이름을 한 단어처럼 스무 개쯤 줄줄 외자, 카를의 머릿속은 완전히 혼란스러워졌다 — 「그리고 난 특출났고, 칭찬받았으며, 선장의 구미에 맞는 일꾼이었소. 심지어 같은 상선을 몇 년간 타기도 했지요.」 — 그는 그때가 자기 인생의 황금기였다는 듯이 몸을 벌떡 일으켰다 — 「그런데 이 낡아빠진 배에서는 모든 게 획일적으로 이루어지고, 도무지 위트라는 게 통하지 않아 난 여기서는 아무짝에도 쓸모없게 되었소. 여기서 나는 슈발에게 사사건건 방해가 되는 게으름뱅이지요. 난 당장 쫓겨나도 싼데, 봐줘서 꼬박꼬박 급료나마 받고 있어요. 내 말 알아듣겠어요? 난 그런 사람이 아니란 말이오.」

「그런 걸 참고 견뎌서는 안 되죠.」카를이 흥분해서 말했다. 배의 불안정한 바닥에 있는 그는 미지의 대륙의 해안에 와 있다는 느낌을 거의 잊고 있었다. 그에겐 여기 화부의 침대 위가 마치 고향 같다는 기분이 들었다.

「선장을 찾아가 본 적은 있나요? 그를 찾아가서 당신의 권리를 주장한 적은 있나요?」

「뭐라고요? 가요, 차라리 나가요. 당신 같은 사람과 같이 있고 싶지 않아요. 당신은 내가 하는 말은 듣지도 않고, 나에게 충고나 하고 있군요. 내가 무엇 때문에 선장을 찾아간단 말이오!」

그러고 나서 화부는 피곤한 기색으로 다시 자리에 앉더니, 얼굴을 두 손으로 감쌌다.

「더 나은 충고를 할 수 없어.」카를은 혼잣말로 중얼거렸다. 그리고 그는 여기서 충고를 하다가 바보 취급당하느니 차라리 트렁크를 가지러 가는 게 좋겠다고 생각했다. 아버지는 그에게 트렁크를 영원히 물려주면서 농담 삼아 이렇게 물으셨다.

「그걸 얼마나 오랫동안 갖고 있겠느냐?」

그런데 이 소중한 트렁크를 정말로 잃어버리게 생겼다. 그래도 유일하게 위안이 되는 것은 아버지가 조사를 해본다 하더라도 지금 그가 처한 상황을 알아낼 도리가 없을 거라는 사실이었다. 선박 회사에서 말해 줄 수 있는 거라곤 그가 뉴욕까지 배를 타고 갔다는 사실밖에 없었다. 하지만 가슴 아픈 일은 트렁크 속의 물건들을 카를이 거의 사용해 보지도 못했다는 사실이다. 이를테면 진작부터 셔츠를 갈아입어야 했는데도 말이다. 그러니까 그는 엉뚱한 데에 인색하게 군 셈이었다. 인생을 새 출발하는 마당에, 깨끗한 옷을 입고 등장해야 할 이 순간에 지저분한 셔츠를 입고 나타나야 할 판이었다. 그것 말고 트렁크를 잃어버린 것은 그다지 나쁜 일이라고 할 수 없을 것이다. 더구나 그가 입고 있는 양복이 트렁크 속에 든 것보다 더 낫기도 했다. 트렁크 속의 양복은 사실 그가 여행을 떠나기 직전에 어머니가 부랴부랴 수선을 한 예비 양복에 불과했다. 지금 생각해 보니 어머니가 특별 음식으로 챙겨 넣어 준 베로나산(産) 소시지도 트렁크 안에 하나 들어 있었다. 항해 중에는 딱히 식욕도 없었거니와 3등 선실에 제공되는 수프로도 그럭저럭 충분했기 때문에 그걸 아주 조금만 입에 댔던 것이다. 만약 지금 그 소시지가 수중에 있으면 화부에게 바치면 좋을 텐데 하는 생각이 간절했다. 이런 사람들은 약간의 호의만 베풀어도 금방 환심을 살 수 있기 때문이었다.

카를은 이런 사실을 아버지한테서 배워 알게 되었다. 아버지는 사업상 관계가 있는 말단 직원들에게 시가를 나누어 주어 이들의 환심을 샀다. 지금 카를이 줄 수 있는 것이라곤 돈밖에 없었는데, 혹시 트렁크를 잃어버리게 될 경우를 대비해 그것에는 당분간 손대고 싶지 않았다. 그는 다시 트렁크에 대한 생각으로 되돌아왔다. 항해 중에는 거의 눈도 붙이지 못하고 지켜본 트렁크인데 이렇게 허무하게 잃어버릴 줄 알았다면 뭐 하려고 그리 주의 깊게 감시했는지, 자기 자신을 도무지 이해할 수 없었다. 그는 왼쪽으로 두 칸 건너에 잠자리가 있었던 어떤 키 작은 슬로바키아인을 떠올렸다. 카를은 그가 자신의 트렁크에 눈독을 들이지나 않을까 하는 의구심을 닷새 동안이나 줄곧 거두지 않고 있었다.

그 슬로바키아인은 카를의 기력이 떨어져서 마침내 잠시 꾸벅꾸벅 졸기를 호시탐탐 기다릴 뿐이었다. 그가 낮 동안에 늘 갖고 놀거나 연습하던 기다란 막대기를 가지고 트렁크를 자기 쪽으로 끌어오기 위해서 말이다. 그 슬로바키아인은 낮에는 아주 천진난만하게 보였는데, 밤이 되자마자 간혹 자신의 잠자리에서 벌떡 몸을 일으키고는 카를의 트렁크를 슬픈 눈초리로 쳐다보는 것이었다. 카를은 이런 사실을 아주 또렷하게 알아차릴 수 있었다. 배 안에서는 금지된 사항이었는데도, 이민을 떠나는 마당에 마음이 불안해서인지 가끔씩 불을 켜는 사람이 꼭 있었기 때문이었다. 그러고는 무슨 말인지 알 수 없는 이주공사의 안내 책자를 해독하려고 했다. 가까이서 그런 불을 켜는 사람이 있으면 약간이나마 꾸벅꾸벅 졸 수 있었지만, 불이 멀리 있거나 어두우면 카를은 두 눈을 부릅뜨고 있지 않을 수 없었다. 이렇게 긴장 상태에 있는 바람에 카를은 거의 기진맥진하게 되었는데, 이제 와서 생각해 보니 전혀 그럴 필요가 없는 일이었다. 이 부터바움 녀석, 어디서 한번 만나기만 해봐라!

바로 그때 멀리 바깥에서 지금까지의 완전한 정적을 뚫고 어린애의 발자국 소리 같은 음들이 짧고도 조그맣게 들려왔다. 그 소리가 점점 가까이 다가오더니 더 크게 들렸다. 알고 보니 그것은 남자들이 조용히 행진하는 소리였다. 통로가 좁으므로 당연히 이들은 일렬로 걸어가고 있는 게 분명했다. 무기들이 쩔그럭거리는 소리 같은 게 들려왔다. 트렁크와 슬로바키아인에 대한 온갖 걱정에서 해방되어 잠을 청하려고 침대에서 몸을 쭉 뻗으려는 순간 카를은 화들짝 놀라 화부를 밀치며 그의 주의를 환기시키려고 했다. 행렬의 선두가 바로 문 앞까지 온 것 같았기 때문이었다.

「그건 배의 음악대지요.」화부가 말했다. 「위에서 연주를 마치고 이제 악기를 집어넣으러 가는 길입니다. 이제 모든 일이 다 끝난 모양이니 가도 좋겠어요. 갑시다!」

그는 카를의 손을 붙잡고는, 마지막으로 침대 위 벽에서 액자에 들어 있는 성모 마리아의 그림을 빼내 안주머니에 집어넣더니, 트렁크를 집어 들고 카를과 함께 서둘러 선실에서 빠져나갔다.

「이제 사무실에 가서 내 의견을 말할 겁니다. 승객이 다 내려 신경 쓸 게 없으니까요.」

화부는 이 말을 여러 가지 표현으로 거듭 이야기했고, 걸어가면서 길을 가로지르는 쥐 한 마리를 발길질하면서 걷어차 버리려고 했다. 하지만 쥐는 차이기 전에 구멍 속으로 날쎄게 들어가 버렸다. 그는 동작이 느린 편이었다. 다리가 길긴 하지만 너무 굼뜼다.

그들은 조리실을 통과해 갔다. 거기서는 몇몇 소녀들이 더러운 앞치마를 두르고 ─ 그들은 더러운 물을 끼얹어 일부러 앞치마를 더럽혔다 ─ 커다란 통에 든 그릇들을 씻고 있었다. 화부는 리네라는 소녀를 부르더니, 팔로 소녀의 허리를 감고는 그녀를 한동안 보듬고 있었다. 그녀는 화부의 팔에 안겨 계속 애교를 부리고 있었다.

「급료를 받으러 가는데 같이 따라가지 않겠어?」그가 물어보았다.

「왜 내가 힘들게 가겠어요? 차라리 그 돈을 나에게 갖다 줘요.」그녀는 이렇게 대답하면서, 그의 팔에서 빠져나와 달아나 버렸다.

「멋진 꼬마는 대체 어디서 후려 왔어요?」그녀는 이렇게 소리쳤으나, 대답을 바라고 한 것은 아니었다. 잠시 일손을 멈춘 소녀들이 깔깔 웃어 대는 소리가 들렸다.

그들은 계속 걸어가서 어떤 문가에 다다랐다. 문의 위쪽은 금박을 입힌 조그만 여인상이 떠받치는 조그만 합각머리 지붕으로 장식되어 있었다. 배의 시설치고는 지나친 낭비로 보였다. 카를은 항해하는 동안 1, 2등석 승객들만 드나들 수 있었던 이곳에 한 번도 와 본 적이 없음을 알아챘다. 그런데 이제 배의 대청소를 하기 전이라 칸막이 문을 없애 버린 모양이었다. 두 사람은 사실 빗자루를 어깨에 메고 화부에게 인사하고 지나가는 사람들을 여럿 마주쳤다. 카를은 그 규모가 어마어마한 것을 보고 깜짝 놀랐다. 3등 선실에서는 이런 것이 있는 줄 꿈에도 몰랐던 것이다. 몇 개의 통로를 따라 전깃줄이 이어져 있었고, 작은 벨에서 나는 소리가 잇달아 들렸다.

화부는 공손하게 문을 두드렸다. 그리고 안에서 〈들어오세요!〉라는 소리가 들리자 손을 흔들며 두려움 없이 카를보고 들어오라고 재촉했다. 카를도 같이 들어갔지만, 문가에 선 채로 있었다. 방에 있는 세 개의 창 앞에서 그는 바닷물이 출렁이는 것을 바라보았다. 파도가 흥겹게 물결치는 것을 보니 마치 지난 닷새 동안 줄곧 바다를 보지 못한 것처럼 그의 가슴이 두근거렸다.

커다란 배들이 서로 자신의 길을 가로질러 가고 있었고, 자신의 무게가 허락하는 만큼만 출렁이는 물결에 몸을 맡기고 있었다. 눈을 가늘게 뜨고 바라보면 이 배들은 순전히 무게 때문에 흔들리는 것 같았다. 배들의 돛대에는 가늘지만 기다란 깃발들이 달려 있었다. 그것들은 배가 달리는 바람에 팽팽해져 있었지만, 그래도 이리저리 펄럭이고 있었다. 군함에서 나는 게 분명한 예포 소리가 울려왔다. 그리 멀지 않은 곳을 지나가는 군함 포신(砲身)의 강철이 빛을 받아 반짝거리고 있었고, 배가 안전하고 매끄럽게 달리지만 파도가 치는 바람에 그 포신이 응석을 부리며 몸을 흔드는 것처럼 보였다. 이러한 조그만 배들과 보트들은 적어도 문에서는 멀리 있는 것만 보일 뿐이었다. 그것들은 커다란 배들 사이의 빈 공간으로 떼를 지어 들어가고 있었다. 하지만 이 모든 것 뒤에 뉴욕 시가 버티고 서서, 건물의 마천루에 달린 수십 만 개의 창문으로 카를을 응시하고 있었다. 그렇다, 이 방에 있으면 자신이 어디에 있는지 알 수 있었다.

둥근 탁자에 세 신사가 앉아 있었다. 그중 한 명은 푸른 선원 제복을 입은 고급 선원이었고, 다른 두 명은 검은색의 미국식 제복을 입은 항만청 공무원들이었다. 고급 선원은 손에 펜을 들고 탁자에 높다랗게 쌓인 여러 가지 종류의 문서들을 대충 훑어보고 나서 다른 두 사람에게 그걸 넘겨주었다. 그들은 때로는 그것을 읽었고, 때로는 어떤 부분을 발췌해 적었다. 이빨 사이로 쉴 새 없이 작은 소리를 내는 한 사람이 동료에게 무언가를 받아 적게 하지 않을 때는, 서류를 받아

가방에 넣기도 했다.

창가의 책상에는 작은 사람이 문을 등지고 앉아 있었다. 그는 자기 앞의 머리 높이에 있는 튼튼한 책꽂이에 줄지어 꽂혀 있는 커다란 서적들을 꼼꼼히 살피고 있었다. 그의 옆에는 열려 있는 금고가 있었는데, 적어도 얼핏 보기에는 속이 비어 있는 것 같았다.

두 번째 창 앞에는 앞을 가리는 게 없어 전망이 제일 좋았다. 하지만 세 번째 창 근처에서는 두 신사가 자그마한 목소리로 대화를 나누며 서 있었다. 창 옆에 몸을 기대어 있는 한 사람도 선원 제복을 입고 검의 손잡이를 만지작거리고 있었다. 그와 대화를 나누는 사람은 창 쪽으로 몸을 돌리고 있었고, 그가 가끔씩 몸을 움직일 때마다 상대방의 가슴에 주렁주렁 달린 훈장의 일부가 눈에 띄기도 했다. 그자는 민간인 복장이었으며, 가느다란 대나무 지팡이를 갖고 있었다. 그는 두 손으로 허리를 꽉 쥐고 있어서 지팡이가 마치 검처럼 쑥 튀어나와 있었다.

카를은 이 모든 것을 일일이 살펴볼 시간이 그리 많지 않았다. 얼마 안 있어 어떤 직원이 이들에게 다가오더니, 이런 곳에 올 사람이 아니라는 눈초리로 화부에게 용건을 물었다. 화부는 물어본 사람과 마찬가지로 나지막한 목소리로 회계 주임과 이야기하러 왔다고 대답했다. 직원은 손사래를 치며 화부의 부탁을 거절했지만, 그럼에도 둥근 탁자를 피해 커다란 원을 그리며 커다란 서적을 들고 있는 사람을 향해 발끝으로 살금살금 걸어갔다. 그 직원이 하는 말을 듣고 표정이 굳어진 그 사람은 ─ 그런 모습이 분명히 보였다 ─ 그래도 결국 자신과 면담하려는 남자 쪽으로 고개를 돌렸다. 그런 다음에는 화부를 향해, 그리고 안전상의 문제로 그 직원을 향해서도 단호히 거부하는 표시로 손을 내저었다. 그러자 직원은 화부가 있는 곳으로 되돌아가 그에게 무언가 비밀을 털어놓는다는 듯한 어조로 이렇게 말했다.

「당장 방에서 나가 주시오!」

답변을 들은 화부는 자신의 참담한 심정을 말없이 하소연할 상대는 이 사람이라는 듯이 카를을 내려다보았다. 카를은 더는 생각할 것도 없이 제자리에서 벗어나 방을 가로질러 달리다가, 심지어 고급 선원이 앉은 안락의자에 가볍게 몸을 스치기도 했다. 직원은 해충이라도 쫓듯 그를 붙잡으려고 두 팔을 벌린 채 허리를 굽히고 같이 달렸다. 그러나 카를은 먼저 회계 주임의 탁자에 가서는, 직원이 자신을 끌고갈까봐 탁자를 꽉 붙잡았다.

그러자 방 안의 모든 사람들이 즉시 아연 활기를 띠게 되었다. 탁자에 앉아 있던 고급 선원이 자리에서 벌떡 일어났고, 항만청 공무원들은 침착하지만 주의 깊게 지켜보았으며, 창가의 두 신사는 나란히 앞으로 걸어 나왔다. 직원은 높은 사람들이 관심을 보이므로 더 이상 자신이 있을 곳이 아니라 생각하고 뒤로 물러났다. 문 옆의 화부는 자신의 도움이 필요한 순간을 기다리며 잔뜩 긴장하고 있었다. 마침내 회계 주임이 팔걸이의자에서 오른쪽으로 크게 몸을 뱅글 돌렸다.

카를은 이 사람들이 보는 앞에서 조금도 개의치 않고 자신의 비밀 주머니를 뒤적여 여권을 끄집어냈다. 그는 이러쿵저러쿵 자기소개를 하는 대신에 그것을 편 채로 탁자 위에 올려놓았다. 회계 주임은 이 여권을 그다지 중요하게 생각하지 않는 모양이었다. 그가 두 손가락으로 여권을 톡 쳐서 옆으로 제쳐 놓았기 때문에, 카를은 이런 식으로 수속이 처리된 것에 만족한 듯이 여권을 도로 주머니에 집어넣고는 이렇게 말을 시작했다.

「이런 말씀 드리기 송구스럽지만, 제 생각으로는 여기 화부께서 억울한 일을 당한 것 같습니다. 이 배에 타고 있는 슈발이라는 자가 그를 괴롭히고 있거든요. 지금까지 화부는 일일이 그 이름을 댈 수도 있는 수많은 배를 타면서 아주 만족스럽게 일해 왔습니다. 그는 부지런하며 자신이 하는 일에 긍지를 품고 있습니다. 이를테면 이 배에서 근무하는 게 상선을 탈 때처럼 일이 지나치게 힘들지도 않은데, 왜 그가 그에 알맞은 대우를 받지 못하는지 난 사실 이해가 안 됩니다. 그가 승진을 못하고 제대로 인정받지 못하는 것은 단지 중상모략 때문인지도 모릅니다. 그렇지 않으면 그는 틀림없이 충분히 인정을 받을지도 모릅니다. 나는 다만 일반적인 문제만 말씀드렸을 뿐입니다. 그가 특별히 불만스럽게 생각하는 것은 그 자신이 직접 이야기할 겁니다.」

카를은 사실 모든 사람들이 귀담아 듣고 있었기 때문에 이 방의 모든 사람들을 상대로 이야기를 했다. 회계 주임이 딱히 정의로운 사람은 아닐지라도, 그래도 이 모든 사람들 중에 한 명쯤은 정의로운 사람이 있을 가능성이 다분하다고 생각했기 때문이었다. 게다가 카를은 약삭빠르게도 바로 조금 전에 비로소 화부를 알게 되었다는 사실은 비밀에 붙였다. 아닌 게 아니라 그는 지금 있는 곳에서 처음으로 보게 된, 대나무 지팡이를 든 얼굴이 붉은 신사 때문에 당황해하지 않았더라면 훨씬 더 잘 말했을지도 모른다.

「이 젊은이 말이 처음부터 끝까지 다 맞습니다.」

화부는 아직 아무도 자기에게 물어보기 전에, 그러니까 아무도 아직 그에게 눈길을 주기 전에 말했다. 카를의 마음속에 방금 번쩍 떠오른 생각이었지만, 좌우간 훈장을 단 신사가 선장이 아니었다면, 그가 화부의 말을 한번 들어 보자는 생각을 하지 않았더라면 화부가 이처럼 섣부르게 한 말이 커다란 실수였을지도 모른다. 말하자면 그는 손을 뻗으며 화부에게 소리쳤다.

「이리 오시오!」

그는 일을 분명하게 매듭짓기 위해 단호한 목소리로 말했다. 이젠 모든 게 화부의 태도 여하에 달려 있었다. 카를은 그의 주장이 옳다는 사실에 대해 믿어 의심치 않았기 때문이었다.

다행히도 화부가 지금까지 산전수전을 다 겪었다는 사실이 이 기회에 밝혀졌다. 그는 말할 수 없이 차분하게 조그만 트렁크에서 손에 잡히는 대로 한 다발의 서류와 수첩을 꺼내더니, 회계 주임의 존재는 완전히 무시하는 게 당연하다는 듯이 그걸 가지고 선장한테 가서는, 창문턱 위에 자신의 증거품들을 늘어놓았다. 회계 주임은 일부러 거기까지 가는 수고를 하지 않을 수 없었다. 그는 사정을 설명하기 위해 이렇게 말했다.

「이 사람은 불평불만 많기로 소문난 자입니다. 기관실에 있을 때보다 경리실에 있을 때가 더 많죠. 차분한 슈발을 완전히 자포자기하게 만들었어요. 제 말 좀 들어 보십시오!」
그는 화부 쪽으로 고개를 돌렸다.

「당신은 정말 집요하기 짝이 없군요. 경리실에서 쫓겨난
게 벌써 몇 번쨴가요? 당신의 요구가 하도 터무니없고 부당
하니 그래도 싸지요! 바깥으로 쫓겨났다가 경리실로 달려든
게 몇 번쨴가 말인가요! 슈발이 당신의 직속상관이니, 부하
되는 입장에서 그와 원만히 지내야 한다고 몇 번이나 좋은
말로 타일렀나요! 그런데 선장이 이곳에 있으니 쪼르르 달려
와서, 창피한 줄도 모르고 그를 성가시게 하고, 감히 겁도 없
이 내가 처음 보는 이 꼬마를 데리고 다니며 당신의 시시껄
렁한 고발 내용을 달달 외우는 대리인으로 삼고 있다니요!」

카를은 뛰어나가고 싶은 것을 억지로 꾹 참고 있었다. 하
지만 선장도 가만 있지 않고 입을 열었다.

「이 사람 말도 한번 들어 봅시다. 어쨌거나 슈발은 내가
보기에 점점 제멋대로 나가더군. 그렇다고 당신을 위해 이런
말을 하려는 건 아니오.」

뒤에 한 말은 화부에게 한 말이었다. 물론 선장이 당장 화
부를 편들어 줄 수는 없는 일이지만, 일이 다 잘 되어 가는 것
으로 보였다. 화부는 그간 있었던 일을 설명하면서, 처음에는
화를 억누르고 슈발을 말할 때 꼭 〈씨〉 자를 붙였다. 카를은
자리를 비운 회계 주임의 책상에 앉아 기쁜 마음으로 우편물
다는 저울을 순전히 재미 삼아 자꾸 짓누르고 있었다 — 슈
발 씨가 부당한 것이다! 슈발 씨는 외국인만 우대하고 있는
것이다! 슈발 씨는 화부를 기관실에서 내쫓고, 그에게 화장
실 청소를 시켰다! 그게 어디 화부가 할 일인가! — 얼핏 보

93

기에는 슈발 씨가 제법 유능한 것처럼 보일지 모르지만, 한 번은 그의 능력마저 도마 위에 오른 적이 있었다. 화부의 서투른 표현 방식이 그에게 불리하게 작용하지 않도록 카를은 이 대목에서 선장이 자신의 동료인 양 있는 힘을 다해 그를 다정하게 쳐다보았다. 어쨌든 화부가 말을 많이 하기는 했지만 사람들의 마음을 확실히 움직일 수는 없었다. 선장은 이번에 화부의 말을 끝까지 들어 보자고 작정한 눈치로 여전히 앞을 바라보고 있었지만, 다른 사람들은 더는 참을 수 없게 되었다. 그리고 얼마 안 가 화부의 목소리가 더 이상 이 공간을 무제한으로 지배할 수 없게 되었는데, 이는 여러 가지로 우려스러운 일이었다.

맨 처음에 민간 복장을 한 신사가 대나무 지팡이를 움직이더니, 나지막한 소리이긴 하지만 마룻바닥을 톡톡 두드렸다. 그러자 다른 신사들은 물론 그쪽으로 가끔씩 눈길을 보내곤 했다. 시간에 쫓기는 게 분명해 보이는 항만청 공무원들은 다시 서류를 집어 들고는, 다소 멍한 표정이기는 하지만 그것을 대충 훑어보기 시작했다. 고급 선원은 탁자를 다시 자기 쪽으로 바짝 끌어당겼다. 그리고 회계 주임은 게임에서 이겼다고 생각하고 반어적인 의미로 깊은 탄식을 했다. 거기에 있는 사람들이 다 마음을 다른 데 빼앗기고 있는 것 같았지만 직원만은 그렇지 않은 것 같았다. 힘센 사람들 밑에서 시달리는 불쌍한 남자의 고통에 공감하고 있는 그는 무언가를 설명하려는 듯 카를에게 진지하게 고개를 끄덕였다.

그러는 사이 창문 앞에서는 항구의 일상이 여전히 진행되고 있었다. 통들을 산더미처럼 싣고도 굴러 떨어지지 않게 교묘하게 쌓은 것이 분명한 납작한 화물선 한 척이 옆을 지나가면서 방 안에 짙은 그림자를 드리웠다. 카를이 시간이 있으면 자세히 보려고 한 조그만 모터보트들이, 키 옆에 반듯이 서 있는 남자가 두 손으로 조종하는 대로 요란한 소리를 내며 일직선으로 쏜살같이 달렸다. 특이하게 생긴 표류물들이 출렁거리는 물결 속에서 이리저리 저절로 떠다니다가, 곧 다시 물을 뒤집어쓰더니 놀란 사람의 눈앞에서 가라앉아 버렸다. 원양기선의 보트들은 선원들이 열심히 노를 젓는 가운데 앞으로 나아가고 있었고, 그 안에는 승객들이 가득 차 있었다. 비좁은 데 억지로 쑤셔 넣어진 그들은 기대감에 차서 잠자코 앉아 있었다. 그래도 몇몇은 바뀌는 경치를 따라가며 고개를 계속 돌릴 수는 있었다. 의지할 데 없는 사람들과 그들이 만든 배들이 바닷물에 출렁이는 가운데 끝없는 움직임과 불안감이 일어났다!

하지만 다들 빨리, 또렷하게, 정확히 말하라고 주의를 주었다. 하지만 화부는 어떻게 하고 있었던가? 그는 물론 땀을 흘리며 열변을 토하고 있었고, 진작부터 손이 덜덜 떨리는 바람에 창문턱 위의 서류들을 더는 쥐고 있을 수 없었다. 온 사방에서 슈발에 대한 불평불만이 그의 마음속으로 쏟아져 들어왔다. 그의 생각으로는 그것들 가운데 한 가지만 가지고도 슈발을 완전히 매장시키기에 충분할 것 같았다. 하지만 그가 선장에게 제시할 수 있는 것이라곤 이 모든 것 중에서 뒤죽박죽으로 뒤섞였다가 가련하게 솟아오른 한 가지밖에 없었다. 대나무 지팡이를 지닌 신사는 벌써 오래전부터 천장을 쳐다보며 나지막하게 휘파람 소리를 내고 있었고, 항만청 공무원들은 벌써 자신의 탁자 옆에 고급 선원을 붙들어 놓고 다시는 놓아주지 않겠다는 표정을 짓고 있었다. 회계 주임은 선장의 침착한 태도를 보고 중간에 끼어드는 것을 분명 자제하는 모양이었다. 직원은 단단히 마음을 다져 먹고 당장에라도 선장이 화부와 관련된 명령을 내리기를 기다리고 있었다.

이러니 카를은 더 이상 수수방관하고 있을 수 없었다. 그는 사람들이 무리지어 있는 곳으로 천천히 걸어가면서, 어떻게 하면 일을 되도록 요령 있게 처리할 수 있을까 재빨리 생각해 보았다. 사실 지금이 절호의 기회였다. 조그만 더 있으면 두 사람은 아주 떳떳하게 사무실에서 빠져나갈 수 있을 것이다. 보아하니 선장은 좋은 사람인 것 같았고, 그뿐만 아니라 카를이 생각하기에는 선장으로서 공정한 모습을 보일 어떤 특별한 이유가 있는 것 같았다. 하지만 그렇다고 해도 그가 마음대로 갖고 연주할 수 있는 악기는 아니었다 — 물론 화부는 속에서 욱하고 치밀어 오르는 분노를 참지 못하고 선장을 바로 그런 식으로 대했다.

그리하여 카를은 화부에게 이렇게 말했다.

「좀 더 단순하고도 분명하게 이야기해야 합니다. 지금처럼 이야기해 가지고는 선장님이 알아주지 않습니다. 당신이 모든 기관사며 사환의 이름이나, 심지어 세례명까지 기억하고 있다가 그들 이름을 말한다고 할 때, 대체 누구를 말하는 건지 알 수 있을 정도로 선장이 그들의 이름이며 세례명을 낱낱이 알고 있을까요? 당신의 불만 사항을 마음속으로 정리해서, 가장 중요한 내용을 먼저 말하고 덜 중요한 것은 그다음에 하나하나 이야기하도록 하세요. 그러면 대부분의 불만 사항도 더 이상 입 밖에 낼 필요가 없게 될지도 모릅니다. 나한테는 언제나 아주 또렷하게 이야기했잖아요!」

〈미국에서는 트렁크를 훔치는 자가 있으니 가끔씩 거짓말 해도 되겠지〉 하고 카를은 마음속으로 변명했다.

내 말이 도움이 되었으면 좋으련만! 벌써 너무 늦은 건 아닌가? 화부는 귀에 익은 목소리가 들리자마자 즉각 말을 중단했으나, 모욕당한 남자의 명예, 끔찍한 기억, 현재 처한 극단적인 곤경으로 눈물이 앞을 가리는 바람에 카를을 눈으로 제대로 알아볼 수도 없을 지경이었다. 이제 와서 어떻게 ─ 카를은 지금 입을 다물고 있는 화부 앞에서 말없이 이런저런 생각을 해보았다 ─ 이제 와서 그가 어떻게 갑자기 말투를 바꿀 수 있겠는가? 카를의 생각으로는 조금도 공감은 얻지 못했지만 화부는 자기가 하고 싶은 말을 벌써 다 한 것 같으면서도, 다른 한편으로는 아무 말도 안 한 거나 마찬가지였기 때문이었다. 그렇다고 해서 자신의 말을 다 들어 달라고 신사들에게 요구할 수도 없는 노릇이었다. 이런 순간에 자신을 유일하게 지지하는 사람인 카를이 와서 좋은 충고를 해주어야 하는데, 그러기는커녕 이제 다 글렀다고 그에게 지적하는 것이다.

「창밖을 내다보지 말고 보다 일찍 왔어야 했는데.」 카를은 이렇게 혼잣말로 되뇌고는, 화부 앞에서 고개를 푹 떨구며 모든 희망이 다 끝났다는 표시로 바지의 솔기를 손으로 톡톡 두드렸다.

하지만 화부는 이를 오해하고, 카를이 몰래 자신을 비난하고 있다고 받아들였다. 그래서 화부는 그를 설득하여 비난을 그만두게 하려는 좋은 의도로, 자신의 행위를 정당화하기 위해 이제 카를과 말다툼을 벌이기 시작했다. 하지만 둥근 탁자에 둘러앉은 신사들은 두 사람이 쓸데없는 소동을 피워 자신들의 일이 방해받은 것에 분노하고 있었다. 회계 주임도 선장이 이처럼 참고 있는 게 점점 알 수 없다는 듯, 당장이라도 화를 폭발할 기세였다. 직원도 이제는 완전히 신사들 편에 붙어 화부를 거친 눈초리로 쏘아보고 있었다. 더구나 선장이 가끔씩 정다운 눈초리로 쳐다보곤 하는 대나무 지팡이를 지닌 신사는 마침내 화부에 대한 관심이 완전히 사라져서, 정말이지 그에게 혐오감이라도 느끼는 듯 작은 수첩을 꺼내 들었다. 그리고 분명 완전히 다른 일에 몰두하고 있는 것 같았지만, 그래도 시선만은 수첩과 카를 사이를 이리저리 오가고 있었다.

「난 알고 있어요, 정말 알고 있어요.」 카를이 말했다. 그는 자신한테 돌아오는 화부의 공세를 막으려고 애쓰면서, 이처럼 말다툼을 벌이는 와중에도 그에게 친절한 미소를 잃지 않고 있었다.

「당신 말이 옳아요. 그 점에 대해서는 추호도 의심하지 않았어요.」 카를은 언어맞을까 봐 겁이 나서, 두 손을 마구 휘두르고 있는 그를 꼭 잡고 있고 싶었다. 물론 차라리 그를 방구석으로 밀고 가서, 다른 사람들은 들어서는 안 되는 몇 마디 위로의 말을 나직이 속삭여 주고 싶었다. 하지만 화부는 정상적인 상태가 아니었다. 더구나 카를은 이제 화부가 궁지에 몰릴 경우에는, 절망한 나머지 이 자리에 있는 일곱 명의 남자들을 힘으로 제압할지도 모른다는 생각을 하고 일종의 희망을 퍼 올리기 시작했다. 물론 책상 위에는 전깃줄에 수많은 누름단추가 주렁주렁 달린 장식대가 있는 것을 첫눈에 알 수 있었다. 그리고 한 손으로 단추를 살짝 누르기만 하면 복도마다 적대감을 품은 사람들로 득시글거리게 하여 배 전체에 폭동을 일으킬 수 있었다.

하지만 그때 그토록 무관심한 태도를 보이던 대나무 지팡이를 지닌 신사가 카를한테 다가가더니, 그리 크지는 않지만 화부가 아무리 시끄럽게 떠들어 대도 또렷하게 들리는 목소리로 물어보았다.

「대체 당신 이름이 뭐요?」 바로 이 순간, 마치 그 신사가 이 말을 하기를 기다리기라도 한 듯 문에서 노크하는 소리가 들렸다. 직원이 선장 쪽을 쳐다보자, 그는 고개를 끄덕였다. 직원은 문으로 다가가 그것을 열었다. 문 밖에는 기계를 다룰 것같이 생기지 않은, 낡은 예복을 입은 중키의 남자, 바로 슈발이 서 있었다. 그러자 다들 만족한 눈빛을 보였는데, 선장도 예외는 아니었다. 설사 카를이 그런 사실을 알아채지 못했다 하더라도, 화부의 행동을 보고는 이를 알게 되었을 게 분명하다. 화부는 팔에 힘줄이 불거져 나오게 하면서, 둥근 주먹이야말로 자신에게서 가장 중요한 것이고, 이를 위해서는 목숨마저 바칠 용의가 있다는 듯 주먹을 불끈 쥐어 보였다. 이제 그를 똑바로 서 있게 해주는 그의 모든 힘이 주먹에 집중되었다.

그러니까 그곳엔 예복을 입은 원수가 자유롭고 팔팔한 모습으로 와 있었다. 옆구리엔 화부의 급여 지급표와 업무 보고서로 보이는 장부를 끼고 있었다. 그리고 두려워하는 기색도 없이 무엇보다도 한 사람 한 사람의 기분을 알아보려는 듯, 차례대로 사람들의 눈치를 살피는 것이었다. 여기의 일곱 사람은 모두 그의 친구이기도 했다. 선장이 비록 조금 전까지만 해도 그를 못마땅하게 여기는 말을 했을지라도, 아니, 어쩌면 단지 거짓으로 그런 태도를 보였을지라도, 화부로 인해 괴로움을 당한 지금은 슈발을 조금도 비난할 생각이 없는 것 같았다. 화부와 같은 남자한테는 아무리 엄하게 대해도 무방할 것이다. 그리고 슈발에게 비난받을 것이 있다면 시간이 흘러도 화부의 불손한 태도를 꺾지 못한 탓에 그가 오늘처럼 감히 선장 앞에 달려들게 하는 불상사를 빚었다는 점이었다.

그런데 슈발과 화부를 대질시키면 보다 상급 법원에서 얻을 수 있는 성과를 사람들 앞에서 거둘 수 있을지도 몰랐다. 설령 슈발이 자기를 기만하고 시치미를 뗀다 하더라도 절대로 끝까지 버티지는 못할 것이 분명하기 때문이었다. 그가 나쁜 사람이라는 것을 신사들에게 부각시키려면 그의 나쁜 짓거리를 조금만 드러내도 충분할지도 몰랐다. 카를은 그렇게 해보려고 머리를 짰다. 그는 벌써 신사들 한 사람 한 사람의 명석한 두뇌, 약점 및 변덕스러운 기분 같은 것을 대충 파악하고 있었다. 그리고 이런 점에서 보면 그가 헛되이 시간을 보낸 것은 아닌 셈이었다. 화부가 제 역할을 좀 더 잘해주면 좋았을 텐데! 하지만 그에게는 싸움 능력이 전혀 없어 보였다. 그렇지만 그에게 슈발을 끌어다 주면 가증스러운 그 녀석의 머리통을 주먹으로 갈겨 버릴 수 있을 것이다.

하지만 지금은 몇 걸음 다가가는 것도 화부에게는 거의

불가능할 지경이었다. 슈발이 자발적으로는 아니더라도 선장의 부름을 받아 결국은 모습을 드러낼 거라는 사실은 삼척동자라도 알 만한 일이었는데, 카를은 그처럼 쉽게 예상할 수 있는 일을 왜 미처 예상하지 못했을까? 이곳으로 오는 도중에 화부와 왜 자세한 싸움 계획을 상의하지 않았을까? 그러는 대신에 그들은 아무런 준비도 없이 무턱대고 문을 열고 들어오지 않았던가! 물론 일이 아주 잘 풀려 반대 심문이 필요할 때 화부가 뭐라고 의견을 표명하거나, 〈네〉 또는 〈아니요〉라고 말할 수 있을 것인가? 그는 두 다리를 가지런히 벌리고, 무릎은 후들거리면서 머리는 약간 쳐든 채 서 있었다. 마치 공기를 거르는 허파가 몸 안에 없는 것처럼, 그의 벌린 입으로 공기가 드나들고 있었다.

카를은 힘이 솟아나고 머리가 맑아진 느낌이 들었다. 아마 고향에 있을 때는 한 번도 이런 적이 없었을지도 모른다. 그가 낯선 땅에 와서 신분이 높은 양반들 앞에서 선을 위해 싸우는 모습과, 비록 승리를 거두지는 못했을지라도 최후의 승리를 쟁취하기 위해 만반의 준비를 갖추는 모습을 부모님이 볼 수 있으면 좋으련만! 그러면 부모님은 아들에 대한 생각을 바꾸지 않겠는가? 아들을 자신들 사이에 앉히고 칭찬해 줄 건가? 한 번이라도, 부모에게 그토록 공손한 눈초리를, 그에게서 한 번이라도 보아 줄 것인가? 하지만 이는 확실치 않은 질문이고, 이런 질문을 하기에는 턱없이 부적당한 순간이리라!

「제가 이곳에 온 것은 화부가 나에게 뭔가 부정직하다는 죄를 뒤집어씌운다고 생각해서입니다. 조리실의 한 아가씨가 그가 이곳으로 오는 것을 봤다고 말해 주더군요. 선장님 과 다른 모든 여러분에게 말씀드리겠습니다. 어떤 고발이 있 더라도 난 나의 서류들의 도움으로, 필요한 경우에는 편견이 없고 아무 영향력이 없는, 문 밖에 서 있는 증인들의 증언을 통해 반박할 용의가 있습니다.」

슈발은 이렇게 말했다. 물론 남자다운 분명한 말이었고, 듣고 있는 사람들의 표정에도 오랜만에 다시 인간다운 소리 를 들었다는 반응들이 엿보였다. 이러한 멋들어진 말에도 허 점이 있다는 것을 물론 그들은 깨닫지 못하고 있었다. 그가 제일 먼저 생각해 낸 객관적인 말이 무엇 때문에 〈부정직〉이 라는 단어였을까? 슈발에게 민족적인 편견이 있다고 말하는 대신에, 어쩌면 이 자리에서 당장 그를 고발하는 편이 더 낫 지 않았을까? 조리실의 아가씨가 사무실로 가는 화부를 보 았다고 말하자, 슈발이 금방 눈치 챈 게 아니었을까? 그가 금방 낌새를 알아챈 것은 죄의식 때문이 아니었을까? 그래서 그는 서둘러 증인들을 데리고 와서, 그들에게 아무런 편견과 영향력이 없다고 둘러대는 게 아닐까? 사기, 다름 아닌 사기 에 지나지 않으리라! 그런데 그 신사들은 이를 참아 내고, 더 욱이 이를 올바른 행동이라고 인정해 주었던가? 무엇 때문에 그는 조리실 아가씨의 말을 듣고 이곳에 올 때까지 의심의 여지없이 그렇게 많은 시간을 그냥 흘려보냈단 말인가? 하 지만 슈발이 노린 것은 화부가 신사들을 지치게 만들어, 무 엇보다도 그가 두려워한 그들의 명석한 판단력을 점차 흐리 게 하는 것이었다. 확실히 그는 문 밖에서 오랫동안 기다리 고 있다가, 그 신사의 대수롭지 않은 질문으로 미루어 화부가 끝났다고 생각한 순간 문을 두드린 것이 아니었을까?

모든 사실이 명백하게 되었고, 슈발도 마지못해 진술하긴 했지만, 그 신사들에게는 이와는 달리 보다 일목요연하게 진상을 보여 주지 않으면 안 되었다. 말하자면 그들을 흔들어 깨우는 것이 필요했다. 그러니 카를, 머뭇거리지 말고 빨리, 증인들이 나타나 만사를 망쳐 버리기 전에 적어도 지금 시간을 이용해야 해!

하지만 바로 이때 선장이 슈발을 손짓으로 제지했고, 그러자 당장 슈발은 — 그에 관한 일이 잠시 뒤로 미루어진 것 같았으므로 — 옆으로 걸어가, 즉시 그의 편에 가담한 직원과 나지막하게 담소를 나누기 시작했다. 그러면서 그는 무척 자신만만하게 손을 흔들기도 하고, 곁눈질로 카를과 화부를 자꾸 쳐다보기도 했다. 슈발은 이렇게 다음에 있을 중요한 답변 내용을 연습하고 익히는 모양이었다.

「야코프 씨, 이 젊은이에게 물어볼 건 없습니까?」 선장은 주위가 조용해지자 대나무 지팡이를 지닌 신사에게 물어보았다.

「있고말고요.」 그자는 관심을 기울여 줘 고맙다는 표시로 가볍게 고개를 숙이며 말했다. 그러고 나서 카를에게 또 한 번 이렇게 물어보았다.

「대체 당신 이름이 뭔가요?」

카를은 이처럼 집요하게 자신의 이름을 묻는 돌발 사건을 신속히 처리하면 중요한 문제를 해결하는 데 유리할 거라고 생각하고, 늘 하던 대로 여권을 끄집어내서 보여 주며 자신을 소개하는 대신 자기 이름을 짧게 말했다.

「카를 로스만입니다.」

「아니 뭐라고.」 야코프라고 불린 신사는 이렇게 말하고는, 도저히 믿기지 않는다는 듯이 우선 빙그레 미소를 지으며 뒤로 물러섰다. 선장, 회계 주임과 고급 선원, 심지어 직원마저도 카를이라는 이름을 듣더니 분명 적이 놀란 모습을 보였다. 그러나 항만청 공무원들과 슈발만은 아무렇지도 않은 태도를 취했다.

「아니 뭐라고.」 야코프 씨는 똑같은 말을 되풀이하더니, 딱딱한 걸음걸이로 카를한테 다가갔다. 「그렇다면 자네 삼촌이 야코프이고, 자넨 나의 귀여운 조카가 되는 셈이야. 어쩐지 아까부터 내내 그런 예감이 들더라니까!」 야코프는 먼저 선장한테 말한 다음, 카를을 부둥켜안고 입맞춤을 했는데, 카를은 그가 하는 대로 가만 있었다.

「성함이 어떻게 되는데요?」 카를은 그가 자신을 놓아주었다고 느낀 후 매우 공손하지만, 아주 냉정한 어조로 물어보았다. 그리고 이 새로운 사건이 화부에게 어떠한 결과를 가져다줄지 생각하느라 애를 썼다. 우선은 슈발이 이 일로 이익을 취할 수 있으리라고는 결코 생각되지 않았다.

「이보시오, 젊은이, 당신이 행운을 얻었다는 걸 알아야 해요.」 카를의 질문으로 야코프 씨의 인격과 품위가 손상당했다고 생각한 선장이 말했다. 그는 아닌 게 아니라 흥분한 기색을 남에게 보이지 않으려고 얼굴에 손수건을 대고는 창 쪽으로 몸을 돌리고 서 있었다.

「당신의 삼촌이라고 밝힌 이분은 상원 의원 에드워드 야코프입니다. 이제부터는 당신이 지금까지 예상했던 것과는 완전히 딴판인 찬란한 인생 항로가 당신을 기다릴 겁니다. 첫 순간부터 일이 잘 되어 나가더라도 그 점을 염두에 두도록 하고, 마음을 침착하게 먹기 바라오.」

「물론 제 삼촌인 야코프 아저씨는 미국에 있지요.」 카를이 선장에게 몸을 돌리고 말했다. 「하지만 제가 제대로 알고 있는 바로는, 야코프는 상원 의원님의 성(姓)에 지나지 않습니다.」

「실은 그래요.」 선장은 잔뜩 기대에 차서 말했다.

「제 어머니의 남자 형제인 야코프 외삼촌은 세례명이 야코프인 것입니다. 외삼촌의 성은 어머니의 친정 성과 마찬가지로 벤델마이어라야 할 겁니다.」

「여러분!」 창가에서 흥분을 가라앉히고 쾌활한 표정으로 돌아온 상원 의원은 카를의 설명을 듣고는 큰 소리로 외쳤다. 항만청 공무원들 말고는 다들 웃음을 터뜨렸는데, 몇몇 사람들은 감동한 듯이 웃었지만, 또 몇몇 사람들은 왜 웃는지 그 속마음을 알 수 없었다.

〈내가 한 말이 그렇게 우스웠나, 그럴 리가 없는데.〉 카를이 마음속으로 생각했다.

「여러분!」 상원 의원이 같은 말을 했다. 「여러분과 나는 뜻하지도 않게 사사로운 집안일에 관여하게 되었습니다. 여기서 내막을 잘 아는 사람은 선장님밖에 없다고 생각되어 여러분에게 자세히 설명하지 않을 수 없군요.」 선장님이라는 말이 나오자 두 사람은 서로 고개를 숙이며 인사를 했다.

「이젠 단어 하나하나에 주의하지 않으면 안 되겠구나.」 카를이 혼잣말로 중얼거렸다. 옆쪽을 살펴보니 화부가 다시 생기를 얻기 시작해 그는 기분이 좋아졌다.

「나는 아주 오래전부터 미국에 체재하며 살고 있는 관계로 ─ 여기서 물론 체재라는 단어는 철두철미 미국 시민이 된 그에게는 적합하지 않은 말이었다 ─ 유럽의 친척과 관계를 끊고 산 지 아주 오래 되었습니다. 그 이유는 여러 가지가 있는데, 첫째로는 이 자리에서 밝히기 곤란하고, 둘째로는 그 이야기를 하면 사실 내가 그 대가를 톡톡히 치르게 될지도 모릅니다. 더구나 혹시 나의 조카에게 그 이유를 이야기하지 않을 수 없는 순간이 올까 봐 두렵습니다. 그러게 되면 유감스럽게도 그의 부모와 그들의 친척들에 대한 이야기를 솔직히 다 털어놓지 않을 수 없게 될 겁니다.」

「이분은 나의 외삼촌이 틀림없어.」 카를은 혼잣말로 중얼거리며 그의 말에 귀를 기울였다. 「아마 성을 갈았는지도 모르지.」

「그런데 나의 조카는 그의 부모한테서 ─ 사실에 꼭 들어맞는 표현을 쓴다면 ─ 막무가내로 쫓겨나고 말았지요. 성난 고양이를 문 밖으로 내쫓듯이 말입니다. 난 조카가 호되게 벌을 받고 있으니, 그가 한 일을 변명하고 싶은 생각은 추호도 없습니다. 그의 허물이라는 것도 대단치 않은 거라서 충분히 용서해 줄 만한 그런 일이거든요.」

〈그거 들어 볼 만한데.〉 카를이 마음속으로 생각했다. 〈그렇다고 아무에게나 막 얘기하면 안 되는데. 게다가 그는 무슨 일이 일어났는지 알 수도 없을 텐데. 대체 무슨 수로 알겠어?〉

「말하자면 그는」 외삼촌은 허리를 약간 앞으로 기울이고 앞에 짚고 있는 대나무 지팡이에 몸을 의지한 채 말을 계속했다. 이런 자세를 취함으로써 그는 분명 보통 때와는 달리 사실 쓸데없는 격식을 차리지 않을 수 있었다. 「말하자면 그는 요한나 브루머라는 서른다섯 살가량 된 하녀한테 유혹을 당했지요. 난 〈유혹당했다〉는 말로 결코 조카의 마음을 상하게 하려는 것은 아닙니다. 하지만 딱 맞는 다른 말을 찾기가 쉽지 않아서입니다.」

벌써 외삼촌한테 꽤 가까이 다가간 카를은 이 대목에서 몸을 돌리고 이 이야기를 들은 다른 사람들의 인상을 살펴보았다. 아무도 웃는 사람이 없었고, 다들 참을성 있고도 진지하게 경청하고 있었다. 마침내 처음으로 웃을 수 있는 좋은 기회를 맞이했지만, 사람들은 상원 의원의 조카를 비웃지 않았던 것이다. 오히려 거의 눈에 띄지는 않았지만, 화부가 카를을 보고 빙그레 미소를 지었다고 할 수 있었다. 하지만 이러한 반응은 첫째로 새로운 삶의 징조로 기쁜 일이었고, 둘째로 너그럽게 봐줄 수 있는 일이었다. 지금 와서는 이 사건이 다 알려져 버렸지만, 카를은 선실에서 이 일을 감쪽같이 비밀에 붙이려고 했기 때문이다.

「그런데 이 브루머라는 하녀는」 외삼촌을 말을 계속 이어 갔다. 「내 조카의 아이를 낳았는데, 야코프라는 세례명을 받은 건강한 사내아이였지요. 변변치 않은 나를 생각해서 지은 세례명이 틀림없지요. 별로 대수롭지 않은 이야기를 하다가 조카가 미국에 외삼촌이 있다고 말한 모양인데, 그 하녀는 그 얘기에 커다란 감명을 받은 게 분명합니다. 말하자면 나로서는 퍽이나 다행스러운 일이지요. 그의 부모는 양육비 부담이나, 그 밖에 자신들에게까지 추문이 번지는 것을 피하려고 ─ 강조해서 말하자면, 나는 그쪽의 법이나 부모가 처한 다른 상황은 알지 못합니다 — 그러니까 양육비 부담과 추문을 피하려고 내 조카이자 자신들의 아들인 이 젊은이를 미국에 보내 버렸기 때문입니다. 보시다시피 제대로 채비를 갖추지도 않고 무책임하게 말입니다. 그 하녀가 나에게 보낸 편지는 오랫동안 이리저리 헤매다가 그저께야 내 손에 들어왔습니다. 편지에서 사건의 전모와 아울러 조카의 인상착의와 배의 이름까지 빈틈없이 알려 주었더군요. 그러지 않았더라면 이 아이는 기적이라도 일어나지 않는 한, 아무도 의지할 데 없는 미국에서, 뉴욕 항의 뒷골목에서 금방 타락해 버리고 말았을지도 모릅니다. 내가 여러분을 즐겁게 해드릴 요량이었다면 편지의 몇 구절을 낭독해 드릴 수도 있었을 겁니다.」 — 그러면서 그는 자잘한 글씨로 쓴 두 장의 커다란 편지지를 주머니에서 꺼내더니, 그것을 흔들어 보이는 것이었다 — 「편지는 비록 선의에서 나온 교활함이긴 하지만 순박한 교활함과 아이 아버지에 대한 애정이 담뿍 담겨 있기 때문에 확실히 감명을 줄 겁니다. 하지만 난 사건을 해명하는 데 필요한 이상으로 여러분을 즐겁게 해주고 싶지 않고, 외삼촌과 만나는 마당에 어쩌면 아직 남아 있을지도 모르는 조카의 감정을 상하게 하고 싶지도 않습니다. 그에게 편지를 읽고 싶은 생각이 있다면, 일찌감치 그의 방으로 예정된 곳에 가서 조용히 읽으며 충고를 받아들이면 되겠지요.」

하지만 카를은 하녀에 대한 아무런 감정이 없었다. 점차 희미해져 가는 과거의 어수선한 기억 속에서 그녀는 부엌의 찬장 옆에 앉아, 찬장의 판자 위에 팔꿈치를 괴고 있었다. 아버지가 쓰실 물컵을 가지러 가거나, 어머니의 심부름으로 카를이 부엌에 가끔 들를 때면 그녀는 그를 물끄러미 쳐다보았다. 간혹 그녀는 찬장 옆에서 이상한 자세로 편지를 쓰다가 카를의 얼굴을 보고 영감을 얻기도 했다. 때때로 그녀는 손으로 두 눈을 가리고 있기도 했지만, 아무도 그녀에게 말을 걸지 않았다. 때때로 그녀는 부엌 옆에 있는 자신의 좁은 방에서 무릎을 꿇고 나무로 된 십자가 앞에서 기도를 하기도 했다. 그럴 때 카를은 옆을 지나가다가 약간 열린 문틈으로 그녀의 그런 모습을 보고는 그저 수줍어할 뿐이었다. 어떤 때는 그녀가 부엌에서 미친 듯이 이리저리 돌아다니다가 카를이 그녀의 앞을 막아서면, 마녀처럼 웃으면서 뒤로 흠칫 물러나기도 했다. 때로는 카를이 부엌에 들어서면 부엌문을 닫고는 카를이 비키라고 요구할 때까지 문의 손잡이를 계속 잡고 있기도 했다. 때로는 그가 별로 좋아하지도 않는 물건들을 가지고 와서는 말없이 그의 손에 꼭 쥐어 주기도 했다.

어느 날 그녀는 〈카를!〉 하고 부르며, 뜻밖의 호칭에 놀라워하는 그를 자신의 작은 방으로 데리고 가서는 인상을 찡그리고 한숨을 쉬면서 문을 잠가 버렸다. 그녀는 목을 조르듯이 그의 목에 팔을 감고는, 자신의 옷을 벗겨 달라고 부탁하면서 실은 그의 옷을 벗겨 자신의 침대에 눕혔다. 그녀는 이제부터 세상이 끝날 때까지 그를 아무에게도 맡기지 않고, 자신이 직접 그를 어루만지며 돌보아 주겠다는 태세였다.

〈카를, 오 내 사랑, 카를!〉 하고 그녀는 그를 바라보며, 그가 자신의 소유물이라는 것을 확인하려는 듯 외쳤다. 반면에 카를은 그녀를 외면하면서, 그녀가 그를 위해 손수 몇 겹으로 따뜻하게 덮어 준 이불 속에서 언짢은 기분으로 누워 있

었다. 그녀는 이윽고 그의 옆에 눕더니, 그가 무언가 은밀하
게 속삭여 주기를 기대했지만, 그는 그녀에게 아무 말도 해
줄 수 없었다. 그러자 그녀는 진심인지 거짓인지는 몰라도
화를 내더니, 그를 흔들면서 그의 가슴에 귀를 대고는 심장
의 고동 소리에 귀를 기울이다가, 자신의 심장의 고동에도
귀를 기울여 보라며 가슴을 내미는 것이었다. 그래도 카를이
응하지 않으니까, 그녀는 벌거벗은 몸으로 그의 몸에 배를
갖다 대고는 그의 사타구니 사이에 손을 집어넣으려 했다.
카를은 너무 역겨운 나머지 머리와 목을 베개 밖으로 내밀며
흔들었다. 그런데도 그녀는 계속해서 자신의 배를 그의 몸에
몇 번이나 비벼 댔다 ─ 그에게는 그녀가 그의 몸의 일부인
것처럼 생각되었고, 그래서인지 자신이 어디 의지할 데가 없
다는 끔찍한 기분에 사로잡혔다. 다시 와 달라는 그녀의 간
절한 소망을 수없이 들은 후에 그는 마침내 자신의 침대로
울면서 돌아갔다. 이것이 이야기의 전부였지만, 외삼촌은 이
를 대단한 사건이라도 되는 양 떠들어 댔다. 그런데 하녀에
게도 그의 외삼촌 생각이 떠오르게 되어, 카를이 미국에 간
다는 소식을 그에게 전했던 것이다. 그녀 때문에 일이 잘 풀
린 셈이니, 그는 그녀에게 어쩌면 또 한 번 은혜를 갚아야 할
지도 모른다.

「자 그러면」 상원 의원이 소리쳤다. 「내가 너의 삼촌인지
아닌지 어디 들어 보자꾸나.」

「제 삼촌이 맞습니다.」

카를이 이렇게 말하며 그의 손에 입맞춤을 하자, 그쪽에서
도 카를의 이마에 입맞춤을 해주었다.

「삼촌을 만나게 돼 반갑습니다. 하지만 우리 부모님이 삼촌을 나쁘게만 말하는 건 아닙니다. 그것 말고도 삼촌이 하는 말에는 몇 가지 잘못된 점이 있습니다. 말하자면 사실 삼촌이 모든 내용을 다 전달받은 것은 아니란 뜻입니다. 하지만 여기 계시니까 저쪽 일을 제대로 판단할 수 없는 것도 무리는 아닙니다. 게다가 여러분에게 그다지 중요하지도 않은 세세한 내용에 대해 약간 부정확한 정보를 갖고 있다 하더라도 특별히 해로울 건 없다고 생각됩니다.」

「말을 잘도 하는군.」 상원 의원은 이렇게 말하더니, 분명 관심을 보이는 선장 앞으로 그를 데리고 가서 이렇게 물었다. 「훌륭한 조카가 아닙니까?」

「상원 의원님, 의원님의 조카를 알게 되어 기쁩니다.」 선장은 군사 훈련을 받은 사람들만 하는 것 같은 인사를 하며 말했다.

「우리 배가 이런 만남의 기회를 제공한 데 대해 영광스럽게 생각하는 바입니다. 하지만 3등 선실에서 항해하느라 여러 가지 어려운 점이 많았을 겁니다. 정말이지 어떤 분이 타고 있는지 알 도리가 있어야지요. 그래도 우리는 3등 선실에서 항해하는 사람들이 되도록 수월하게 여행할 수 있도록, 예를 들어 다른 미국 항로들보다 훨씬 더 수월하게 여행할 수 있도록 만전을 기하고 있습니다. 하지만 그러한 항해가 즐거운 여행이 되도록 하는 데는 물론 여전히 성공하지 못하고 있습니다.」

「난 아무렇지도 않았어요.」 카를이 말했다.

「아무렇지도 않았다고!」 상원 의원이 큰 소리로 웃으며 따라 말했다.

「단지 트렁크를 잃어버리지 않았나 염려될 뿐입니다.」카를은 지금까지 일어난 모든 일과, 앞으로 처리해야 할 일을 떠올리며 주위를 둘러보면서, 아까 있던 자리에서 존경과 놀라움의 시선으로 자신을 바라보고 있는 모든 사람들을 말없이 쳐다보았다. 자신에게 만족해하는 엄격한 얼굴들로 미루어볼 때 항만청 공무원들만은 좋지 않은 때에 온 것을 유감으로 생각하는 것 같았다. 그들에게는 지금 눈앞에 놓여 있는 회중시계가 이 방에서 일어난 일과 앞으로 일어날지도 모르는 어떤 일보다도 더 중요한 모양이었다.

선장에 이어 자신의 관심을 표명한 첫 번째 사람이 화부라는 것은 특이한 일이었다.

「진심으로 축하드립니다.」그는 이렇게 말하며 카를과 악수했다. 그럼으로써 그도 나름대로 경의를 표하려는 것 같았다. 그러고 나서 상원 의원에게도 같은 말을 하려고 몸을 돌리려 했지만, 상원 의원은 그런 것은 화부의 권리를 넘어선다는 듯 뒤로 물러섰다. 그러자 화부도 즉각 그러기를 단념했다.

하지만 다른 사람들은 이제 어떻게 하면 좋을지를 깨닫고, 즉시 카를과 상원 의원에게 우르르 몰려가 그들을 에워쌌다. 심지어 슈발까지 카를에게 축하의 인사를 했는데, 그는 이를 순순히 받아들이고 고마움을 표시했다. 다시 조용해진 가운데 마지막으로 항만청 공무원들이 다시 다가와서 영어로 두어 마디 말을 했는데, 이는 우스꽝스러운 인상을 주었다.

상원 의원은 즐거움을 만끽하기 위해, 별로 대수롭지 않은 순간을 자신과 다른 사람들의 기억에 떠올려 주고 싶은 기분이었다. 물론 다들 그의 생각을 참아 주었을 뿐만 아니라 흥미를 가지고 감수하고 있었다. 그래서 그는 하녀의 편지에서 언급된 카를의 가장 두드러진 특징을 혹시 필요할 때 당장 써먹기 위해 자신의 수첩에 기입해 두었다는 사실에 대해 주의를 환기시켰다. 그래서 그는 화부가 뭐라고 참을 수 없게 마구 떠드는 동안 순전히 자기 쪽으로 사람들의 관심을 돌리기 위해 수첩을 끄집어내서는, 물론 탐정의 시각에서 볼 때 별로 맞다고 할 수 없는 하녀의 관찰 내용과 카를의 외모를 장난삼아 대조해 보려고 했다.

「이렇게 해서 자신의 조카를 찾는 거지요!」 그는 또 한 번 축하를 받으려는 어조로 말을 끝맺었다.

「그럼 이제 저 화부의 일은 어떻게 되는 겁니까?」 외삼촌이 마지막에 한 이야기를 슬쩍 비켜 가며 카를이 물었다. 그는 자신이 위치가 달라졌으니까 자신이 생각한 바를 모두 떳떳이 밝힐 수 있으리라 생각했다.

「화부는 응분의 책임을 져야지.」 상원 의원이 말했다. 「그리고 그건 선장님이 알아서 처리할 거야. 우린 화부에 대해서는 완전히 질려 버렸어. 여기 계신 다른 분들도 이런 제 견해에 전폭적으로 찬성하실 겁니다.」

「하지만 정의의 문제에서는 남이 찬성하고 안 하고는 중요하지 않습니다.」 카를이 말했다. 외삼촌과 선장의 사이에 서 있는 그는 어쩌면 이러한 위치로 인해 영향을 받았는지는 몰라도, 결정권을 지니고 있다고 생각했다.

그럼에도 화부는 더 이상 자신에 대해 희망을 품지 않는 것 같았다. 그는 두 손을 절반쯤 바지 허리띠에 대고 있었는데, 그가 흥분한 몸짓을 하자 허리띠와 더불어 셔츠의 줄무늬가 드러나 보였다. 자신의 분한 마음을 다 털어놓았으니, 자신이 초라한 옷을 입은 것을 보고 사람들이 바깥으로 쫓아낸다 하더라도, 조금도 개의치 않겠다는 태도였다. 이곳에서 지위가 가장 낮은 두 사람인 직원과 슈발이 자신에게 마지막 호의를 베풀 거라고 생각되었다. 그러고 나면 슈발은 마음의 안정을 얻을 것이고, 회계 주임이 앞서 말한 바와 같이 더 이상 자포자기하는 일도 없을 것이다. 선장은 순전히 루마니아인만을 쓸 것이고, 그러면 사방에서 루마니아어가 들릴 것이다. 아마 그렇게 되면 모든 일이 한결 순조롭게 진행될 것이다. 화부가 경리실에 들어가 떠들어대는 일도 없을 테니까. 그가 마지막으로 떠든 내용만 사람들의 기억에 남아 꽤 즐거운 이야깃거리가 될지도 모른다. 아무튼 상원 의원이 명백히 말했듯이, 그가 떠든 것이 조카를 찾아내는 간접적인 계기가 되었기 때문이다.

이 조카는 이전부터 몇 번이고 화부를 도와주려고 했고, 이 때문에 자신의 신분이 밝혀지자 진작부터 그가 도와준 것에 대해 심심한 감사의 뜻을 표했다. 지금 와서 화부로서는 자기를 도와 달라고 그에게 무언가를 요구할 생각이 전혀 없었다. 아닌 게 아니라, 그가 비록 상원 의원의 조카이기는 하지만, 그렇다고 그가 선장인 것은 아니었다. 하지만 선장의 입에서 결국 좋지 않은 말이 나오고야 말 것이다 — 자신의 생각이 이러했으므로 화부도 카를 쪽을 쳐다보려고 하지 않았지만, 유감스럽게도 적으로 둘러싸인 이 방에서 딱히 시선을 보낼 곳이 없었다.

「실상을 똑바로 파악하도록 해라.」상원 의원이 조카한테 말했다. 「어쩌면 정의가 중요한 문제일지 모르지만, 그와 동시에 규율도 중요한 문제란다. 이 두 가지 문제, 특히 규율의 문제는 이곳에서 선장님의 재량에 맡겨져 있거든.」

「그야 그렇지요 뭐.」화부가 이렇게 중얼거리며 말했다. 그 말을 듣고 뜻을 알아차린 사람은 약간 당혹스럽다는 듯이 빙그레 미소를 지었다.

「게다가 뉴욕 항에 도착하자마자 업무가 산더미처럼 쌓일 게 분명한 선장을 우리가 벌써 너무 방해하게 된 셈이므로, 지금이야말로 우리가 배에서 내릴 절호의 순간이다. 별로 중요하지 않은 일에 쓸데없이 개입해서 두 기관사가 하찮은 일로 싸우는 것을 커다란 사건으로 만들 필요가 있겠느냐. 얘야, 아무튼 난 너의 행동 방식을 완전히 이해하고 있다. 바로 그렇기 때문에 너를 속히 이곳에서 데리고 나가는 것이 나는 옳다고 생각한다.」

「그럼 당장 보트 한 척을 띄우도록 하겠습니다.」분명 외삼촌은 그냥 겸손하게 이렇게 말했을 뿐이었는데, 이에 대해 가타부타 조금도 이의를 달지 않고 선장이 이렇게 말하는 것을 보고, 카를은 적이 놀라움을 금치 못했다. 회계 주임은 득달같이 책상으로 달려가서, 선장의 명령을 수부장(水夫長)에게 전화로 알렸다.

「시간이 촉박해.」카를이 혼잣말로 중얼거렸다. 「하지만 어쩔 수 없이 모든 사람들의 기분을 상하게 할 수밖에 없어. 외삼촌이 나를 어렵게 찾아냈는데 막상 그를 버리고 갈 수도 없는 노릇이고. 선장은 사실 예의 바르기는 하지만, 그게 다일 뿐이야. 규율이 문제가 되면 그의 예의 바름은 온데간 데없게 돼. 그리고 외삼촌은 자신이 생각하는 대로 그에게 말했어. 슈발과는 말하고 싶지 않아. 그와 악수를 한 것조차 후회막급이야. 그리고 여기에 있는 다른 모든 사람들은 껍데기에 불과해.」

그는 이런 생각을 하면서 천천히 화부한테 다가가서, 그의 오른손을 허리띠에서 잡아 빼고는, 힘들이지 않고 그의 손을 잡았다.

「왜 아무 말도 안 하는 거죠?」 그가 물어보았다. 「왜 모든 걸 감수하려는 거예요?」

화부는 마치 자신이 하고 싶은 말을 찾는다는 듯이 이마에 주름을 지을 뿐이었다. 그뿐만 아니라 그는 카를과 자신의 손을 내려다보았다.

「이 배에서 오직 당신에게만 부당한 일이 일어났어요. 그건 보나마나한 일입니다.」

그리고 카를은 화부의 손가락 사이에 넣은 자신의 손가락을 이리저리 넣었다 뺐다 하고 있었고, 화부는 이곳에서 자신이 환희를 맛보는 것을 나쁘게 생각할 사람이 아무도 없을 거라는 듯 눈을 반짝이며 주위를 빙 둘러보았다.

「자신을 방어할 대책을 강구해야 하고, 〈네〉 또는 〈아니요〉라고 분명히 말해야 해요. 안 그러면 사람들이 진실을 알 수 없을 겁니다. 내 말을 듣겠다고 약속해야 합니다. 여러 가지 이유로 우려하는 바인데, 나 자신이 더는 당신을 도울 수 없을 것 같기 때문이에요.」

카를은 화부의 손에 입맞춤을 하면서 결국 울음을 터뜨렸다. 그리고 갈라지고 거의 생기를 잃은 화부의 손을 잡고는 포기할 수 없는 보배라도 되는 양 자신의 뺨에 대고 눌렀다 ─ 하지만 그때 상원 의원인 외삼촌이 그의 옆에 다가와서는 그를 슬그머니 끌고 가 버렸다.

「넌 화부한테 홀린 모양이구나.」 외삼촌은 이렇게 말하면서, 카를의 머리 너머로 선장을 의미심장한 눈길로 건너다보았다.

「네가 버림받았다고 느꼈을 때 화부를 알게 되어, 지금 넌 그에게 고마워하고 있는 거지. 그건 참으로 갸륵한 생각이다. 하지만 내 입장도 생각해서 지나친 행동을 삼가고, 현재의 네 위치도 생각해 주길 바란다.」

바깥이 시끄러워지면서 사람들이 외치는 소리가 들렸다. 누군가 문에 떠밀려 심하게 부딪치는 소리 같은 것도 들렸다. 약간 거친 태도를 보이며 선원 한 사람이 들어왔는데, 그는 하녀용 앞치마를 두르고 있었다.

「사람들이 바깥에 몰려왔습니다.」

그는 이렇게 소리치며, 아직 자신이 군중들에게 둘러싸여 있는 것처럼, 팔꿈치로 한 번 밀치는 동작을 했다. 마침내 정신을 차리고 선장한테 인사를 하려다가, 자신이 하녀용 앞치마를 두르고 있는 것을 알아채고, 그것을 아래로 잡아당겨 땅바닥에 내동댕이치면서 소리쳤다.

「정말이지 구역질나는 일입니다. 그자들이 나에게 앞치마를 두르게 했어요.」

하지만 그러고 나서 그는 발뒤꿈치를 모으고 경례를 했

다. 누군가 웃으려고 했지만, 선장은 엄한 어조로 말했다.

「퍽이나 기분들이 좋은 모양인데, 밖에 있는 사람들은 대체 누군가?」

「저의 증인들입니다.」 슈발이 앞으로 나오며 말했다. 「이들이 부적절한 행동을 취한 것을 부디 용서해 주시기 바랍니다. 뱃사람들이란 항해를 마치면 가끔 미친 듯이 날뛰기도 하니까요.」

「저들을 당장 안으로 들어오라고 하게!」 선장은 이렇게 명령하고는, 즉시 상원 의원 쪽으로 몸을 돌리고 친절하지만 서둘러 말했다.

「존경하는 상원 의원님, 당신의 조카님과 함께 이 선원을 따라가 보트에 올라타십시오! 상원 의원님을 직접 알게 된 게 얼마나 즐겁고 얼마나 영광스러운 일인지 모르겠습니다. 우리 미국의 함대 현황에 대해 하다가 만 이야기를 의원님과 다시 계속할 기회가 곧 오기를 바라마지 않습니다. 그때 가서도 어쩌면 오늘처럼 즐겁게 이야기하다가 중간에 그만둘지도 모르지만 말입니다.」

「당분간은 이 조카 하나로도 충분할 겁니다.」 외삼촌은 껄껄 웃으며 말했다.

「그럼 선장님이 호의를 베푼 데 대해 진심으로 감사드리며, 부디 안녕히 계십시오. 좌우간 다음에 우리가 유럽 여행을 할 때는」 ― 그는 카를을 진심으로 꼭 껴안았다 ― 「선장님과 비교적 오랜 시간 함께할 수 있겠지요.」

「그렇게 된다면 오죽 기쁘겠습니까.」 선장이 말했다.

두 신사는 서로 악수를 나누었고, 카를은 그냥 아무 말 없이 건성으로 선장에게 손을 내밀 수밖에 없었다. 선장은 슈발을 앞세우고 약간 당황해하기는 하지만 목소리를 높이며 밀고 들어온 열다섯 명쯤 되는 사람들에게 이미 정신이 팔렸기 때문이었다. 선원은 상원 의원에게 먼저 가라고 부탁한 다음, 의원과 카를을 위해 군중을 헤치고 길을 터 주어서, 두 사람은 인사하는 사람들 사이로 쉽게 빠져나갈 수 있었다. 아닌 게 아니라 이 선량한 사람들은 슈발과 화부가 선장 앞에서도 싸우기를 그치지 않는 것을 일종의 우스꽝스러운 오락 거리로 받아들이는 것 같았다. 카를은 가정부인 리네도 그들 중에 끼여 있음을 알아챘다. 선원이 내던진 앞치마를 두르고 있는 그녀는 그를 보고 즐거운 표정으로 눈을 껌벅거렸다. 그것이 자신의 앞치마이기 때문이었다.

두 사람이 선원의 뒤를 따라 좁은 통로로 접어든 후 몇 걸음 걸어가니 조그만 문이 나왔다. 그 문을 열자 이미 그들을 위해 대기하고 있는 보트로 연결되는 짧은 계단이 나왔다. 자신들의 우두머리가 단숨에 보트에 풀쩍 뛰어오르자 그 안에 있던 선원들은 벌떡 일어서더니 경례를 했다. 상원 의원이 카를에게 조심해서 내려오라고 주의를 주는 순간, 아직 계단의 맨 위에 있던 카를이 느닷없이 울음을 왈칵 터뜨렸다. 그러자 상원 의원은 오른손을 카를의 턱 아래에 대고, 그를 꼭 껴안더니 왼손으로 그를 쓰다듬어 주었다.

이런 자세로 이들은 계단을 한 칸 한 칸 천천히 내려와서, 꼭 붙은 채로 보트에 올라탔다. 보트에서 상원 의원은 카를을 위해 바로 자기 맞은편에 좋은 자리를 마련해 주었다. 상원 의원이 손짓을 하자 선원들은 보트를 배에서 밀어내더니,

곧장 열심히 노를 젓기 시작했다. 이들이 배에서 몇 미터 떨어지자마자, 카를은 뜻밖에도 자신들이 경리실의 창들이 나 있는 배의 측면에 있다는 사실을 알아채게 되었다. 슈발의 증인들이 세 개의 창문 앞을 차지하고 서서, 말할 수 없이 정겨운 인사를 보내며 손을 흔들어 주었다. 외삼촌도 답례의 인사를 보냈다. 그리고 어떤 선원은 한결같은 자세로 노를 저으면서 손을 입에 대고 작별 인사를 보내는 재주를 부리기도 했다.

화부는 어디에 있는지 눈을 씻고 봐도 보이지 않았다. 카를은 무릎과 무릎이 서로 거의 맞닿게 한 채 외삼촌의 눈을 뚫어져라 바라보았다. 그러는 가운데 그의 마음속에는 이분이 전에 화부가 자신에게 해준 역할을 대신 해줄 수 있을까 하는 의구심이 일었다. 외삼촌도 그의 시선을 피하고는 보트를 흔들거리게 하는 바다 물결을 내려다보았다.

변신

I

　어느 날 아침 뒤숭숭한 꿈에서 깨어난 그레고르 잠자는 자신이 침대에서 흉측한 모습의 한 마리 갑충으로 변한 것을 알아차렸다. 그는 철갑처럼 딱딱한 등을 대고 침대에 누워 있었다. 머리를 약간 들어 보니 아치형의 각질 부분들로 나누어진, 불룩하게 솟은 갈색의 배가 보였다. 금방이라도 주르르 흘러내릴 것 같은 이불은 배의 높은 부위에 가까스로 걸쳐져 있었다. 몸뚱이에 비해 애처로울 정도로 가느다란 수많은 다리들은 그의 눈앞에서 어른거리며 하릴없이 버둥거리고 있었다.

　「나에게 대체 무슨 일이 생긴 걸까?」 그는 생각했다. 이게 꿈은 아니었다. 좀 작기는 해도 사람이 살기에 손색이 없는 그의 방은 낯익은 사면의 벽에 조용히 둘러싸여 있었다. 풀어 헤쳐 놓은 옷감 견본 모음집이 펼쳐져 있는 탁자 위에는 ── 잠자는 출장 영업 사원이었다 ── 그가 얼마 전에 그림이 많이 들어 있는 잡지에서 오려 낸 아기자기한 금박 액자에 끼워 넣은 그림이 놓여 있었다. 그림에는 모피 모자를 쓰고 모피 목도리를 두른 숙녀가 반듯한 자세로 앉아 있었다. 그녀는 그림을 보는 사람을 향해 팔뚝을 온통 가리는 묵직한 모피 토시를 들어 보이고 있었다.

그러고 나서 그레고르는 창문 쪽으로 눈길을 돌렸다. 그런데 우중충한 날씨에 그의 기분은 더할 나위 없이 울적해졌다. 창문의 함석판을 후드득 두들기는 빗방울 소리가 들려왔다. 〈잠을 약간 더 자서 이런 말도 안 되는 상황을 죄다 잊어버리는 게 어떨까?〉 하고 그는 생각했으나 이는 도저히 실행할 수 없는 일이었다. 그는 오른쪽으로 누워 자는 버릇이 있었지만 지금의 상태로는 그런 자세로 누울 수 없었기 때문이었다. 몸을 오른쪽으로 돌리려고 아무리 뒤척여 보아도 번번이 흔들거리며 등을 바닥에 대고 누운 자세로 되돌아올 뿐이었다. 그는 한 백 번쯤 그런 일을 시도해 보았고, 멋대로 버둥거리는 다리들을 보지 않으려고 두 눈을 꼭 감았다. 그러다가 지금껏 느껴 보지 못한 가볍고 뻐근한 통증을 옆구리에서 느끼기 시작했을 때야 비로소 그러기를 그만두었다.

〈아아, 원 세상에〉 그는 생각했다. 〈어쩌다가 이런 고달픈 직업을 택했단 말인가! 날이면 날마다 여행이나 다녀야 하다니. 사무실에서 근무하는 것보다 업무상 스트레스가 훨씬 더 심하다. 게다가 여행하다 보면 골치 아픈 일들이 한두 가지가 아니야. 기차를 제대로 갈아타려고 신경 써야 하는 일, 불규칙하고 형편없는 식사, 상대가 늘 바뀌는 탓에 결코 지속될 수도 없고 진실해질 수도 없는 만남 따위들. 이 모든 것을 왜 악마가 잡아 가지 않는지 모르겠다!〉

그는 배 위쪽이 약간 가려운 것을 느꼈다. 머리를 더 잘 쳐들 수 있도록 그는 등으로 몸을 밀면서 느릿느릿 침대 기둥 쪽으로 더 가까이 다가갔다. 그는 근질거리는 부위를 발견했다. 그곳에는 뭔지 알 수 없는 깨알같이 작은 흰 반점들이 나 있었다. 그래서 그는 다리 하나를 내밀어 그 부위를 건드려 보려고 했지만, 이내 다리를 움츠리고 말았다. 다리가 그곳에 닿자마자 온몸에 오싹하는 소름이 돋았기 때문이었다.

그는 미끄러지며 다시 이전 자세로 되돌아갔다. 〈이렇게 일찍 일어나다니〉 그는 생각에 잠겼다. 〈사람이 아주 멍청해진단 말이야. 잘 만큼 푹 자야 하는데. 다른 출장 영업 사원들은 하렘의 여자들처럼 살고 있지 않은가. 가령 주문받은 물건을 장부에 기입하려고 오전 중에 여관에 돌아와 보면 그 작자들은 그제야 일어나 앉아 아침을 들고 있지 않은가. 만일 내가 사장 앞에서 그러다간 당장 쫓겨나고 말 거야. 하기야 그러는 편이 나에게는 훨씬 더 나을지도 모르지. 그동안 부모를 생각해서 꾹 참아 왔지만 그렇지 않았더라면 진작 사표를 던지고, 사장 앞으로 걸어 나가 가슴에 묻어 두었던 생각을 그에게 다 털어놓았을지도 몰라. 그랬다면 사장은 틀림없이 책상에서 굴러 떨어졌을 거야! 책상 위에 걸터앉아 아래를 내려다보며 직원에게 말하는 꼬락서니는 참 별나기도 하지. 게다가 사장은 귀가 어두워 직원들은 그에게 바짝 다가가서 말해야 해. 그렇다고 아직 희망을 완전히 접은 것은 아니야. 언젠가 내가 돈을 제법 모아 부모님이 그에게 진 빚을 다 갚게 되면 — 아직 한 5, 6년 걸리겠지 — 꼭 그렇게 하고 말 거야. 그러면 일생일대의 전기가 마련되겠지. 다섯 시면 기차가 떠나니까 지금 당장은 물론 일어나는 일이 급선무야.〉

그러고서 그는 서랍장 위에서 재깍거리며 가고 있는 자명종 시계 쪽을 건너다보았다. 〈아이고, 하느님 맙소사!〉하고 그는 마음속으로 외쳤다. 벌써 여섯 시 반이 아닌가. 시곗바늘은 조용히 앞으로 나아가고 있었다. 어느새 30분을 지나 벌써 45분에 가까워지고 있었다. 혹시 자명종이 울리지 않은 것이 아닐까? 네 시에 정확히 맞추어져 있는 게 침대에서도 보였다. 자명종이 울린 게 분명했다. 하지만, 정말이지 온 방 안을 뒤흔들 정도로 요란한 그 소리를 듣고도 마냥 편히 잠 잔다는 것이 가능한 일이었을까? 하긴 편히 잠을 잔 것은 아니었다 해도, 그런 만큼 깊은 잠에 빠져든 것만은 분명하다. 하지만 그는 이제 어떻게 해야 한단 말인가? 다음 기차는 일곱 시에 있었다. 그 기차를 놓치지 않으려면 부리나케 서둘러야 했다. 그런데 견본 모음집은 아직 꾸려 놓지도 않았다. 그런데다가 기분이 별로 상쾌하지 않았고 몸도 그리 거뜬하지 않았다. 그리고 설령 그 기차를 잡아탄다 해도 사장의 불호령은 피할 수 없을 것이다. 사환 녀석이 다섯 시 기차에 맞추어 대기하고 있다가 그가 타지 않은 사실을 진작 일러바쳤을 테니까. 사장의 꼭두각시나 다름없는 그는 줏대도 사리 분별도 없는 녀석이었다. 이렇게 된 바에야 몸이 아프다고 알리면 어떨까? 하지만 이는 지극히 곤혹스러운 일이고 수상쩍은 핑계일지도 모른다. 그레고르는 회사에 5년간 근무하는 동안 한 번도 아파 본 적이 없었기 때문이다. 사장은 의료 보험 조합의 의사를 대동하고 나타나, 게으른 아들을 두었다고 부모님을 질책할 것이 뻔하다. 그리고 의사의 소견을 빌려 어떤 핑계를 대도 묵살해 버리고 말 것이다. 의사가 보기에는 아주 건강하면서도 일하기 싫어하는 사람들이 얼마든지 있기 때문이다. 그런데 아닌 게 아니라 이 경우에 그의 견해가 아주 완전히 틀렸다고 할 수 있겠는가? 그레고르는 잠을 오래 자고도 여분으로 좀 남아 있는 졸린 기운 말고는 사실 몸의 컨디션이 아주 좋았고, 유달리 왕성한 식욕마저 느꼈다.

침대에서 나가야겠다는 결심을 하지 못하고 이 모든 생각에 잠겨 있을 때 — 이때 바야흐로 6시 45분을 알리는 자명종 소리가 울렸다 — 그의 침대 머리맡의 문을 조심스럽게 두드리는 소리가 들렸다.

이어서 〈그레고르야!〉 하는 소리가 들렸다. 어머니의 목소리였다.

「6시 45분이다. 출근 안 할 거니?」

참으로 부드러운 목소리였다! 그레고르는 대답하는 자신의 목소리를 듣고 흠칫 놀랐다. 그것은 자신의 예전 목소리임에 틀림없었다. 그렇지만 거기에는 저 아래쪽에서 울려 나오는 듯한, 억누를 길 없고 고통스러운 찍찍거리는 소리가 섞여 있었다. 그 소리 때문에 그가 하는 말은 첫 순간만 제법 또렷하게 들리다가 뒤이어 메아리치는 울림에 그만 묻혀 버리고 말았다. 그래서 그가 무슨 말을 했는지 제대로 알아들을 수 없었다. 그레고르는 상세하게 대답하며 자초지종을 설명하고 싶었지만, 자신이 처한 사정이 이러하므로 〈네, 네, 고마워요, 어머니. 벌써 일어났어요〉라고 말하는 도리밖에 없었다. 문이 나무로 되어 있어 밖에서는 그레고르의 목소리가 변했다는 것을 아마 알아채지 못한 모양이었다. 어머니는 이러한 대답을 듣고 안심한 듯 신을 질질 끌며 가 버렸기 때문이다. 하지만 이 짤막한 대화로 인해 다른 식구들도 그레고르가 뜻밖에도 아직 출근하지 않았다는 사실에 주목하게 되었다. 그리고 아버지가 약하긴 하지만 벌써 한쪽 옆문을 주먹으로 두드리는 것이었다.

「그레고르야! 그레고르야!」 아버지가 소리쳤다. 「대체 어찌 된 일이니?」

그러고 나서 잠시 후 다시 한 번 보다 낮은 음으로 〈그레고르야! 그레고르야!〉 하고 부르며 대답을 다그쳤다. 하지만 이번에는 다른쪽 옆문에서 여동생이 나지막한 소리로 호소하듯 말했다.

「오빠? 어디 몸이 안 좋아? 뭐 필요한 거 있어?」

그레고르는 양쪽을 향해 대답했다.

「이제 준비 다 됐어요.」

그는 극도로 세심하게 발음하고 말과 말 사이에 잔뜩 뜸을 들여 자신의 목소리가 이상하게 들리지 않도록 무진 애를 썼다. 아버지도 아침 식사를 하러 돌아갔으나 여동생은 속삭이듯 말했다.

「오빠, 문 좀 열어 줘. 제발 부탁이야.」

하지만 그레고르는 문을 열 생각은 조금도 하지 않고, 집에서도 밤중에는 모든 문을 걸어 잠그는, 이런 조심스러운 습관이 여행하면서 몸에 배게 된 것을 다행으로 여겼다.

우선 그는 아무에게도 방해받지 않고 조용히 일어나 옷을 입고는 무엇보다 아침 식사부터 하고 싶었다. 그 다음 일은 그때 가서야 곰곰 생각해 볼 예정이었다. 침대에 누워서는 아무리 골똘히 생각해 봤자 신통한 결론이 나오지 않을 것임을 그는 잘 알고 있었기 때문이었다. 그는 간혹 불편한 자세로 자는 바람에 가벼운 통증을 느낀 기억을 떠올렸다. 그러다가 막상 일어나 보면 그 통증은 순전히 공상에 불과했음이 드러나곤 했다. 그래서 오늘의 상상은 어떻게 서서히 사라져 갈 것인지 자못 궁금해졌다. 목소리가 변한 것은 출장 영업 사원의 직업병인 감기에 단단히 걸릴 징조란 것을 그는 조금도 의심치 않았다.

이불을 걷어 내는 일은 그야말로 식은 죽 먹기였다. 몸을 부풀리기만 하면 되었는데, 그러니까 그것이 저절로 흘러내리는 것이었다. 그러나 그 다음부터가 어려웠다. 그의 몸이 엄청 넓게 옆으로 퍼져 있어서 특히 그러했다. 몸을 일으켜 세우려면 팔과 손이 있어야 하지 않겠는가. 그런데 이젠 그런 것 대신에 쉬지 않고 제멋대로 움직이는 수많은 가느다란 다리들밖에 없었다. 더구나 그는 그 다리들을 마음대로 다룰 수 없었다. 어떤 다리를 한번 구부려 보려고 하면 그것이 오히려 맨 먼저 쭉 펴지는 것이었다. 그런데 그 다리로 마침내 그가 원하는 바를 수행하는 데 성공했다손 치더라도 그러는 사이에 다른 다리들은 마치 구속에서 풀려난 듯 고통스럽게 극도로 흥분해서 난리법석을 피웠다. 「이렇게 침대에만 죽치고 있다가는 죽도 밥도 안 되겠어.」 그레고르는 혼잣말로 중얼거렸다.

먼저 그는 몸의 아랫부분을 움직여 침대 밖으로 나가 보려고 했다. 하지만 더군다나 그가 아직 보지도 못했고, 어떻게 생겼는지 그럴듯하게 상상조차 할 수 없는 하반신을 움직이는 게 말할 수 없이 어려운 일임을 그는 깨달았다. 그래서 일이 아주 더디게 진행되었다. 그러다가 급기야는 너무 화가 난 나머지 앞뒤 생각하지 않고 앞쪽으로 몸을 냅다 밀쳤다가, 그만 방향을 잘못 잡는 바람에 아래쪽 침대 기둥에 세차게 부딪치고 말았다. 쿡쿡 쑤시고 화끈거리는 듯한 통증이 느껴졌다. 보아하니 현재로서는 하반신이 그의 몸에서 가장 예민한 급소인 모양이었다.

이 때문에 그는 먼저 상반신을 침대 밖으로 나오게 하려고 머리를 침대 가장자리 쪽으로 조심스럽게 돌렸다. 이 동작은 힘들이지 않고 쉽게 할 수 있었다. 몸뚱이가 넓적하고 무거웠지만 결국 머리가 돌아가는 방향을 따라 서서히 움직였다. 하지만 이윽고 머리가 침대 밖의 허공에 떠 있게 되자 이런 식으로 계속 밀고 나가기가 덜컥 겁이 났다. 그러다가 마침내 몸이 떨어지기라도 하면 기적이 일어나지 않고는 머리를 다치는 수밖에 없을 것 같아서였다. 그런데 어떤 일이 있더라도 바로 지금은 의식을 잃어서는 안 되었다. 그래서 차라리 침대에 그냥 머물러 있기로 했다.

다시 같은 노력을 기울인 끝에 그는 아까와 같은 자세로 돌아와 안도의 한숨을 쉬었다. 하지만 다시 그의 가느다란 다리들이 더욱 못되게 굴며 서로 아귀다툼을 벌이는 모습이 보였고, 이렇게 제멋대로 굴다가는 안정과 질서를 회복할 가능성이 없어 보였다. 그는 다시 혼잣말로 중얼거렸다.

「침대에 그냥 죽치고 있을 수는 없어. 어떤 희생이 있더라도 침대에서 벗어날 수 있는 희망이 조금이라도 있다면 그러는 편이 최고 상책이야.」

하지만 이와 동시에 그는 그러는 와중에도 자포자기해서 결단을 내리는 것보다 차분하게, 아주 차분하게 곰곰 생각하는 편이 훨씬 더 낫다는 사실을 잊지 않았다. 그 순간 그는 되도록 날카로운 시선으로 창밖을 내다보았다. 하지만 유감스럽게도 좁은 골목길의 건너편까지 아침 안개로 자욱이 뒤덮여 있는 광경에서 어떤 낙관적인 기대나 쾌활한 기분을 얻을 수는 없었다.

「벌써 일곱 시구나.」 자명종이 새로운 시간을 알리자 그는 혼잣말로 중얼거렸다.

「벌써 일곱 시인데도 여전히 저렇게 안개가 끼어 있구나.」 그리고 한동안 그는 약하게 숨을 쉬며 조용히 누워 있었다. 행여나 쥐 죽은 듯 정적이 감돌아 현실적인 정상 상태로 회복되기를 기다리기라도 하듯이 말이다.

하지만 그런 다음 그는 다시 중얼거렸다. 「어떻게 해서든 7시 15분이 되기 전에 침대에서 완전히 벗어나야 해. 아닌 게 아니라 또한 그때까지는 회사에서 누군가 나에게 물어보러 올 거야. 일곱 시 전에 사무실 문을 여니까 말이야.」

그리고 이제 그는 온몸에 고르게 힘을 주어 몸을 흔들면서 침대에서 벗어나려고 했다. 이런 식으로 침대에서 떨어진다면 아마 머리를 다치는 일은 없을 것이다. 떨어질 때 머리를 번쩍 치켜들면 말이다. 등은 단단해 보였다. 그러니 양탄자 위에 떨어지면 아마도 등은 아무 문제가 없을 것이다. 떨어질 때 쿵 하고 시끄러운 소리가 날까 봐 가장 염려되었다. 그 소리에 문 밖의 식구들은 공포는 느끼지 않더라도 필경 무슨 일인가 하고 걱정은 할 것이다. 그렇지만 해보지 않을 수 없는 일이었다.

그레고르의 몸이 어느새 절반쯤 침대 밖으로 나오게 되자
─ 새로운 이 방법은 힘든 일이라기보다는 일종의 놀이와도
같아서, 계속 몸을 좌우로 흔들어 주기만 하면 되었다 ─ 누
가 자신을 도와주면 이 모든 일이 얼마나 간단할까 하는 생
각이 불현듯 들었다. 힘센 사람이 두 명만 있으면 충분할 것
같았다. 그는 아버지와 하녀를 떠올렸다. 그들이 둥글게 휘
어진 그의 등 아래에 팔을 집어넣고 그를 침대에서 들어내고
는 허리를 굽혀 바닥에 내려놓으면 될 텐데. 그런 다음 그가
바닥에서 몸을 뒤집을 때까지 조심스레 참아 주기만 하면 될
텐데. 그러면 그의 가느다란 다리들이 아마도 바닥에서 제
구실을 하게 될 것이다. 그러니 문들이 꽁꽁 잠겨 있는 것은
별도로 치더라도 이젠 정말로 도와 달라고 소리쳐야 하지
않을까? 비록 곤경에 처해 있기는 하지만 이런 생각을 하면
서 그는 쓴웃음을 짓지 않을 수 없었다.

벌써 조금만 더 세게 흔들면 그는 더 이상 균형을 잡지 못
할 상태에 있었다. 이제 얼른 최종 결정을 내리지 않을 수 없
었다. 5분만 있으면 7시 15분이기 때문이었다. 그때 현관문
에서 초인종 소리가 울렸다.

「회사 사람이 온 모양이야.」

이렇게 중얼거리는 그의 몸은 거의 굳어 버렸고, 그러는
동안 그의 가느다란 다리들은 더욱 격렬하게 춤을 추어 댔
다. 일순간 사방이 쥐죽은 듯 조용해졌다.

「문을 안 열어 주겠지.」

그레고르는 말도 안 되는 희망에 사로잡혀 혼잣말로 중얼

거렸다. 하지만 그런 다음 물론 여느 때처럼 하녀가 힘찬 발걸음으로 현관문을 향해 걸어가 문을 열어 주었다. 그레고르는 방문객의 첫마디 인사말만 듣고도 그가 누구인지 단번에 알 수 있었다. 지배인이 직접 나타난 것이었다. 어쩌다가 그레고르는 조금만 태만해도 곧장 터무니없이 커다란 의심을 사게 되는 이런 회사에 근무하는 신세가 된 것일까? 직원들은 죄다 하나같이 건달 나부랭이란 말인가? 대체 그들 중에 충실하고 헌신적인 인간은 눈을 씻고 봐도 없다는 말인가? 아침나절 한두 시간만이라도 회사를 위해 열심히 일하지 않으면 양심의 가책으로 머리가 좀 이상해져 그야말로 침대에서 벗어나지도 못하는 그런 인간 말이다. 사실 사환을 보내 알아봐도 충분하지 않았을까? 진상을 파악하는 것이 꼭 필요하다면 말이다. 이렇게 굳이 지배인이 직접 와야 한단 말인가? 그리하여 이 수상쩍은 사안에 대한 조사가 지배인의 판단에만 맡겨질 수 있다는 사실이 아무런 영문도 모르는 전 가족에게 알려져야 한단 말인가? 제대로 된 어떤 결심을 해서라기보다는 이런 문제들을 골똘히 생각하다 보니 절로 흥분이 된 그레고르는 있는 힘을 다해 침대 밖으로 몸을 훌쩍 날렸다. 시끄러운 소리가 나긴 했지만 아주 요란한 소리는 아니었다. 양탄자 덕분에 떨어지는 충격이 다소 약해졌고, 등도 그레고르가 생각했던 것보다 탄력이 있었다. 그 때문에 좀 둔탁한 소리가 나긴 했지만 그리 남의 이목을 끌 만한 정도는 아니었다. 제대로 주의를 기울여 머리를 쳐들지 않는 바람에 머리를 살짝 부딪쳤을 뿐이었다. 그는 머리를 돌리고는, 화도 나고 아프기도 해서 머리를 양탄자에 비벼 댔다.

「저 안에서 뭔가 떨어진 모양입니다.」지배인이 왼쪽 옆방
에서 말했다. 그레고르는 오늘 자신한테 일어난 것과 비슷한
일이 언젠가는 지배인한테도 일어날 수 있지 않을까 상상해
보려고 했다. 사실 그럴 가능성을 아주 부인할 수는 없는 노
릇이었다. 그 순간 마치 이런 질문에 거칠게 대답이라도 하
는 듯 지배인은 이제 옆방에서 또박또박 몇 걸음을 옮기며 에
나멜 구두에서 삐걱거리는 소리를 냈다. 오른쪽 옆방에서는
여동생이 속삭이는 소리로 그레고르에게 귀띔을 해주었다.

「오빠, 지배인이 왔어.」

「알고 있어.」그레고르는 혼자 중얼거렸다. 하지만 여동생
이 들을 수 있을 정도로 큰 소리로 말하지는 못했다. 감히 목
소리를 높일 수 없었던 것이다.

「그레고르야!」이번엔 왼쪽 옆방에서 아버지 목소리가 들
렸다.

「지배인님이 오셔서 왜 새벽 열차를 타지 않았느냐고 물
으신다. 그분께 무슨 말을 해야 할지 모르겠구나. 아무튼 지
배인님은 너하고 직접 말하고 싶어 하신다. 그러니 문을 좀
열거라. 방이 어지럽혀져 있어도 충분히 이해해 주실 거야.」

「안녕하시오, 잠자 씨!」그러는 사이 지배인이 다정하게
소리쳤다.

「몸이 좋지 않은가 봐요.」아버지가 문에 대고 계속 말하
는 동안 어머니가 지배인에게 말했다.

「몸이 좋지 않은가 봐요. 제 말을 믿어 주세요, 지배인님. 그
렇지 않고서야 그레고르가 어떻게 기차를 놓치겠어요! 저 아

이 머릿속엔 온통 회사 일밖에 없답니다. 저녁에도 통 밖으로 나가는 일이 없으니 제가 다 화가 날 지경이에요. 이번에도 이 도시에서 지낸 지 일주일이나 되었지만, 매일 저녁마다 집에만 틀어박혀 있었어요. 집에 있을 때는 책상에 앉아 조용히 신문을 읽거나 기차 시간표를 들여다보지요. 그러다가 심심하면 실톱으로 목공 일에 열중하면서 기분을 푼답니다. 가령 저녁에 2, 3일 동안 일해서 조그만 액자를 만들어 내기도 했답니다. 얼마나 아기자기한지 보시면 놀랄 거예요. 저 방 안에 걸려 있답니다. 그레고르가 문을 열면 금방 보일 거예요. 그건 그렇고 지배인님이 이렇게 와 주셔서 얼마나 다행스러운지 몰라요. 우리 힘만으로는 그레고르가 문을 열게 하지 못했을 거예요. 걔 고집이 얼마나 센지 몰라요. 몸이 안 좋은게 분명해요. 아까는 그렇지 않다고 부인했지만요.」

「곧 나가요.」 그레고르는 느릿느릿 신중하게 말했다. 그러고는 밖에서 나누는 대화를 한 마디도 놓치지 않으려고 꼼짝도 하지 않고 있었다.

「저도 달리는 설명할 수 없군요, 부인.」 지배인이 말했다. 「뭐 대수롭지 않은 일이겠죠. 또한 다른 한편으로 생각해 보면, 우리 같은 사업가들은 — 이를 유감으로 생각해야 할지 다행이라 생각해야 할지는 생각하기 나름입니다만 — 몸이 좀 불편한 경우라도 사업을 생각해서 그냥 눈을 질끈 감고 이겨 내야지요.」

「그럼 지배인님이 네 방으로 들어가도 되겠지?」 조바심이 난 아버지는 이렇게 묻고는 다시 문을 두드렸다.

「안 돼요.」 그레고르가 말했다. 왼쪽 옆방에서는 어색한 침묵이 흘렀고, 오른쪽 옆방에서는 여동생이 흐느껴 울기 시작했다.

대체 여동생은 왜 다른 사람들이 있는 쪽으로 가지 않은 걸까? 이제 방금 잠자리에서 일어나 옷도 채 입지 않은 모양이었다. 그럼 대체 왜 우는 걸까? 그가 일어나지 않고, 지배인을 방에 들이지 않아서일까? 아니면 그가 직장을 잃게 될까 봐? 그렇게 되면 사장이 밀린 빚을 독촉하며 부모님을 못살게 굴까 봐? 하지만 지금으로서는 쓸데없는 걱정에 지나지 않았다. 그레고르가 아직은 여기에 누워 있고, 가족을 저버릴 생각은 조금도 하지 않고 있으니까. 어쩌면 그가 잠시 양탄자 위에 누워 있을지도 몰랐다. 그가 현재 처한 상황을 아는 사람이라면 아무도 지배인을 들여보내라고 그에게 진지하게 요구하지 않을 것이다. 하지만 이런 사소한 결례를 범했다 해서 그가 당장 회사에서 쫓겨나지는 않을 것이다. 나중에 적당한 핑계를 둘러대며 가볍게 넘어갈 수 있을 테니까. 그레고르가 생각하기에 눈물을 흘리고 설득하며 방해하기보다는 자신을 이대로 가만히 놔두는 것이 훨씬 더 현명한 처사인 듯싶었다. 하지만 바로 이러한 불확실한 점 때문에 다른 사람들은 답답해했고, 이러니 그들의 태도를 용서해 주지 않을 수 없었다.

「잠자 씨!」 이제 지배인이 언성을 높이며 소리쳤다.

「대체 무슨 일인가? 무슨 까닭으로 문을 걸어 잠그고 방 안에 틀어박혀 그저 네, 아니요, 로만 대답하면서 공연히 부모님께 큰 걱정을 끼쳐 드리는 건가? 말이 나왔으니 하는 말인데, 자넨 정말 들어 보지 못한 파렴치한 방식으로 회사 직무를 태만히 하고 있는 거네. 이 자리에서 자네 부모님과 사장님의 이름으로 말하는데, 지금 당장 명확하게 해명해 주기를 아주 진지하게 부탁하네. 난 놀랐네, 정말 놀랐어. 차분하고 분별 있는 사람인 줄 알았는데, 이제 보니 느닷없이 별난 객기를 부리기라도 하려는 모양이지. 사실 오늘 아침에 사장님이 자네가 직무에 태만할 만한 이유를 나에게 넌지시 암시하더구먼. 그건 얼마 전부터 자네에게 맡긴 수금에 관한 일이었어. 하지만 난 내 명예를 걸다시피 하면서 절대 그런 일이 아닐 거라고 생각했네. 하지만 이제 자네가 이처럼 고집을 부리며 이해할 수 없는 행동을 하니 자네를 적극 옹호해 주고 싶은 생각마저 싹 달아나 버리는군. 그리고 자네 일자리가 무슨 철밥통인 줄 아나 보지. 난 원래 이 모든 이야기를 자네와 단 둘이서 할 생각이었네. 하지만 자네가 이렇게 쓸데없이 내 시간을 축내니 자네 부모님도 알지 말아야 할 이유가 없겠어. 최근 들어 자네의 영업 실적이 사실 아주 형편없었네. 지금이 유달리 영업이 잘 되는 계절이 아니란 점은 우리도 인정하겠네. 하지만 영업이 안 되는 계절이란 절대로 있을 수 없는 일이고, 또한 있어서도 안 되는 거야, 잠자 씨.」

「하지만 지배인님!」 그레고르는 자신도 모르게 버럭 소리치고는 흥분한 나머지 다른 일은 죄다 잊어버리고 말았다.

「지금 당장 문을 열어 드리지요. 몸이 좀 불편한데다 갑자기 머리가 어지러워 일어나지 못했어요. 저는 아직 침대에 누워 있습니다. 하지만 지금은 다시 원기가 좀 회복되었어요. 이제 막 침대에서 일어나는 중입니다. 잠시만 좀 참아 주세요! 아직은 생각만큼 몸이 그리 좋지 않아요. 하지만 벌써 기분이 좋아지네요. 어떻게 이런 일이 사람에게 이토록 급작스럽게 생길 수 있는지 알다가도 모르겠어요! 어제 저녁까지만 해도 컨디션이 아주 좋았어요. 부모님도 아시다시피 말입니다. 아니 어찌 보면 어제 저녁에 벌써 조짐이 약간 있었는지도 몰라요. 제 안색을 보면 금방 알아챌 수 있었을 겁니다. 미리 회사에 알릴 걸 그랬어요! 하지만 사실 사람들은 집에 있지 않고 출근하면 병을 이겨 낼 거라고들 늘 생각하지요. 지배인님! 제 부모님은 가만히 놔주세요! 지배인님이 지금 제게 퍼붓고 있는 비난들은 정말이지 모두 아무 근거 없는 것들입니다. 저에게 그런 말을 한 사람이 아무도 없었거든요. 지배인님은 아마 제가 최근에 보낸 주문서들을 아직 읽어 보지 않으신 모양입니다. 뭐 그건 그렇고, 여덟 시 기차로는 출발하도록 하겠습니다. 몇 시간 쉬었더니 힘이 나는군요. 지배인님, 여기서 이렇게 시간을 허비하지 마십시오! 곧 회사에 나가겠습니다. 그러니 외람됩니다만 사장님께 그렇게 말씀해 주시고, 저의 안부를 전해 주시기 바랍니다!」

그레고르는 이 모든 말을 속사포처럼 내뱉었지만 자신이 무슨 말을 하는지도 잘 알지 못했다. 그러는 중에 이미 침대에서 연습해 본 덕택으로 서랍장 쪽으로 수월하게 다가갈 수 있었다. 그러고는 이제 거기에 기대어 몸을 일으켜 보려고 했다. 그는 정말 문을 열고, 실제로 자신의 모습을 보이며 지배인과 대화하려는 것이었다. 지금 문을 열라고 다그치는 저들이 자신의 모습을 보고 무슨 말을 할 건지 알고 싶어 견딜 수 없었다. 그들이 질색을 하고 놀란다면 그레고르는 이에 더는 책임질 필요 없이 가만히 있으면 될 일이었다. 하지만 그들이 모든 일을 차분히 받아들인다면 그도 흥분할 이유가 없을 것이다. 그리고 부리나케 서두른다면 정말 여덟 시에 역에 다다를 수 있을지도 모른다. 처음에는 몇 번이나 매끄러운 서랍장에서 미끄러졌지만 젖 먹던 힘까지 짜내 몸을 일으켜 결국 똑바로 설 수 있었다. 아랫배가 쿡쿡 쑤시고 화끈거렸지만 그런 통증 따위는 아랑곳하지 않았다. 이젠 가까이에 있는 의자의 등받이로 몸을 날려 가느다란 다리들로 그 가장자리를 꽉 움켜잡았다. 하지만 그렇게 해서 몸을 제대로 가눌 수 있게 되었을 때 그는 입을 다물고 말았다. 지배인의 목소리가 다시 들려왔기 때문이었다.

「저 말을 한마디라도 알아들으셨나요?」 지배인이 부모님께 물어보았다. 「설마 그가 우리를 바보 취급하는 것은 아니겠지요?」

「원, 그럴 리가요!」 어머니가 외치는 목소리에는 이미 울음기가 섞여 있었다. 「몸이 너무 아파서 그런지도 몰라요. 그러니 우린 저 애를 들들 볶고 있는 거예요. 그레테야! 그레테야!」 어머니는 그러고 나서 이렇게 소리쳤다.

「엄마, 왜요?」 여동생이 맞은편 방에서 소리쳤다. 이들은 그레고르의 방을 사이에 두고 서로 말을 주고받았다.

「당장 의사 선생님을 모셔와야겠다. 그레고르가 아픈 모양이다. 퍼뜩 의사 선생님을 불러와라. 지금 그레고르가 하는 말을 못 들었니?」

「그건 짐승의 소리였어요.」 지배인은 어머니가 외치는 소리에 비해 눈에 띄게 나지막한 소리로 말했다.

「아냐! 아냐!」 아버지가 응접실 저쪽 부엌을 향해 소리치며 손뼉을 쳐 댔다.

「당장 열쇠 수리공을 불러와라!」어느새 두 처녀는 치맛자락이 스치는 소리를 내며 응접실을 지나 내달려서는 — 대관절 여동생은 어찌 그렇게도 빨리 옷을 입었단 말인가? — 현관문을 홱 열어젖혔다. 문이 쾅 하고 닫히는 소리는 들리지 않았다. 그들은 문을 그냥 열어 두고 나간 모양이었다. 커다란 재앙이 닥친 집에서 으레 그러하듯이 말이다.

하지만 그레고르는 훨씬 더 침착해졌다. 귀에 익숙해진 탓인지 그에게는 자신의 말이 제법 또렷하게, 전보다 더 또렷하게 들린다고 생각되었지만 다른 사람들은 그의 말을 이제 하나도 알아듣지 못하는 모양이었다. 하지만 어쨌거나 사람들은 그의 상태가 아주 정상은 아니라는 사실을 믿게 되어, 그를 도와주려는 마음가짐을 갖게 되었다. 그들이 처음으로 취한 조치에서 보여 준 굳건한 기대와 확신에 그는 적이 마음이 놓였다. 그는 다시 인간 사회에 받아들여지는 기분이 들었고, 의사와 열쇠 수리공 중에 누구라고 딱히 구분해서 말하지는 못하겠지만, 두 사람이 대단하고 놀랄 만한 활약을 펼칠 걸로 기대했다. 결정적인 상담 순간이 다가오자 그때 되도록 또렷한 목소리를 내기 위해 그는 몇 번 헛기침을 해보았다. 물론 그러면서 소리를 아주 죽여서 하려고 애를 썼다. 행여 그 소리마저 사람의 기침 소리와 다르게 들릴지도 모르는 일이기 때문이었다. 그 자신은 이를 더 이상 판정할 자신이 없었다. 그러는 사이 옆방은 쥐 죽은 듯 조용해졌다. 아마 부모님이 지배인과 탁자에 마주 앉아 귓속말을 주고받고 있거나, 또는 다들 문에 기대어 엿듣고 있을지도 몰랐다.

그레고르는 안락의자를 천천히 문 쪽으로 밀고 가서 거기에 놓아두었다. 그러고서 문을 향해 몸을 던지고는 거기에 기대에 몸을 똑바로 일으켜 세웠다. 가느다란 다리의 불룩한 끝에는 점액질이 약간 묻어 있었다. 이처럼 힘을 쏟느라 피곤해진 그는 잠시 그곳에서 휴식을 취했다. 잠시 그러고 나서, 그는 입으로 자물쇠 속의 열쇠를 돌리는 일에 착수했다. 하지만 그에게는 제대로 된 이빨이 없는 것 같았다. 그러니 무엇으로 열쇠를 집어야 한단 말인가? 하지만 다행히도 그에게는 무척 억센 턱이 있었다. 그 덕분에 정말로 그는 열쇠를 움직일 수 있었다. 입에서 갈색의 액체가 흘러나와 열쇠를 타고 흘러내리며 바닥으로 뚝뚝 떨어지는 것을 보아, 그러다가 분명 어딘가에 상처를 입은 모양인데 그런 것에도 그는 아랑곳하지 않았다.

「잘 좀 들어 보세요!」지배인이 옆방에서 말했다. 「열쇠를 돌리고 있어요.」

이 말을 들으니 그레고르는 새로 힘이 생겼다. 하지만 다들 그에게 소리치며 응원해 주면 좋을 텐데, 아버지와 어머니도.

〈힘내, 그레고르야!〉이렇게 외쳐 주었으면 좋을 텐데. 〈계속 돌려, 열쇠를 꼭 붙잡고!〉

그리고 자신이 있는 힘을 다해 애쓰고 있는 것을 다들 숨죽이고 지켜보고 있다는 생각에 젖 먹던 힘까지 다 짜내 정신없이 열쇠를 꽉 깨물었다. 열쇠가 돌아감에 따라 그의 몸도 자물쇠 주위를 춤추듯 돌아갔다. 이제 그는 입으로만 몸을 지탱하고 있었다. 그리고 필요할 때는 열쇠에 매달리기도 하고, 또는 그러다가 다시 온몸의 체중을 실어 그것을 내리누르기도 했다. 그러다가 마침내 자물쇠가 〈찰칵〉 하고 열리는 청아한 소리에 그레고르는 정신이 번쩍 들었다. 그는 안도의 한숨을 내쉬며 혼잣말로 중얼거렸다. 「그러니 열쇠 수리공을 부를 필요가 없었어.」 그리고 문을 활짝 열기 위해 머리를 손잡이 위에 올려놓았다.

이런 식으로 문을 열지 않을 수 없었으므로 문이 아주 활짝 열리게 되었지만, 그 자신은 아직 눈에 보이지 않았다. 그는 일단 한쪽 문짝을 따라 천천히 돌아 나가야 했다. 그런데 방으로 들어가기 바로 전에 뒤로 벌렁 나둥그러지지 않으려면 여간 조심해서는 안 되었다. 그는 힘겨운 동작에 한눈을 파느라 다른 데 신경을 쓸 여유가 없었다. 그때 바로 지배인이 〈앗!〉 하고 크게 내지르는 소리가 들려왔다. 마치 바람이 윙 하고 스쳐 지나가는 소리처럼 들렸다. 지배인과 마찬가지로 이제 그레고르도 그를 보았다. 문가에 바짝 붙어 있던 그는 벌어진 입을 손으로 막으며 어물어물 뒤로 물러서고 있었다. 마치 한결같이 작용하는, 눈에 보이지 않는 힘이 그를 몰아내고 있는 것 같았다. 어머니는 지배인이 와 있는데도 간밤에 풀어헤쳐 놓아 마구 헝클어진 머리를 하고 서 있었다. 어머니는 두 손을 맞잡은 채 먼저 아버지를 쳐다본 다음 그레고르 쪽으로 두어 걸음 걸어가더니 치마가 사방으로 쫙 펴지는 가운데 그 속에 푹 쓰러져 버렸다. 얼굴은 가슴에 푹 파묻혀 하나도 보이지 않았다. 아버지는 그레고르를 방 안으로 도로 밀어 넣으려는 듯 적의에 찬 표정으로 주먹을 불끈 쥐고는 거실 안을 불안하게 두리번거렸다. 그리고 양손으로 두 눈을 가리고는 억센 가슴이 들썩거릴 정도로 꺼이꺼이 울어 대기 시작했다.

이제 그레고르는 거실로 나가지 않고 단단히 빗장을 걸어 잠근 문짝의 안쪽에 기대어 섰다. 그리하여 그의 몸은 절반밖에 보이지 않았고, 그 위로는 다른 사람들을 건너다보기 위해 옆으로 기울인 머리가 보였다. 어느새 날이 훤히 밝아 있었다. 길 건너편으로 마주 바라보고 있고 끝이 보이지 않는 짙은 회색 건물의 일부분이 또렷하게 눈에 들어왔다. 그것은 병원이었다. 그 건물의 전면에는 벽을 뚫고 창문들이 일정한 간격으로 나 있었다. 아직 비가 추적추적 내리고 있었다. 하지만 하나하나 눈에 보일 정도로 굵다란 빗방울들이 땅바닥에 뚝뚝 떨어지고 있었다. 식탁 위에는 아침 식사에 쓰인 그릇들이 잔뜩 놓여 있었다. 아버지는 세 끼 식사 중에 아침 식사를 제일 중요하게 생각했기 때문이었다. 그는 여러 가지 신문들을 읽으며 몇 시간에 걸쳐 아침 식사를 했다. 바로 맞은편 벽에는 그레고르가 소위로 근무하던 시절에 찍은 사진이 걸려 있었다. 대검에 손을 얹고 아무 걱정 없이 미소 짓고 있는 그는 자신의 자세와 제복에 경의를 표할 것을 요구하고 있었다. 응접실로 통하는 문은 열려 있었다. 현관문도 열려 있었기 때문에 현관 앞과 아래층으로 내려가는 계단의 윗부분이 내다보였다.

「자, 그럼」 이렇게 말하는 그레고르는 자신이 유일하게 침착성을 유지하는 사람임을 잘 알고 있는 것 같았다. 「후딱 옷을 입고 견본 모음집을 챙겨 떠나겠어요. 제가 떠나도록 해주시겠지요? 자, 지배인님. 아시다시피, 저는 고집불통이 아니라 일하는 것을 좋아합니다. 여행하는 게 고달프긴 하지만, 여행하지 않고는 살지 못할지도 몰라요. 지배인님, 어디로 가실 건가요? 회사로 가실 건가요? 그래요? 모든 일을 사실 그대로 보고하실 겁니까? 지금 당장은 일을 할 능력이 없어 보일지도 모르지만, 오히려 바로 이때야말로 예전 실적을 떠올려 생각해 볼 좋은 기회가 아닐까요. 나중에는, 그러니까 장애를 없앤 후에는 말할 것도 없이 더욱 열심히, 보다 집중해서 일할 테니까요. 지배인님도 아시다시피 전 사장님께 크게 신세지고 있어요. 다른 한편으로 저는 부모님과 여동생을 돌보아야 해요. 저는 곤경에 처해 있긴 하지만, 다시 빠져나오고야 말 겁니다. 하지만 제 처지를 지금보다 더 어렵게 만들지는 말아 주세요. 회사에서 제 편을 들어주세요! 사람들이 출장 영업 사원을 좋아하지 않는다는 건 저도 알고 있습니다. 떼돈을 벌며 떵떵거리며 살아간다고들 생각하지요. 사실 그런 편견을 바로잡아 줄 이렇다 할 계기도 딱히 없지요. 하지만 지배인님, 지배인님은 다른 직원들보다 회사가 돌아가는 사정을 더 훤히 내다보고 있잖아요. 우리끼리 하는 말이지만, 심지어 사장님 자신보다 더 훤히 내다보고 있잖아요. 사장님이야 회사의 주인이다 보니, 분별력을 잃고 직원에게 불리한 판정을 내리기 쉽겠지요. 지배인님도 아주 잘 알고 계시다시피, 거의 1년 내내 회사 바깥에서 근무하는 출장 영업 사원은 험담이나 우발적인 사건, 근거 없는 비방에 쉽게 희생될 수 있습니다. 그런 일들에 맞서 자신을 방어한다는 건 전혀 불가능합니다. 대개는 그 내용을 하나도 모르기 때문이지요. 그러다가 녹초가 된 몸으로 출장을 마치고 회사에 돌아와서야 비로소 좋지 않은 결과를 피부로 생생히 느끼게 되지요. 하지만 그 이유를 도저히 알 수 없으니 어떻게 해볼 도리가 없어요. 지배인님, 돌아가시기 전에 한마디라도 해주세요. 제 말이 적어도 어느 정도는 일리가 있다고 말입니다!」

그러나 지배인은 그레고르가 처음 하는 몇 마디 말을 듣더니 몸을 휙 돌려 버렸다. 그러고는 입술을 삐죽 내밀고 어깨를 으쓱하며 그 너머로만 그레고르 쪽을 돌아볼 뿐이었다. 그리고 지배인은 그레고르가 말하는 동안 그에게서 눈을 떼지 않은 채 잠시도 가만히 있지 않고, 문 쪽으로 슬금슬금 달아나는 것이었다. 하지만 방을 나가지 말라는 남모르는 금지령이라도 내려진 듯 아주 느릿느릿 움직였다. 그는 어느새 응접실에 가 있었다. 하물며 그가 거실에서 마지막으로 화들짝 발을 빼는 동작을 본 사람이라면, 그가 그 순간 불에 발바닥을 데었다고 생각할지도 몰랐다. 그런데 응접실을 나서면서 그는 계단 쪽으로 오른손을 쭉 내뻗었다. 마치 그곳에 이세상의 것을 초월한 구원의 손길이 기다리기라도 하듯이.

그레고르는 회사에서 자신의 위치가 극도로 위태로워지지 않으려면 지배인이 이런 기분으로 가게 해서는 절대 안 된다는 것을 절감했다. 부모님은 이 모든 사정을 제대로 이해하지 못하고 있었다. 그들은 여러 해가 지나면서 그레고르가 평생 회사에 다닐 수 있을 거라는 확신을 품게 되었던 것이다. 그런데다 이들은 이제 코앞에 닥친 걱정거리에 온통 정신을 빼앗긴 나머지 앞일이고 뭐고 생각할 겨를이 없었다.

하지만 그레고르는 앞일을 걱정하고 있었다. 지배인을 가지 못하게 해서 마음을 가라앉히고 설득한 다음 어떻게든 환심을 사 두어야 했다. 그레고르와 그의 가족의 장래는 바로 그에게 달려 있었던 것이다! 여동생이 이 자리에 있으면 좋을 텐데! 그 애는 영리했다. 여동생은 그레고르가 등을 대고 조용히 누워 있을 때 벌써 울지 않았던가. 그 애가 설득했으면 여자에게 약한 지배인이 분명 맘을 돌려먹었을 텐데. 그 애라면 현관문을 닫고 응접실에서 그의 공포를 달래 줄 수 있었을 텐데. 그러나 여동생이 지금 이 자리에 없는 관계로, 그레고르가 직접 나설 수밖에 없었다. 그래서 그는 자신이 현재 움직일 수 있는 능력이 어느 정도인지 생각하지 않고, 또한 다른 사람들이 자신의 말을 아마도, 아니 분명히 또다시 알아듣지 못했다는 사실도 생각하지 않고, 이를 전혀 염두에 두지 않은 채, 문짝에서 몸을 떼고는 거실로 몸을 들이밀었다. 곧장 지배인한테 달려갈 작정이었다. 지배인은 우스꽝스럽게도 벌써 현관 앞의 난간을 두 손으로 꽉 붙잡고 있었다. 하지만 방에서 나온 그레고르는 몸을 지탱할 곳을 찾다가 조그맣게 비명을 지르며 자신의 수많은 다리들을 깔고 금방 넘어지고 말았다. 이런 자세가 되자마자 그는 이날 아침 처음으로 몸이 편해진 기분을 느꼈다. 가느다란 다리들이 바닥을 확고하게 디딜 수 있게 된 것이다. 다리들이 그의 마음대로 따라 주는 것을 깨닫고 그는 너무 기뻤다. 심지어 그는 자신이 가고자 하는 곳으로 몸을 이끌고 앞으로 나아가려고 애를 쓰기도 했다. 벌써 그동안의 온갖 고통이 사라지고 얼마 안 있으면 몸이 완전히 회복될 수 있을 것 같았다. 그런데 어머니로부터 그리 멀지 않은 곳에 이르렀을 때였다. 움직임을 멈추는 바람에 흔들거리는 몸으로 그가 어머니를 바로 마주보며 바닥에 엎드려 있는 순간, 완전히 정신을 잃고 있는 듯이 보였던 어머니가 별안간 벌떡 일어나더니 두 팔을 내뻗고 손가락을 쫙 펴며 외쳐 대는 것이었다.

「사람 살려, 제발 사람 좀 살려!」

어머니는 그레고르의 모습을 좀 더 잘 보려는 듯 잠시 머리를 기울였지만, 쳐다보기는커녕 그 반대로 정신없이 뒤로 달아나기 시작했다. 자신의 뒤쪽에 식탁이 차려져 있다는 것도 까맣게 잊어버렸다. 식탁에 이르자 넋 나간 사람처럼 황급히 그 위에 올라앉는 바람에 옆에 있던 커피포트가 쓰러져 양탄자 위로 커피가 줄줄 흐르는 것도 알아차리지 못하는 것 같았다.

「어머니, 어머니!」

그레고르는 나지막하게 말하며, 어머니 쪽을 쳐다보았다. 잠시 지배인 생각은 까맣게 잊어버렸다. 반면에 커피가 흘러내리는 것을 보자 마시고 싶은 충동을 이기지 못하고 몇 번이나 허공을 덥석 물어 댔다. 그 모습을 본 어머니는 다시 비명을 지르며 식탁에서 뛰어내려 맞은편에서 달려오던 아버지의 품 안에 쓰러졌다. 하지만 그레고르는 부모에게 신경을 쓸 겨를이 없었다. 지배인이 벌써 계단을 내려가고 있었기 때문이었다. 턱을 난간에 대고 그는 마지막으로 뒤돌아보는 것이었다. 그레고르는 어떻게든 그를 꼭 따라잡기 위해 도움닫기 자세를 취했다. 지배인은 무슨 예감이 들었는지 한달음에 여러 계단을 뛰어 내려가서는 이내 종적을 감춰 버리고

말았다. 하지만 그가 사라지면서 〈어휴!〉 하고 내지른 소리
가 계단 전체에 울려 퍼졌다.

지금까지 비교적 침착한 태도를 유지한 아버지도 지배인
이 도망치는 모습을 보고 유감스럽게도 완전히 혼란에 빠진
듯했다. 지배인을 붙잡으러 직접 달려가지는 않더라도 적어
도 그를 뒤쫓는 그레고르를 방해하지는 말아야 할 텐데. 그
러는 대신 아버지는 오른손으로 모자랑 외투와 함께 지배인
이 안락의자 위에 두고 간 지팡이를 움켜쥐었고, 왼손으로는
식탁에 놓인 커다란 신문을 집어 들었다. 그러고는 발을 쿵
쿵 굴러 대며 지팡이와 신문을 마구 흔들어 그레고르를 제
방 안으로 도로 몰아넣으려고 했다. 그레고르가 아무리 애
원해도 소용없었다. 애원하는 그의 말을 알아들을 수도 없
었다. 그가 할 수 없이 고분고분한 태도로 고개를 돌려도 아
버지는 더욱 세차게 발을 굴러 댈 뿐이었다. 저쪽에서는 날
씨가 쌀쌀한데도 어머니가 창문을 활짝 열어젖히고는, 상체
를 창밖으로 쑥 내밀고 얼굴을 두 손에 파묻고 있었다.

골목과 계단 사이에서 세찬 바람이 일더니 커튼이 펄럭이
며 나부꼈다. 식탁 위의 신문들도 살랑거리다가 한 장 한 장
바닥 위로 흩날렸다. 아버지는 사정없이 그레고르를 몰아대
면서 미친 사람처럼 〈쉿쉿〉 하는 소리를 질러 댔다. 하지만
그레고르는 뒤로 가는 연습을 아직 한 번도 해보지 않아서
움직이는 동작이 정말 너무 더뎠다. 몸을 돌릴 수만 있어도
금방 자기 방에 들어갔을 것이다. 하지만 그가 몸을 돌리느
라 꾸물거리면 아버지가 참지 못할까 봐 겁이 났다. 그리고
손에 쥔 지팡이로 아버지가 당장이라도 등이나 머리통을 박

살 낼 것 같아 등골이 오싹했다. 하지만 결국 그레고르로서는 별다른 뾰족한 수가 없었다. 뒤로 갈 때는 방향조차 제대로 잡을 수 없다는 것을 깨닫고 소스라치게 놀랐기 때문이었다. 그래서 그는 아버지 쪽을 계속 불안하게 곁눈질하면서 되도록 빨리, 하지만 실제로는 아주 느릿느릿 몸을 돌리기 시작했다.

아버지는 그에게 적의가 없는 것을 아마 눈치 챈 모양이었다. 아버지는 몸을 돌리는 그를 방해하지 않고, 심지어 멀찍이 떨어져서 이따금씩 지팡이의 끝으로 그가 도는 동작을 지휘하기까지 했던 것이다. 참기 어려운 〈쉿쉿〉 하는 저 소리만 없어도 좋으련만! 그 소리에 그레고르는 혼이 싹 달아나버렸다. 이제 거의 다 돌았나 싶었는데 이 〈쉿쉿〉 하는 소리에 계속 신경 쓰다 보니 그만 헷갈려서 몸이 다시 약간 옆으로 돌아가게 되었다. 그런데 결국 다행히도 문이 열려 있는 곳 앞에 머리가 닿긴 했지만, 곧장 문을 통과하기에는 그의 몸이 너무 넓었다. 물론 아버지의 현재 심신 상태로는, 가령 다른 쪽 문짝을 열어 그레고르가 지나갈 만한 통로를 충분히 마련해 주어야겠다는 생각 같은 것은 조금도 할 수 없었다. 그는 그레고르가 되도록 속히 자기 방으로 들어가야 한다는 단 한 가지 생각밖에 하지 않았다. 아까 방에서 나올 때처럼 몸을 일으켜 세우면 쉽게 문을 통과할 수 있겠지만, 아버지는 그러는 데 필요한 번거로운 준비 절차들도 결코 용납하지 않을 것이다.

오히려 그는 아무 문제 될 게 없다는 듯 이젠 괴상한 소리를 질러 대며 그레고르를 앞으로 몰아댔다. 그레고르의 뒤에서 들리는 소리는 어느덧 아버지 한 사람이 혼자서 내는 목소리가 더 이상 아닌 것 같았다. 이쯤 되니 정말 더는 장난이 아니었다. 그래서 그레고르는 이제 될 대로 되라는 심정으로 문 안으로 밀치고 들어갔다. 몸 한쪽이 들리면서 그의 몸 전체가 문 입구에 비스듬히 걸리게 되었다. 그러는 와중에 그의 옆구리가 쓸리는 바람에 심한 상처를 입게 되어, 하얀 문에 보기 흉한 얼룩이 남게 되었다. 이내 그의 몸이 문에 꽉 끼게 되어, 혼자 힘으로는 더는 꼼짝달싹할 수 없게 되고 말았다. 한쪽 다리들은 바르르 떨며 허공에 걸려 있었고, 다른 쪽 다리들은 바닥에 짓눌려 욱실욱실 아파 왔다. 그때 아버지가 뒤에서 그를 힘껏 걷어차는 바람에 그는 이제 그야말로 구원을 얻게 되었다. 그리고 그는 피를 철철 흘리며 방 안 깊숙이 날아가 버렸다. 아버지가 지팡이로 문을 쾅 닫고 나자 드디어 사방이 조용해졌다.

II

어스름한 저녁 무렵에야 비로소 그레고르는 죽다 깨어난 것 같은 깊은 잠에서 깨어났다. 방해를 받지 않았더라도 분명 훨씬 더 오래 자지는 못했을 것이다. 쉴 만큼 충분히 쉬었고, 잘 만큼 푹 잤다고 느꼈기 때문이었다. 하지만 휙 스쳐 지나가는 발자국 소리와 응접실로 통하는 문이 조심스레 닫히는 소리에 깨어난 것처럼 생각되었다. 가로등의 전기 불빛이 방의 천장과 가구의 윗부분을 여기저기 흐릿하게 비추고 있었지만, 그레고르가 누워 있는 아래쪽은 칠흑 같은 어둠에 잠겨 있었다. 그는 이제야 진가를 제대로 알게 된 더듬이로 아직은 서투르게나마 더듬더듬 문 쪽을 향해 천천히 몸을 움직여 갔다. 문 밖에서 무슨 일이 일어났는지 살펴보기 위해서였다. 왼쪽 옆구리에는 기다란 상처 자국이 나 있는 것 같았다. 팽팽히 당겨지는 느낌에 기분이 과히 좋지 않았지만, 어쩔 수 없이 두 줄의 다리들을 절뚝거리며 나아갈 수밖에 없었다. 게다가 다리 하나는 오전에 불의의 사고를 당해 심하게 다치는 바람에 — 다리를 딱 하나만 다쳤다는 것은 거

151

의 기적이나 다름없었다 ─ 맥없이 질질 끌려갔다.

　문가에 이르러서야 비로소 그는 자신이 무엇에 이끌려 그곳에 오게 되었는지 알아채게 되었다. 그것은 바로 음식 냄새였다. 그곳에는 맛좋은 우유가 가득 담긴 사발이 놓여 있었고, 그 안에는 조그만 흰 빵 조각이 둥둥 떠 있었다. 너무 기쁜 나머지 그는 하마터면 웃음을 터뜨릴 뻔했다. 아침때보다 더욱 배가 고파서였다. 그래서 거의 눈 위에까지 잠길 정도로 머리를 곧장 우유 속에 집어넣었다. 하지만 이내 실망해서 머리를 도로 빼내고 말았다. 왼쪽 옆구리가 결려 먹는게 불편하기도 했지만 ─ 거칠게 숨을 몰아쉬며 온몸을 함께 사용해야 겨우 먹을 수 있었다 ─ 그것 말고도 영 우유 맛이 나지 않았던 것이다. 평소에는 그가 가장 좋아하는 음료인데 말이다. 분명 그 때문에 여동생이 그것을 방 안에 들여놓았을 것이다. 정말이지 그는 역겨운 기분마저 들어 사발에서 머리를 돌려 버리고는 방 한가운데로 기어서 돌아왔다.

　문틈으로 들여다보니 거실에는 가스등이 켜져 있었다. 하지만 평소에는 이 시간쯤에 아버지가 어머니에게, 때로는 여동생에게도 석간신문을 소리 높여 읽어 주곤 했는데 오늘은 아무 소리도 들리지 않았다. 신문을 읽어 주는 일을 여동생이 그에게 늘 이야기해 주고, 편지로 써 주었는데, 최근 들어서는 이제 그런 일을 아예 하지 않는 모양이었다. 사방이 쥐 죽은 듯 조용했지만 그렇다고 집이 텅 비어 있지 않은 것만은 분명해 보였다.

　「우리 가족이 이렇게 조용히 생활하다니!」 그레고르는 이렇게 혼잣말을 하며 눈앞의 어둠 속을 뚫어져라 바라보았다. 그러면서 부모님과 여동생이 이런 멋진 집에서 이런 안락한 생활을 할 수 있게 해준 사람이 바로 자신이라는 생각에 커다란 자부심을 느꼈다. 하지만 이 모든 안락과 유복함 및 만족이 이제 끔찍한 종말을 맞이하게 되면 어떡하지? 이런 쓸데없는 상념에 빠져들지 않으려고 그레고르는 차라리 몸을 움직이며 방 안을 이리저리 기어 다녔다.

길고 긴 저녁나절 동안 한번은 한쪽 옆문이, 또 한번은 다른쪽 옆문이 빠끔 열렸다가 다시 급히 닫혀 버렸다. 누군가가 들어오려다가 선뜻 들어오지 못하고 자꾸만 망설이는 모양이었다. 그래서 그레고르는 머뭇거리는 방문자가 어떻게든 들어오게끔, 또는 적어도 그 사람이 누구인지 알아내야겠다고 작정하고 거실 문 바로 옆에 가만히 엎드려 있었다. 그러나 문이 다시는 열리지 않았고, 그레고르가 아무리 기다려봐도 말짱 허사였다. 아침에 문이 꽁꽁 잠겨 있을 때는 다들 들어오려고 법석을 떨더니, 문이 다 열려 있는 지금은 아무도 들어오려고 하지 않았다. 한쪽 문은 아침에 그가 열었고, 다른쪽 문들은 분명 그가 잠들어 있는 동안 누군가 열어놓은 모양이었다. 그리고 이젠 열쇠들도 모두 바깥쪽에 꽂혀 있는데 말이다.

밤늦게야 거실의 불이 꺼졌다. 그로 보아 부모님과 여동생은 밤늦게까지 잠자리에 들지 않은 게 분명했다. 세 사람 모두 지금 조심조심 발끝으로 걸으며 멀어져 가는 소리가 또렷이 들렸기 때문이었다. 이제 내일 아침까지는 아무도 그레고르의 방에 들어오지 않을 것이 분명했다. 따라서 그는 이제 어떻게 자신의 생활을 새로 꾸려 나가야 할 것인가에 대해 아무런 방해도 받지 않고 곰곰 생각해 볼 시간을 넉넉히 갖게 되었다. 그러나 그가 속절없이 납작 엎드려 있지 않을 수 없는 높다랗고 휑한 방이 그의 마음을 불안하게 했다. 왜 이런 마음이 드는지는 통 알 수 없었다. 그가 무려 5년 동안이나 살아온 자신의 방이건만. 그는 반쯤은 자신도 모르게 몸을 돌린 뒤, 왠지 알 수 없는 가벼운 수치심마저 느끼며 소파 밑으로 급히 기어 들어갔다. 등이 약간 눌리고 고개도 이젠 쳐들 수 없었지만 금세 마음이 편안해졌다. 딱 하나 유감스러운 점이라면, 이제 그의 몸이 너무 넓적해서 소파 밑으로 완전히 들어갈 수 없다는 것뿐이었다.

그는 밤새도록 그곳에서 지냈다. 그동안 때로는 얕은 잠에 들었다가 배가 고픈 나머지 몇 번이고 놀라 벌떡 잠이 깨기도 했고, 때로는 걱정에 사로잡히거나 막연한 희망을 품으며 시간을 보내기도 했다. 하지만 이 모든 생각의 결과 우선은 침착하게 행동해야 한다는 결론을 얻게 되었다. 그리고 결국 자신의 현재 상태 때문에 어쩔 수 없이 일어나게 되는 불편한 일들을 견뎌 내고 가족을 최대한 배려함으로써 참아 내는 수밖에 없다고 생각했다.

벌써 이른 새벽이었지만 아직은 거의 밤이나 다름없었다. 이때 방금 결심한 것의 효력을 시험해 볼 기회가 그레고르에게 찾아왔다. 옷을 다 갖춰 입은 여동생이 응접실 쪽에서 다가와 문을 열고는 잔뜩 긴장해서 방 안을 들여다본 것이다. 그녀는 그를 금방 찾아내지 못했다. 하지만 그가 소파 밑에 있는 것을 알아채자 ─ 원 참, 그가 어딘가에는 있어야 하지 않겠는가, 그가 그냥 어딘가로 날아가 버릴 수는 없지 않은

가 — 그녀는 소스라치게 놀란 나머지 어찌할 바를 모르고 밖에서 문을 다시 쾅 닫아 버렸다. 그러나 자신의 행동을 후회라도 했는지 곧 다시 문을 열고는 마치 중환자나 낯선 사람 곁으로 다가오기라도 하듯 발끝으로 조심조심 들어왔다. 그레고르는 소파의 가장자리까지 머리를 내밀고 그녀를 쳐다보았다. 자신이 우유를 마시지 않고 그냥 내버려 둔 것을 혹시 알아차릴까? 더구나 마시지 않은 것이 결코 배가 고프지 않아서가 아니란 것도? 그리고 그녀가 그의 입맛에 더 잘 맞는 다른 음식을 들여보내 줄까? 만약 그녀가 자발적으로 그 일을 하지 않는다면 그러도록 주의를 환기시키느니 차라리 굶어죽고 말 거야. 그렇지만 실은 당장 소파 밑에서 뛰쳐나가 여동생의 발치에 몸을 던지고는 먹기 좋은 음식을 좀 갖다 달라고 애원하고 싶은 생각이 굴뚝같았다. 그런데 여동생은 우유가 주변에 약간 흘러나와 있을 뿐 아직도 사발에 가득 차 있는 것을 금방 알아채고는, 이를 의아해하면서도 이내 맨손이 아니라 걸레로 그것을 싸서는 그 사발을 집어 들고 바깥으로 나가 버렸다. 그레고르는 그 대신에 여동생이 무엇을 가지고 올지 무척 궁금해하며, 별별 상상을 다 해보았다. 하지만 마음씨 착한 여동생이 실제로 무엇을 가져올지 도저히 알아맞힐 수 없었다. 이윽고 여동생은 그의 입맛을 시험해 보기 위해 여러 음식을 잔뜩 가지고 와서 그것들을 낡은 신문지 위에 쫙 펼쳐 놓았다. 반쯤 썩은 오래된 야채에다 저녁에 먹다 남은 뼈다귀가 있었는데, 거기엔 흰 소스가 굳은 채 주위에 엉겨 붙어 있었다. 건포도와 아몬드 몇 개, 그레고르가 이틀 전에 먹지 못하겠다고 말한 치즈 조각도 있었다. 그리고 말라붙은 빵과 버터 바른 빵, 소금을 뿌린 빵도 있었다. 게다가 그녀는 이 모든 것 말고도 아마 그레고르 전용으로 정해 둔 것 같은 사발을 갖다 놓았는데, 그 속에는 물이 담겨 있었다. 여동생은 자기가 보는 앞에서는 그레고르가 음식을 먹지 않으리라는 것을 알고 자상하게 배려하여 부리나케 방에서 나가 주었다. 그러고는 그레고르가 편한 마음으로 실컷 먹어도 된다는 것을 알아차릴 수 있도록 심지어 열쇠를 돌려 문을 잠가 주기까지 했다. 이제 먹으러 간다는 생각에 그레고르의 가느다란 다리들은 바르르 떨리고 있었다. 게다가 그의 상처도 어느새 완전히 다 나은 모양인지 아무런 장애도 느낄 수 없었다. 그야말로 놀라운 일이었다. 한 달도 전에 칼에 아주 살짝 베인 손가락의 상처가 그저께까지만 해도 제법 아팠던 생각이 났다.

「이제 내 감각이 둔해진 걸까?」 이런 생각을 하며 그는 걸신들린 듯 치즈를 빨아먹었다. 다른 어떤 음식물보다 먼저 치즈가 즉각 그의 마음을 강하게 사로잡았던 것이다. 그는 너무 만족스러운 나머지 눈물까지 글썽이며 치즈랑 야채랑 소스를 차례차례 허겁지겁 먹어 치웠다. 반면에 신선한 음식들은 맛이 없었다. 그런 것들의 냄새마저 도저히 참을 수 없어서 그는 먹고 싶은 음식들만 한쪽으로 끌어다 놓기까지 했다. 그는 일찌감치 이 모든 음식을 다 먹어 치우고 바로 그 자리에 늘어져 게으르게 누워 있었다. 그때 이제 물러나라는 신호인 듯 여동생이 천천히 열쇠를 돌리는 소리가 들렸다. 벌써 반쯤 스르르 잠에 빠져 있었지만 그는 화들짝 놀라 다시 부랴부랴 소파 밑으로 기어 들어갔다. 여동생이 아주 잠시 동안 방 안에 있었지만 소파 밑에 들어가 있으려면 그로서는 대단한 극기심이 필요했다. 배부르게 먹어 몸이 약간 둥그스름하게 되는 바람에 비좁은 그곳에서 제대로 숨을 쉴 수 없어서였다. 갑자기 숨이 막히는 증세를 겪으며 그는 약간 튀어나온 두 눈으로 아무것도 모르는 여동생의 행동을 지켜보았다. 그녀는 먹다 남은 음식 찌꺼기뿐만 아니라 그레고르가 손도 안 댄 음식까지도 이제 못 먹게 되었다는 듯 빗자루로 쓸어 모았다. 그리고 이것을 서둘러 어떤 통에 붓고는 나무 뚜껑으로 덮어서 밖으로 가져 나갔다. 그녀가 돌아서자마자 그레고르는 소파에서 기어 나와 웅크리고 있던 몸을 쭉 펴서 불룩하게 만들었다.

그레고르는 이제 날마다 이런 식으로 하루에 두 번 음식을 받아먹었다. 부모님과 하녀가 아직 잠들어 있는 아침 시간과 모두들 점심 식사를 하고 난 후에 말이다. 점심을 들고 나면 부모님은 잠시 또 낮잠을 잤고, 하녀는 여동생이 이런저런 심부름을 시켜 밖으로 내보냈기 때문이었다. 그들도 분명 그레고르가 굶어죽는 것은 바라지 않았겠지만, 여동생이 들려주는 것 이상은 그의 식사에 대해 알고 싶지 않은 모양이다. 여동생도 또한 아무리 사소한 일이나마 되도록 부모님에게 슬픈 소식을 들려주고 싶지 않았을 것이다. 그러지 않아도 사실 그들은 충분히 고통을 겪고 있었으니까.

그날 오전에 어떤 핑계를 대서 의사와 열쇠 수리공을 돌려보냈는지 그레고르는 도저히 알 수가 없었다. 그의 말을 알아들을 수 없었으므로, 그도 다른 사람들의 말을 알아들을 수 있을 거라고는 아무도 생각하지 않았던 것이다. 여동생도

그 점에서는 다른 식구들과 마찬가지였다. 그래서 그는 여동
생이 그의 방에 들어와 있을 때에도 그녀가 가끔씩 한숨을
짓거나 성자들의 이름을 부르는 소리를 듣는 것으로 만족하
지 않을 수 없었다. 나중에 가서 여동생이 이 모든 것에 약간
익숙해졌을 때야 비로소 — 물론 그렇다고 완전히 익숙해진
다는 것은 결코 말도 안 되는 일이었다 — 그레고르는 다정
한 의미로 하거나, 또는 그렇게 해석할 수 있는 짤막한 말을
간혹 들을 수 있었다.

「오늘은 맛있었나 봐.」 그레고르가 왕성한 식욕으로 그릇
을 깨끗이 비웠을 때는 이렇게 그녀가 말했다. 반면에 그 반
대의 경우에는 거의 슬픈 듯이 이렇게 말하곤 했다. 「아니 또
그대로 남겼네.」 그런데 이런 경우가 점점 더 자주 되풀이되
었다.

그레고르가 직접 새로운 소식을 들을 수는 없었지만 그래
도 옆방에서 들려오는 이런저런 소리들을 엿들을 수는 있었
다. 일단 목소리가 들리기만 하면 그는 그쪽 문으로 달려가
서 온몸을 문에 바짝 들이댔다. 특히 처음 얼마 동안은 모든
대화가 어떤 식으로든, 비록 은밀하게 나누더라도 다 그와
관계되는 이야기였다. 처음 이틀 동안은 식사 때마다 이제
어떻게 행동해야 할 것인가에 대해 상의하는 소리가 들렸다.
하지만 식사 시간이 아닐 때도 같은 주제에 대한 이야기를
주고받았다. 아무도 집에 혼자 남아 있으려고 하지 않았고,
그렇다고 집을 완전히 비워 둘 수도 없었기에 적어도 두 사
람은 언제나 집에 있어야 했기 때문이었다. 또한 하녀는 그
일이 있던 바로 그 첫날 — 그녀가 이 불의의 사건에 대해 무

엇을 얼마나 알고 있는지는 그리 분명치 않았으나 — 자신을 당장 내보내 달라고 어머니께 무릎 꿇고 애원했다. 그런지 15분 후 작별 인사를 하면서 자신을 내보내 준 것에 대해 눈물까지 흘리며 고마워했다. 마치 그것이 이 집에서 그녀에게 베풀어 준 최고의 은혜인 듯 말이다. 그리고 그녀에게 요구하지도 않았는데도 이 집에서 일어난 일을 아무에게도 일체 발설하지 않겠다고 누누이 맹세했다.

이젠 여동생이 어머니와 힘을 합쳐 요리도 해야 했다. 물론 식구들이 거의 먹지 않았기 때문에 일은 별로 힘들지 않았다. 그들은 서로 음식을 권했지만 아무 소용이 없었다. 그레고르는 이런 장면 말고도, 〈됐어, 많이 먹었어〉라든가 이와 비슷한 대답을 수없이 들었다. 또 마실 것도 당최 마시지 않는 모양이었다. 여동생이 아버지에게 맥주를 드시지 않겠느냐고 몇 번이나 물어보면서, 그럴 의향이 있다면 직접 그것을 사 오겠다고 선뜻 나서기까지 했지만 아버지는 아무런 대답이 없었다. 여동생은 아버지의 난처한 입장을 생각해서 여자 건물 관리인을 시켜 사 오게 할 수 있다고 말했지만, 아버지는 마침내 큰 소리로 〈됐다!〉 하고 딱 한마디 내던질 뿐이었다. 그래서 이에 대해 다시는 입도 뻥긋하지 않게 되었다.

그 일이 일어난 바로 그날에 벌써 아버지는 집의 전반적인 재정 상태와 앞으로의 전망에 대해 어머니와 여동생에게 설명해 주었다. 이따금씩 그는 식탁에서 일어나더니 비밀 금고에서 무슨 증빙 서류나 장부 같은 것을 꺼내 오기도 했다. 그건 5년 전 아버지 사업이 망했을 때 용케 건져 낸 것이었다. 그가 복잡하게 생긴 자물쇠를 열어서는 찾으려는 물건을 꺼

낸 뒤 다시 자물쇠를 채우는 소리가 들렸다. 아버지가 설명한 이러한 내용은 그레고르가 자신의 방에 갇히고 나서 듣게 된 이야기들 중에서 어느 면에서는 처음으로 기쁜 소식이었다. 그는 아버지가 사업이 망할 때 한 푼도 건지지 못했다고 생각해 왔다. 적어도 아버지는 그와 상반되는 이야기를 한 적이 없었고, 그레고르 역시 이에 대해 물어본 적이 없었던 것이다. 그 당시 그레고르가 걱정한 유일한 관심사는 있는 힘을 다해, 온 가족을 완전히 절망의 구렁텅이에 빠뜨린 그 불행한 일을 식구들이 되도록 빨리 잊도록 하는 것이었다. 그래서 그는 그때 눈코 뜰 새 없이 열심히 일하기 시작하여 거의 하룻밤 사이에 말단 직원에서 일약 출장 영업 사원으로 승진하게 되었다. 물론 그렇게 되면 전혀 다른 방법으로 돈을 벌 수 있는 기회가 있었다. 즉 계약이 성사되면 수수료 조로 당장 현금을 손에 넣을 수 있었던 것이다. 집에 돌아와 현금을 식탁에 올려놓으면 식구들은 입을 떡 벌리며 행복해서 어쩔 줄 몰라했다. 정말 잘 나가던 시절이었다. 그런데 시간이 지나 그레고르가 온 가족의 생활비를 감당할 수 있을 정도가 되고, 또 실제로도 돈을 많이 벌어 생계를 감당하게 되자, 적어도 이렇게 찬란한 모습은 그 뒤로 다시는 되풀이되지 않았다. 가족뿐만 아니라 그레고르도 사실 그런 것에 익숙해져 버린 것이었다. 식구들은 그레고르가 벌어다 준 돈을 받으며 고마워했고 그는 그 돈을 흔쾌히 내놓았지만, 서로 간에 이렇다 할 따스한 정 같은 것은 더 이상 오가지 않았다. 그래도 여동생만은 그레고르와 가깝게 지냈다. 그리고 자신과 달리 음악을 무척 좋아하고, 심금을 울릴 정도로 기가 막히게 바이올린을 연주할 줄 아는 여동생을 그는 내년에 음악 학교에 보내 주려고 은밀하게 계획하고 있었다. 그러려면 돈이 엄청나게 들겠지만 비용 따위는 생각하지 않기로 했다. 그리고 어떻게 해서든 그 돈을 대 줄 수 있으리라 생각했다. 그레고르가 잠시 집에 와 있을 때면 가끔 여동생과 음악 학교 이야기를 나누곤 했다. 하지만 그건 언제나 이루어질 수 없는 아름다운 꿈에 불과했고, 부모님은 이런 철없는 이야기를 아예 귀담아들으려고도 하지 않았다. 하지만 그레고르는 이에 대해 아주 확고한 계획이 서 있었고, 성탄절 저녁에 그 계획을 엄숙하게 발표할 예정이었다.

몸을 반듯이 세우고 문 옆에 바짝 붙어 밖에서 들리는 소리를 엿듣고 있는 동안, 지금 같은 처지에서는 아무짝에도 쓸모없는 상념들이 그의 뇌리를 스치고 지나갔다. 때때로 온몸에 피로가 몰려와 더는 귀를 기울일 수 없게 되어 자신도 모르게 그만 머리를 문에 부딪치기도 했지만, 그때마다 그는 얼른 머리를 다시 똑바로 세웠다. 부딪칠 때 난 조그마한 소리가 옆방까지 들린 모양인지 다들 입을 다물어 버렸기 때문이었다.

「또 뭔 짓을 하는 모양이지.」 잠시 후 아버지의 목소리가 들렸다. 문 쪽을 향해 말하는 소리가 분명했다. 그제야 대화가 끊어졌다가 점차 다시 시작되었다.

그레고르는 이제 충분히 알게 되었다. 아버지가 몇 번이고 자꾸 설명을 되풀이하곤 했기 때문이었다. 그것은 한편으론 그 자신이 그런 이야기를 해본 지가 워낙 오래된 탓도 있고, 또 다른 한편으론 어머니가 무슨 말이든 한 번에 알아듣지 못한 탓이기도 했다. 좌우간 그동안 온갖 불행한 일을 당했음에도 얼마 되진 않지만 옛날 재산의 일부가 아직 남아 있었고, 그동안 조금씩 불어난 이자를 하나도 손대지 않아 재산이 약간이나마 불어났다는 것이었다. 게다가 그레고르가 다달이 집에 가져온 돈도 — 그 자신은 용돈을 몇 굴덴밖에 쓰지 않았다 — 다 써 버리지 않고 차곡차곡 모아 두어 이제는 그 액수가 제법 된다고 했다. 문 뒤에서 이 이야기를 듣고 있는 그레고르는 연신 고개를 끄덕이며, 뜻밖에 이처럼 신중하게 절약한 것에 적이 기뻐해마지 않았다. 사실 정말이지 이 정도로 남는 돈이 있으면 아버지가 사장에게 진 빚을 계속 갚아 나갈 수 있었을 것이다. 또한 그랬다면 그가 직장을 그만큼 빨리 그만둘 수 있었을 것이다. 하지만 지금으로서는 말할 것도 없이 아버지가 그러기를 참 잘한 셈이었다.

그렇긴 하지만 거기서 나오는 이자로 온 가족이 먹고 살아가기에는 액수가 턱없이 모자랐다. 가족이 기껏해야 1~2년 동안 버티기에는 충분할지 몰라도 그 이상은 아니었다. 그러니까 그것은 되도록 손을 대서는 안 되는 돈이자, 만일의 경우를 위해 남겨 둬야 하는 비상금일 뿐이었다. 무엇보다 먹고 살기 위한 돈은 꼬박꼬박 벌어야 했다. 아버지는 사실 몸이 건강하긴 했지만 벌써 5년째 아무 일도 하지 않아, 어쨌거나 자신감이 많이 떨어진 노인에 불과했다. 힘들게 일하면서도 성공을 거두지 못한 그의 삶에서 최초의 휴가가 된 이 5년 동안 그는 살이 피둥피둥 쪄서 몸이 많이 둔해져 있었다. 그렇기 때문에 늙은 어머니가 돈을 벌어 와야 한단 말인가? 천식을 앓고 있는 어머니는 집 안을 돌아다니는 것도 무척 힘들어했다. 이틀에 한 번꼴로 호흡 곤란을 일으켜 창문을 열어젖힌 채 소파에 누워 지내야 했다. 그렇기 때문에 아직 어린애에 불과한 열일곱짜리 여동생이 돈을 벌어 와야 했다. 그런데 지금까지 살아온 그녀의 생활 방식이란 옷을 깔끔하게 입고, 잠을 실컷 자고, 집안일을 거들고, 수수한 무도회에 몇 번 참석하고, 무엇보다도 바이올린을 켜는 게 전부가 아니었던가? 돈을 벌어 오는 게 필요하다는 말이 옆방에서 나올 때마다 그레고르는 문에서 벗어나 옆에 놓인 서늘한 가죽 소파 위로 몸을 던지곤 했다. 너무나 창피하고 서글픈 나머지 얼굴이 화끈 달아올랐기 때문이었다.

　종종 그는 긴긴 밤이 새도록 그곳에 누워 한숨도 자지 못하고 몇 시간 동안이나 애꿎은 가죽만 긁어 댔다. 어떤 날은 엄청나게 힘에 부치는 것도 마다하지 않고 안락의자를 창가로 밀고 갔다. 그러고 나서 창턱에 기어 올라가 안락의자에 의지한 채 창문에 몸을 기댔다. 이는 분명 전에 창밖을 내다보면서 느꼈던 해방감에 대한 아련한 추억 때문이었을 것이다. 사실 집에서 얼마 떨어져 있지 않은 사물들마저 하루가 다르게 점점 더 흐릿하게 보이고 있었다. 전에는 날이면 날마다 눈만 뜨면 보여 지긋지긋하게 생각되었던 맞은편 거리의 병원 건물도 이젠 더는 눈에 들어오지 않았다. 비록 조용하긴 하나 어디까지나 도시 한가운데인 이 샤를로텐 가에 살고 있다는 사실을 정확히 알고 있지 않았더라면, 그는 자신이 창밖으로 내다보고 있는 이 풍경이 회색의 하늘과 회색의 땅이 하나로 어우러져 그 경계를 분간할 수 없는 어느 황무지라고 생각했을지도 모른다. 주의 깊은 여동생은 안락의자가 창가에 놓여 있는 것을 딱 두 번 보았을 뿐인데도 그 후에는 방을 치우고 나갈 때마다 그 안락의자를 정확히 창가 그 자리에 밀어다 놓곤 했다. 정말이지 이제부터는 심지어 창의 안쪽 덧문까지 열어 놓는 것이었다.

그레고르가 여동생과 대화를 나눌 수 있었더라면, 그리고 그녀가 자신을 위해 해주어야 했던 모든 일에 고마움을 표할 수 있었더라면 그는 그녀가 시중드는 것을 보다 홀가분한 마음으로 견뎌 냈을지도 모른다. 하지만 그럴 수 없어 그는 마음이 아팠다. 여동생은 마땅히 이러한 곤혹스러운 모든 상황을 될 수 있는 한 지워 버리려고 했으며, 시간이 흐를수록 그것은 좀 더 수월하게 이루어졌다. 하지만 그레고르도 시간이 흐름에 따라 모든 일을 보다 정확하게 꿰뚫어 보게 되었다. 여동생이 방에 들어오는 기척만 있어도 벌써 그의 가슴이 철렁 내려앉았다. 전에는 아무도 그레고르의 방을 들여다보지 못하게 신경을 쓰던 그녀였건만, 이제는 방에 들어서기 무섭게 방문을 닫을 새도 없이 곧장 창문 쪽으로 달려갔다. 마치 숨이 막혀 죽을 것 같다는 듯 두 손으로 황급히 창문을 홱 열어젖히고는, 아무리 날씨가 추워도 잠시 창가에 서서 심호흡을 하는 것이었다. 하루에 두 번이나 그녀는 이렇게 달려가 소란을 피우며 그레고르를 놀라게 했다. 그러는 동안 줄곧 그는 소파 밑에서 사시나무 떨듯 떨고 있어야 했지만, 그녀가 창문이 닫힌 채로 그레고르와 함께 방 안에 있을 수 있었다면 분명 그런 일로 자신을 괴롭히지 않았을 것임을 아주 잘 알고 있었다.

어느덧 그레고르가 갑충으로 변한 지 한 달쯤 되어 이제 여동생이 그레고르의 모습을 보고도 특별히 놀랄 이유가 없었던 어느 날, 그녀는 보통 때보다 조금 일찍 오는 바람에 그가 창밖을 내다보는 장면을 그만 목격하게 되었다. 꼼짝도 않고 창가에 서 있는 그의 모습은 사람을 놀라게 하기에 딱 맞았다. 그녀가 방에 들어오지 않았다 해도 그레고르로서는 그리 뜻밖의 일이 아니었을지도 모른다. 그가 창가에 서 있어서 여동생이 즉각 창문을 여는 데 방해가 되었기 때문이다. 하지만 그녀는 들어오지도 않았을 뿐만 아니라, 심지어 놀라서 뒤로 흠칫 물러서며 문을 닫아 버렸던 것이다. 사정을 모르는 사람이라면 그레고르가 숨어서 기다리고 있다가 그녀를 물어뜯으려 했다고 생각할 수도 있었을 것이다. 물론 그레고르는 부리나케 소파 밑으로 몸을 숨겼다. 하지만 그날 점심때가 되어서야 여동생은 다시 모습을 드러냈다. 그리고 그녀는 평소 때보다 훨씬 더 불안해 보였다. 이런 사실로 그는 여동생이 자신의 모습을 여전히 참을 수 없어하며, 앞으로도 계속 그럴 거라는 사실을 깨달았다. 그리고 소파 밑으로 비죽 튀어나와 있는 자기 몸의 일부를 보고도 혼비백산해 달아나지 않으려면 그녀가 이를 악물고 자신을 이겨 내야 한다는 사실도 비로소 알게 되었다. 하루는 그녀에게 자신의 이러한 모습을 보이지 않으려고 침대 시트를 등에 얹어 소파 위에 날라다 놓고는 자신의 모습이 완전히 가려져 여동생이 허리를 굽혀도 자기가 보이지 않도록 해놓았다. 그가 이 일을 하는 데는 무려 네 시간이나 걸렸다. 그녀가 이런 시트 따위는 필요 없다고 생각했다면 그걸 치워 버릴 수도 있었을 것이다. 그렇게 자신의 몸을 완전히 가리고 있는 게 그레고르로서도 결코 즐거운 일이 아님은 누가 봐도 분명한 사실이었기 때문이다. 하지만 그녀는 시트를 있는 그대로 놓아두었다. 그리고 그레고르는 자신이 이처럼 새로 시트를 소파에 갖다 놓은 것을 여동생이 어떻게 생각하는지 알아보기 위해, 한번은 머리로 조심스레 시트를 살짝 들추어 보고 심지어 고마워하는 눈빛을 얼핏 눈치 챘다고 생각했다.

처음 2주일 동안 부모님은 그의 방에 들어와 볼 엄두조차 내지 못했다. 하지만 그는 지금 여동생이 하고 있는 일을 부모님이 전적으로 인정해 주는 소리를 가끔씩 들을 수 있었다. 사실 지금까지는 부모님이 볼 때 여동생은 아무짝에도 쓸데없는 딸아이에 불과했기 때문에 걸핏하면 야단맞기 일쑤였다. 하지만 이제는 여동생이 그레고르의 방을 치우는 동안 아버지와 어머니, 두 분이 함께 방문 앞에서 종종 기다리곤 했다. 그래서 그녀는 방에서 나오자마자 방 안 모습이 어떠한지, 그레고르가 무엇을 먹었는지, 이번에는 어떤 행동을 보였는지, 그리고 혹시 회복되는 기미라도 보이는지에 대해 부모님에게 아주 시시콜콜 이야기해야 했다. 아닌 게 아니라 어머니는 비교적 단시일 내에 그레고르를 만나보고 싶어 했지만, 아버지와 여동생은 처음에 몇 가지 합리적인 이유를 들어 어머니를 만류했다. 그 이유들에 아주 주의 깊게 귀 기울인 그레고르는 그것들이 전적으로 수긍할 만하다고 인정했다. 하지만 나중에는 어머니를 완력으로 제지해야 했다. 그러다가 어머니는 이렇게 소리치기도 했다.

「그레고르한테 가게 해줘요. 걔는 불쌍한 내 아들이란 말이에요! 내가 걔한테 가겠다는 걸 왜 이해하지 못하는 거예요?」 이러한 절규를 들은 그레고르는 어머니가 그렇다고 물론 매일은 아니더라도 일주일에 한 번쯤은 들어오는 게 좋지 않을까 생각했다. 누가 뭐래도 여동생보다는 어머니가 모든 일을 훨씬 더 잘 이해해 줄 것이다. 여동생은 비록 용기는 가상하다 해도 아직 어린애에 지나지 않은가. 그리고 그녀가 이렇게 막중한 임무를 떠맡은 것도 따지고 보면 단지 어린애처럼 경솔해서 그랬는지도 모른다.

어머니를 보고 싶어 하는 그레고르의 소망은 곧 실현되었다. 이제 낮에는 부모님을 생각해서 창가에 얼쩡거리려고 하지 않았다. 그렇다고 몇 평방미터밖에 안 되는 방바닥 위를 마냥 기어 다닐 수도 없는 노릇이었다. 가만히 누워 있는 일은 이젠 밤에도 견디기가 힘들었고, 음식을 먹는 일도 얼마 가지 않아 조금도 즐거움을 안겨 주지 못했다. 그리하여 그는 심심풀이 삼아 벽과 천장을 종횡무진으로 기어 다니는 습관을 들이게 되었다. 특히 천장에 매달려 있는 것을 좋아했다. 그건 방바닥에 누워 있는 것과는 비교도 되지 않았다. 숨쉬기가 훨씬 수월했고, 몸이 가볍게 떨리는 현상이 온몸으로 퍼져 나갔다. 간혹 저 위에 매달린 채 주체할 수 없는 행복감에 겨워 멍하니 있다가 저도 모르게 다리들을 떼는 바람에 방바닥으로 털썩 떨어져 혼비백산하는 일도 있었다. 하지만 이젠 물론 예전과는 전혀 딴판으로 자신의 몸을 마음대로 놀릴 수 있었기 때문에 그렇게 높은 데서 떨어져도 다치는 일은 없었다. 그러자 여동생은 그레고르가 스스로를 위해 발견해 낸 이러한 새로운 오락거리를 금방 알아차렸다. 그건 그러니까 그가 기어 다니면서 여기저기에 점액질 자국 또한 남겨 놓았기 때문이었다. 그래서 그녀는 그레고르가 최대한 넓은 공간에서 기어 다닐 수 있도록, 이에 방해가 되는 가구들, 그러므로 무엇보다 서랍장과 책상을 치워 주기로 마음먹었다. 그렇지만 그녀 혼자 힘으로 이 일을 할 수는 없었다. 아버지한테는 감히 도와 달라는 말을 꺼낼 수 없었고, 하녀도 그녀를 도와주지 않을 것이 자명했다. 열여섯 살가량 되는 이 소녀는 전의 하녀가 그만둔 후 기특하게도 잘 버텨 왔으나, 부엌은 항상 잠가 두도록 하고 특별한 용무로 부를 때만 열도록 해야 한다고 특별히 허가를 받아 놓았기 때문이었다. 그래서 여동생은 언젠가 아버지가 집에 없을 때를 틈타 어머니에게 도움을 청하는 수밖에 다른 도리가 없었다. 어머니는 기쁨에 들떠 환성을 지르며 여동생의 말에 따랐지만, 막상 그레고르의 방문 앞에 와서는 그만 입을 꾹 다물어 버렸다. 물론 여동생은 먼저 방 안에 아무 이상이 없는지 살펴본 다음에야 어머니를 들어가게 했다. 그레고르가 후닥닥 시트를 뒤집어쓰는 바람에 그것에 주름이 더 깊고도 더 많이 생기게 되었다. 그 모습은 정말이지 침대 시트를 아무렇게나 소파 위에 던져 놓은 것처럼 보였다. 이번에는 시트를 살짝 들추며 엿보는 일도 하지 않았다. 이번에는 어머니를 보지 않기로 했던 것이다. 그리고 어머니가 이제 그의 방에 들어온 것만으로 그저 한량없이 기쁠 따름이었다.

「어서 들어와요. 오빠는 안 보여요.」 여동생은 이렇게 말하며, 어머니의 손을 잡고 방 안으로 모셔 오는 게 분명했다.

이제 연약한 두 여자가 힘을 합쳐 어쨌거나 그 무거운 낡은 서랍장을 조금씩 밀어 옮기는 소리가 들려왔다. 너무 무

168

리할까 봐 염려해서 주의를 주는 어머니의 말도 듣지 않고 줄곧 여동생이 대부분의 일을 도맡아 하고 있는 모양이었다. 시간이 한참 걸렸다. 한 15분쯤 지났나 싶었을 때 어머니가 말했다.

「서랍장을 여기에 차라리 그대로 놓아두는 게 좋겠다!」

첫째, 장이 너무 무거워 아버지가 돌아오기 전까지 일을 다 끝내지 못할 것 같다는 것이다. 그리고 장을 방 한가운데 놓아두게 되면 그레고르가 다니는 길이 모조리 막히게 된다는 것이다. 둘째, 가구들을 치워 놓는다 하더라도 그레고르가 과연 좋아할지 알 수 없는 일이라는 것이다. 어머니 생각으로는 오히려 그 반대일 것 같다고 했다. 텅 빈 벽을 바라보면 가슴이 미어터지는데, 그레고르라고 왜 똑같은 느낌을 받지 않겠느냐고 했다. 더구나 이 가구들과 오래전부터 정이 듬뿍 들었는데, 방 안이 휑뎅그렁하게 되면 자신이 버림받은 느낌을 받을지도 모른다고 했다.

「만일 그렇게 되면……」

어머니는 거의 속삭이듯이 아주 나지막하게 말을 맺었다. 정말이지 어머니는 그레고르가 정확히 어디에 있는지는 몰랐으나, 그가 목소리의 음색조차 듣지 못하게 하려는 것 같았다. 그가 말을 알아듣지 못한다는 점을 확신하고 있었기 때문이었다.

「가구를 모두 치워 버리면, 걔의 병세가 나아지리라는 희망을 깡그리 포기하는 것처럼 보이지 않겠니? 그리고 걔 혼자 무정하게 내버려 두는 것처럼 보이지 않겠니? 방을 원래 상태대로 놓아두는 게 제일 좋겠다. 그래야 걔가 다시 우리에게 되돌아왔을 때 하나도 변한 게 없음을 알고 그동안의 일을 보다 수월하게 잊을 수 있지 않겠니?」

어머니의 이러한 말을 들으며 그레고르는 이 두 달 동안 자신의 머릿속이 뒤죽박죽이 된 게 아닌가 싶었다. 식구들에게만 에워싸여 날이면 날마다 똑같은 생활을 하는 탓에, 사람들과 직접 대화를 나누지 못하는 바람에 말이다. 그게 아니라면, 어떻게 자신의 방이 텅텅 비어 버리기를 진지하게 바랄 수 있단 말인가. 너무 고립되어 지낸 탓이라고밖에는 도저히 설명할 길이 없었다. 대대로 물려받은 가구들로 꾸며진 따스하고 아늑한 방을 삭막한 동굴로 바꾸고 싶은 생각이 정말 있었던 걸까? 물론 방이 텅 비게 되면 사방으로 마음대로 기어 다닐 수야 있겠지만, 이와 동시에 자신이 과거에 인간이었다는 사실을 금세 깡그리 잊어버리게 되지나 않을까? 하긴 그는 지금 벌써 거의 잊어먹고 있었다. 그러다가 오랜만에 어머니 목소리를 듣고 정신이 번쩍 든 것이었다. 아무것도 치워서는 안 될 일이다. 모든 게 제자리에 있어야만 한다. 그는 가구들로부터 좋은 영향을 받으며 살아가는 게 꼭 필요했다. 가구들이 하릴없이 이리저리 기어 다니는 그를 방해한다면 그건 그에게 해가 되는 게 아니라 커다란 이득이 될 것이다.

하지만 유감스럽게도 여동생의 생각은 달랐다. 그러는 사이 그녀는 부모의 뜻을 거슬러 그레고르에 관한 일이라면 뭐든지 정통한 사람처럼 행세하는 데 익숙해졌다. 물론 그럴 자격이 전혀 없는 것은 아니었다. 이제 어머니의 충고가 도리어 여동생이 자신의 고집을 부리는 좋은 빌미가 되기도 했다. 말하자면 처음에는 서랍장과 책상만 치울 생각이었다가, 이젠 없어서는 안 되는 소파를 제외하고는 모든 가구를 모조리 치워 버려야겠다고 주장하는 것이었다. 물론 이 같은 주장은 어린애다운 반항심이나 최근에 뜻하지 않게 어렵게나마 얻게 된 자신감 때문만은 아니었다. 여동생은 그레고르에게는 기어 다닐 공간이 충분히 필요하다는 것을 실제로 눈으로 목격했던 것이다. 반면에 누가 봐도 뻔히 알 수 있듯이, 가구들은 아무짝에도 소용없다는 것이었다. 하지만 기회만 있으면 제 뜻을 충족시키려고 하는 그녀 또래의 소녀들이 지니고 있는 열광적인 심정도 어쩌면 함께 작용했을지도 모른다. 그러한 심정으로 이제 그레테는 그레고르의 상황을 보다 소름 끼치게 만든 후 그를 위해 지금까지보다 더욱더 많은 일을 하고 싶은 유혹을 느꼈는지도 모른다. 만일 텅 빈 공간에서 그레고르 혼자 휑한 벽을 마구 기어 다니고 있다면 그레테 말고는 아무도 감히 방에 들어갈 엄두를 내지 못할 테니까.

어머니가 그렇게 말렸건만 여동생은 자신의 결심을 굽히려 들지 않았다. 어머니는 가구가 있는 이 방에서도 불안감을 감추지 못하고 안절부절못하는 것 같았지만, 이내 말문을 닫고는 여동생을 도와 서랍장을 밖으로 내가는 일에 온 힘을 쏟았다. 이렇게 된 이상 그레고르로서는 부득이한 경우 서랍장은 없어도 그럭저럭 지낼 수 있었지만, 책상만은 꼭 있어야 했다. 두 여자가 낑낑거리며 서랍장을 밖으로 내가자마자 그레고르는 소파 밑으로 머리를 빠끔 내밀었다. 신중하고도 되도록 사려 깊게 이 일에 어떻게든 개입할 수 있는

지 살펴보기 위해서였다. 그러나 불행하게도 하필이면 어머니가 먼저 방으로 돌아오고 말았다. 그동안에 여동생은 옆방에서 장을 부둥켜안고 혼자서 이리저리 움직여 보려고 진땀을 흘리고 있었지만, 물론 그것은 제자리에서 꿈쩍도 하지 않았다. 하지만 어머니는 그레고르의 모습에 익숙해져 있지 않아서, 그를 본 충격에 몸져누울지도 모르는 일이었다. 그래서 화들짝 놀란 그레고르는 급히 뒷걸음질 쳐서 소파의 반대편 끄트머리까지 기어 들어갔다. 그 바람에 시트의 앞쪽 끝이 약간 움직거렸지만 이는 어쩔 수 없는 노릇이었다. 하지만 그것만으로도 어머니의 주의를 끌기에는 충분했다. 어머니는 순간 멈칫 하고는 가만히 서 있다가 곧바로 그레테한테 되돌아가 버렸다.

그레고르는 무슨 특별한 일이 벌어지는 것이 아니라 가구가 몇 점 옮겨지는 것뿐이라고 몇 번이고 자신을 타일렀다. 그렇지만 그가 곧 인정하지 않을 수 없었듯이 두 여자가 왔다 갔다 하는 소리, 조그만 목소리로 서로를 부르는 소리, 가구가 바닥에 긁히는 소리 등이 한데 어우러져 사방에서 큰 소동이 벌어지며 그를 향해 달려드는 듯한 기분이었다. 머리와 다리를 최대한 잡아당기고 몸을 바닥에 바짝 붙이고 있었지만 이 모든 자세를 오래 견디지는 못할 것임을 어쩔 수 없이 인정하지 않을 수 없었다. 어머니와 여동생은 그의 방에 있던 가구를 치우고 있었고, 그와 정이 든 물건을 죄다 앗아 가고 있었다. 실톱이며 다른 공구들이 든 서랍장은 이미 밖으로 들려 나갔다. 이제 방바닥에 단단히 붙박여 있는 책상마저 들어내려는 참이었다. 상업 학교와 중학교에 다닐 때는 말할 것도 없이, 심지어 초등학교에 다닐 때도 앉아서 숙제를 하던 책상이었다. 이젠 정말 더는 두 여자의 선한 의도고 뭐고 따져 볼 겨를이 없었다. 아닌 게 아니라 그는 어느새 두 사람의 존재를 거의 잊고 있었다. 이제 거의 파김치가 된 그들은 말없이 그저 일에만 열중하고 있었기 때문이었다. 그들이 더듬거리며 힘겹게 발을 뗄 때는 소리만이 들려올 뿐이었다.

그래서 그는 소파 밑에서 불쑥 튀어나왔다. 두 여자는 잠시 숨을 좀 돌리려고 마침 옆방의 책상에 몸을 기대고 있었다. 그레고르는 네 번이나 방향을 바꾸며 이리저리 달려 보았지만, 먼저 무엇부터 구해 내야 할지 도저히 알 수 없었다. 그때 이미 텅 비어 버린 벽에 그나마 아직 걸려 있는 그림이 눈에 들어왔다. 몸을 온통 모피로 감싸고 있는 여인의 그림이었다. 그는 허겁지겁 벽을 타고 기어 올라가 액자 유리를 지그시 배로 눌렀다. 그의 몸에 찰싹 달라붙은 유리가 뜨뜻한 그의 배에 닿으니 기분이 좋아졌다. 적어도 그레고르가 지금 완전히 가리고 있는 이 그림만은 결단코 아무에게도 뺏기지 않으리라. 그는 두 여자가 돌아오는 것을 지켜보려고 거실 문 쪽으로 고개를 돌렸다.

두 사람은 그리 오래 휴식을 취하지 않고 벌써 돌아오고 있었다. 그레테는 한쪽 팔로 어머니의 허리를 감싸고 거의 안다시피 하고 있었다.

「그럼 이제 뭘 나를까요?」

그레테는 이렇게 말하며 주위를 둘러보았다. 이때 그녀의 시선이 벽에 매달려 있는 그레고르의 시선과 딱 마주치고 말았다. 어머니가 옆에 있어서인지 그녀는 애써 침착한 척하며, 어머니가 주위를 둘러보지 못하도록 머리를 어머니 쪽으로 구부리며 말했다.

「가요, 엄마. 우리 잠시 거실 쪽에 가 있지 않을래요?」 아무렇게나 되는 대로 말하는 그녀의 목소리가 떨리고 있었다. 그레고르가 보기에 그레테의 의도는 불을 보듯 뻔했다. 먼저 어머니를 안전한 곳에 피신시킨 다음 그를 쫓아 벽에서 내려오게 할 작정이었다. 좋아, 어디 한번 덤빌 테면 덤벼 보라지! 그는 그림을 깔고 앉아 절대 내주지 않을 태세였다. 그림을 내주느니 차라리 그레테의 얼굴에 달려들리라.

그러나 그레테의 말에 어머니는 더욱 불안해졌다. 어머니는 옆으로 비켜서더니 꽃무늬가 있는 벽지에 붙어 있는 엄청 커다란 갈색 얼룩을 발견하고는 절규하듯 거친 목소리로 외쳐 대는 것이었다.

「아니, 맙소사, 대체 저게 뭐야!」 자신이 본 얼룩이 그레고르라는 것을 미처 깨닫기도 전이었다. 그러고 나서 어머니는 모든 것을 포기한 사람마냥 양팔을 쫙 벌린 채 소파 위로 푹 쓰러지더니, 다시는 꿈쩍도 하지 않았다.

「오빠, 정말 왜 이러는 거야!」

여동생은 주먹을 치켜들고 잡아먹을 듯한 눈초리로 소리쳤다. 그레고르가 변신한 이후로 그녀가 그에게 처음으로 던진 말이었다. 그녀는 실신한 어머니를 깨어나게 할 무슨 약물이라도 가져오려는지 옆방으로 득달같이 달려갔다. 그레고르도 어떻게든 돕고 싶었다. 아직 그림을 구해 낼 시간은 있었다. 하지만 유리에 너무 딱 달라붙어 있어서 억지로 몸을 떼어 내야 했다. 벽에서 내려온 다음 예전처럼 여동생에게 무슨 충고라도 해줄 수 있다는 듯 그도 옆방으로 달려갔다. 하지만 막상 가서는 그녀 뒤에 우두커니 서 있을 수밖에 없었다. 그녀는 여러 가지 조그만 병들을 마구 뒤지다가 문득 뒤를 돌아보고는 또 소스라치게 놀라고 말았다. 그 바람에 병 하나가 바닥에 떨어져 산산조각이 나고 말았다. 깨진 병 조각에 그레고르는 그만 얼굴을 다치고 말았다. 뭔지 모를 부식성 약품이 그의 주위에 흐르고 있었다. 그녀는 더는 우물쭈물하지 않고 집어 들 수 있는 만큼 조그만 약병들을 두 손 가득 들고는 어머니가 쓰러져 있는 방으로 달려 들어갔다. 그러고는 발로 문을 쾅 닫아 버렸다. 이제 그레고르는 어머니와 떨어져 있게 되고 말았다. 자신 때문에 자칫하다간 어머니가 목숨을 잃을지도 모르는 일이었다. 그러니 문을 열어서는 안 되었다. 그는 어머니 옆에 붙어 있어야 하는 여동생을 다시 쫓아내고 싶지 않았다. 그는 이제 아무 일도 하지 않고 그냥 기다리는 수밖에 없었다. 자책감과 걱정에 시달리며 여기저기를 기어 다니기 시작했다. 벽이며 가구며 천장이고 할 것 없이 닥치는 대로 마구 기어 다녔다. 그러다가 방 전체가 그의 주위에서 빙글빙글 도는 것처럼 느껴지자, 마침내 그는 자포자기한 심정으로 커다란 식탁 한가운데로 뚝 떨어지고 말았다.

얼마간의 시간이 흘렀다. 그레고르는 기진맥진해 누워 있었고, 주위는 고요했다. 어쩌면 이는 좋은 조짐일지도 몰랐다. 그때 초인종이 울리는 소리가 들렸다. 물론 하녀는 문을 걸어 잠그고 부엌에 틀어박혀 있었으므로 그레테가 문을 열러 나가야 했다. 아버지가 돌아온 것이었다.

「무슨 일이 있었니?」 그는 첫마디로 이렇게 말했다. 그레테의 모습을 보고 다 눈치 챈 모양이었다.

「엄마가 기절했어요. 하지만 이젠 많이 나아졌어요. 오빠가 뛰쳐나와서요.」

목소리가 둔탁하게 나는 것으로 보아 아버지의 가슴에 얼굴을 파묻고 대답하는 것이 분명했다.

「내 그럴 줄 알았다.」 아버지가 말했다. 「내가 늘 말하지 않았느냐. 그런데 여자들이 통 내 말을 듣질 않으니.」

그레고르의 생각으로는 아버지가 그레테의 아주 짧막한 이야기를 듣고 나쁘게 해석하여, 그레고르가 무슨 폭행이라도 저지른 것으로 미루어 짐작하고 있는 것이 분명했다. 그 때문에 이제 그레고르는 어떻게든 아버지의 흥분을 가라앉혀야 했다. 아버지에게 진상을 깨우쳐 줄 시간도 그럴 가능성도 없었기 때문이었다. 그래서 아버지가 응접실에서 이쪽으로 발을 들여놓는 즉시 그레고르가 자기 방으로 곧장 되돌아가려는 너무나 선한 의도를 가지고 있다는 것을 볼 수 있도록, 그는 얼른 자기 방의 문 쪽으로 도망쳐 몸을 문에 바짝 갖다 댔다. 그리고 그를 쫓아 들여보낼 필요 없이 문을 열어 주기만 하면 그 즉시 사라질 거라는 것을 볼 수 있도록 말이다.

그러나 아버지는 그렇게 고상한 의도까지 알아차릴 기분이 아니었다. 「아!」 집 안으로 들어서자마자 그는 화가 나기도 하고 기쁘기도 하다는 어조로 소리쳤다. 그레고르는 고개를 돌려 아버지 쪽을 쳐다보았다. 그는 지금 저기에 서 있는 것과 같은 아버지의 모습을 정말이지 상상도 하지 못했다. 물론 그는 최근 들어 새로운 방식으로 기어 다니는 데 정신이 팔리는 바람에 예전처럼 집안이 돌아가는 사정에 신경을 쓰지 못한 것이 사실이었다. 그리고 사실이지 변화된 상황에 대처하겠다는 마음의 각오를 단단히 하고 있어야 했다. 그럼에도, 아무리 그렇다고 해도 저분이 과연 아버지란 말인가? 전에 그레고르가 출장을 떠나려고 할 때 지친 모습으로 침대에 파묻혀 누워 있던 바로 그 아버지란 말인가? 집으로 돌아오는 날 저녁이면 잠옷 바람으로 팔걸이의자에서 그를 맞아 주던 그 아버지란 말인가? 제대로 일어날 수도 없어서 기쁘다는 표시로 겨우 양팔만 들어 올리던 그 아버지 말이다. 그리고 1년에 몇 번 일요일이나 큰 명절에 어쩌다가 산책을 나갈 때면 안 그래도 천천히 걷는 그레고르와 어머니 사이에서 자꾸 처지며 더 느리게 걷던 그 사람이 맞는 걸까? 낡은 외투를 푹 뒤집어쓰고 T자형 지팡이를 조심조심 짚으며 힘들게 발걸음을 옮기다가, 무슨 할 말이 있으면 꼭 발걸음을 멈추고는 앞에 가던 가족을 주위에 불러 모으곤 하던 그 사람이 정말 맞는 걸까? 그런데 지금 눈앞의 아버지는 허리를 꼿꼿이 세우고 있는 게 아닌가. 게다가 은행 수위가 입는 것 같은 금색 단추가 달린 빳빳한 푸른 제복을 입고 있었다. 빳빳하게 치켜세운 상의의 옷깃 위로는 억세 보이는 이중 턱이 툭 불거져 나와 있었고, 숱이 무성한 눈썹 아래로는 검은 눈동자가 생기 넘치고 주의 깊은 눈빛을 내뿜고 있었다. 평소엔 마구 헝클어져 있던 흰 머리칼도 보기 거북할 정도로 정확하게 가르마를 타서 반드르르하게 빗어 내렸다. 그는 어느 은행의 마크인 듯한 금색 머리글자가 찍혀 있는 모자부터 벗어 던졌다. 모자는 긴 아치를 그리며 거실을 날아가 소파 위에 떨어졌다. 그는 기다란 제복 상의의 끝자락을 뒤로 젖히고 양손을 바지 주머니에 넣은 채 화난 표정을 지으며 그레고르를 향해 다가왔다. 무슨 일을 하려는지 그 자신도 잘 모르는 것 같았다. 어쨌든 그는 보통 때와는 달리 두 발을 높이 치켜들며 걸어왔다. 그래서 그레고르는 아버지의 구두 밑창이 엄청나게 넓은 것에 놀라움을 감추지 못했다. 하지만 그는 이에는 크게 개의치 않았다. 정말이지 새로운 생활이 시작되던 초창기부터 그는 아버지가 그에게 최대한 엄격하게 대하는 것만을 상책이라고 생각하고 있음을 알고 있었던 것이다. 그래서 그는 아버지가 다가오면 앞으로 달아났고, 아버지가 멈추면 그도 멈추었으며, 아버지가 움직이기만 하면 그도 다시 부리나케 앞으로 내달렸다. 이런 식으로 두 사람은 거실을 몇 바퀴나 돌았지만, 그렇다고 무슨 결정적인 일은 일어나지 않았다. 정말이지 이 모든 일은 더딘 속도로 일어났기 때문에 얼핏 보기엔 쫓고 쫓기는 것처럼 보이지도 않았다. 그 때문에 그레고르도 당분간은 방바닥에 그대로 있기로 했다. 특히 벽이나 천장으로 도망치면 특별한 악의가 있는 걸로 아버지가 곡해할까 봐 우려되기 때문이었다. 물론 그는 이렇게 달리는 것도 오래 버티지는 못할 거라고 혼잣말로 중얼거리지 않을 수 없었다. 아버지가 한 걸음을 내디딜 때 그는 무수히 많이 다리를 움직여야 했던 것이다. 안 그래도 원래부터 폐가 그리 튼튼한 편은 아니었던 관계로 벌써부터 눈에 띄게 숨이 가빠 오기 시작했다. 그는 이제 갈지자로 비틀거리며 달렸고, 달리는 일에 온 힘을 쏟느라 눈도 제대로 뜰 수 없었다. 게다가 머리마저 흐리멍덩해져서 이렇게 거실 바닥을 달리는 것 말고는 다른 구원책은 아예 생각지도 못했다. 벽으로 달아날 수 있다는 사실은 거의 잊고 있었던 것이다. 물론 이곳의 거실 벽들은 톱니와 레이스 모양의 장식으로 가득 찬, 정교하게 세공된 가구들로 가로막혀 있었지만 말이다. 그때 바로 그의 곁으로 휙 하고 가볍게 던진 무슨 물체가 떨어지더니 그의 앞으로 떼구루루 굴러왔다. 그건 사과였다. 곧이어 두 번째 사과가 그를 향해 날아왔다. 그레고르는 깜짝 놀라 그 자리에 우뚝 멈추어 섰다. 계속 달아나 봐야 아무 소용없는 짓이었다. 아버지는 사과로 그에게 폭탄 세례를 퍼붓기로 작심한 모양이었기 때문이었다. 아버지는 찬장 위의 과일 접시에서 사과를 몇 개 꺼내 주머니에 가득 채운 다음, 제대로 겨냥하지도 않고 사과들을 하나씩 던져 댔다. 조그만 빨간 사과들은 마치 전기 충격이라도 받은 듯 이리저리 나뒹굴며 서로 맞부딪쳤다. 약하게 날아온 사과 하나가 그레고르의 등을 살짝 스치고 지나갔지만, 상처를 입히지 않고 미끄러지며 굴러 떨어졌다. 반면에 바로 뒤이어 날아온 사과는 그레고르의 등에 정통으로 박히고 말았다. 자리를 옮기면 깜짝 놀랄 만큼 믿을 수 없는 통증이 가실지도 모른다는 생각에 그레고르는 몸을 질질 끌며 앞으로 나아가려고 했다. 그렇지만 마치 못 박힌 듯 꼼짝할 수 없다는 기분과, 모든 감각이 극도로 혼란스러워지는 기분을 느끼며 그만 그 자리에 쭉 뻗어 버리고 말았다. 마지막 순간 자기 방의 문이 휙 열리더니 비명을 지르는 여동생 앞으로 어머니가 속옷 바람으로 뛰쳐나오는 것만 보일 뿐이었다. 기절한 어머니가 숨쉬기 편하도록 여동생이 옷을 벗겨 놓았던 것이다. 어머니가 아버지를 향해 냅다 달려가는 도중에 끈이 풀린 속치마들이 바닥으로 하나둘 흘러내렸다. 이윽고 어머니는 그 치마들에 걸려 비트적거리며 아버지를 향해 달려들어 그를 껴안으면서, 아버지와 완전히 한 덩어리가 되더니 — 하지만 그러는 중에 그레고르의 시력이 벌써 가물가물해지고 있었다 — 두 손으로 아버지의 뒷머리를 부여잡으며 애원했다. 제발 그레고르를 살려 달라고.

III

부상이 너무 심해 그레고르는 한 달도 넘게 고생해야 했다. 누구도 감히 빼낼 엄두를 내지 못하는 바람에 사과는 눈에 띄는 기념물로 계속 살 속에 박혀 있었다. 그레고르가 현재 비참하고 역겨운 모습을 하고 있긴 하지만 그래도 가족의 일원이라는 사실을 아버지조차 기억에 떠올린 모양이었다. 그래서 그를 원수처럼 대할 것이 아니라, 그에 대한 혐오감을 꿀꺽 삼켜 버리고 참는 것, 그저 참을 수밖에 없는 것이 가족으로서 지켜야 할 마땅한 의무라는 것을 되새긴 모양이었다.

그 부상으로 인해 그레고르는 행여 움직이는 능력을 영원히 상실할지도 몰랐다. 그리고 지금으로서는 자기 방을 가로질러 가는데도 늙은 상이군인처럼 오랜 시간이 걸렸고, 높은 곳으로 기어 올라가는 일은 생각도 할 수 없었다. 그럼에도 그는 자신의 상태가 이렇게 악화된 것에 대해 충분한 것 이상으로 보상을 받았다고 생각했다. 그런 일이 있은 후로는 늘 저녁 무렵이면 그가 이미 한두 시간 전부터 뚫어져라 바라보곤 하던 거실 문이 열렸던 것이다. 그래서 그는 거실에서는 그의 모습이 보이지 않게 어두운 자기 방에 누워, 환하게 불이 켜진 식탁에 둘러앉은 온 가족의 모습을 지켜볼 수 있었고, 그들이 오순도순 나누는 이야기를, 어느 정도는 모두의 허락을 받고, 그러니까 전과는 아주 딴판으로, 들을 수 있게 되었다.

물론 그 대화가 이젠 예전과 같은 활기찬 담소는 아니었다. 그레고르는 조그만 호텔방에 들어가 지친 몸을 침대 시트에 던져야 할 때면 항상 아련한 그리움을 느끼며 그런 대화를 떠올리곤 했다. 지금은 다들 대체로 아주 조용하게 지낼 뿐이었다. 아버지는 저녁 식사를 하고 나면 이내 안락의자에 앉아 잠이 들었고, 어머니와 여동생은 서로에게 조용히 하라고 주의를 주었다. 어머니는 불빛 아래 허리를 잔뜩 구부리고 양장점에 넘길 고급 속옷을 바느질했고, 점원으로 취직한 여동생은 나중에 언젠가 더 나은 일자리를 얻기 위한 것인지 저녁에 속기와 불어를 배웠다. 이따금씩 아버지는 잠에서 깨어나, 자신이 잠을 잔 사실을 전혀 모르는 듯 어머니에게 이렇게 말하기도 했다.

「오늘도 뭘 그리 늦게까지 바느질하는 거요!」 그러고 나서 이내 다시 잠이 들면, 어머니와 여동생은 지친 기색으로 서로에게 미소를 지어 보였다.

일종의 고집을 부리는 건지 아버지는 집에서도 수위 제복을 벗으려 들지 않았다. 그리하여 옷걸이에 잠옷이 아무 쓸데없이 걸려 있는 동안 아버지는 옷을 완전히 차려입고 제자리에서 꾸벅꾸벅 졸고 있었다. 그는 언제라도 근무할 태세를 갖추고 집에서도 마치 상관의 분부를 기다리고 있는 사람 같았다. 그러다 보니 애당초부터 새 것이 아니던 제복은 어머니와 여동생이 세심하게 관리하고 있음에도 점점 더러움을 타게 되었다. 그리고 그레고르는 때때로 저녁 내내 온통 얼룩덜룩한 이 제복을 바라보곤 했다. 그래도 늘 잘 닦여 있는 금색 단추들만은 반짝거리고 있었다. 그런 옷을 입은 연로한 아버지는 자세는 아주 불편하지만 그래도 편안히 주무셨다.

시계가 열 시를 치면 어머니는 나지막하게 타이르는 말로 아버지를 깨워 침대에 가서 자도록 설득하느라 애를 썼다. 여기서는 제대로 잠을 잘 수 없으며, 여섯 시면 근무를 시작해야 하는 아버지에게는 그것이 꼭 필요했기 때문이었다. 그러나 은행 수위가 된 후부터 별스러운 아집에 사로잡힌 아버지는 어김없이 잠이 들면서도 매번 그 자리에 더 있겠다고 고집을 부렸다. 아닌 게 아니라 그렇게 떼를 쓰게 되면 안락의자에서 침대로 자리를 옮기도록 하기가 여간 어려운 일이 아니었다. 그러면 어머니와 여동생이 온갖 잔소리를 해대며 아무리 귀찮게 굴어도 아버지는 15분가량은 느릿느릿 고개만 가로저을 뿐 두 눈을 지그시 감은 채 일어날 생각을 하지 않았다. 어머니가 옷소매를 잡아당기며 입을 귀에 대고 알랑거리는 말로 구슬려 보아도, 여동생이 하던 숙제를 멈추고 어머니를 거들어 보아도 아버지는 그야말로 요지부동이었다. 도리어 아버지는 더욱 깊숙이 안락의자 속으로 빠져 들어갈 뿐이었다. 두 여자가 겨드랑이 아래에 팔을 넣고 그를 일으켜 세울 때야 비로소 그는 눈을 번쩍 뜨고는 어머니와 여동생을 번갈아 바라보며 말하곤 했다.

「인생이란 이런 거야. 이것이 내 말년의 휴식이야.」

그리고 두 여자의 부축을 받아 몸을 일으키며 아버지는 마치 자신이 스스로에게 더할 나위 없이 무거운 짐이라도 되는 듯 성가시다는 표정을 지었다. 여자들의 손에 이끌려 문까지 가서는 아버지는 그만 물러가라고 손짓을 하고는 거기서부터는 제 힘으로 혼자서 걸어 들어갔다. 그렇지만 어머니와 여동생은 각각 바느질감과 펜을 황급히 던져 놓고는 방으로 뒤따라 들어가 아버지를 계속 거들어 주었다.

이렇게 말할 수 없이 혹사당해 피곤에 지친 가족들 중에 누가 꼭 필요 이상으로 그레고르를 돌보아 줄 수 있었겠는가? 살림이 점점 더 쪼들리는 바람에 이제 하녀마저 내보내야 했다. 그 대신 백발이 흩날리고 뼈대가 굵은 거구의 파출부가 아침저녁으로 와서 힘든 일을 해주었다. 나머지 일은 죄다 어머니가 그 많은 바느질 일을 하면서 틈틈이 해나갔다. 심지어 어머니와 여동생이 전에 즐거운 모임이나 명절 때 차고 다니며 무척 행복해했던, 집안 대대로 내려온 여러 가지 장신구마저 팔아 치우기까지 했다. 그레고르는 어느 날 저녁 가족이 다 모여 그런 패물을 얼마나 받고 팔아야 할지 상의하는 것을 듣고 이런 사실을 알게 되었다. 하지만 현재의 형편으로는 너무 큰 이 집을 떠나 이사를 갈 수 없다는 것이 늘 가장 큰 불만이었다. 아무리 생각해 봐도 그레고르를 옮길 방도가 떠오르지 않았던 것이다. 하지만 그레고르는 가족이 이사를 못 가는 것이 자신을 배려해서만은 아니라는 사실을 잘 간파하고 있었다. 자기 정도야 숨 쉴 구멍을 몇 개

뚫은 적당한 궤짝에 넣으면 손쉽게 운반할 수 있었을 테니까. 가족이 집을 옮기지 못하는 진짜 이유는 오히려 다른 친척과 친지들 가운데 유독 자기들만 이런 불행을 당하고 있다는 생각과 완전한 절망감 때문이었다. 이들은 세상에서 가난한 사람들에게 요구하는 일을 최대한 이행하고 있었다. 아버지는 말단 은행원들에게 아침 식사를 날라다 주었고, 어머니는 누군지도 모르는 사람들의 속옷을 바느질하느라 뼈 빠지게 일했으며, 여동생은 고객들의 요구에 따라 계산대 뒤에서 이리저리 부리나케 뛰어다녔다. 하지만 가족의 힘은 그것이 한계였다.

아버지를 침대에 데려다 주고 나서 어머니와 여동생이 제자리로 돌아와서 하던 일을 놓아둔 채 볼이 서로 맞닿을 정도로 서로 바짝 다가가 앉을 때면, 그러다 어머니가 그레고르의 방을 가리키며 〈그레테야, 저기 문 좀 닫고 와라!〉라고 말할 때면, 그리고 그레고르가 다시 어둠 속에 있게 될 때면 그의 등에 생긴 상처가 또다시 아파 오기 시작했다. 그러는 동안 바로 옆의 거실에서는 두 여자가 얼굴을 맞대고 눈물을 흘리거나, 눈물조차 마른 채 식탁만 멍하니 바라보고 있었다.

그레고르는 며칠 밤낮을 거의 뜬눈으로 보냈다. 이따금씩 다음번에 문이 열리면 가족의 일을 예전처럼 자신이 다시 전적으로 도맡겠다고 마음먹기도 했다. 그의 머릿속에는 다시 오랜만에 사장과 지배인, 직원들과 견습 사원들, 말귀를 잘못 알아듣는 사환, 다른 회사에 다니다 온 두세 명의 친구들이 떠올랐다. 또한 시골의 어느 호텔에서 청소하는 아가씨, 스쳐 지나가는 그리운 추억, 그가 진심으로 구혼했으나 너무 늦어 버리고 만 어느 모자 가게의 경리 여직원 등이 뇌리에 떠올랐다. 이들은 모두 낯선 사람들이나 이미 잊혀진 사람들과 뒤섞여 나타났지만, 이들은 그와 그의 가족을 도와주기는커녕 하나같이 그의 소원을 들어 줄 수 없는 입장이었다. 그래서 이들의 모습이 뇌리에서 사라지자 그의 기분이 홀가분해졌다. 하지만 그러고 나면 다시 그의 가족을 걱정할 기분이 나지 않았고, 자신을 제대로 보살피지 않는 것에 대한 분노만 가득 찼다. 그리고 뭐가 먹고 싶은지 하나도 알지 못하면서 어떻게 하면 식품 저장실에 들어갈 수 있을까 하고 이런저런 계획들을 세우곤 했다. 딱히 배가 고픈 건 아니었지만 어쨌거나 자신이 마땅히 먹어야 할 음식을 거기서 꺼내 오기 위해서 말이다.

가족은 무엇을 주면 그레고르가 특별히 좋아할지에 대해 이제 더는 곰곰 생각하지 않았다. 여동생은 아침과 점심에 가게로 달려가기 전에 아무 음식이나 급히 그레고르의 방에 발로 쑥 밀어 넣었다가 저녁이면 빗자루로 한 번 휙 쓸어 냈다. 반면에 음식을 맛만 보았는지, 또는 손도 대지 않았는지는 ─ 그런 경우가 허다했다 ─ 아예 관심도 없었다. 이젠 저녁이면 늘 하는 방 청소도 이보다 더 빨리 후딱 해치울 수는 없었다. 벽들을 따라 더러운 얼룩이 띠를 이루며 나 있었고, 먼지와 오물 덩어리가 여기저기에 널려 있었다. 처음에는 여동생이 들어오면 그레고르는 특히 눈에 띄게 지저분한 구석에 가 있음으로써 그녀에게 어느 정도 질책하는 마음을 표시했다. 하지만 몇 주일 동안이나 그곳에 가 있어도 여동생의 태도는 도무지 나아질 기미가 보이지 않았다. 그녀 역시 지저분한 것을 빤히 보았을 텐데도 사실 그대로 놓아두기로 작정한 모양이었다. 그러면서 그녀는 온 가족과 마찬가지로 전에 없이 신경이 아주 예민해져서 다른 사람이 그레고르의 방을 청소할까 봐 촉각을 곤두세우고 있었다. 한번은 어머니가 그레고르의 방을 대청소한 적이 있었는데, 물을 몇 양동이나 쓰고서야 일을 마칠 수 있었다. 그러나 방에 물기가 너무 많아 마음이 상한 그레고르는 소파 위에 벌렁 드러누워 떨떠름한 기분으로 꼼짝도 않고 있었다. 하지만 그 일 때문에 어머니는 된통 곤욕을 치러야 했다. 저녁에 그레고르의 방이 달라진 것을 알아차린 여동생이 극도의 모욕감을 느끼고 득달같이 거실로 달려간 것이다. 어머니가 양손을 치켜들고 사정사정했지만 여동생은 미친 듯이 몸부림을 치며 울음을 터뜨렸다. 부모님은 처음에는 흠칫 놀라 어쩔 줄 모르며 지켜보기만 했으나 — 물론 놀란 아버지는 안락의자에서 벌떡 일어나긴 했다 — 이내 마음을 가다듬고 다시 몸을 움직이기 시작했다. 아버지는 오른편의 어머니에게는 그레고르 방의 청소를 왜 여동생에게 맡겨 두지 않았는가를 나무랐고, 반면에 왼편의 여동생에게는 앞으로는 어머니가 다시는 그레고르의 방을 청소하지 못하게 하겠다고 고함을 질렀다. 흥분해서 제정신이 아닌 아버지를 어머니가 침실로 끌고 가려고 애쓰는 동안, 여동생은 어깨를 들썩이고 흐느껴 울며 조그만 두 주먹으로 식탁을 마구 내리치는 것이었다. 그런 반면 그레고르는 얼른 문을 닫아 이런 광경과 소음을 막아 줄 생각을 하는 사람이 아무도 없다는 사실에 화가 치밀어 큰소리로 씩씩거렸다.

하지만 직장 일로 지칠 대로 지친 여동생이 예전처럼 그레고르를 보살피는 일에 싫증이 나긴 했지만, 아직은 어머니가 그녀를 대신할 필요는 전혀 없었고, 그렇다고 그레고르가 소홀히 취급받는 일도 생기지 않았다. 이제는 파출부가 왔기 때문이었다. 오랜 세월 동안 아무리 힘들고 궂은일이라도 튼튼한 뼈대 하나로 이겨 냈을 것 같은 이 늙은 과부는 그레고르에게 아무런 혐오감을 보이지 않았다. 그녀는 어떤 호기심이 있어서가 아니라 우연히 그레고르 방의 문을 한번 열었다가 그의 모습을 보게 되었다. 화들짝 놀란 그레고르는 누가 자기를 쫓아오기라도 하는 듯 이리저리 마구 내달리기 시작했다. 그 모습을 본 파출부는 놀라움을 금치 못하고 양손을 아랫배에 얹은 채 우뚝 서 있었다. 그런 후로 그녀는 아침저녁으로 늘 문을 빠끔 열고는 그레고르 쪽을 얼핏 들여다보는 일을 등한히 하지 않았다. 처음엔 〈이리 와 보렴, 우리 말똥구리!〉라든가 〈우리 말똥구리 좀 봐요!〉 등과 같이, 자기 딴에는 다정하게 말을 건네며 자기한테 오도록 그를 불러 보기도 했다. 그렇게 말을 걸어와도 그레고르는 아무런 대꾸도 하지 않고, 마치 문이 열리지도 않은 듯 제자리에 꼼짝도 않고 있었다. 이 늙은 할망구한테 자기 기분대로 쓸데없이 그를 방해하도록 놔두지 말고 그의 방이나 매일 깨끗이 청소하라고 일러 주었으면!

어느 이른 아침 — 벌써 봄이 오는 신호인 듯 빗방울이 세차게 유리창을 두드리고 있었다 — 그 파출부 할멈이 또 예의 허튼소리를 시작하자 분노가 치밀어 오른 그레고르는 마치 덤벼들기라도 할 듯이 그녀 쪽으로 몸을 돌렸다. 물론 그

동작은 빠르지 않았고 쓰러질 듯 힘이 없었다. 그러나 할멈은 겁을 내기는커녕 문 가까이에 있는 의자를 냉큼 쳐드는 것이었다. 입을 딱 벌리고 서 있는 품을 보니 손에 든 의자로 그레고르의 등을 내리치고야 입을 닫겠다는 의도가 역력했다. 그레고르가 다시 몸을 돌리자 그제야 할멈은 〈그러니까 그래서는 안 되겠지?〉라고 말하며 의자를 구석에 가만히 내려놓는 것이었다.

그레고르는 이제 거의 아무것도 먹지 않았다. 어쩌다 차려 놓은 음식 옆을 지나다가 장난삼아 한 입 깨물기도 했지만, 몇 시간 동안이나 그대로 물고 있다가 대개는 다시 뱉어 버리고 말았다. 처음에는 그의 방이 달라진 게 슬퍼서 그렇다고 생각했지만 그는 곧바로 방의 변화에 순응하게 되었다. 식구들은 마땅히 다른 곳에 둘 수 없는 물건들을 이곳에 갖다 두는 버릇이 생겼다. 그래서 이제 그런 물건들이 이곳에 자꾸 쌓이게 되었다. 집의 방 한 개를 세 명의 하숙인에게 세를 내주었기 때문이었다. 진지해 보이는 이 신사들은 — 그레고르가 언젠가 문틈으로 내다본 바에 따르면 세 명 모두 털보였다 — 지나칠 정도로 정리 정돈에 신경을 썼다. 자기들 방 말고도, 이제 이 집에 살게 된 처지였으므로 집안 구석구석, 그러므로 특히 부엌의 청결 문제에 신경을 썼다. 그래서 이들은 쓸데없는 물건들이나 더러운 잡동사니를 보면 도저히 참지를 못했다. 그것 말고도 이들 세 사람은 대체로 자신이 쓰던 살림살이를 갖고 들어온 것이었다. 그러다 보니 많은 물건들이 필요 없게 되었는데, 그것들을 팔아 버릴 수도 없고 그렇다고 어디 내다 버릴 수도 없었다. 이런 물건들이 죄다 그레고르의 방으로 옮겨졌다. 그런 것 중에는 부엌에서 쓰던 재 담는 통과 쓰레기통도 있었다. 늘 급히 서두르는 파출부 할멈은 당장 쓰지 않는 물건이면 뭐든 그냥 그레고르의 방에 던져 넣었다. 다행히도 그레고르에게는 대개 던져지는 물건과 그것을 든 손만 보일 뿐이었다. 아마 할멈은 적당한 때와 기회가 되면 물건들을 도로 가져가거나 모든 것을 한꺼번에 내다 버릴 생각이었던 모양이다. 하지만 그레고르가 그 잡동사니 사이를 이리저리 기어 다니며 헤저어 놓지 않았다면, 그것들은 아마 맨 처음 떨어진 그 자리에 그대로 있었을지도 모른다. 처음에는 기어 다닐 장소가 없어서 어쩔 수 없이 그랬지만, 나중에는 그 일이 점점 재미있어졌다. 그러나 그렇게 헤집고 돌아다니고 나면 죽도록 피곤하고 서글퍼져서 그 후 몇 시간 동안은 다시 꼼짝도 할 수 없었다.

세 명의 하숙인이 가끔 거실에서 같이 저녁을 먹는 경우도 있었기 때문에 거실로 통하는 문이 저녁에 닫혀 있는 일이 더러 있었다. 하지만 그레고르는 문이 열리기를 전혀 기대하지도 않았다. 문이 간혹 열려 있을 때도 그는 문가로 나오지 않고 식구들 모르게 방에서 가장 어두운 구석에 틀어박혀 있곤 했던 것이다. 하지만 하루는 파출부 할멈이 거실로 통하는 문을 약간 열어 둔 적이 있어서, 저녁에 하숙인이 들어와 불을 켰을 때도 문이 그대로 열려 있었다. 이들은 전에 아버지, 어머니 및 그레고르가 앉던 식탁의 윗자리에 앉아 냅킨을 펼치고 나이프와 포크를 손에 쥐었다. 곧이어 손에 스테이크 접시를 든 어머니가 문에 나타났고, 뒤이어 여동생이 감자가 수북이 담긴 접시를 들고 모습을 드러냈다. 음식에서 김이 모락모락 피어오르고 있었다. 하숙인들은 음식을 먹기 전에 심사라도 하려는 듯 그들 앞에 놓인 접시들 위로 몸을 구부렸다. 그리고 양옆의 두 사람이 우두머리로 모시는 것으로 보이는 한 사람은 실제로 아직 개인 접시에 덜지도 않은 상태에서 고기를 한 조각 썰어 보았다. 고기가 충분히 야들야들하게 익었는지 아니면 도로 부엌으로 돌려보내야 할지 확인하려는 것이 분명해 보였다. 그가 만족해하자, 마음 졸이며 지켜보고 있던 어머니와 여동생은 안도의 한숨을 쉬며 미소를 띠기 시작했다.

정작 식구들은 부엌에서 먹었다. 그렇지만 아버지는 부엌에 들어가기 전에 이 거실에 들어와서는 모자를 손에 들고 인사를 꾸벅 한 번 하고는 식탁 주위를 한 바퀴 돌았다. 하숙인들은 일제히 일어나서 수염 속으로 무언가를 중얼거렸다. 그러다가 자기들끼리만 남게 되자 이들은 거의 한마디도 하지 않고 완전한 침묵을 지키며 식사를 했다. 식사할 때 나는 온갖 다양한 소리 중에서 음식을 씹는 이빨 소리가 거듭 두드러지게 들리는 것이 그레고르에게 이상하게 생각되었다. 마치 그럼으로써 음식을 먹으려면 이빨이 필요하고, 아무리 턱이 멋지게 생겨도 이빨이 없으면 아무 소용이 없다는 것을 그레고르에게 보여 주려는 것 같았다.

「나도 뭘 먹고 싶은데.」 그레고르는 걱정스러운 듯 혼잣말로 중얼거렸다. 「그러나 저런 것들은 아니야. 저 하숙인들이 먹는 저런 걸 먹고 살아야 한다면 난 죽고 말 거야.」

바로 그날 저녁 부엌 쪽에서 바이올린 소리가 들려왔다. 그레고르는 그동안은 내내 바이올린 소리를 들은 기억이 나지 않았다. 하숙인들이 벌써 저녁 식사를 마친 뒤였다. 가운데에 앉은 사내가 신문을 꺼내 다른 두 사람에게 한 장씩 나누어 주자, 모두 의자에 기대고 몸을 뒤로 젖힌 채 신문을 읽으며 담배를 피웠다. 바이올린 연주가 시작되자 이들은 주의를 기울이더니 자리에서 일어나서는 발끝으로 살금살금 응접실 문 쪽으로 걸어가 문가에 바짝 붙은 채 서 있었다. 아버지가 이렇게 소리치는 걸로 보아 그들이 걷는 소리가 부엌에서도 들린 모양이었다.

「연주 소리가 혹시 귀에 거슬리는 건가요? 그럼 즉시 그만두도록 하겠습니다.」

「아니, 천만에요.」 가운데 사내가 말했다. 「따님이 이쪽으로 건너와 거실에서 연주할 수 없나요? 여기가 아마 훨씬 더 편안하고 아늑할 텐데요.」

「아, 그렇게 하지요.」 아버지는 마치 자신이 바이올린 연주자인 것처럼 소리쳤다. 하숙인들은 거실로 되돌아가 기다리고 있었다. 이내 아버지는 악보대를, 어머니는 악보를, 여동생은 바이올린을 들고 나타났다. 여동생은 차분히 연주를 위한 만반의 준비를 갖추었다. 부모님은 전에 방을 세내 준 적이 없어서 하숙인들에 대한 예의가 너무 지나친 나머지 자신들의 안락의자에 감히 앉지도 못했다. 아버지는 단추를 모두 채운 제복의 두 단추 사이에 오른손을 찔러 넣은 채 문가에 기대어 있었고, 어머니는 한 하숙인이 권해 준 의자에 앉기는 했지만, 그가 우연히 의자를 밀어 준 그 자리에, 한쪽 구석에 떨어져서 앉아 있었다.

여동생이 연주를 시작했다. 아버지와 어머니는 각자 자기 위치에서 딸의 손놀림을 주의 깊게 지켜보았다. 바이올린 소리에 이끌린 그레고르는 겁도 없이 과감하게 조금씩 앞으로 나아가더니 어느새 머리를 거실에 내밀고 있었다. 그는 요즘 들어 남들을 별로 배려하지 않는 자신에 대해 하등 이상하게 생각하지 않았다. 전에는 남들을 배려하는 게 그의 자랑거리였는데 말이다. 그런데 바로 지금이야말로 자신의 몸을 숨겨야 할 이유가 더 많아졌다고 할 수 있었다. 그의 방 안 곳곳에 먼지가 수북이 쌓여 있어 조금만 몸을 움직여도 그게 풀풀 날리는 바람에 그도 먼지를 잔뜩 뒤집어쓰고 있었다. 그는 실밥이며 머리카락이며 음식 찌꺼기 따위를 등과 옆구리에 붙인 채 이리저리 끌고 다녔던 것이다. 이제는 만사에 무관심해져서 전에는 하루에도 몇 번이나 하던 일이지만, 요사이는 등을 대고 누워 양탄자에 비벼 대는 일도 하지 않았다. 몸 상태가 이러한데도 그는 아무 거리낌 없이 티끌 하나 없이 깨끗한 거실 바닥 위를 얼마쯤 기어 나갔다.

물론 그가 기어 나오는 것에 신경을 쓰는 사람은 아무도 없었다. 식구는 바이올린 연주에 완전히 정신이 팔려 있었고, 반면에 하숙인들은 좀 지겨워하는 눈치였다. 이들은 처음에는 두 손을 바지 주머니에 찔러 넣은 채 여동생의 악보대 뒤에 너무 바짝 붙어 있었다. 그래서 이들이 모두 악보를 들여다볼 수 있을 정도여서 여동생에게는 확실히 방해가 되었을 것이다. 그러다가 이내 고개를 푹 숙인 채 자기들끼리 뭐라고 수군수군 대화를 주고받으며 창 쪽으로 물러나더니 거기서 아버지의 염려스러운 시선을 받으며 그대로 머물러 있었다. 아름답거나 흥겨운 연주를 들을 걸로 기대했다가 실망한 것 같은 기색과, 전체적인 연주에 싫증이 났으나 그저 예의상 잠자코 들어주는 것 같은 기색이 역력했다. 특히 세 사람 다 코와 입으로 시가 연기를 공중에 뿜어 올리는 품으로 봐서 이들이 얼마나 짜증스러워하는지 미루어 짐작할 수 있었다. 그렇지만 여동생은 너무도 아름답게 연주를 계속했다. 얼굴을 옆으로 기울인 채 음미하듯 슬픈 눈빛으로 악보를 따라갔다. 그레고르는 조금 더 앞으로 기어 나가서는 혹시 그녀와 눈길이 마주칠 수 있을까 해서 머리를 바닥에 바짝 갖다 대었다. 음악에 이토록 감동받는데도 그가 짐승이란 말인가? 그에게는 마치 자신이 열망하던 미지의 어떤 양식을 얻는 길이 열리는 것처럼 생각되었다. 그는 여동생이 있는 데까지 나아가 그녀의 치맛자락을 살짝 당기기로 마음먹었다. 그런 행동으로 여동생에게 바이올린을 가지고 자기 방으로 좀 와 달라고 암시하기 위해서였다. 여기 있는 사람들 중에는 자기만큼 그 연주의 진가를 알아주는 사람이 없었기 때문이었다. 그는 적어도 자신이 살아 있는 한은 그녀를 자기 방에서 다시는 내보내지 않으리라 마음먹었다. 자신의 섬뜩한 모습을 처음으로 요긴하게 써먹을 생각이었다. 방의 문마다 동시에 지키고 있다가 누가 침입해 들어오면 〈캬오〉 하고 덤벼들어 내쫓아 버려야지. 하지만 여동생을 강제로 붙잡아 둬서는 안 되고 자발적으로 곁에 있게 해야 돼. 그녀를 그가 앉은 소파 옆 자리에 앉히고 그의 말에 귀 기울이게 해야지. 그러고 나서 그녀를 음악 학교에 보낼 생각을 단단히 먹고 있었다고 털어놓아야지. 그러는 동안 이런 불상사만 일어나지 않았더라면 지난 성탄절 때 ─ 하지만 성탄절은 이미 지나가 버렸겠지? — 그 어떤 반대를 무릅쓰고라도 이런 계획을 모두에게 발표했을 거라고 털어놓아야지. 이런 속내를 밝히고 나면 여동생은 감동의 눈물을 터뜨리겠지. 그러면 그는 가게에 나가면서부터 목에 리본이나 옷깃을 하지 않고 다니는 그녀의 어깨에까지 몸을 일으켜 세우고는 그녀의 목에 키스를 퍼붓겠지.

「잠자 씨!」

가운데 사내가 아버지를 향해 버럭 소리를 질렀다. 그러고는 더 이상 아무 말도 하지 않고 천천히 앞으로 기어 나오고 있는 그레고르를 손가락으로 가리켰다. 그 순간 바이올린 소리도 딱 멎었다. 가운데 사내는 일단 고개를 설레설레 저으며 친구들에게 미소를 지어 보이더니 다시 그레고르 쪽을 쳐다보았다. 아버지는 그를 내쫓는 일보다 하숙인들을 진정시키는 일이 더 시급하다고 생각하는 모양이었다. 하지만 이들은 흥분하기는커녕 바이올린 연주보다 그레고르 쪽에 더 흥미를 보이는 것 같았다. 아버지는 그들 쪽으로 급히 달려가 두 팔을 벌리고 그들을 자기들 방으로 몰아넣으려고 했다. 이와 동시에 몸으로 막으며 그들이 그레고르를 보지 못하게 했다. 그러자 이제 그들은 정말 화가 좀 나게 되었다. 그것이 아버지의 태도 때문인지, 또는 그레고르 같은 존재를 옆방에 두고 있었다는 사실을 지금껏 모르고 있다가 이제야 알게 된 때문인지는 알 수 없었다. 그들은 아버지에게 이에 대해 해명할 것을 요구했으며, 자기들 쪽에서도 양팔을 치켜들고 불안한 듯 수염을 잡아당기면서 느릿느릿 자기들 방으로 물러났다. 그러는 동안 여동생은 돌연 연주가 중단된 후

넋이 나간 듯 멍하니 있다가 겨우 정신을 차렸다. 그녀는 잠시 동안 축 내려뜨린 두 손에 바이올린과 활을 들고 연주를 더 할 듯이 계속 악보를 들여다보고 있다가 느닷없이 벌떡 일어났다. 그러곤 호흡이 곤란하여 가쁘게 숨을 몰아쉬며 아직 안락의자에 앉아 있는 어머니의 무릎에 악기를 내려놓고는 하숙인들이 묵는 옆방으로 달려갔다. 그들은 아버지가 재촉하는 바람에 평소보다 이르게 자기들 방으로 다가가고 있었다. 여동생의 능숙한 손놀림으로 침대에 있던 이불과 베개가 공중으로 휙휙 날리더니 착착 정돈되는 모습이 보였다. 하숙인들이 아직 방에 도달하기도 전에 그녀는 잠자리 정돈을 마치고 방에서 미끄러지듯이 빠져나왔다. 아버지는 세입자에게 의당 베풀어야 할 존경심마저 깡그리 잊어버릴 정도로 다시 자신의 고집에 사로잡혀 있는 것 같았다. 그가 계속 다그치며 몰아붙이자 급기야 가운데 사내는 벌써 방문에서 발을 쾅쾅 굴러 대며 아버지를 멈추어 세웠다.

「이런 식으로 하면 난 선언하겠소.」 사내가 말했다. 그는 손을 치켜들고 눈으로는 어머니와 여동생도 찾아보았다.

「이 집과 가족의 상황이 이렇게 역겨우니 말입니다.」 이런 말을 하며 그는 순간적으로 결정한 듯 바닥에 침을 탁 뱉었다. 「당장 이 집에서 나가겠소. 물론 지금까지 지낸 기간에 대한 방세를 한 푼도 지불하지 않을 거요. 오히려 당신들에 대해 손해 배상 청구를 해야 할지 신중히 생각해 볼 작정이오. 청구 사유는 쉽게 찾을 수 있을 거요. 그냥 해보는 말이 아닙니다.」

그는 입을 다물고 무언가를 기다리는 듯 똑바로 앞을 바라보았다. 정말 그의 친구들도 당장 이렇게 말하며 끼어들었다.

「우리도 당장 나가겠소.」

그러자 그 사내는 문의 손잡이를 잡고는 쾅 소리가 나게 문을 닫고 방으로 들어갔다.

아버지는 두 손으로 허공을 더듬거리며 자신의 안락의자로 비틀비틀 걸어가더니 그곳에 푹 쓰러져 버렸다. 그는 보통 때처럼 몸을 쭉 펴고 저녁잠을 자는 듯이 보였지만, 머리를 계속 심하게 끄덕이는 모습으로 봐서 결코 잠을 자는 것이 아님을 알 수 있었다. 그레고르는 그때까지 계속 하숙인들에게 자신의 모습을 들켰던 그 자리에 가만히 누워 있었다. 자신의 계획이 실패한 데 대한 실망감에다 너무 많이 굶주린 탓에 몸이 탈진했는지 꼼짝도 할 수 없었다. 그는 다들 곧 자신 때문에 폭발하여 무너져 내릴 것 같다는 두려움을 확실히 느끼며 다음 순간을 조마조마하게 기다리고 있었다. 어머니의 무릎에 놓여 있던 바이올린이 그녀의 손가락이 덜덜 떨리는 바람에 무릎에서 스르르 흘러내리며 쾅당 하고 요란한 소리를 냈지만 그는 그 소리에도 눈조차 꿈쩍하지 않았다.

「아버지, 어머니!」 여동생은 이렇게 말하고 손으로 식탁을 내리치며 서곡을 열었다. 「이런 식으로는 더 이상 안 되겠어요. 두 분은 어떻게 생각하시는지 모르겠지만 전 깨달았어요. 저런 괴물을 오빠의 이름으로 부를 순 없어요. 그래서 제가 하고 싶은 말은 우리가 저것에서 벗어나야 한다는 것뿐이에요. 우리는 그동안 저것을 돌보고 참아 내기 위해 인간으로서 할 수 있는 일을 다 해봤어요. 우리를 조금이라도 비난할 수 있는 사람은 아무도 없을 거예요.」

「걔 말이 백번 옳아.」아버지는 혼잣말을 했다. 여전히 숨을 제대로 쉬지 못하던 어머니는 눈빛이 조금 이상해지더니 손으로 입을 막고 소리죽여 기침하기 시작했다.

여동생이 얼른 어머니에게 달려가 그녀의 이마를 짚어 보았다. 아버지는 여동생의 말을 듣고 생각이 보다 단호해진 것 같았다. 그는 자세를 고쳐 받듯이 앉더니 하숙인들이 저녁 식사를 하고 아직 그릇이 치워지지 않은 식탁 앞에서 자신의 수위 모자를 만지작거렸다. 그러고는 꼼짝도 하지 않는 그레고르 쪽을 이따금씩 흘깃 쳐다보았다.

「우린 이제 저것에서 벗어나야 해요.」여동생은 이제 아버지에게만 말했다. 어머니는 기침을 하느라 아무 소리도 듣지 못했기 때문이었다. 「저것 때문에 두 분이 돌아가시고 말 거예요. 그럴 게 뻔해요. 우리 모두가 이처럼 힘들게 일해야 하는 처지에 집에서마저 이처럼 끝없이 괴롭힘을 당한다는 건 도저히 참을 수 없어요. 저도 더는 참을 수 없단 말이에요.」

그러고선 어찌나 격렬하게 울음을 터뜨렸는지 여동생의 눈물이 어머니의 얼굴 위로 주르르 흘러내렸다. 그러자 어머니는 기계적으로 손을 움직이며 자신의 얼굴에서 눈물을 닦아 내렸다.

「얘야!」아버지의 목소리에는 동정심과 눈에 띌 정도로 확연한 이해심이 담겨 있었다. 「그럼 우리 어떡하면 좋겠니?」

그러나 여동생은 자신도 어찌 할 바를 모르겠다는 표시로 그저 어깨만 으쓱할 뿐이었다. 이제 눈물을 흘리는 동안 그녀는 이전의 자신만만하던 태도는 온데간데없이 그처럼 난

감한 심정이 되었던 것이다.

「만일 저 애가 우리 말을 알아듣는다면⋯⋯.」 아버지가 반쯤은 묻는 듯한 어조로 말하자, 여동생은 울다가 말고 그런 일은 아예 생각조차 할 수도 없다는 듯 손을 격렬하게 내저었다.

「만일 저 애가 우리 말을 알아듣는다면 말이다.」 아버지는 또 한 번 같은 말을 되풀이하고는, 그런 일은 말도 안 된다는 여동생의 확신을 자신도 받아들인다는 뜻으로 두 눈을 지그시 감았다. 「그렇다면 저 애와 합의를 볼 수도 있을 텐데 말이다. 그런데 저렇게⋯⋯.」

「내쫓아야 해요!」 여동생이 소리쳤다. 「그렇게 하는 수밖에 없어요, 아버지. 저게 오빠라는 생각을 버려야 해요. 우리가 오랫동안 그렇게 생각해 왔다는 게 바로 우리의 진짜 불행이에요. 하지만 저게 어떻게 오빠일 수 있겠어요? 저게 오빠라면 인간이 자기 같은 짐승과 같이 살 수 없다는 걸 알아차리고 진작 제 발로 나갔을 거예요. 그랬다면 우리 곁에 오빠는 없지만 우리는 살아가면서 계속 오빠에 대한 추억을 소중히 간직할 수 있을 텐데요. 그런데 저 짐승은 우리를 쫓아다니며 못살게 굴고 하숙인들을 쫓아내면서, 이 집을 온통 독차지하고 들어앉아 우리를 길거리에 나앉게 하려는 게 분명해요. 저것 좀 보세요, 아버지!」

여동생이 갑자기 비명을 질렀다.

「또 시작이에요!」

그러고서 여동생은 그레고르로서는 도저히 이해할 수 없는 공포에 사로잡혀 어머니마저 내버리고, 단호히 안락의자

를 밀치고 일어나서는 아버지 뒤쪽으로 황급히 달려갔다. 그
레고르 옆에 가까이 있느니 차라리 어머니를 희생시키는 편
이 낫다는 듯이 말이다. 그러자 딸의 그러한 행동만으로도
벌써 격앙되는 듯 아버지도 자리에서 벌떡 일어나더니 딸을
보호하기라도 하는 듯 그녀 앞에서 양팔을 반쯤 치켜드는
것이었다.

그러나 그레고르는 여동생은 물론이거니와 어느 누구에
게도 겁을 줄 생각이 추호도 없었다. 자기 방으로 되돌아가
려고 그저 몸을 돌리기 시작한 것뿐이었다. 물론 그 동작이
좀 유별나 보이긴 했다. 상처를 입어 고통스러운 몸을 돌리
기가 쉽지 않아 머리까지 사용해야 했기 때문에 머리를 쳐들
었다가 바닥에 부딪치는 동작을 여러 번씩이나 되풀이했던
것이다. 그는 동작을 멈추고 주위를 둘러보았다. 가족들이
그에게 악의가 없다는 것을 알아차린 모양이었다. 아까는
순간적으로 깜짝 놀랐을 뿐이었다. 이젠 모두들 말없이 슬
픈 표정으로 그를 바라보고 있었다. 어머니는 두 다리를 가
지런히 모으고 쭉 뻗은 채 안락의자에 누워 있었고, 두 눈은
피로에 지친 나머지 거의 감겨져 있었다. 아버지와 여동생은
옆에 나란히 앉아 있었고, 여동생은 한쪽 팔을 아버지의 목
에 감고 있었다.

〈이젠 몸을 좀 돌려도 되겠지.〉 그레고르는 이렇게 생각하
고 다시 몸을 돌리기 시작했다. 그는 너무 힘이 들어 숨이 가
빠 왔기 때문에 간간이 쉬지 않을 수 없었다. 아닌 게 아니라
아무도 그를 재촉하는 사람이 없어서 그는 모든 일을 자기
마음대로 결정할 수 있었다. 완전히 몸을 돌리고 나자 그는

200

곧장 똑바로 되돌아가기 시작했다. 그는 자기 방이 그렇게 멀리 떨어져 있다는 사실에 적이 놀랐다. 그리고 이렇게 쇠약한 몸으로 아까는 이토록 먼 거리인 줄도 모르고 마구 기어 나온 게 통 이해가 되지 않았다. 줄곧 빨리 기어가야 한다는 생각밖에 없었으므로, 그는 가족들이 군소리나 큰소리로 자신을 방해하지 않고 있다는 사실도 거의 깨닫지 못하고 있었다. 방문 앞에 이르러서야 비로소 그는 고개를 돌려 보았다. 뻣뻣한 느낌이 들어 고개를 완전히 돌리지는 못했다. 어쨌거나 여동생이 자리에서 일어섰다는 것 말고는 자신의 등 뒤에서 아무 일도 일어나지 않았다는 사실을 볼 수 있었다. 그는 마지막으로 그새 완전히 잠들어 버린 어머니를 흘낏 쳐다보았다.

그가 방 안에 들어서자마자 벼락같이 문이 닫히더니 빗장이 걸리며 꽁꽁 잠기고 말았다. 뒤에서 난 급작스러운 소음에 깜짝 놀라는 바람에 그레고르의 가느다란 다리들이 구부러지며 꺾이고 말았다. 그렇게 황급히 문을 닫은 사람은 여동생이었다. 감쪽같이 다가와 우뚝 서서 기다리고 있다가 발걸음도 가볍게 와락 달려든 것이었다. 그레고르는 여동생이 다가오는 소리를 전혀 듣지 못했다. 그녀는 자물쇠에 열쇠를 꽂아 돌리며 부모님께 소리쳤다.

「드디어 해냈어요!」

「그럼 이제 어떤다?」 그레고르는 스스로에게 물어보며 어두운 방안을 둘러보았다. 이내 그는 자신이 이제 더는 꼼짝도 할 수 없다는 사실을 깨닫게 되었다. 그게 의아하게 생각되기는커녕 오히려 지금까지 정말이지 이런 가느다란 다리로 돌아다닐 수 있었다는 사실이 믿기지 않을 정도였다. 게다가 그는 기분도 비교적 좋은 편이었다. 비록 온몸이 아프기는 했지만 점차 약해지다가 결국 씻은 듯이 사라질 것 같았다. 등에 박혀 썩어 버린 사과며 부드러운 먼지 같은 걸로 완전히 뒤덮인 그 주변의 염증 부위도 어느덧 거의 느낄 수 없을 정도였다. 그는 가족을 돌이켜 생각해 보며 감동과 사랑의 감정에 사로잡혔다. 그가 사라져야 한다는 생각은 여동생보다 아마 자신이 더욱 단호할 것이다. 이렇게 공허하고도 평화로운 생각에 빠져 있는 동안에 탑시계에서 새벽 세시를 치는 소리가 들려왔다. 창밖의 세상이 온통 훤하게 밝아오기 시작하는 것까지는 아직 느낄 수 있었다. 그러다가 자기도 모르게 그의 고개가 아래로 푹 고꾸라졌고, 그의 콧구멍에서는 마지막 숨이 힘없이 새어 나왔다.

어느 날 이른 아침에 파출부 할멈이 와서 — 그러지 말라고 몇 번이나 부탁했지만, 할멈이 워낙 힘이 세고 성격이 급해 문마다 쾅쾅 닫고 다니는 바람에 그녀가 나타나면 온 집안에서 더 이상 조용히 잠을 자고 있을 수 없었다 — 평소 때처럼 그레고르의 방 안을 잠시 들여다보았지만 처음에는 뭔가 특이한 점을 발견하지 못했다. 그녀는 그가 일부러 그렇게 꼼짝 않고 누워 감정이 상한 시늉을 하고 있다고 생각했다. 그녀는 그가 모든 것을 분별 있게 처리할 능력이 있다고 믿었다. 마침 손에 기다란 빗자루를 들고 있어서 그것으로 문가에서 그레고르를 간질여 보았다. 그래도 아무런 반응이 없자 슬슬 화가 난 그녀는 그의 몸을 약간 찔러 보았다. 그래도 아무런 저항도 없이 제자리에서 밀려나자 비로소 그녀는 그를 유심히 살펴보았다. 곧바로 사태의 진상을 알게된 그녀는 놀라 눈을 둥그렇게 뜨고는 저도 모르게 혼자서휘파람을 불었다. 하지만 그 자리에서 오래 지체하지 않고잠자 씨 부부의 침실 문을 홱 열어젖히고는 어둠 속을 향해큰 소리로 외쳤다.

「이리 좀 와 보세요! 그것이 뒈졌어요. 저기 누워서 완전히뒈졌어요!」

잠자 씨 부부는 침대에서 벌떡 일어나 앉고는 그녀의 말뜻을 제대로 파악하기 전에 파출부 때문에 철렁 내려앉은 가슴부터 쓸어내려야 했다. 하지만 그런 다음 잠자 씨 부부는 각자 침대의 양옆으로 후닥닥 빠져나왔다. 잠자 씨는 이불을양 어깨에 두른 채, 잠자 부인은 잠옷 바람으로 뛰쳐나와서는 그레고르의 방으로 들어갔다. 그러는 사이에 하숙인들이들어오고 나서부터 그레테가 잠을 자는 거실의 문도 열렸다.그녀는 밤새 잠을 이루지 못했는지 옷을 다 갖추어 입고 있었다. 그녀의 창백한 얼굴을 보더라도 그러한 사실을 짐작할수 있을 것 같았다.

「죽었어요?」

잠자 부인은 이렇게 말하며 미심쩍은 듯 파출부 할멈 쪽을 쳐다보았다. 물론 자신이 직접 진상을 확인해 볼 수 있었고, 또한 굳이 그러지 않더라도 척 보면 알 수 있는 일이었다.

「제 생각엔 그런 것 같은걸요.」

파출부 할멈은 이렇게 말하며 이를 증명하기 위해 그레고르의 시신을 빗자루로 한참 동안 옆으로 밀쳐 보았다. 잠자부인은 빗자루를 제지하려는 듯한 동작을 취했지만 실제로 제지하지는 않았다.

「자아」 잠자 씨가 입을 열었다. 「이제 하느님께 감사를 드려야겠다.」

그가 성호를 긋자 다른 세 여자들도 그를 따라 했다. 시신에서 눈을 떼지 않고 있던 그레테가 이렇게 말했다.

「그가 얼마나 빼빼 말랐는지 좀 보세요. 하긴 그토록 오랫동안 아무것도 통 먹질 않았으니 그럴 만도 하죠. 음식은 들여 넣은 그대로 다시 나왔거든요.」

실제로 그레고르의 몸은 납작한 모양으로 말라붙어 있었다. 실은 지금에야 비로소 사람들은 그런 사실을 알게 된 터였다. 이젠 가느다란 다리들이 더는 그의 몸을 지탱해 주지 못했고, 그 밖에는 시선을 끌 만한 것이 하나도 없었기 때문이었다.

「자, 그레테야, 잠깐 우리 방으로 건너가자.」

잠자 부인이 슬픈 표정으로 미소를 지으며 말하자, 그레테는 시신 쪽을 흘끗 되돌아보면서 부모님 뒤를 따라 침실로 들어갔다. 파출부 할멈은 문을 닫고 창문을 활짝 열어젖혔다. 이른 아침인데도 상쾌한 공기에는 이미 미지근한 기운이 약간 섞여 있었다. 바야흐로 때는 벌써 3월 말이었다.

세 명의 하숙인이 방에서 나와 어리둥절한 표정으로 그들의 아침 식사를 찾아보았다. 그들을 깜빡 잊고 있었던 것이다.

「아침 식사가 어디 있어요?」 가운데 사내가 뚱한 표정으로 파출부 할멈에게 물었다. 하지만 이 할멈은 손가락을 입에 대고는 얼른 그레고르의 방으로 와 보라고 말없이 손짓했다. 그들도 와서 다소 후줄근한 상의의 주머니에 손을 찔러 넣은 채 그레고르의 시신 주위에 둘러섰다. 방 안은 이제 어느새 완전히 밝아져 있었다.

그때 거실 문이 열리더니 제복을 입은 잠자 씨가 한쪽 팔에는 부인을, 또 다른쪽 팔에는 딸을 데리고 나타났다. 세 사람 모두 울어서 눈이 약간 부은 듯했다. 그레테는 이따금씩 아버지의 팔에 얼굴을 갖다 대기도 했다.

「당장 우리 집에서 나가 주시오!」 잠자 씨는 이렇게 말하며 두 여자를 여전히 떼어 놓지 않은 채 문 쪽을 가리켰다.

「무슨 말씀인가요?」

가운데 사내가 다소 당황해하며 이렇게 말하고는 알랑거리는 듯한 미소를 지었다. 다른 두 사내는 뒷짐을 지고 마냥 두 손을 비벼 대고 있었다. 마치 자기들한테 유리하게 끝날 것이 분명한 대판 싸움이 벌어지기를 즐거운 마음으로 기다리는 듯한 모습이었다.

「내가 말한 그대로요.」

잠자 씨는 이렇게 대답하며 두 여자를 옆에 데리고 일렬을 이루며 하숙인들을 향해 다가갔다. 이 사내는 처음에는 잠자코 서서 바닥을 내려다보고 있었다. 마치 머릿속으로 사물들을 짜 맞추어 새로운 질서를 만들려는 것 같았다.

「정 그렇다면 우리, 나가지요.」

사내는 이렇게 말하고 잠자 씨를 쳐다보는 게 어쩐지 비굴하다는 생각이 들어 이러한 결심에 대해서조차 새로 허락을 해달라고 요구하는 것 같았다. 잠자 씨는 눈을 둥그렇게 뜨고 그에게 그저 여러 번 짧게 고개를 끄덕일 뿐이었다. 그러자 사내는 정말 당장 성큼성큼 걸어 응접실로 들어가 버렸다. 그의 두 친구는 어느새 손장난을 딱 멈추고 가만히 듣고 있다가 이제 그를 따라 흡사 깡충깡충 뛰어가다시피 했다. 이는 마치 잠자 씨가 그들보다 먼저 응접실에 들어가 그들 우두머리와의 관계를 가로막지나 않을까 지레 겁을 내는 듯한 모습이었다. 응접실에 가자 이들 세 사람은 옷걸이에서 모자를 집어 들고 지팡이 보관함에서 지팡이를 꺼내 들더니 말없이 고개 숙여 인사하고는 집에서 나갔다. 곧 밝혀졌다시피 잠자 씨는 전혀 아무 근거도 없는 불신을 품고 두 여자와 함께 현관 밖으로 나갔다. 그들은 계단의 난간에 기대어 세 사내가 느릿느릿하지만 멈추지 않고 계속 기다란 계단을 내려가는 모습을 지켜보았다. 각 층마다 계단이 일정하게 휘어지는 곳에서는 이들의 모습이 사라졌다가 잠시 후에 다시 나타나 보였다. 그들이 아래로 내려갈수록 그들에 대한 잠자 씨 가족의 관심도 점차 사라져 갔다. 계단 아래에서 그들을 향해 다가오던 한 정육점 점원이 머리에 짐을 이고 거들먹거리는 태도로 그들을 지나치며 위로 올라갔다. 잠자 씨는 곧 두 여자를 데리고 난간에서 떠났고, 모두는 홀가분해진 마음으로 집으로 되돌아 들어갔다.

그들은 오늘 하루를 푹 쉬면서 산책이나 하며 보내기로 결정했다. 그들에게는 이처럼 일을 그만두고 휴식을 취할 자격이 있었을 뿐만 아니라 쉬는 게 꼭 필요했다. 그래서 이들은 식탁에 모여 앉아 세 통의 결근계를 썼다. 잠자 씨는 지배인에게, 잠자 부인은 일을 맡기는 사람에게, 그레테는 가게 주인에게 편지를 썼다. 이들이 편지를 쓰는 동안 파출부 할멈이 들어와서 아침 일이 끝났으니 이제 돌아가겠다고 말했다.

글을 쓰던 세 사람은 처음에는 쳐다보지도 않고 고개만 끄덕였지만, 그래도 할멈이 물러갈 기미를 보이지 않자 그제야 짜증스러운 듯 쳐다보았다.

「무슨 일인가요?」 잠자 씨가 물었다.

파출부 할멈은 가족에게 대단히 기쁜 소식을 전할 게 있다는 듯 빙그레 미소를 지으며 문가에 서 있었다. 하지만 철저히 캐물어야만 알려 주겠다는 듯한 태도였다. 그녀의 머리에 거의 수직으로 꽂혀 있는 타조 깃털이 온 사방으로 가볍게 흔들렸다. 안 그래도 잠자 씨에게는 그녀가 일하는 동안 내내 그 깃털 장식이 눈에 거슬리던 참이었다.

「대체 왜 그러죠?」 잠자 부인이 물어보았다. 그래도 할멈은 식구들 중에서 부인을 가장 존경하고 있었다.

「네.」 파출부 할멈은 이렇게 대답했으나, 다정스러운 웃음이 나오는 바람에 곧이어 계속 말할 수 없었다. 「그러니까 옆방의 저 물체를 치우는 문제는 걱정하실 필요가 없다고요. 벌써 처리했거든요.」

잠자 부인과 그레테는 글을 계속 쓰려는 듯 편지 쪽으로 몸을 숙였고, 잠자 씨는 파출부 할멈이 이제 자초지종을 상세히 설명하려 드는 것을 눈치 채고 손을 쭉 뻗어 그러지 못하게 단호하게 막았다. 하지만 이야기를 할 수 없게 된 할멈은 자신이 대단히 바쁘다는 사실을 생각해 내고는 분명 기분이 상한 듯 이렇게 소리쳤다.

「다들 안녕히 계슈.」

그러고는 거칠게 몸을 획 돌리고는, 놀라서 가슴이 철렁 내려앉을 정도로 세게 문들을 쾅쾅 닫으며 집에서 나갔다.

「저녁 때 오면 내보내도록 합시다.」

잠자 씨의 이런 제의에 아내도 딸도 가타부타 아무런 반응을 보이지 않았다. 가까스로 마음의 평온을 얻었는데 할멈 때문에 다시 깨져 버린 것 같아서였다. 두 여자는 일어서더니 창가로 가서는 서로 부둥켜안은 채 그곳에 그대로 있었다. 잠자 씨는 안락의자에 앉아 두 사람 쪽으로 몸을 돌리고는 그들을 잠시 조용히 지켜보다가 이렇게 소리쳤다.

「자, 이리들 오라고. 지난 일들은 다 잊어버려. 그리고 내 생각도 좀 해줘야지.」

그러자 두 여자는 즉시 그의 말을 따라, 급히 그에게 쪼르르 달려와서 그를 어루만지고는 서둘러 그들의 편지를 끝마쳤다.

그러고 나서 세 사람은 모두 함께 집을 나섰다. 다 함께 집을 나서기는 무려 몇 달 만이었다. 그들은 전차를 타고 도시의 근교로 나갔다. 그들 가족만이 오붓하게 타고 있는 전차 안을 따스한 햇살이 속속들이 비추어 주었다. 그들은 좌석에 편히 등을 기대고 앞으로의 전망에 대해 이야기를 나누었다. 잘 생각해 보니 그렇다고 전망이 아주 나쁠 것 같지도 않았다. 사실 다들 그들의 일자리에 대해 꼬치꼬치 서로 캐물은 적은 없었지만 세 사람 다 일을 하고 있는데다, 특히 전도유망했기 때문이었다. 지금 당장 상황을 개선하는 가장 좋은 방법은 물론 이사를 가는 일이었다. 이제 그들은 그레고르가 고른 이 집보다 더 작고 더 싸긴 해도 보다 위치가 좋고 더욱 실용적인 집을 얻고자 했다. 이렇게 서로 이야기꽃을 피우는 동안 잠자 씨 부부는 딸의 얼굴에 점점 생기가 도는 것을 거의 동시에 느끼게 되었다. 최근에 갖은 고생을 다 하면서 두 뺨이 창백하게 변했던 딸이 아름답고 탐스러운 처녀로 활짝 피어난 것이다. 부부는 점차 말수가 적어지면서 거의 무의식적으로 눈길로만 의사를 교환하더니, 이젠 딸에게 착실한 신랑감을 구해 줄 때가 된 것 같다고 생각했다. 소풍의 목적지에 이르러 딸이 맨 먼저 일어나 젊은 몸을 쭉 펴며 기지개를 켜자 그들에게는 그 모습이 그들의 새로운 꿈들과 멋진 계획들을 확인해 주는 것처럼 생각되었다.

유형지에서

「이건 독특한 기계 장치입니다.」 장교는 답사 연구자에게 이렇게 말하고는, 자신이 이미 익히 잘 알고 있는 기계 장치를 짐짓 경탄하는 듯한 눈초리로 훑어보았다.

답사 연구자는 항명과 상관 모욕죄로 유죄 판결을 받은 한 병사에 대한 처형을 집행하는 현장에 참석하라고 그에게 요구한 사령관의 초대에 단지 예의상 응한 것 같았다. 유형지에서도 이런 형 집행에 대해 관심이 그리 대단하지는 않았다. 적어도 여기 헐벗은 산비탈에 둘러싸인 모래투성이의 깊고 외딴 계곡에는 장교와 답사 연구자 말고는, 유죄 판결을 받은 그 병사와 사병 한 명밖에 없었다. 수염이 멋대로 자라고 얼굴이 꺼칠한 병사는 우둔하게 생기고 입이 큼지막했다. 사병은 작은 쇠사슬들이 가닥가닥 달린 묵직한 쇠사슬을 손에 들고 있었다. 죄수의 목뿐만 아니라 다리와 손목을 묶고 있는 조그만 쇠사슬은 서로를 이어 주는 쇠사슬로도 연결되어 있었다. 아닌 게 아니라 그 죄수는 마치 개처럼 아주 고분고분 말을 잘 듣게 생겼다. 그래서 주위의 산비탈을 마음대로 돌아다니게 하다가 처형을 시작할 때는 호각만 불면 냉큼 달려올 것 같은 모습을 하고 있었다.

답사 연구자는 그런 기계 장치에 대해서는 별 관심이 없었기 때문에 거의 눈에 띄게 국외자의 태도로 사형수 뒤에서 오락가락하였다. 그러는 동안 장교는 땅속 깊이 설치된 기계 장치 속으로 기어 들어가 보기도 하고, 때로는 사닥다리 위로 올라가 윗부분들을 점검해 보기도 하면서 마지막 준비들을 다 하고 있었다. 이러한 것들은 사실 기계 담당자에게 맡겨 두면 될 일이었지만, 이 기계 장치의 각별한 신봉자여서 그러는지, 또는 다른 이유들로 이 일을 그 밖의 어느 누구에게도 믿고 맡길 수 없어서였는지는 몰라도 장교는 대단히 열성적으로 이 일을 수행하고 있었다.

「자, 이제 준비가 다 끝났습니다.」 마침내 그는 이렇게 소리치면서 사닥다리에서 밑으로 내려왔다. 그는 몹시 피곤한지 입을 크게 벌리고 숨을 쉬었다. 그의 군복 옷깃 뒤에는 보드라운 여성용 손수건이 두 장 끼워져 있었다.

「열대 지방에서 입고 다니기에는 이런 군복이 너무 무겁겠어요.」 답사 연구자는 장교가 기대한 것과는 달리 기계 장치에 대해서는 묻지 않고 이렇게 말했다.

「물론이지요.」 장교는 이렇게 대답하면서 기름과 지방으로 더러워진 두 손을 미리 준비해 둔 물통에다 씻었다.

「하지만 이건 고국을 뜻하지요. 우린 고국을 잃어버리고 싶지 않거든요 — 자, 그럼 이 기계 장치를 좀 보십시오.」 그는 즉시 이렇게 덧붙이고 수건으로 두 손을 닦으면서 이와 동시에 기계 장치 쪽을 가리켰다.

「지금까지는 손으로 작업을 해야 했지만, 이제부터는 이 기계 장치가 전적으로 혼자 일을 다 처리합니다.」 답사 연구자는 고개를 끄덕이고 장교의 뒤를 따라갔다. 장교는 만에 하나 돌발 사건이라도 일어날 경우를 대비하려는 듯 이렇게 말했다.

「물론 고장이 날 수도 있습니다. 사실 오늘은 고장이 나지 않기를 바랍니다. 어쨌거나 그런 경우를 염두에 둬야 하지요. 이 장치는 열두 시간이나 쉬지 않고 돌아가야 하니까요. 하지만 고장이 난다 해도 사소한 것에 지나지 않으니 금방 고칠 수 있을 겁니다.」

「앉으시지 않겠어요?」 마침내 장교는 이렇게 묻고는 잔뜩 쌓여 있는 등나무 의자들 중의 하나를 꺼내어 답사 연구자에게 앉으라고 권했다. 답사 연구자는 이를 거절할 수 없었다. 그래서 그는 구덩이의 가장자리에 앉으면서 그 구덩이 속을 흘끗 쳐다보았다. 구덩이가 그리 깊지는 않았다. 구덩이의 한쪽에는 파헤쳐진 흙이 쌓여 둑을 이루고 있었고, 다른쪽에는 기계 장치가 설치되어 있었다.

「사령관이 이 기계 장치에 대해 당신에게 벌써 설명하셨는지 모르겠습니다.」 답사 연구자는 애매하게 손을 흔들어 보였다. 장교는 자신이 직접 그 기계 장치에 대해 설명할 수 있어서 더할 나위 없는 호기를 잡게 되었다.

「이 기계 장치는」 그는 이렇게 말하며 자신이 몸을 기대고 있는 연결봉을 잡았다. 「우리의 전임 사령관이 고안한 물건입니다. 나는 즉시 사상 초유의 이 계획에 협력하였고, 완성될 때까지 시종 작업에 참여했습니다. 물론 발명한 공로는 전적으로 그에게만 돌아가야 마땅합니다. 우리의 전임 사령관에 관한 이야기를 들어 보셨나요? 아니라고요? 그렇다면 이 유형지의 시설 전체가 그의 작품이라고 내가 말한다 해도 결코 지나친 주장은 아니겠군요. 그의 친구들인 우리는 유형지의 시설이 자체적으로 잘 완비되어 있다는 사실을 그가 죽을 때부터 벌써 알고 있었습니다. 그래서 그의 후임자가 머릿속에 수천 가지의 새로운 계획을 담고 있다고 해도 적어도 여러 해 동안 옛날 것을 고칠 수 없을 거라고 말입니다. 우리의 예상은 빗나가지 않았습니다. 신임 사령관은 이 점을 아셔야 했습니다. 당신이 전임 사령관을 모른다니 유감이군요! ― 그런데」 장교는 하던 말을 끊었다가 다시 계속했다.

「내가 쓸데없는 말을 하는 것 같습니다만, 우리 눈앞에 있는 이것이 그가 고안한 기계 장치입니다. 보시다시피 그건 세 부분으로 이루어져 있습니다. 세월이 흐르는 사이에 각 부분마다, 말하자면 항간에서 부르는 명칭이 생겨나게 되었습니다. 아랫부분은 〈침대〉로 불리고, 윗부분은 〈도안가〉로 불리며, 그리고 여기 가운데에 붕 떠 있는 부분은 〈써레〉라고 불립니다.」

「써레라고요?」 답사 연구자가 물었다.

그러나 그는 제대로 주의를 기울이지 않고 있었다. 태양이 그늘 하나 없는 골짜기에 너무 따갑게 내리쬐는 바람에 자신의 생각을 집중할 수 없었다. 묵직한 견장이 달린, 술들이 드리워진 꼭 끼는 퍼레이드용 제복 상의를 입고 자신의 일을 그토록 열성적으로 설명하는 그 장교가 그에게는 경탄스러워 보일 지경이었다. 게다가 이야기를 하면서도 그는 드라이

버를 가지고 여기저기 나사를 조이는 일에 몰두하고 있었다. 사병도 답사 연구자와 비슷한 상태에 있었던 모양이었다. 그는 양쪽 손목에 죄수를 묶은 쇠사슬을 두르고 있었고, 한 손으로는 자신의 기관총에 몸을 의지하고 있었으며, 머리를 목덜미에 축 늘어뜨린 채 아무 데도 신경을 쓰지 않고 있었다. 답사 연구자는 그런 것을 의아하게 생각하지 않았다. 장교가 말하는 불어를 사병도 죄수도 알아듣지 못하는 게 분명해 보였기 때문이었다. 그래도 죄수가 장교의 설명을 귀담아들으려고 노력하는 모습이 물론 그런 만큼 인상적이었다. 그는 쏟아지는 졸음을 견디며 끈질기게 장교가 가리키는 쪽으로 계속 시선을 돌렸다. 이제 답사 연구자의 질문으로 장교의 말이 끊어지자 죄수도 장교와 꼭 마찬가지로 그를 쳐다보았다.

「네, 써레입니다.」 장교가 말했다. 「써레라는 이름이 맞습니다. 바늘들이 써레 모양으로 배열되어 있고, 그것들 전체도 써레처럼 움직이거든요. 비록 한 곳에서만 움직이긴 해도 훨씬 더 정교합니다. 하여간 당신은 이를 곧 이해하게 될 겁니다. 죄수는 여기 침대에 눕혀질 겁니다 — 말하자면 나는 이 기계 장치를 먼저 설명한 다음에야 진행 과정을 직접 보여 줄 작정입니다. 그러면 그 과정을 보다 잘 이해하게 될 겁니다. 그런데 도안가 속의 한 톱니바퀴가 너무 심하게 닳아서 그게 움직일 때 형편없이 삐걱거리는 소리가 납니다. 그럴 때면 서로의 말소리도 거의 알아들을 수 없을 정도입니다. 유감스럽게도 이곳에선 갈아 줄 부속품을 구하기가 무척 어렵거든요 — 그러니까 이것이 아까 말한 침대입니다. 거기에는 온통 탈지면이 깔려 있는데, 그러한 목적을 당신은 곧 알게 될 겁니다. 이 탈지면 위에 죄수는 배를 대고 엎드립니다. 물론 벌거벗은 몸으로 말입니다. 이것은 꼼짝 못하게 그의 손을 묶기 위한 띠고, 이것은 발을 묶기 위한 띠며, 저것은 목을 졸라맬 띠입니다. 내가 말한 그 사내가 맨 먼저 얼굴을 얹어 놓는 여기 침대의 머리맡에는 조그마한 솜털 뭉치가 있습니다. 그건 다루기가 쉬워서 사내의 입을 곧장 틀어막을 수 있습니다. 그 솜털 뭉치는 비명을 지르거나 혀를 깨물지 못하게 하는 목적을 지니고 있습니다. 물론 사내는 솜털을 입에 물지 않을 수 없습니다. 그렇지 않으면 목에 맨 띠 때문에 목덜미가 부러지기 때문이지요.

「이게 탈지면인가요?」 답사 연구자는 이렇게 묻고는 허리를 앞으로 구부렸다.

「네, 그렇습니다.」 장교는 빙그레 웃으며 말했다.

「직접 한번 만져 보십시오.」 그는 답사 연구자의 손을 잡고 침대 위를 만져 보게 했다.

「특별한 마감 처리가 된 탈지면입니다. 그 때문에 겉으로는 하등 다르지 않아 보입니다. 그것의 용도에 대해서는 앞으로 말할 기회가 있을 겁니다.」

답사 연구자는 벌써 그 기계 장치에 약간 마음이 끌리게 되었다. 햇빛을 가리기 위해 손을 눈 위에 대고 그는 기계 장치를 쳐다보았다. 그것은 커다란 구조물이었다. 침대와 도안가는 크기가 똑같았고, 마치 두 개의 거무스레한 궤짝처럼 보였다. 도안가는 침대 위 약 2미터 되는 지점에 설치되어 있었는데, 두 구조물은 햇빛을 받아 번쩍번쩍 빛나고 있는 네 개의 놋쇠 봉으로 모서리가 서로 연결되어 있었다. 궤짝들 사이에는 써레가 강철 띠에 매달려 붕 떠 있었다.

장교는 답사 연구자가 조금 전까지만 해도 전혀 관심이 없었다는 것을 거의 눈치 채지 못했지만, 그가 이제 관심을 갖기 시작하는 것은 알아챈 모양이었다. 그래서 장교는 답사 연구자에게 아무런 방해도 받지 않고 관찰할 시간을 주기 위해 설명을 멈추었다. 죄수도 답사 연구자의 행동을 흉내 내고 있었다. 그는 눈 위에 손을 올릴 수 없어서 가리지 않은 두 눈을 가늘게 뜨고 깜박이며 위를 쳐다보았다.

「그러므로 이 남자가 여기에 엎드려 있게 되겠군요.」 답사 연구자는 이렇게 말하며 안락의자에서 몸을 뒤로 젖혀 등받이에 기대고는 두 다리를 포갰다.

「그렇습니다.」 장교는 이렇게 말하며, 모자를 약간 뒤로 밀어젖히고는 벌겋게 달아오른 얼굴을 두 손으로 문질렀다.

「그럼 내 말 좀 들어 보십시오! 침대뿐만 아니라 도안가에도 전지가 있습니다. 침대는 그 자체를 위해 전지가 필요하지만, 도안가는 써레를 위해 전지가 필요합니다. 이 남자를 꽁꽁 묶자마자 침대가 움직이게 됩니다. 그것은 동작이 작긴 하지만 빠른 속도로 요동치면서 좌우와 상하로 동시에 떨리게 됩니다. 당신은 이와 비슷한 장치를 요양 병원에서 본 적이 있을 겁니다. 다른 점이 있다면 우리의 침대에서는 모든 운동이 정확히 계산되어 이루어지고 있다는 겁니다. 말하자면 침대의 운동은 써레의 운동과 한 치의 오차도 없이 맞아야 합니다. 하지만 이 써레에 형을 집행하는 실제적인 임무가 맡겨져 있습니다.」

「대체 판결 내용이 뭔데요?」 답사 연구자가 물었다.

「그것도 모르고 계셨나요?」 장교는 놀라서 이렇게 말하고 입술을 깨물었다.

「내 설명에 혹시 두서가 없었다면 사과드립니다. 부디 용서해 주기 바랍니다. 말하자면 전에는 사령관이 설명을 하곤 했어요. 하지만 신임 사령관은 이러한 명예로운 의무를 저버렸습니다. 이렇게 귀한 분이 찾아오셨는데도 말입니다.」

답사 연구자는 이런 식으로 존경을 표하는 것을 두 손으로 내저으며 물리치려고 했지만, 장교는 이러한 표현을 고집하였다.

「이처럼 귀한 분에게 신임 사령관이 우리의 판결 형식조차 알려 주지 않았다는 것은 시정되어야 할 일입니다.」 그는 입에서 욕설이 튀어나오려고 했지만 마음을 가다듬고 그냥 이렇게 말할 뿐이었다.

「난 그에 관해 아무런 지시 사항도 받지 않았으니, 내 탓은 아닙니다. 그게 어찌 되었건, 우리의 판결 방식에 대해 설명해 줄 최적임자는 물론 나입니다. 내가 이곳의 담당자이기 때문이지요.」

그는 가슴 부분에 달린 안주머니를 치면서 말했다.

「나는 전임 사령관이 손으로 그린 문제의 도면들을 갖고 있거든요.」

「사령관이 손수 손으로 그린 도면이라고요?」 답사 연구자가 물어보았다.

「대체 그는 온갖 능력을 한 몸에 갖추고 있었다는 말인가요? 그는 군인이자 재판관이고, 건축가이자 화학자이며 도안가라는 말입니까?」

「물론이고말고요.」 장교는 한 곳을 멍하니 바라보며 골똘히 생각에 잠긴 채 고개를 끄덕이며 말했다.

그러고 나서 그는 자신의 두 손을 유심히 살펴보았다. 그에게는 자신의 손들이 도면을 만지기에는 충분히 깨끗하지 못하다고 생각되었다. 그래서 그는 물통이 있는 곳으로 가더니 또 한 번 손을 씻었다.

그런 다음 그는 조그만 가죽 가방을 꺼내더니 이렇게 말하는 것이었다.

「우리의 판결이 엄하다고 생각되지는 않습니다. 죄수의 몸에 그가 범한 계율이 써레로 글씨가 새겨지는 겁니다. 예를 들어 이 죄수에게는……」

장교는 사내를 가리켰다.

「이자의 몸에는 〈상관을 공경하라〉는 글씨가 새겨질 겁니다.」

답사 연구자는 그 사내를 흘끗 쳐다보았다. 장교가 자기를 가리키자 죄수는 머리를 숙인 채 무언가를 알아들으려고 귀를 쫑긋 기울이는 것 같았다. 하지만 꼭 다물어 불룩하게 튀어나온 입술의 움직임으로 볼 때 그가 아무것도 알아듣지 못하는 게 분명했다. 답사 연구자는 여러 가지를 물어볼 생각이었지만 그 남자의 모습을 보고는 그냥 이렇게 물었다.

「그는 자신의 판결 내용을 알고 있습니까?」

「아닙니다.」 장교는 이렇게 말하고 자신이 하던 설명을 계속하려고 했지만 답사 연구자가 그의 말을 가로막았다.

「자신의 판결 내용을 알지 못한다고요?」

「그렇습니다.」 장교는 같은 대답을 되풀이하고는 답사 연

구자가 그런 질문을 한 좀 더 자세한 이유를 듣고 싶다는 듯
잠시 입을 다물고 있다가 이렇게 말했다.

「알려 줘 봐야 아무 소용이 없을 겁니다. 직접 자신의 몸으
로 체험할 테니까요.」

답사 연구자는 이제 입을 다물어야겠다고 생각하고 있는
데, 그때 죄수가 자신에게 눈길을 향하고 있다는 느낌이 들
었다. 죄수는 지금까지 장교가 한 말에 그가 동의할 수 있는
지 묻고 있는 것 같았다. 그 때문에 그는 이미 뒤로 젖히고 있
던 몸을 다시 앞으로 구부리고는 이렇게 또 물었다.

「하지만 어쨌거나 그가 유죄 판결을 받았다는 사실은 알
고 있나요?」

「그것도 모릅니다.」 장교는 이렇게 말하고 답사 연구자를
바라보며 미소 지었다. 이는 답사 연구자가 그에게 몇 가지
색다른 속마음을 털어놓기를 기대하는 듯한 모습이었다.

「모른다고요.」 답사 연구자는 이렇게 말하고는 자신의 이
마를 쓰다듬었다.

「그렇다면 저 남자는 자신의 변론이 받아들여졌는지 지금
도 모르고 있다는 말입니까?」

「그에게는 자신을 변호할 기회가 없었습니다.」

장교는 이렇게 말하고, 자신에게 자명한 이야기를 하면 답
사 연구자가 계면쩍어할까 봐 혼잣말을 하는 듯 눈길을
돌려 버렸다.

「하지만 자신을 변호할 기회는 주었어야 하지 않나요.」 답
사 연구자는 이렇게 말하며 안락의자에서 일어났다.

장교는 기계 장치를 설명하는 데 오랜 시간이 걸릴지도 모

르겠다는 사실을 깨닫게 되었다. 그래서 그는 답사 연구자에게 다가가서 매달리듯 그의 팔을 붙잡고는 손으로 죄수를 가리켰다. 죄수는 이제 자신에게 주의가 쏠리는 것을 분명히 의식하고 몸을 곧추 일으켜 세웠다. 그리하여 사병도 죄수의 쇠사슬을 바짝 끌어당겨야 했다. 그러고 나서 장교가 말했다.

「사실은 다음과 같습니다. 난 여기 유형지에서 판사로 임명되었습니다. 젊지만 말입니다. 형사 사건이 일어날 때마다 전임 사령관을 옆에서 도와주었고, 기계 장치도 가장 잘 알기 때문이지요. 내가 판결을 내리는 원칙은 이렇습니다. 죄는 언제나 의심의 여지가 없습니다. 다른 법정에서는 여럿이 판결에 참가하고 또한 항소심이 있기 때문에 이런 원칙을 따를 수 없습니다. 이곳은 사정이 다르거나, 또는 적어도 전임 사령관이 있을 때는 그랬습니다. 물론 신임 사령관은 벌써 나의 재판에 개입할 의향을 보였습니다. 그러나 지금까지는 용케 그를 물리치는 데 성공해 왔으며, 앞으로도 계속 성공할 겁니다. 당신은 이번 사건을 설명해 주기를 바라고 있는데, 이번 경우는 다른 모든 경우와 마찬가지로 아주 간단합니다. 오늘 아침 어떤 중대장에게서 고발이 들어왔습니다. 자신의 당번병으로 배속되어 그의 문 앞에서 잠을 자는 이 사병이 늦잠을 자 근무를 태만히 했다는 겁니다. 말하자면 매 시간마다 일어나 중대장의 방문 앞에서 경례를 붙이는 것이 이자의 의무라는 겁니다. 그건 그리 힘든 의무가 아니고 꼭 필요한 의무이지요. 보초를 서고 당번병의 임무를 다하기 위해서는 늘 활기찬 상태로 있어야 하니까요. 중대장은 어젯밤 당번병이 자신의 의무를 다하는지 지켜보고자 했습니다.

정각 두 시에 문을 열고 보니 저자가 등을 구부리고 자고 있더랍니다. 중대장은 승마용 채찍을 들고 나와 저자의 얼굴을 후려갈겼습니다. 그런데 일어나서 잘못했다고 용서를 빌기는커녕 저 남자는 상관의 다리를 붙잡고 흔들면서 이렇게 소리쳤답니다. 〈채찍을 버리시오. 그렇지 않으면 물어뜯어 버리겠어요.〉 이상이 사건의 진상입니다. 중대장은 한 시간 전에 나를 찾아왔습니다. 난 그의 진술을 받아 적고 이어서 즉결 판결을 내렸습니다. 그러고 나서 나는 저 사내를 쇠사슬로 묶도록 지시했습니다. 이 모든 일은 아주 간단했습니다. 내가 먼저 저자를 불러내어 자초지종을 물어보았다면 일이 더 혼란스럽게 되었을 것입니다. 그는 거짓말을 할 것이고, 그게 거짓임을 내가 밝혀낸다면 그는 새로운 거짓말을 계속 꾸며 낼 겁니다. 하지만 이제 저자를 붙잡고 있으니 다시는 놓아주지 않을 겁니다 — 이제 모든 설명이 되었나요? 하지만 시간이 자꾸 흘러가니 집행을 이미 시작했어야 하는데, 난 아직 기계 장치에 대한 설명을 마치지 못했습니다.」

장교는 답사 연구자를 안락의자에 억지로 앉히고는 다시 기계 장치 쪽으로 가서 이야기를 시작했다.

「보시다시피 써레는 인간의 체형에 맞도록 만들어져 있습니다. 이것이 상체를 위한 써레이고, 저것이 다리를 위한 써레입니다. 머리를 위해서는 이 조그만 조각용 칼만을 사용하도록 정해져 있습니다. 잘 아시겠어요?」

장교는 답사 연구자 쪽으로 친절하게 몸을 굽히고는 전반적인 설명을 시작할 자세를 취했다.

답사 연구자는 이마에 주름살을 지으며 써레를 들여다보

았다. 재판 방식에 대한 보고를 듣고 그는 마음이 편치 못했다. 어쨌거나 이곳은 유형지이므로, 여기서는 특별한 조처가 필요하며, 극단적인 경우에는 군대식으로 처리할 수밖에 없다는 사실을 그는 스스로에게 말하지 않을 수 없었다. 게다가 한편으로 그는 신임 사령관에게 약간의 희망을 걸어 보았다. 물론 점진적이긴 하나 신임 사령관은 이 장교의 옹색한 머리로는 도저히 생각할 수 없는 새로운 절차를 도입하려고 할 것이 분명하기 때문이었다. 이런 생각을 하던 끝에 답사 연구자는 이렇게 질문했다.

「사령관도 집행 현장에 참석할 겁니까?」

「그건 확실하지 않습니다.」 장교가 말했다.

느닷없는 질문에 곤혹스러운지 친절하던 그의 표정이 일그러졌다.

「우리가 서둘러야 하는 이유가 바로 그 때문입니다. 그래서 무척 유감스러운 일이지만 심지어 나의 설명을 간단히 마쳐야 할 것 같습니다. 하지만 기계 장치가 다시 깨끗해진다면 — 한번 사용할 때마다 무척 더러워진다는 게 이것의 유일한 결점이지요 — 내일 덧붙여서 좀 더 자세한 설명을 할 수 있을 겁니다. 그럼 지금은 꼭 필요한 사항만을 이야기하겠습니다. 저 사내가 침대 위에 누우면 이것이 덜덜 떨리기 시작해서 써레가 몸 쪽으로 내려옵니다. 써레의 뾰족한 끝이 몸에 아슬아슬하게 닿게끔 써레는 저절로 조절이 됩니다. 조절이 끝나면 즉각 이 철사가 팽팽하게 당겨져 막대기처럼 됩니다. 그러면 이제 써레의 운동이 시작되는 겁니다. 내막을 잘 모르는 사람은 겉으로 보아서는 처벌들의 차이를 제대로 눈치 채지 못할 겁니다. 써레의 움직임이 한결같으니까요. 써레는 덜덜 떨면서 역시 침대로 인해 덜덜 떨고 있는 몸에 뾰족한 끝을 찔러 넣습니다. 형의 집행 과정을 누구나 살펴볼 수 있도록 써레는 유리로 만들어졌습니다. 바늘을 유리에 박는 데는 여러 가지 기술상의 어려움이 있었지만, 여러 번 시도한 끝에 성공했습니다. 사실 우리는 어떠한 수고도 마다하지 않았지요. 그래서 이제 몸에 글귀가 새겨지는 과정을 누구나 유리를 통해 바라볼 수 있답니다. 좀 더 가까이 다가와서 바늘들을 살펴보지 않겠습니까?」

답사 연구자는 천천히 몸을 일으켜 그쪽으로 가서는 허리를 굽히고 써레를 살펴보았다.

「자, 보세요.」 장교가 말했다. 「두 종류의 바늘이 다양한 모습으로 배열되어 있습니다. 긴 바늘 옆에는 반드시 짧은 바늘이 있습니다. 말하자면 긴 바늘은 글을 새기고, 짧은 바늘은 물을 뿌리며 피를 씻어서 글자가 항상 선명하게 드러나게 합니다. 그러면 핏물은 여기 작은 홈통으로 들어가서, 마침내는 이 커다란 홈통으로 흘러들게 됩니다. 그 홈통의 배수관은 구덩이로 통하게 되어 있지요.」

장교는 핏물이 흘러가는 길을 손가락으로 일일이 가리켰다. 하지만 그가 이를 되도록 구체적으로 보여 주기 위해 배수관의 입구에 두 손을 갖다 대고 실제로 핏물을 받는 시늉을 하자, 답사 연구자는 머리를 들고 손으로 뒤쪽을 더듬으며 그의 안락의자로 되돌아가려고 했다. 이때 그는 놀랍게도 죄수도 자신과 마찬가지로 써레의 시설을 가까이에서 보라는 장교의 말을 따르고 있는 것을 알았다. 그 바람에 잠이 덜

깬 사병은 쇠사슬에 이끌려 조금 앞으로 나와 있었고, 죄수도 유리 위에 허리를 구부리고 있었다. 그는 어리둥절한 시선으로 두 사람이 방금 바라보고 있던 것을 찾아보았지만, 설명을 알아듣지 못한 이상 그게 제대로 될 리가 없었다. 그는 허리를 구부리고 이쪽저쪽을 살펴보았다. 그는 몇 번이고 시선으로 유리를 훑어보았다. 그러다가 다시 처벌받을 것 같아 답사 연구자는 그를 되쫓아 보내려고 했다. 하지만 장교는 한 손으로 답사 연구자를 꽉 붙잡은 채 다른 손으로는 둑에서 흙덩이를 집어 들고는 그것을 사병을 향해 던졌다. 눈을 번쩍 뜬 사병은 죄수가 과감히 시도한 행동을 알아차리고 총을 내려놓은 후 발뒤꿈치를 땅에 대고 몸을 버티고는 죄수를 뒤로 잡아당겼다. 그러자 죄수는 곧장 땅에 쓰러졌다. 사병이 내려다보니 죄수는 몸을 뒤틀며 쇠사슬을 쩔그럭거리고 있었다.

「일으켜 세워!」 장교가 소리쳤다. 답사 연구자가 죄수 때문에 너무 그쪽으로 관심이 쏠려 있는 걸 알아챘기 때문이었다. 답사 연구자는 써레 같은 것은 안중에도 없이, 써레 위에 허리를 굽힌 채 죄수 쪽으로 눈길을 보내며, 그에게 무슨 일이 일어날지에 대해서만 신경을 곤두세우고 있었다.

「조심스럽게 다루어라!」 장교는 다시 소리쳤다.

장교는 기계 장치를 돌아 달려가서는 직접 죄수의 겨드랑이 밑에 손을 넣고 사병의 도움을 받아, 두 발로 제대로 서지 못하고 자꾸만 미끄러지는 그를 일으켜 세웠다.

「이젠 웬만큼 다 알겠습니다.」 장교가 다시 자기한테 돌아오자 답사 연구자가 말했다.

「가장 중요한 것은 제외하고 말입니다.」 장교는 이렇게 말하며 답사 연구자의 팔을 붙잡더니 머리 위쪽을 가리켰다.

「저기 도안가 속에는 써레의 운동을 정해 주는 톱니바퀴 장치가 있습니다. 판결 내용을 나타내는 스케치에 따라 이 톱니바퀴 장치에 지시가 내려집니다. 나는 아직 전임 사령관의 스케치를 사용하고 있습니다. 바로 이것들입니다.」

그는 가죽 가방에서 몇 장의 종이를 끄집어냈다.

「유감스럽게도 이것들을 당신의 손에 직접 올려서 보여 줄 수는 없습니다. 이건 내가 가지고 있는 물건 중에서 가장 귀한 것이거든요. 좀 앉으십시오. 이 정도로 좀 떨어져서 보여 드리겠습니다. 그러면 모든 것을 잘 볼 수 있을 테니까요.」

그는 첫 번째 종이를 보여 주었다. 답사 연구자는 기꺼이 뭐라고 칭찬의 말을 하고 싶었지만, 보이는 것이라곤 다양하게 서로 교차하는 미로 같은 선들밖에 없었다. 그러한 선들이 지면을 촘촘하게 메우고 있어 하얀 공백은 거의 눈에 띄지 않을 정도였다.

「읽어 보십시오!」 장교가 말했다.

「못 읽겠는데요.」 답사 연구자가 말했다.

「알아보기가 쉽습니다만.」 장교가 말했다.

「너무나 정교한데요.」 답사 연구자가 얼버무리듯 말했다. 「도저히 판독하지 못하겠는데요.」

「그렇습니다.」 장교는 이렇게 말하고 웃으며 그 서류 가방을 다시 집어넣었다. 「그건 학생들이 배우는 정서(正書)가 아닙니다. 해독하려면 시간이 오래 걸립니다. 분명 당신이라면 결국 그것을 읽어 낼지도 모릅니다. 물론 그것이 단순한 필체여서는 안 됩니다. 그 필체는 사람을 당장 죽여서는 안 되고 평균 열두 시간이 지나서야 죽이도록 고안되어 있습니다. 여섯 시간이 지나야 전환점이 되도록 계산되어 있거든요. 그러므로 수많은 장식 무늬가 실제의 필체 주위를 에워싸야 합니다. 진짜 문자는 단지 가느다란 띠 모양으로 몸을 에워싸게 되어 있습니다. 몸의 다른 부분은 장식 무늬로 뒤덮이게 되어 있습니다. 이제 써레와 기계 장치 전체가 하는 일을 제대로 평가할 수 있겠습니까? — 자, 좀 보십시오!」

그는 사다리로 뛰어 올라가더니 톱니바퀴 하나를 돌리면서 아래로 소리쳤다.

「조심하세요. 옆으로 비키세요!」

그러자 모든 게 움직이기 시작했다. 톱니바퀴에서 삐걱거리는 소리가 나지 않았다면 정말 근사했을지도 모른다. 장교는 이 톱니바퀴에서 나는 성가신 소리가 의외라는 듯 주먹으로 위협하는 시늉을 했다. 그런 다음 용서를 구한다는 듯이 답사 연구자 쪽을 향해 양팔을 쫙 벌리고, 황급히 사다리를 내려와서는 기계 장치가 돌아가는 모양을 밑에서 지켜보았다. 아직 무언가가 정상이 아니었는데, 이런 사실을 그만 알아차렸다. 그는 다시 사다리를 기어 올라가서는 도안가의 내부에 두 손을 집어넣었다. 그런 다음에는 보다 빨리 내려오기 위해 사다리를 이용하지 않고 놋쇠 봉을 타고 미끄러져 내려와서는 이번에는 몹시 긴장되는 목소리로 답사 연구자의 귀에 대고 소리를 질렀다. 시끄러운 가운데 자신이 하는 말을 그가 제대로 알아듣도록 하기 위해서였다.

「진행 과정이 이해가 됩니까? 써레가 글자를 새기기 시작합니다. 써레가 죄수의 등에 첫 번째 글자를 다 새기고 나면, 탈지면이 돌기 시작하여 몸을 천천히 옆으로 눕히며 써레에 새로운 공간을 마련해줍니다. 그러는 사이에 글자가 새겨진 상처 부위가 탈지면에 닿게 됩니다. 탈지면에 특수 처리가 된 탓에 즉시 출혈이 멎게 되고, 다시 글자를 새겨 넣기 위한 준비가 갖추어집니다. 써레 가장자리에 있는 이쪽의 톱니들은 몸을 다시 원상으로 돌릴 때 상처에 붙은 탈지면을 떼어내 구덩이에 내던집니다. 그리고 써레가 다시 작업을 시작합니다. 이렇게 하여 써레는 열두 시간 동안 점점 더 깊이 새깁니다. 처음 여섯 시간 동안은 죄수는 거의 이전처럼 살아 있으며, 고통만 겪을 뿐입니다. 두 시간이 지나면 입에 문 솜털을 제거합니다. 죄수에게 더는 비명을 지를 기력조차 없기 때문이지요. 여기 머리맡의 전기로 데워진 사발에는 따뜻한 쌀죽이 놓입니다. 마음이 내키면 혀로 핥아먹을 수 있도록 말입니다. 이런 기회를 놓치는 죄수는 아무도 없습니다. 나는 경험이 풍부한데도 그런 죄수를 본 적이 없습니다. 여섯 시간이 지나서야 식욕을 잃어버리지요. 그러면 나는 보통 여기에 무릎을 꿇고 앉아서 이런 현상을 관찰합니다. 죄수는 입에 든 음식물을 대개는 삼키지 못하고, 입 속에서 그냥 굴리기만 하다가 결국 구덩이 뱉어 버립니다. 그럴 때면 나는 음식물이 얼굴에 튀지 않도록 얼굴을 숙이고 있어야 합니다. 하지만 그러다가 여섯 시간이 지나고 나면 죄수가 얼마나 얌전해지는지 모릅니다! 제 아무리 우둔한 자에게도 사려분별이 생기게 되지요. 눈가에서부터 그런 현상이 생깁니다. 이곳에서부터 그런 현상이 온몸으로 퍼져 갑니다. 이런 광경을 보면 누구든 써레 밑에 한번 눕고 싶다는 유혹을 느낄지도 모릅니다. 그 다음부터는 별다른 일이 일어나지 않고, 죄수는 그저 글자를 판독하기 시작할 뿐입니다. 죄수는 글자를 알아내려는 듯 입을 뾰족하게 내밉니다. 당신도 아시다시피 눈으로 글자를 판독하기란 쉬운 일이 아닙니다. 하지만 우리의 죄수는 그것을 상처로 판독하는 겁니다. 물론 그것은 대단히 어려운 일이지요. 완전히 작업을 마치는 데 그는 여섯 시간이 걸립니다. 하지만 그러고 나서 써레가 죄수의 몸을 푹 찔러서는 구덩이 속에 던져 버립니다. 죄수는 핏물이며 탈지면이 그득한 곳에 철썩 하고 떨어집니다. 이것으로 재판이 끝나게 됩니다. 그리고 우리, 나와 사병은 땅을 파고 시신을 묻어 줍니다.」

장교의 말에 귀를 기울이고 있던 답사 연구자는 두 손을 상의 주머니에 넣은 채 기계 장치가 작동하는 것을 지켜보았다. 죄수도 기계 장치를 지켜보고 있었지만, 아무것도 이해하지 못하는 눈치였다. 그는 몸을 약간 구부리고 전후좌우로 움직이는 바늘들을 유심히 지켜보고 있었다. 그때 장교가 신호를 보내자 사병이 죄수의 뒤에서 그의 셔츠와 바지를 칼로 긋는 바람에 그의 몸에서 셔츠와 바지가 주르르 흘러내렸다. 그는 알몸을 가리기 위해 흘러내리는 옷을 붙잡으려고 했지만, 사병은 그를 들어 올리고는 그의 마지막 누더기 옷자락마저 남김없이 벗겨 버렸다. 그러자 장교는 기계 장치를 멈추게 했다. 그리고 이제 정적이 감도는 가운데 죄수는 써레 밑에 눕혀졌다. 그의 몸에서 쇠사슬을 풀고 그 대신에 가죽 띠로 붙잡아 맸다. 그러자 죄수는 처음에 자신의 형량이 좀 가벼워진 게 아닌가 하고 생각하는 모양이었다. 그리고 이제 써레가 좀 더 아래로 내려졌다. 그의 몸이 빼빼 말라서였다. 바늘의 뾰족한 끝이 그의 몸에 닿자 그의 피부에 소름이 돋았다. 사병이 그의 오른손을 붙들어 매는 동안 죄수는 어떤 방향인지 알지도 못하고 왼손을 쫙 뻗었다. 하지만 그 쪽은 장교가 서 있는 방향이었다. 이제 대강 피상적이나마 설명을 마친 처형 장면이 그에게 어떤 인상을 줄 것인지를 그의 얼굴 표정에서 읽어 내려는 듯 장교는 쉬지 않고 답사 연구자를 옆에서 지켜보았다.

아마 사병이 너무 세게 잡아당긴 모양인지 손목을 졸라맨 가죽 띠가 끊어져 버렸다. 장교는 도우러 나서야 했고, 사병은 그에게 끊어진 가죽 띠 조각을 보여 주었다. 장교는 그가 있는 곳으로 다가가서도 얼굴은 답사 연구자 쪽으로 돌린 채 이렇게 말했다.

「이 기계는 매우 복잡하게 되어 있습니다. 그러다 보니 어쩔 수 없이 가끔씩 어디가 끊어지거나 부서지기도 합니다. 하지만 그렇다고 해서 전체적인 판단에 혼란을 주어서는 안 됩니다. 아닌 게 아니라 가죽 띠 정도는 당장 대체가 되거든요. 쇠사슬을 쓰면 되니까요. 물론 그로 인해 오른팔에 미치는 진동의 섬세함은 손상을 받겠지요.」

장교는 쇠사슬을 팔에 감으면서 또 이렇게 말했다.

「기계를 유지하기 위한 자금도 이젠 크게 줄어들었습니다. 전임 사령관이 재직할 때는 이러한 목적만을 위해서도 내가 마음대로 돈을 쓸 수 있었습니다. 여기에 온갖 보충 물품을 보관하는 창고가 있었습니다. 솔직하게 고백하자면 내가 그걸 낭비했는지도 모릅니다. 물론 옛날이야기이지, 지금은 그렇지 않습니다. 신임 사령관의 주장에 의하면, 그에게는 모든 것이 옛 제도를 타파하기 위한 구실로 쓰일 뿐입니다. 현재 기계에 들어가는 돈은 사령관이 직접 관리를 하고 있습니다. 그리고 새로운 가죽 띠를 보내 달라고 사람을 보내면 끊어진 것을 증거물로 제출하라고 요구합니다. 새로운 물품은 열흘이 지나야 겨우 도착하지만, 그것도 품질이 나빠 별로 쓸모가 없습니다. 그동안 기계를 어떻게 돌리라는 말인지, 그것에 대해서는 아무도 신경 쓰지 않습니다.」

답사 연구자는 골똘히 생각에 잠겼다. 남의 나라 일에 시시콜콜 주제넘게 간섭하는 것은 언제나 생각해 볼 문제다. 그는 이 유형지에 사는 사람도 아니고, 유형지가 속하는 나라의 국민도 아니었다. 그가 이런 처형에 반대하거나 이를 저지하려고 한다면 〈넌 외국인이니까, 입 닥치고 있어라〉라는 말을 들을 것이다. 이에 대해 그는 뭐라고 입도 뻥긋할 수 없을 거고, 자신으로서는 이 사건 자체가 이해가 되지 않는다고 덧붙일 수 있을 뿐이다. 그가 답사 여행을 하는 목적은 단지 견문을 쌓으려는 것이지, 가령 남의 나라의 사법 제도를 바꾸게 하려는 것은 결코 아니기 때문이다. 그렇지만 물론 이곳의 상황이 이러하니 그런 유혹을 크게 받을 만했다. 재판 방식이 공정하지 못하고 사형 집행이 비인간적이라는 점은 의심의 여지가 없었다. 이런 의견이 답사 연구자가 개인적으로 이득을 취하기 위한 것이라고는 볼 수 없는 일이었다. 그가 죄수를 아는 것도 아니고, 죄수가 그와 같은 나라 사람도 아니며, 그 죄수가 동정해 달라고 요구해 온 것은 더욱 아니기 때문이다. 답사 연구자 자신은 고위 관청들의 추천장을 가지고 왔기 때문에 이곳에서 대단히 융숭한 대접을 받았다. 그런데 그가 이러한 처형 현장에 초청을 받았다는 사실은 이러한 재판에 대한 그의 판단이 어떠한지 알고 싶다는 의미가 있는 것 같았다. 그가 여기서 아주 분명하게 들었듯이, 신임 사령관이 이러한 재판 방식을 신봉하는 사람이 아니고, 장교에 대해 거의 적대적인 태도를 취하고 있다는 사실로 볼 때 더욱 그럴 가능성이 높아 보였다.

그때 답사 연구자는 장교가 화가 나서 고함을 지르는 소리를 들었다. 장교가 힘들여 간신히 죄수의 입에 솜털 뭉치를 밀어 넣는 순간, 죄수가 도저히 구역질을 참지 못하고 두 눈을 감고는 토해 버렸기 때문이었다. 장교는 황급히 솜털 뭉치를 빼내고 그를 일으켜 세우면서 머리를 구덩이 쪽으로 돌리려고 했다. 하지만 이미 너무 늦어 버렸다. 지저분한 오물이 벌써 기계를 따라 흘러내리고 있었던 것이다.

「이게 다 사령관 탓이야!」 장교는 이렇게 소리치며 앞에 있는 놋쇠 봉을 정신없이 흔들어 댔다. 「기계를 돼지우리처럼 더럽히다니.」

장교는 두 손을 부들부들 떨면서 답사 연구자에게 눈앞에 벌어진 사태를 보라고 가리켰다.

「처형 전날에는 먹을 것을 아무것도 주지 말라고 사령관에게 몇 시간 동안이나 알아듣게 설명했는데도 이 모양입니다. 새롭게 생긴 이런 부드러운 방침에 나는 견해를 달리 합니다. 사령관 댁의 여자들은 죄수가 이곳으로 끌려오기 전에 그의 목구멍에 단 것을 꾸역꾸역 먹여 댔습니다. 평생 동안

악취 나는 생선이나 먹고 살아온 자에게 이제 와서 단 것을 먹여서야 되겠습니까! 하지만 뭐 그럴 수도 있는 일이지요. 그에 대해서는 아무런 이의도 없습니다! 하지만 새로운 솜털을 지급해 주지 않는 것은 무슨 까닭입니까? 세 달 전부터 간청하고 있는데도 말입니다! 백 명도 넘는 뭇 사내들이 죽으면서 빨고 깨물고 하던 솜털을 입에 넣고 구역질이 나지 않을 사람이 누가 있겠어요?」

　머리를 밑으로 숙이고 있는 죄수는 평온해 보였고, 사병은 죄수의 셔츠로 기계를 열심히 닦고 있었다. 장교는 답사 연구자 쪽으로 다가갔다. 답사 연구자는 어쩐지 불길한 예감이 들어 한 발짝 뒤로 물러섰으나, 장교는 그의 손을 잡고 옆으로 이끌고 갔다.

　「당신을 믿고 몇 가지 상의할 얘기가 있는데 괜찮으시겠습니까?」 그가 물었다.

　「물론이지요.」 답사 연구자는 이렇게 말하고 두 눈을 아래로 내리깔고는 그의 말에 귀를 기울였다.

　「당신이 이제 보시고 경탄할 기회를 갖게 된 이러한 재판 방식과 이러한 사형 집행에 대해 드러내 놓고 지지할 사람이 현재 우리 유형지에 더 이상 없습니다. 난 그것을 지지하는 유일한 대변자인 동시에 전임 사령관의 유산을 물려받은 유일한 대변자입니다. 그러니 이러한 절차를 계속 확충해 나간다는 것은 생각할 수도 없는 일입니다. 그저 현재의 상황을 그대로 유지하기 위해 온 힘을 기울일 뿐입니다. 전임 사령관이 살아 있을 때는 유형지에 그를 지지하는 사람들로 넘쳐났습니다. 나에게도 전임 사령관이 지녔던 설득력은 조금 있지만, 그가 가졌던 권력은 전혀 없습니다. 그 때문에 지지자들이 비겁하게 다 숨어 버렸습니다. 아직은 지지자들이 적잖게 있지만 그런 사실을 공공연하게 드러내는 사람은 아무도 없습니다. 당신이 오늘, 그러니까 사형 집행을 하는 날에 카페에 가서 여러 사람들이 하는 이야기를 들어 보면 어쩌면 애매한 말밖에는 듣지 못할지도 모릅니다. 그래도 그들은 다들 지지자들입니다. 하지만 그들은 현재의 사령관 밑에서는, 그가 현재와 같은 견해를 지니는 한에는 나에게 전혀 쓸모가 없습니다. 그러니 이제 당신에게 묻겠습니다. 이 사령관과 그에게 영향을 미치는 그의 여자들 때문에 필생의 역작이」 ― 그는 기계를 가리켰다 ―「사라져야 되겠습니까? 그렇게 되도록 내버려 둬도 되겠습니까? 며칠 예정으로 우리 섬에 찾아온 외지인이라 하더라도 말입니다. 하지만 머뭇거릴 시간이 얼마 없습니다. 나의 재판권에 반대하는 모종의 일이 꾸며지고 있거든요. 벌써 사령부에서는 나만 빼놓고 여러 차례 회의가 열렸습니다. 당신이 오늘 이렇게 찾아온 것만 해도 내가 볼 때 돌아가는 전체 상황에 각별한 의미가 있는 것으로 생각됩니다. 그들은 비겁하게도 외국인인 당신을 앞세운 겁니다. 예전에는 사형 집행 때 이와 판이하게 달랐습니다! 처형 전날에 벌써 온 골짜기가 사람들로 인산인해를 이루었지요. 다들 그냥 구경하러 온 거지요. 사령관은 이른 새벽부터 그의 여자들과 함께 나타났습니다. 팡파르 소리에 온 야영지가 잠을 깼지요. 내가 만반의 준비가 끝났다고 보고했지요. 내빈들이 ― 고위 공무원은 한 명도 빠짐없이 다 참석해야 했습니다 ― 기계 주위에 둘러앉았지요. 산더

미처럼 쌓인 이 등나무 의자들이 그 시절의 일을 알려 주는 가련한 유물입니다. 기계는 새것처럼 닦아 놓아 번쩍거렸고, 처형이 있을 때마다 거의 매번 나는 부속품을 새로 갈아 끼웠어요. 수백 명이 지켜보는 가운데 — 구경꾼들은 저기 언덕에까지 발돋움을 하고 늘어서 있었습니다 — 사령관이 직접 죄수를 써레 밑에 눕혔습니다. 지금은 하찮은 일개 사병이 그 일을 하지만 당시엔 그게 재판장인 나의 일이었고, 나의 명예였습니다.

그러다 마침내 처형이 시작되었습니다! 그땐 언짢은 음이 생기며 기계의 작동을 방해하는 일은 없었지요. 도저히 그 장면을 지켜보지 못하고 두 눈을 감은 채 모래 속에 누워 버리는 사람도 더러 있었지요. 그렇지만 현재 정의로운 일이 벌어진다는 것은 누구나 다 알고 있었습니다. 정적이 흐르는 가운데 죄수의 신음 소리만 들렸습니다. 입을 솜털로 틀어막은 바람에 약하게 들렸지요. 지금은 기계가 솜털로는 소리를 죽일 수 없을 정도로 심하게 흘러나오는 죄수의 소리를 막아 준답니다. 하지만 당시에는 글씨를 새기는 바늘 끝에서 지금은 사용할 수 없는 부식액이 똑똑 떨어지고 있었어요. 이제 그러는 동안 여섯 시간이 흐른답니다! 가까이서 이를 지켜보고자 하는 사람들의 바람을 다 들어 줄 수는 없는 노릇이었습니다. 사령관은 나름대로 판단해서 어린이들이 먼저 보도록 배려했습니다. 나는 물론 내 직무상 그 옆에 있어도 되었습니다. 나는 양팔에 조그만 어린이들을 하나씩 안고 종종 그곳에 웅크리고 있었습니다. 고통받고 있는 얼굴에서 환하게 빛나며 변하는 표정을 우리 모두는 어떻게 받아들였던가! 드디어 달성했는가 싶더니 어느새 사라져 버리는 정의의 불빛 속으로 우리는 우리의 뺨을 어떻게 들고 있었던가! 아, 얼마나 멋진 시절이었던가, 이보게나!」

장교는 자기 앞에 누가 서 있는지조차 깜빡 잊어먹고 있는 게 분명했다. 장교는 답사 연구자를 얼싸안고는 머리를 그의 어깨 위에 올려놓았다. 답사 연구자는 당황해 어찌 할 바를 모르며 장교의 어깨 너머로 초조하게 시선을 던졌다. 사병은 청소 일을 끝마치고 이젠 통에 든 쌀죽을 그릇에 붓고 있었다. 벌써 몸이 완전히 회복된 것으로 보이는 죄수는 쌀죽을 보자마자 입맛을 다시기 시작했다. 사병은 몇 번이고 그를 밀쳐 내야 했다. 죽은 조금 있다가 주기로 되어 있었기 때문이었다. 하지만 침을 흘리고 있는 죄수가 보는 앞에서 사병이 더러운 두 손을 그릇에 집어넣고 죽을 먹고 있는 것은 어쨌든 잔인한 행동이었다.

장교는 이내 마음을 가다듬고 이렇게 말했다.

「당신의 마음을 혼란스럽게 할 생각은 아니었습니다. 이제 와서 그때 일을 이해시킨다는 게 말이 안 된다는 건 나도 잘 압니다. 어쨌든 기계는 아직도 돌아가고 있으며, 스스로를 위해 애쓰고 있습니다. 그 기계가 이 골짜기에 홀로 덩그렇게 있긴 하지만 스스로를 위해 애쓰고 있습니다. 그리고 시체는 마지막에 가서 신기할 정도로 부드럽게 날아 구덩이 속으로 떨어집니다. 지금은 그때처럼 수백 명의 사람들이 파리 떼처럼 구덩이 주위에 몰려 있지는 않지만 말입니다. 그때는 구덩이 주위에 튼튼한 울타리를 쳐야 했지요. 그것도 오래전에 철거했지만 말입니다.」

답사 연구자는 장교에게서 시선을 돌리기 위해 막연히 주위를 둘러보았다. 장교는 그가 황량해진 골짜기를 관찰하고 있다고 생각했다. 그래서 장교는 그의 두 손을 잡고 그를 따라 몸을 돌려서는 그의 시선과 마주했다.

「그 치욕을 아시겠습니까?」

그러나 답사 연구자는 묵묵부답이었다. 장교는 잠시 동안 그를 그냥 내버려 두었다. 장교는 두 다리를 가지런히 벌리고 두 손을 허리에 댄 채 잠자코 서서 땅을 내려다보고 있었다. 그러다가 장교는 답사 연구자를 향해 활기차게 미소 지으며 이렇게 입을 뗐다.

「어제 사령관이 당신을 초청했을 때 난 당신 가까이에 있었습니다. 난 당신을 초청한다는 말을 들었습니다. 난 사령관이 어떤 사람인지 알고 있습니다. 그가 당신을 초청한 목적이 무엇인지도 금방 알아챘습니다. 그는 나 하나쯤은 처리하는 게 문제가 되지도 않을 정도로 막강한 권력을 지니고 있지만 아직은 감히 단행하지 못하고 있습니다. 그 대신에 그는 나를 당신 같은 명망 있는 외국인의 판단에 맡기자는 속셈인 모양입니다. 그는 용의주도하게 계산을 한 겁니다. 당신은 이 섬에 온 지 이제 이틀밖에 안 되었으니, 전임 사령관과 그가 생각하는 범위를 모르고 있습니다. 당신은 유럽적인 견해에 사로잡혀 있어, 대체로 사형 제도에 원칙적으로 반대할 거고 특히 이처럼 기계로 처형하는 방식에 반대할 겁니다. 더구나 처형이 대중의 관심을 끌지 못하고 이미 다소 망가진 기계 위에서 초라하게 진행되고 있음을 보고 계십니다. 이 모든 사실을 종합해 볼 때 — 사령관은 그렇게 생각하고 있습니다 ─ 당신이 나의 처리 방식을 옳지 않다고 볼 가능성이 아주 높지 않을까요? 그리고 당신이 이를 옳지 않다고 본다면 이 일 ─ 나는 줄곧 사령관의 입장에서 말하고 있습니다만 ─ 에 대해 입을 다물고 있지는 않을 겁니다. 분명 당신은 많은 검증을 거친 당신의 확신을 신뢰할 테니까요. 물론 당신은 많은 민족의 갖가지 특색을 보아 왔을 테니, 이를 존중하는 법도 배웠을 겁니다. 그러니 분명 당신은, 어쩌면 당신의 고국에서 그럴지도 모르는 것처럼 온 힘을 대해 막무가내로 이런 재판 방식에 반대하는 말은 하지 않겠지요. 하지만 사령관은 존중하는 법 따위를 지킬 필요가 전혀 없습니다. 당신이 흘러가는 말로 그저 아무렇지 않게 한마디하는 것으로 충분할 겁니다. 그 말이 당신의 확신과 꼭 일치할 필요도 없고, 그저 그가 바라는 바를 들려주기만 하면 될 테니까요. 그가 온갖 술수를 부려 당신에게 꼬치꼬치 캐물을 것은 불을 보듯 뻔합니다. 그리고 그의 여자들이 주위에 빙 둘러앉아 귀를 쫑긋 세우고 있으면 당신은 가령 이런 말을 하겠지요.

〈우리나라의 재판 방식은 달라요〉라든가, 〈우리나라에서는 피고가 판결을 받기 전에 신문을 받아요〉라든가, 〈우리나라에서는 피고가 판결 내용을 알게 되요〉라든가, 〈우리나라에는 사형 말고도 다른 형벌도 있어요〉라든가, 또는 〈우리나라에서는 중세 이후로 고문이 없어졌어요〉라고 말입니다. 이 모든 것은 당신이 볼 때 옳은 말인 동시에 당연한 말입니다. 또한 아무런 해가 없는 말이라 나의 재판 방식에 아무런 영향을 끼치지 않습니다. 하지만 사령관은 이 말을 어떻게 받아들일까요? 사령관이 당장 의자를 옆으로 밀치고 발코니로 달려 나가는 모습이 눈에 선하고, 그의 여자들이 그를 뒤쫓아 우르르 달려가는 모습이 눈에 선합니다. 나에게 사령관의 목소리가 들리는 듯합니다. 여자들은 그의 목소리를 우레 같다고들 하지요. 그는 이렇게 말하겠지요.

〈세계 각국의 사법 제도를 검토하는 임무를 받은 서양의 한 연구자는 사실 이렇게 말했어. 옛날의 관례를 따르는 우리의 재판 방식이 비인간적이라고 말이야. 그러한 인물이 내린 이러한 판단에 따라 물론 나는 이러한 재판 방식을 더는 참을 수 없어. 그래서 나는 오늘 이러한 지시를 내리는 바이다.〉 등등을 말입니다. 당신은 이 일에 개입하려고 합니다. 물론 당신은 그가 알고자 하는 말을 한 적이 없고, 나의 재판 방식을 비인간적이라고 말한 적도 없습니다. 오히려 당신은 당신의 깊은 생각에 따라 이를 더없이 인간적이고 인도적이라고 생각하시겠지요. 당신은 이러한 기계 장치에 대해서도 경탄을 금치 못하고 계십니다. 하지만 이미 때가 너무 늦었습니다. 발코니에는 벌써 여자들이 우글거리고 있어 발코니에 나갈 수 없거든요. 당신은 어떻게 해서든지 시선을 끌어 보려고 하며, 고함을 지를지도 모릅니다. 하지만 어떤 여자가 손으로 당신의 입을 막을 겁니다. 이리하여 나와 전임 사령관의 작품은 파멸하고 말 겁니다.」

답사 연구자는 빙그레 웃지 않을 수 없었다. 무척 어렵다고 생각한 문제가 그러므로 이처럼 수월한 문제였기 때문이었다. 그는 발뺌하는 듯이 이렇게 말했다.

「당신은 나의 영향력을 과대평가하고 있습니다. 사령관은 내가 가지고 온 추천장을 읽었으므로 내가 사법 제도의 전문가가 아니란 사실을 알고 계십니다. 내가 어떤 의견을 말한다 하더라도 그건 다른 어느 누구의 견해와 다를 바 없는 한 개인의 의견에 지나지 않을 겁니다. 어쨌거나 내가 알기로는 이 유형지에서 막강한 권한을 가지고 있는 사령관의 견해에 비한다면 아무것도 아닌 거나 마찬가지지요. 당신이 생각하는 것처럼 이러한 재판 방식에 대한 그의 의견이 그토록 확고하다면, 나처럼 보잘것없는 사람이 굳이 돕지 않더라도 말할 것도 없이 이러한 재판 방식이 종말을 고하고 있다는 생각이 드는군요.」

이 정도 말했으면 장교는 이해하게 되었을까? 아니, 그는 아직 이해를 못하고 있었다. 장교는 힘차게 머리를 설레설레 흔들면서 죄수와 사병 쪽을 흘낏 돌아다보았다. 그러자 이들은 흠칫 놀라더니 죽이 든 통에서 물러났다. 그러고 나서 장교는 답사 연구자 곁으로 바짝 다가가서는, 그의 얼굴을 정면으로 바라보지는 않고 그의 상의 쪽에 눈길을 준 채 아까보다 더 나지막하게 말했다.

「당신은 사령관이 어떤 분인지 모릅니다. 당신은 사령관이나 우리 모두의 입장에서 보면 — 이런 표현을 한 것을 용서해 주기 바랍니다 — 어느 정도는 아무런 해가 없는 분입니다. 당신의 영향력이 이루 말할 수 없이 크다는 내 말을 부디 믿어 주시기 바랍니다. 당신이 처형 현장에 혼자 참석한다는 말을 들었을 때 나는 무척이나 기뻤습니다. 사령관이 나에게 초점을 맞추어 이런 지시를 내리지만, 난 이제 그걸 나에게 유리하게 뒤집을 겁니다. 당신은 그릇된 귓속말이나 멸시하는 듯한 시선에 아랑곳하지 않고 — 보다 많은 사람들이 처형 현장에 참석했더라면 그런 일을 피할 수 없었겠지요 — 나의 설명을 귀담아듣고, 기계 장치를 구경했습니다. 그리고 이젠 처형 장면을 막 보려는 참입니다. 어느덧 당신의 판단도 확고하게 섰겠지요. 설령 다소 미심쩍은 구석이 아직 남아 있더라도 처형 장면을 보는 순간 봄눈 녹듯이 사라질 겁니다. 그러니 당신에게 이렇게 간청을 드리는 겁니다. 사령관과 맞서고 있는 나를 좀 도와주십시오!」

답사 연구자는 그가 더는 말하지 못하게 하려고 이렇게 소리를 질렀다.

「내가 어떻게 그런 일을 할 수 있겠어요. 말도 안 되는 일입니다. 나는 당신에게 해를 끼칠 수도 없고 도움을 줄 수도 없습니다.」

「할 수 있습니다.」 장교가 말했다. 답사 연구자는 장교가 두 주먹을 불끈 쥐는 것을 보고 약간 겁이 났다.

「할 수 있다니까요.」 장교는 더욱 간절한 어조로 같은 말을 되풀이했다. 「반드시 성공할 수 있는 묘안이 나에게 있습니다. 당신은 자신의 영향력이 충분치 못하다고 생각하시지만, 내가 볼 때는 그것으로 충분합니다. 하지만 당신의 견해가 옳다고 인정한다고 해도 이러한 재판 방식을 유지하기 위해서는 좀 미흡해 보이는 방식이라도 써 보는 것이 필요하지 않을까요? 그럼 내 계획을 좀 들어 보십시오. 이를 실행하기 위해서는 무엇보다도 재판 방식에 대한 당신의 판단을 오늘 유형지에서 되도록 삼가는 게 필요합니다. 사람들이 당신에게 묻지 않는다면 당신의 견해를 결코 밝혀서는 안 됩니다.

당신의 견해를 피력한다 해도 간결하고 모호하게 하셔야 합니다. 이런 일에 대해 말한다는 게 힘이 들며, 당신이 기분이 좋지 않음을 그들이 알아채도록 말입니다. 당신이 솔직히 말해야 하는 경우 저주의 말을 쏟아 내지 않을 수 없다는 것을 그들이 알아채도록 말입니다. 그렇다고 당신더러 거짓말을 하라는 것은 아닙니다. 당신은 그저 짧게 대답하기만 하면 됩니다. 가령 〈네, 처형 장면을 보았습니다〉라든가, 또는 〈네, 모든 설명을 잘 들었습니다〉라고 말입니다. 뭐 그 정도지 다른 특별한 것은 없습니다. 그러면 사람들은 당신이 기분 나빠한다는 것을 충분히 눈치 챌 겁니다. 비록 사령관이 바라는 것과는 다른 의미에서이긴 하지만 말입니다. 물론 사령관은 이를 완전히 오해해서 그 나름대로 해석하겠지요.

나의 계획은 이를 토대로 하고 있습니다. 내일 사령부에서는 사령관이 의장 역을 맡는 가운데 고위 행정관들이 모두 참가하는 대규모 회의가 열릴 겁니다. 물론 사령관은 그런 회의를 공공연한 구경거리로 만드는 법을 터득했습니다. 그가 지어 놓은 관람석에는 언제나 구경꾼들로 북적입니다. 나도 어쩔 수 없이 그런 회의에 참석하지만, 몸을 부르르 떨며 마지못해 그럴 뿐입니다. 어쨌거나 당신도 결국 그 회의에 초대받을 게 분명합니다. 오늘 내가 세운 계획에 따라 당신이 행동해 주신다면 그런 초대에 얼마든지 응해도 좋습니다. 하지만 어떤 석연치 않은 이유로 초대를 받지 못하게 된다면 물론 초대해 달라고 요구해야 됩니다. 그러면 틀림없이 초대받게 될 겁니다. 그러므로 내일 당신은 여자들과 함께 사령관이 앉는 칸막이 특별석에 앉게 될 겁니다. 그는 몇 번이고 눈을 치켜뜨며 당신이 있다는 걸 확인할 겁니다. 이렇게 단지 방청객을 위해 마련된 여러 가지 쓸데없고 하찮은 의제 — 대개 항만 건설에 관한 것인데, 늘 되풀이되는 의제지요 — 가 나온 다음에는 재판 방식에 대한 의제도 화제에 오르지요. 사령관 쪽에서 그 문제를 꺼내지 않거나, 제때에 그 문제가 거론되지 않으면 내가 그 문제를 공론에 부치도록 하겠습니다. 나는 자리에서 일어나 오늘 행한 사형 집행에 관해 보고할 겁니다. 아주 짧게, 그 보고만을 할 겁니다. 물론 그곳에서 보통 그런 보고를 하지 않지만, 난 할 겁니다. 사령관은 늘 그렇듯이 다정하게 미소 지으며 나에게 고마움을 표할 겁니다. 결국 그는 자신의 생각을 억누르지 못하고 좋은 기회를 활용해서 다음과 비슷한 발언을 할 겁니다.

〈방금 사형 집행에 관한 보고가 있었습니다. 이러한 보고에 내가 덧붙이고 싶은 점은 바로 이러한 처형 현장에 위대한 연구자가 참석했다는 것뿐입니다. 모두들 아시다시피 그분이 우리를 찾아 주신 것을 우리 유형지 사람들은 말할 수 없이 영광스럽게 생각하고 있습니다. 오늘 우리의 회의도 그분이 참석하여 더욱 의미 있게 되었습니다. 그럼 이 위대한 연구자에게 우리 질문을 한번 드려 보는 것은 어떨까요? 옛날 관례에 따라 사형 집행을 하고, 그에 앞서 행해지는 재판 방식에 대해 그분이 어떻게 판단하는지를 말입니다.〉

말할 것도 없이 사방에서 우레와 같은 박수가 터지며, 다들 찬성한다는 뜻을 표하겠지요. 그중에서도 내가 제일 크게 박수 칠 겁니다. 사령관은 당신 앞에 허리를 굽히고 이렇게 말할 겁니다.

〈그럼 일동을 대표하여 제가 질문을 드리도록 하겠습니다.〉

그럼 당신은 난간으로 걸어 나오겠지요. 모두들 볼 수 있게 두 손을 난간 위에 올려놓으십시오. 그렇지 않으면 여자들이 당신의 손을 붙잡고 손가락을 만지작거릴 테니까요.

그리고 이제 드디어 당신이 발언할 때가 된 것입니다. 나는 당신이 그때까지 몇 시간 동안의 긴장된 순간을 어떻게 견뎌 낼 수 있을지 모르겠습니다. 발언의 수위에 신경 쓰지 마시고, 진실을 있는 그대로 큰 소리로 말씀해 주십시오. 난간에 허리를 구부리고 사자후(獅子吼)를 토해 주십시오! 하지만 정말이지, 사령관에게 당신의 견해를, 당신의 흔들림 없는 견해를 열렬히 밝혀 주십시오! 하지만 그러는 게 당신의 성격에 맞지 않아, 어쩌면 그러고 싶지 않을지도 모르겠습니다. 아마 당신의 고국에서는 그런 상황에서 다른 태도를 취할지도 모릅니다. 그것도 일리가 있습니다. 굳이 일어설 것까지도 없이 단지 몇 마디만 해주셔도 충분하겠습니다. 속삭이는 소리로 말해도 당신 아래의 공무원들이 그 말을 알아듣기만 하면 충분합니다. 당신은 처형 현장에 참석한 사람이 거의 없는 것, 삐걱거리는 바퀴, 찢어진 가죽 띠, 구역질나는 솜틸에 관해 직접 이야기할 필요는 전혀 없습니다. 정말입니다, 그 다음 이야기는 모두 내가 떠맡겠습니다. 내 말을 믿어 주십시오! 내가 말을 해도 그자가 회의장에서 쫓겨나지 않는다면, 그자가 무릎을 꿇고 이렇게 고백하지 않을 수 없게 하겠습니다.

〈전임 사령관님, 이렇게 무릎 꿇고 빕니다.〉

나의 계획은 이러합니다. 그것을 실행하도록 나를 도와주시겠습니까? 물론 도와주시겠지요. 아니, 그것 이상으로 꼭 도와주셔야 합니다.」

말을 끝내고 나서 장교는 답사 연구자의 두 팔을 붙잡고는, 가쁜 숨을 몰아쉬며 그의 얼굴을 빤히 쳐다보았다. 마지막 문장들은 절규하듯이 말했기 때문에 사병과 죄수도 관심을 기울이게 되었다. 두 사람은 무슨 말인지 하나도 알아듣지 못했지만 먹는 것을 잠시 중단하고 입 안에 든 음식을 씹으면서 답사 연구자 쪽을 건너다보았다.

답사 연구자로서는 애당초부터 대답할 말이 분명히 정해져 있었다. 그는 살아오면서 많은 일들을 두루 경험해 봤기 때문에 여기서 우왕좌왕할 필요가 없었다. 그는 사실 정직한 사람이었고, 두려움을 모르는 사람이었다. 그렇지만 그는 지금 사병과 죄수의 모습을 보는 순간 잠시 망설였다. 하지만 마침내 그는 이렇게 대답하지 않을 수 없었다.

「못하겠습니다.」

장교는 여러 번 두 눈을 깜박거렸지만, 그에게서 시선을 떼지는 않았다.

「그 이유를 설명해 달라는 건가요?」 답사 연구자가 물었다. 그러자 장교는 말없이 고개를 끄덕였다.

「당신이 나를 믿고 나에게 비밀을 털어놓기 전에 ─ 물론 나는 당신의 이러한 신뢰를 어떤 일이 있더라도 악용할 생각은 없습니다 ─ 벌써 나는 곰곰 생각해 보았습니다. 이러한 재판 방식에 개입해 내가 왈가왈부할 자격이 있는지, 그리고 내가 개입해서 조금이라도 성공할 가능성이 있는지에 대해서 말입니다. 그럴 경우 내가 누구를 맨 먼저 상대해야 할 것인지는 분명합니다. 말할 것도 없이 사령관이겠지요. 내가 먼저 결심을 확고히 굳히기 전에, 당신이 그 점을 나에게 보다 분명하게 해주었습니다. 아니 그와 반대로, 당신의 떳떳한 확신에 난 감동을 받았습니다. 그렇다고 내 생각이 흔들리는 것은 아니지만 말입니다.」

장교는 계속 입을 다물고 기계 쪽으로 몸을 돌린 다음, 놋쇠 봉 하나를 붙잡고 몸을 뒤로 젖힌 채 도안가 쪽을 쳐다보았다. 마치 모든 것이 이상이 없는지 점검이라도 하려는 듯이 말이다. 사병과 죄수는 그 사이 서로 친해진 모양이었다. 꽁꽁 묶여 있어 몸을 움직이기가 어려운 죄수는 눈짓으로 사병에게 신호를 보냈다. 그러자 사병이 그의 쪽으로 허리를 구부렸고, 죄수가 그에게 뭐라고 속삭이자 그는 고개를 끄덕였다.

답사 연구자는 장교의 뒤를 따라가며 이렇게 말했다. 「당신은 내가 무슨 일을 하려는지 아직 알지 못하고 있습니다. 나는 재판 방식에 대한 나의 견해를 사실 사령관에게 밝히겠지만, 회의석상에서가 아니라 단 둘이 만나 할 겁니다. 나는 어떤 회의에 참석해 달라는 요청을 받을 때까지 이곳에 오랫동안 머물러 있지 않을 겁니다. 내일 새벽이면 벌써 이곳을 떠나거나, 또는 적어도 배에 올라타고 있을 거니까요.」

장교는 그의 말을 귀담아듣고 있지 않은 것 같았다. 「나의 재판 방식에 결국 납득하지 못하셨군요.」 그는 혼잣말로 중얼거리며 빙그레 미소 지었다. 마치 노인이 어린아이의 철없는 행동을 보고 미소를 지으며, 자신의 진짜 생각을 그 미소 뒤에 감추는 것처럼 말이다.

「그럼 이제 때가 되었군요.」장교는 마침내 이렇게 말하며, 관심을 가져 달라고 촉구하듯이 느닷없이 두 눈을 동그랗게 뜨고는 답사 연구자를 바라보았다.

「무슨 때가 되었다는 말입니까?」답사 연구자는 불안한 듯이 물었지만 아무런 대답도 듣지 못했다.

「넌 자유의 몸이다.」장교는 죄수에게 그의 나라 언어로 말했다. 「이젠, 넌 자유의 몸이야.」장교가 거듭 말했다. 그러자 비로소 죄수의 얼굴에는 정말로 생기가 돌았다. 이게 정말일까? 언제 변할지 모르는 장교의 변덕스러운 기분에 불과한 것일까? 외국에서 온 답사 연구자가 그로 하여금 은총을 얻게 해주었던가? 이게 무슨 일이란 말인가? 그의 얼굴은 이렇게 묻고 있는 것 같았다. 하지만 오랫동안 그러지 않았다. 경위야 어찌 됐던 간에, 그는 허락받았다면 정말 자유의 몸이 되고 싶었다. 그래서 그는 써레가 허용하는 한 몸을 흔들기 시작했다.

「그러다가 가죽 띠가 끊어지겠어.」장교가 고함을 쳤다. 「가만히 있어! 우리가 풀어 줄 테니.」장교는 사병에게 신호를 주어 함께 그를 풀어 주기 시작했다. 죄수는 아무 말 없이 혼자 빙긋이 웃으며, 좌우에 있는 장교와 사병의 얼굴을 번갈아 가며 쳐다보았다. 물론 답사 연구자도 잊지 않고 쳐다보았다.

「그를 끌어내라!」장교가 사병에게 지시를 내렸다. 이때 써레 때문에 약간 조심을 하지 않으면 안 되었다. 죄수는 벌써 안달하는 바람에 등을 몇 군데 조금 긁히게 되었다.

하지만 이제부터 장교는 그에 대해 거의 신경 쓰지 않았다. 그는 답사 연구자 쪽으로 다가가 다시 조그만 가죽 가방을 꺼내서는, 그 속을 뒤지더니 찾고 있던 종이를 마침내 끄집어냈다. 그는 그것을 답사 연구자에게 건네주면서 이렇게 말했다.

「읽어 보십시오.」

「읽지 못하겠는데요.」 답사 연구자가 말했다. 「벌써 말했지만, 이 종이들은 읽지 못하겠어요.」

「주의해서 잘 보십시오.」 장교는 이렇게 말하며, 그와 함께 읽기 위해 답사 연구자의 곁으로 다가갔다. 그래도 아무 소용이 없자 종이에 절대 손을 대서는 안 되는 것처럼 그것을 높이 쳐들고는 새끼손가락으로 종이 위를 쓰다듬었다. 그렇게 해서 답사 연구자가 읽기 쉽도록 해주려는 모양이었다. 답사 연구자도 최소한 이 점에서만은 장교를 기쁘게 해주기 위해 나름대로 애를 썼다. 하지만 그래 보았자 아무 소용이 없었다. 그러자 장교는 쪽지에 적힌 글자의 철자를 하나하나 읽기 시작하다가, 그것들을 서로 연결 지어 또 한 번 읽어 보았다.

「〈공정하라!〉라고 되어 있습니다.」 그가 말했다. 「이젠 당신도 읽을 수 있을 겁니다.」

답사 연구자가 허리를 굽혀 종이에 너무 바짝 얼굴을 대고 보는 바람에 장교는 그러다가 그걸 건드릴까 봐 염려되어서 종이를 자꾸 더 멀리 떼어 놓았다. 답사 연구자는 더 이상 아무 말도 하지 않았지만 여전히 글자를 읽지 못하는 게 분명했다.

「〈공정하라!〉라고 되어 있습니다.」 그가 또 한 번 말했다.

「그럴지도 모르겠습니다. 그런 글씨가 쓰여 있는 것 같기도 하군요.」 답사 연구자가 말했다.

「그럼 좋습니다.」 장교는 적어도 어느 정도는 만족하다는 듯 말했다. 그러고 나서 종이를 갖고 사닥다리 위로 올라갔다. 그는 그 종이를 아주 조심스럽게 도안가 안에 깔고는 톱니바퀴 장치를 완전히 새롭게 점검하려는 모양이었다. 그것은 극히 힘이 드는 작업이었다. 아주 작은 톱니바퀴들도 문제가 되었기 때문이었다. 때로는 장교의 머리가 도안가 속으로 완전히 사라지기도 했다. 이처럼 그는 톱니바퀴 장치를 아주 꼼꼼하게 살펴보아야 했다.

답사 연구자는 아래에서 이 일을 계속 지켜보고 있었다. 그의 목이 뻣뻣해졌고, 하늘에서 쏟아지는 햇살 때문에 눈이 따끔거리며 아파 왔다. 사병과 죄수는 이제 자기들 일에만 몰두하고 있었다. 이미 구덩이 속에 내던져진 죄수의 셔츠와 바지를 사병은 총검의 끝으로 끄집어 올렸다. 셔츠가 끔찍할 정도로 더럽혀져 있어서, 죄수는 그것을 물통에 넣고 빨았다. 그런 후에 그가 셔츠와 바지를 입자 사병과 죄수는 큰 소리로 웃음을 터뜨리지 않을 수 없었다. 옷의 등 부분이 두 조각으로 갈라져 있었기 때문이었다. 죄수는 사병을 즐겁게 해줘야겠다는 생각이 들었는지 찢어진 옷을 입고 그의 앞에서 원을 그리며 돌았다. 그러자 바닥에 웅크리고 있던 사병은 무릎을 치면서 박장대소를 하는 것이었다. 그래도 그들은 신분이 높은 두 사람이 옆에 있는 게 신경이 쓰였는지 애써 자제하고 있었다.

위에서 드디어 일을 끝낸 장교는 빙그레 미소를 지으며 또

한 번 전체를 하나하나 살펴보고는, 그때까지 쭉 열려 있던 도안가의 뚜껑을 이번에는 덮고 아래로 내려왔다. 그는 구덩이 속을 들여다본 다음 죄수 쪽으로 눈길을 돌려 그가 옷을 끄집어 내 입는 것을 보고 흡족한 표정을 지었다. 그러고 나서 그는 두 손을 씻으려고 물통이 있는 곳으로 갔지만, 물이 역겨울 정도로 더러운 것을 너무 늦게야 알게 되었다. 그는 이제 두 손을 씻을 수 없게 되자 슬픈 눈빛을 보였다. 그는 할 수 없이 두 손을 모래 — 그는 이런 대용품이 썩 마음에 내키지는 않았지만, 어쩔 수 없이 이에 순응하는 수밖에 없었다 — 속에 집어넣는 것이었다. 그런 다음 그는 일어서서 군복 상의의 단추를 풀기 시작했다. 이때 맨 먼저 그의 옷깃 속에 쑤셔 넣었던 두 장의 여성용 손수건이 그의 손에 떨어졌다.

「여기 너의 손수건을 받아라.」 그는 이렇게 말하며 손수건을 죄수에게 던져 주었다. 그러고는 답사 연구자에게 이를 설명하는 말을 했다. 「여자들이 선물한 겁니다.」

보아하니 그는 서둘러 군복 상의를 벗기 시작하여 막상 옷을 다 벗은 다음에는 그것들을 무척 정성스럽게 갰다. 제복 상의에 달린 은 술은 심지어 특별히 손가락으로 쓰다듬기까지 했고, 그 장식 술을 흔들어 가지런히 해놓았다. 그런데 이처럼 옷을 정성스럽게 개고 나더니 웬일인지 화가 나는 듯 구덩이 속에 홱 던져 버리는 것이었다. 그가 마지막까지 지니고 있었던 것은 가죽 끈이 달린 단검이었다. 그는 칼집에서 칼을 뽑아 두 동강을 내더니 칼집이며 가죽 끈을 몽땅 움켜잡고는 저 아래 구덩이에서 서로 부딪히면서 소리가 나도록 내던져 버렸다.

　이제 장교는 알몸이 되어 서 있었다. 답사 연구자는 입술을 지그시 깨물고는 아무 말도 하지 않았다. 그는 앞으로 무슨 일이 벌어질지 알고 있었지만, 장교가 하는 일을 막을 권리는 없었다. 장교가 그토록 집착하던 재판 절차가 실제로 폐지될 운명에 놓였다면 ─ 아마 답사 연구자가 개입하여 그럴지도 몰랐는데, 그의 입장에서는 그걸 자신의 의무로 느꼈다 ─ 지금 장교가 하는 이런 행동은 전적으로 옳은 것이었다. 만일 답사 연구자가 장교의 입장에 있다면 그 역시 같은 행동을 취할 수밖에 없었을 것이다.

　사병과 죄수는 처음에는 장교가 왜 그러는지 영문을 몰랐다. 그들은 한동안 이쪽을 쳐다보지도 않았던 것이다. 죄수는 손수건을 돌려받아 무척 기뻐하고 있었지만, 사병이 예상치도 않게 와락 잡아채 가는 바람에 언제까지나 기뻐하고 있을 수만은 없었다. 죄수는 사병이 혁대 뒤에다 끼워 둔 손수건을 다시 빼앗으려고 했다. 하지만 사병도 방심하고 있지 않았다. 이렇게 두 사람은 반쯤은 장난삼아 서로 다투고 있었던 것이다. 장교가 완전히 알몸이 된 뒤에야 두 사람은 그에게 주의를 기울이게 되었다. 특히 죄수는 무언가 급격하게 커다란 변화가 일어날지도 모른다는 예감에 정신이 퍼뜩 든 모양이었다. 그에게 일어난 일이 이제 장교에게 일어난 것이었다. 이러다가 자칫하면 극단적인 일이 벌어질지도 모른다. 외국에서 온 답사 연구자가 그러라고 명령을 내린 게 분명했다. 그러므로 이건 복수인 셈이었다. 자신은 끝까지 고통을 겪지 않았는데 그는 끝까지 보복을 당한 것이었다. 이런 생각을 하자 죄수의 얼굴에 소리 없는 웃음이 번지더니 사라질 줄 몰랐다.

하지만 장교는 기계 쪽으로 몸을 돌리고 있었다. 그가 기계 다루는 법을 잘 터득하고 있다는 것을 벌써 진작부터 잘 아는 사람이라 해도, 그가 지금처럼 기계를 다루고, 그 기계가 그의 뜻대로 되는 것을 보고 거의 놀라움을 금치 못할지도 모른다. 장교가 써레에 그냥 손을 갖다 대기만 했는데도, 써레는 위아래로 몇 번 움직이다가 그를 받아들이기 알맞은 상태가 되었다. 그가 침대의 가장자리에 손을 대자마자 침대는 벌써 덜덜 떨면서 움직이기 시작했다. 솜털 뭉치가 그의 입을 향해 다가오자 장교도 차마 그것만은 입에 넣고 싶지 않은 모양이었다. 하지만 주저하는 것도 한순간일 뿐 그는 이내 체념하고 그것을 입에 물었다. 모든 준비가 끝났다. 가죽 끈만은 침대 양쪽에 매달려 있었지만, 그건 필요하지 않은 모양이었다. 장교는 자신의 몸을 꽁꽁 묶을 필요가 없었다. 이때 풀려 있는 가죽 끈이 죄수의 눈에 띄었다. 그의 생각으로는 가죽 끈으로 몸을 단단히 동여매지 않으면 사형 집행이 불완전한 것이었다. 그는 사병에게 열심히 눈짓을 보냈다. 그리고 둘은 장교를 가죽 끈으로 묶기 위해 그에게 달려갔다. 장교는 벌써 한쪽 발을 뻗어 도안가를 작동시키는 핸들을 밀치려고 했다. 그러다가 두 사람이 달려온 것을 본 그는 한쪽 발을 끌어당기고 두 사람이 자신을 묶는 대로 그냥 몸을 내맡겼다. 이제 그는 손잡이를 잡을 수 없는 상태에 있었다. 그렇지만 사병이나 죄수도 그것을 찾아내지 못할지도 모른다. 답사 연구자는 꼼짝도 하지 않으리라 단단히 마음

254

먹고 있었다. 그것도 아무 소용없는 일이었다. 가죽 끈이 걸리자마자 기계도 작동하기 시작한 것이었다. 침대는 덜덜 떨고 있었고, 바늘들은 피부 위에서 춤을 추었으며, 써레는 위아래로 떠다녔다. 답사 연구자는 이런 모습을 한동안 지켜보면서 도안가 속의 바퀴가 삐걱거리는 소리를 낼지도 모른다고 생각했다. 하지만 조금도 윙윙거리는 소리가 들리지 않았고, 주위는 조용하기만 했다.

이렇게 조용히 움직이다 보니 이들은 점차 기계를 주의 깊게 바라보지 않게 되었다. 답사 연구자는 사병과 죄수 쪽을 건너다보았다. 죄수는 보다 활기차게 움직이며, 기계의 모든 부분을 이것저것 들여다보며 신기해하고 있었다. 때로는 허리를 숙이기도 하고, 때로는 허리를 쭉 펴기도 하면서, 그는 집게손가락을 쭉 뻗어서는 줄곧 사병에게 무언가를 가리키고 있었다. 답사 연구자로서는 곤혹스러운 일이었다. 그는 이곳에 끝까지 남아 있을 결심이었지만, 두 사람의 모습을 보고 더는 참을 수 없는 모양이었다.

「자네들은 집에 돌아가게.」 그가 말했다.

사병은 아마 집에 돌아갈 준비를 하는 모양이었지만, 죄수는 이러한 명령을 처벌로 느낀 것 같았다. 그는 두 손을 맞잡고 이곳에 남아있게 해달라고 간절히 애원했다. 그런데 답사 연구자가 머리를 흔들며 안 된다고 하자 그는 심지어 무릎을 꿇기까지 했다. 답사 연구자는 이곳에서는 어떤 명령도 소용없다는 것을 알고, 이들 옆으로 다가가서 두 사람을 쫓아 버리려고 했다. 이때 위의 도안가에서 시끄러운 소리가 들리기 시작했다. 그는 위를 쳐다보았다. 그러니까 톱니바퀴

하나가 고장이 난 것이었을까? 하지만 그와는 전혀 다른 일이었다. 도안가의 뚜껑이 서서히 올라가더니 덜컹 하고 완전히 열리는 것이었다. 어떤 톱니바퀴의 톱니들이 올라오며 모습을 보이더니, 곧 톱니바퀴 전체가 모습을 드러냈다. 마치 어떤 엄청난 힘이 도안가를 내리눌러 이 바퀴에 더 이상 공간이 남아 있지 않은 것 같았다. 그 톱니바퀴가 도안가의 가장자리까지 돌더니 아래로 쿵 떨어졌다. 그리고 모래 속을 얼마간 또르르 굴러가다가 넘어져 버렸다. 그런데 머리 위에서는 벌써 다른 톱니바퀴가 올라가고 있었다. 그것을 따라 생긴 게 거의 똑같은 크고 작은 수많은 톱니바퀴들이 모두 똑같은 일을 하고 있었다. 이젠 도안가 속이 텅 비었을 거라 생각할 때마다 새로운 톱니바퀴들이 떼 지어 나타나서는 위로 올라가다가 아래로 떨어져서 모래 속을 굴러가다 넘어지는 것이었다. 이러한 과정을 보느라 죄수는 답사 연구자의 명령을 깜빡 잊고 있었다. 톱니바퀴들의 움직임에 완전히 넋이 나간 모양이었다. 이와 동시에 자신을 돕도록 사병까지 부추겨서 죄수는 어떻게든 그것을 한 개라도 붙잡아 보려고 애를 썼지만, 손이 닿는 순간 흠칫 놀라 얼른 손을 뒤로 빼지 않을 수 없었다. 이내 다른 톱니바퀴가 굴러 나오자 그것을 보는 순간 덜컥 겁이 났던 것이었다.

그런 반면 답사 연구자는 마음이 심히 불안한 상태에 있었다. 기계가 붕괴할 것이 분명했기 때문이었다. 기계가 차분하게 움직이는 것은 속임수에 불과했다. 장교가 이젠 스스로를 보살필 수 없는 몸이기 때문에 그는 지금 자신이 장교를 돌보지 않을 수 없다는 느낌이 들었다. 하지만 톱니바퀴가 계속 떨어지는 일에 온통 주의를 빼앗기고 있는 동안 그는 다른 기계를 살피는 일을 소홀히 하고 있었다. 그렇지만 이제 마지막 톱니바퀴가 도안가에서 떨어지고 나서 써레 위에 허리를 굽혔다가 다시 더욱 화들짝 놀라게 되었다. 써레는 글자를 새기지 않고, 단지 찌르고만 있었다. 그리고 침대는 몸을 뒤집지 않고, 그냥 떨기만 하면서 몸을 바늘 속으로 들어 올리고 있었다. 답사 연구자는 이 일에 개입해서, 가능하다면 기계 전체를 멈추게 하고 싶었다. 이건 정말이지 장교가 원한 것 같은 고문이 아니라 직접적인 살인이었다. 장교는 두 손을 쭉 뻗고 있었다. 하지만 이때 벌써 써레는 바늘에 찔린 몸을 옆으로 들어 올리고 있었다. 보통 때는 열두 시간이 지나야 일어나는 일이었다. 물이 섞이지 않았는데도 피가 수없는 줄기를 이루며 철철 흐르고 있었다. 이번에는 조그만 배수로들도 아무 소용이 없었다. 그러다가 이제는 마지막 단계가 또 제대로 이루어지지 않고 있었다. 몸이 기다란 바늘들에서 떨어지지 않아 그의 몸에서 피가 쏟아졌던 것이다. 하지만 그의 몸은 떨어지지 않고 구덩이 위에 매달려 있었다. 써레는 이미 벌써 원래 위치로 되돌아가려고 하다가 아직 무거운 게 자기에게 달려 있는 것을 스스로 깨닫기라도 한 듯 구덩이 위에 그대로 머물러 있었다.

「이보게, 좀 도와주게!」 답사 연구자는 사병과 죄수 쪽을 건너다보고 소리치며, 장교의 두 발을 손수 붙잡았다.

그는 여기서 장교의 두 발을 누르고 있을 생각이었고, 두 사람은 다른 쪽에서 장교의 머리를 붙잡고 있어야 했다. 이런 식으로 그의 몸에서 바늘들을 천천히 빼내야 했다. 하지만 이제 두 사람은 마음의 결단을 내릴 수 없는 모양이었다. 죄수는 외면하고 몸을 돌리고 있었다. 답사 연구자는 그들 쪽으로 가서 강제로 장교의 머리가 있는 곳으로 그들을 끌고 와야 했다. 그러다가 답사 연구자는 얼떨결에 그만 시체의 얼굴을 보고 말았다. 그가 아직 살아 있을 때의 얼굴 그대로였다. 누구나 얻게 되는 구원의 징표를 그의 모습에서 발견할 수 없었다. 다른 사람들이 다들 기계에서 발견한 것을 장교는 찾아내지 못한 것이었다. 두 입술은 굳게 닫혀 있었고, 두 눈은 뜨고 있어서 마치 살아 있는 느낌을 주었다. 차분한 눈초리는 확신에 차 있었고, 커다란 쇠바늘의 뾰족한 끝이 이마를 관통하고 있었다.

◆

답사 연구자가 사병과 죄수를 데리고 유형지의 첫 번째 마을에 들어오자 사병은 어떤 집을 가리키며 이렇게 말했다.

「저기가 카페입니다.」

그 집의 1층은 깊숙하고 낮은 데다, 벽과 천장이 연기로 그을려 있어 마치 동굴 같았다. 거리 쪽으로 나 있는 벽은 온통 트여 있었다. 카페라고는 하지만, 사령부의 궁전 같은 건물을 제외하고는 다 허물어져 가는 유형지의 다른 집들과 별반 다를 바가 없었다. 그래도 답사 연구자는 그 집에서 이전 시대의 권력을 느끼고 역사의 고적과 같은 인상을 받았다. 그는 보다 가까이 다가가서 두 사람을 거느린 채 탁자들 사이를 빠져나갔다. 카페 앞의 거리에 놓여 있는 탁자들은 텅 비어 있었다. 그는 카페 안에서 새어 나오는 곰팡내 나는 서늘한 공기를 들이마셨다.

「노인이 이곳에 묻혀 있습니다.」사병이 말했다. 「공동묘
지에 묻으려 했는데 사제가 거부했지요. 그를 어디에 묻을지
한동안 결정을 내리지 못하다가 결국 이곳에 묻기로 했지요.
장교가 그런 사실에 대해서는 당신에게 분명 한마디도 하지
않았을 겁니다. 물론 그에 대해 가장 면목이 없는 사람은 그
자였을 테니까요. 그는 심지어 밤중에 여러 번씩이나 노인을
파 가려고 했지만, 그때마다 번번이 쫓겨나고 말았습니다.」

「무덤이 어디에 있지?」사병의 말을 믿을 수 없었던 답사
연구자가 이렇게 물었다.

그 말을 듣자마자 사병과 죄수 두 사람은 답사 연구자보
다 앞서 달려가더니 두 손을 뻗어 무덤이 있음직한 곳을 가
리켰다. 두 사람은 몇 개의 탁자에 손님들이 앉아 있는 뒷벽
쪽으로 그를 데려갔다. 보아하니 부두의 노동자들인 모양이
었다. 검게 번쩍거리는 수염이 얼굴을 온통 뒤덮고 있는 억
센 남자들이었다. 다들 웃옷을 입지 않은데다가 셔츠가 너덜
너덜하게 해져 있는 것으로 봐서 가난하고 기죽은 사람들 같
았다. 답사 연구자가 가까이 다가가자 몇몇 사람이 일어나
서는 벽에 몸을 붙이면서 그를 바라보았다.

「외국인인 모양이야.」답사 연구자 주위에서 속삭이는 소
리가 들렸다.

「무덤을 보러 온 모양이야.」노동자들이 탁자 하나를 옆으
로 밀치자, 그 밑에서 실제로 묘비석이 나타났다. 수수한 돌
멩이로 만들어진 그것은 탁자에 가려질 정도로 높이도 낮았
다. 거기에 아주 깨알 같은 글씨로 묘비명이 새겨져 있었다.

답사 연구자는 글씨를 읽기 위해 할 수 없이 무릎을 굽혀야 했다. 묘비명에는 이렇게 쓰여 있었다.

이곳에 전임 사령관이 잠들어 있다. 지금은 자신들의 이름을 밝힐 수 없는 그의 추종자들이 그의 무덤을 파고 묘비석을 세우노라. 어느 정도 세월이 흐르면 사령관이 부활해 이 집에서 나와 추종자들을 거느리고 유형지를 다시 탈환할 거라는 예언이 있다. 믿고 기다릴지어다!

답사 연구자가 이 글을 읽고 몸을 일으키자 남자들이 그의 주위에 모여 미소를 짓고 있었다. 그것은 마치 그들도 글씨를 함께 읽어 보았는데 우스꽝스러운 내용이라고 생각하지 않느냐고 그에게 다그쳐 묻는 듯한 미소였다. 답사 연구자는 짐짓 이를 알아채지 못한 듯이 행동하며, 동전 몇 닢을 그들에게 나누어 주고는, 탁자를 무덤 위로 밀 때까지 기다렸다가 카페를 나와 항구로 갔다.

사병과 죄수는 카페에서 아는 사람들을 만나 그들에게 붙잡혀 있었다. 하지만 두 사람은 곧 그들에게서 벗어난 모양이었다. 답사 연구자가 보트로 통하는 기다란 계단의 가운데쯤에 겨우 가 있을 때 그들이 벌써 그를 뒤쫓아 달려오고 있었기 때문이었다. 그들은 최종 순간에 자신들을 함께 데려가 달라고 답사 연구자에게 떼를 쓸 작정이었다. 답사 연구자가 계단을 내려가서 기선까지 실어 달라고 사공과 교섭하고 있는 동안 두 사람은 아무 말 없이 계단을 헐레벌떡 뛰어내려오고 있었다. 그들은 감히 소리칠 엄두를 내지 못했다.

하지만 그들이 계단을 다 내려왔을 때 답사 연구자는 이미 보트에 올라타 있었고, 사공은 해안에서 막 벗어나는 중이었다. 두 사람은 지금이라도 보트에 뛰어오를 수 있었겠지만, 답사 연구자가 배 바닥에 있던 매듭이 지어진 묵직한 닻줄을 집어 들고 위협하는 시늉을 하는 바람에 두 사람은 보트에 뛰어오를 수 없었다.

시골 의사

나의 아버님께

새 변호사

우리의 모임에 부케팔로스[1] 박사라는 새 변호사가 가입했다. 그의 외모에는 마케도니아의 알렉산드로스 대왕의 군마였던 시절을 생각나게 해주는 것이 거의 없다. 물론 사정을 잘 아는 사람이라면 두세 가지는 알아차릴지도 모른다. 그렇지만 난 최근에 바로 옥외 계단에서 어떤 무지막지한 법원 사환이 경마의 단골손님다운 전문가적 안목으로, 이 변호사를 놀라운 눈으로 바라보고 있는 모습을 목격했다. 이 변호사는 두 다리를 높이 쳐들고 대리석 바닥에 달그락 달그락 발자국 소리를 울리며 한 걸음 한 걸음 계단을 올라오고 있었다.

대체로 협회 회원들은 부케팔로스를 받아들이는 것에 동의하고 있다. 사람들은 놀라운 통찰력을 가지고 부케팔로스가 오늘날의 사회 질서에서 어려운 상황에 처해 있다고 서로들 말하고 있다. 그런 이유에다 그에게 세계사적인 의의가 있기 때문에 어쨌거나 그를 반갑게 맞아들일 만하다는 것이

1 알렉산드로스 대왕의 애마 이름.

다. 오늘날에는 — 알렉산드로스 대왕과 같은 인물이 없다는 것을 아무도 부인하지 않는다. 사람을 죽이는 법을 아는 사람은 사실 더러 있다. 잔치를 벌일 때 식탁 너머로 창을 던져 친구를 맞히는 숙달된 기술도 부족하지 않다. 그리고 많은 사람들은 마케도니아가 너무 좁다며 아버지 필리포스를 원망하기도 한다 — 하지만 인도까지 진출할 수 있는 사람은 아무도 없다. 벌써 당시에도 인도의 성문은 도달할 수 없는 곳이었지만, 대왕의 검은 그쪽 방향을 가리켰던 것이다. 오늘날에는 그 성문이 어딘가 완전히 다른 곳으로, 더 멀고 더 높은 곳으로 옮겨가 버렸다. 검을 가지고 있는 사람들은 많지만, 그 성문의 방향을 가리킬 수 있는 사람은 아무도 없다. 하지만 이들은 그저 검을 마구 휘두르려고 할 뿐이다. 시선으로 그 검을 좇다 보면 혼란스러울 뿐이다.

그 때문에 사실 부케팔로스가 그랬듯이 육법전서를 파고드는 것이 최고 상책일지도 모른다. 자유롭게, 기수의 엉덩이에 양쪽 옆구리를 짓눌릴 필요도 없이, 알렉산드로스를 따라다니며 겪는 전장의 아비규환에서 벗어나, 잔잔한 램프의 불빛 아래서 그는 책장을 뒤적이며 우리의 낡은 법전을 읽는 것이다.

시골 의사

나는 어찌 할 바를 모르고 있었다. 급히 여행을 떠나야 했던 것이다. 10마일이나 떨어진 마을에서 어떤 중환자가 나를 기다리고 있어서였다. 나와 그 환자 사이의 먼 공간에는 세찬 눈보라가 휘몰아치고 있었다. 나에겐 가볍고 바퀴가 큰 마차가 있어서 이 지역의 국도를 달리기에는 딱 안성맞춤이었다. 털외투로 몸을 감싸고, 진찰 가방을 손에 든 나는 여행 준비를 마치고 이미 뜰에 나와 있었다. 하지만, 말이, 마차를 끌고 갈 말이 없었다. 나에게 딱 한 마리 있었던 말은 살을에는 이러한 겨울 추위에 너무 부려먹는 바람에 간밤에 그만 죽어 버리고 말았다. 그래서 나의 하녀가 말을 한 마리 빌리려고 온 마을을 뛰어다녔지만, 그래 보았자 아무 소용이 없다는 것을 나는 알고 있었다.

눈은 점점 더 깊이 쌓여 가고, 나는 점점 더 움직일 수 없게 되어 어쩔 줄 모르고 우두커니 서 있을 뿐이다. 등불을 이리저리 흔들며 대문에 하녀가 혼자서 나타났다. 보나마나 뻔한 일이다. 눈보라 치는 이런 밤중에 먼 길을 가려는 사람에게 자신의 말을 빌려 줄 사람이 누가 있겠는가? 나는 또 한 번 뜰을 가로질러 갔다. 어떻게 해야 할지 좋은 방안이 생각 나지 않았다. 멍하니 고통에 사로잡혀, 나는 벌써 몇 년 전부터 사용하지 않는 돼지우리의 다 쓰러져 가는 문짝을 발로 걷어차 버렸다. 문이 열리면서 돌쩌귀가 덜컹거리는 소리가 났다. 말에서 나오는 것과 같은 온기와 냄새가 뿜어져 나왔다. 우리 안에는 침침한 마구간용 등불이 줄에 매달려 흔들리고 있었다. 나지막한 칸막이 속에 웅크리고 앉아 있던 사내 한 명이 푸른 눈을 반짝이며 얼굴을 드러냈다.

「마차를 대령할까요?」 네 발로 기어 나오며 그가 물었다.

난 뭐라고 대꾸할 말을 찾지 못하고, 우리 안에 뭐가 또 있는지 보려고 그냥 허리를 구부렸을 뿐이었다. 하녀는 내 옆에 서 있다가 이렇게 말하는 것이었다.

「우리 집에 이런 것들이 있는 줄 몰랐네요.」

우리 둘은 소리 내어 웃었다.

「어이, 요 녀석들아!」 마부가 소리쳤다.

그러자 옆구리가 튼실하게 생긴 두 마리의 억센 말이 한 마리씩 떠밀려 나왔다. 두 다리를 몸에 바짝 붙이고, 잘생긴 머리를 낙타처럼 숙인 채 몸통만을 이리저리 돌리며 몸이 꼭 끼는 비좁은 문으로 빠져나왔다. 하지만 밖으로 나오자마자 말들은 두 다리를 쭉 뻗고 벌떡 일어섰다. 몸에서는 김이 모락모락 피어오르고 있었다.

「마부를 도와줘라!」 내가 이렇게 말하자 온순한 하녀는 마부에게 마구(馬具)를 건네주려고 종종걸음으로 달려갔다. 그러나 하녀가 다가가자마자 마부는 그녀를 껴안고 그녀의 얼굴에 자신의 얼굴을 마구 비벼 대는 것이다. 하녀는 비명을 지르며 나한테 도망쳐 온다. 그녀의 뺨에 두 줄의 이빨 자국이 벌겋게 새겨져 있다.

「이 짐승 같은 놈!」 난 화가 나서 고함을 지른다.

「채찍을 좀 맞아야겠느냐?」 하지만 그가 모르는 사람이라는 생각이 퍼뜩 떠오른다. 난 그가 어디서 온지 모른다. 다른 사람들은 다 거부하는데 그는 자발적으로 나의 일을 거들어 주고 있다. 나의 생각을 알고 있기라도 하듯 그는 내가 위협해도 기분 나빠하지 않고 한 번 내 쪽을 힐끗 뒤돌아볼 뿐, 말에 마구를 매는 일을 멈추지 않는다.

「올라타십시오!」 그가 이렇게 말해서, 보니 정말 준비가 다 되어 있다. 나는 이렇게 멋진 마차에 타 본 적이 없었으므로 즐거운 마음으로 마차에 올라탄다.

「그런데 마차는 내가 몰겠네. 자네는 길을 모르니까.」 내가 말한다.

「그러시죠. 전 결코 같이 가지 않을 겁니다. 전 로자 곁에 있겠어요.」 그가 말한다.

「안 돼요.」 로자는 이렇게 소리치며, 자신의 운명을 피할 수 없다는 것을 정확히 예감하고 집 안으로 달려 들어간다. 문을 닫고 빗장을 지르는 소리, 자물쇠가 찰칵 하고 채워지는 소리가 들려온다. 게다가 그녀는 복도며 방 안을 돌아다니며 불이란 불은 모조리 다 꺼 버리고 자신을 찾아내지 못하게 하는 것이다.

「나랑 같이 가세.」 나는 마부에게 말한다.

「같이 안 가면 난 여행을 포기하겠어. 아무리 긴급한 일이라 하더라도 말이야. 그 대가로 저 소녀를 자네에게 헐값으로 넘겨주고 싶지는 않아.

「이랴!」마부는 이렇게 외치며 손뼉을 친다.

그러자 목재가 물결에 휩쓸려 가듯 마차가 갑자기 움직이기 시작한다. 마부가 마차를 우악스럽게 모는 바람에 우리 집 대문이 우지끈 부서지고 쪼개지는 소리가 들려온다. 그러고 나서 나의 귀와 눈에는 모든 감각을 앗아 갈 정도로 쏜살처럼 내달리는 것 같은 기분이 든다. 하지만 그것도 잠시일 뿐이다. 마치 우리 집 대문 앞에서 곧장 환자 집의 뜰이 열리기라도 한 듯, 벌써 그곳에 와 있었기 때문이다. 말들은 다소곳이 서 있다. 어느덧 눈보라는 그치고 사방에 달빛이 그득했다. 환자의 부모들이 집 안에서 부리나케 달려 나오고, 그의 여동생도 뒤따라 뛰어나온다. 그들은 거의 들어내다시피 나를 마차에서 내리게 한다. 나는 그들이 당황해서 하는 말들을 하나도 알아들을 수 없다. 병실의 공기는 거의 들이마실 수 없을 정도이다. 아무렇게나 내버려 둔 화로에서 연기가 자욱하게 피어오르고 있었기 때문이다. 나는 창문을 열어젖히고 싶지만, 우선 환자를 보고 싶다. 비쩍 마른 그에게는 열이 없어, 몸이 차갑지도 덥지도 않다. 퀭한 눈으로 셔츠도 입지 않고 누워 있던 소년은 깃털 이불 아래에서 몸을 일으켜 나의 목에 매달리며 이렇게 내 귀에 속삭이는 것이다.

「의사 선생님, 저를 죽게 내버려 두세요!」

난 주위를 둘러본다. 그의 말을 들은 사람은 아무도 없다. 부모는 아무 말 없이 허리를 앞으로 구부리고 나의 진단을 기다리고 있다. 여동생은 나의 진찰 가방을 올려놓을 의자를 가져왔다. 난 가방을 열고 진료 기구를 찾아본다. 소년은 침대 밖으로 손을 내밀어 줄곧 내 쪽을 더듬으며, 아까 나에게 한 부탁을 떠올려 주려고 한다. 난 핀셋을 집어 들고 그것을 촛불에 검사한 다음 다시 내려놓는다.

〈그래.〉 나는 신을 모독하는 생각을 한다.

〈이런 경우엔 신들이 도와주시는구나. 말이 없으니까 말을 보내 주시고, 그것도 급하다고 한 마리 더 끼워 주셨어. 거기에다가 덤으로 마부까지 보내 주시다니!〉

그제야 다시 로자 생각이 났다. 어떡하지? 어떻게 해서 그녀를 구하지? 어떻게 그녀를 이 마부의 손아귀에서 빼낼 수 있을까? 그녀는 내게서 10마일이나 떨어져 있고, 내 마차 앞에는 마음대로 다룰 수 없는 말들이 있지 않은가? 그런데 이 말들이 가죽 끈을 어떻게 해놓았는지 느슨하게 풀려 있다. 그리고 어찌 된 노릇인지 알 수 없지만 창문들을 밖에서 열어젖혀 버린 것이다. 말들이 각기 다른 창문으로 머리를 들이밀고 환자를 물끄러미 들여다보고 있지 않은가. 가족들이 놀라 비명을 지르는데도 끄떡없이 말이다.

「곧 다시 되돌아가야겠구나.」 나는 말들한테서 떠나라는 재촉을 받은 것처럼 속으로 중얼거린다. 하지만 너무 더워서 내가 얼이 빠졌다고 생각한 여동생이 나의 털외투를 벗겨 주는 것을 나는 묵묵히 참고 있다. 나보고 마시라고 럼주 한 잔을 건네주면서 노인은 내 어깨를 두드린다. 자신이 아끼는 보물을 내놓음으로써 친밀감을 정당화하려는 모양이다. 난 고개를 설레설레 흔든다. 노인의 속 좁은 생각에 내 기분이 상할지도 모른다. 내가 술을 마시지 않겠다고 사양한 것은 오직 이런 이유 때문이다.

　환자의 어머니는 침대 옆에 서서 나에게 오라고 한다. 난 어머니의 권유에 따라, 말 한 마리가 천장을 향해 큰 소리로 울부짖는 동안 내 머리를 소년의 가슴에 갖다 댄다. 나의 축축한 수염이 그의 몸에 닿자 소년은 전율하며 몸을 부르르 떤다. 나는 그러리라 짐작했던 사실을 확인한다. 소년은 아픈 데 없이 건강한 것이다. 안 좋다고 해봐야 혈색이 좀 안 좋아 보인다는 것이었는데, 이는 걱정한 나머지 어머니가 준 커피를 잔뜩 마셨기 때문이다. 하지만 그는 건강한 몸이라, 한 대 걷어차면 금방 침대에서 쫓아내 버릴 수 있을 것 같다. 난 세계 개혁자인 척하는 사람이 아니기 때문에 그를 그냥 누워 있게 한다. 군청에 고용된 의사인 나는 사실 너무 지나치다 할 정도로 멀리 변두리까지 다니며 나의 의무를 수행하고 있다. 보수는 얼마 되지 않지만, 나는 남에게 잘 베푸는 성격이라 언제라도 가난한 사람들을 도와줄 자세가 되어 있다.

　난 로자를 위해서도 신경을 써야 한다. 그러고 보면 죽고 싶다는 소년의 말이 옳을지도 모른다. 그리고 나도 죽고 싶은 심정이다. 이 끝없는 겨울에 내가 여기서 무얼 한다는 말인가! 내 말은 죽어 버렸고, 이 마을에서 나에게 말을 빌려주는 사람은 아무도 없다. 난 돼지우리를 뒤져 마차를 끌 짐승을 찾아내지 않을 수 없었다. 만약 어쩌다 그곳에 말들이 없었더라면 난 암돼지가 끄는 마차를 타고 올 뻔하지 않았는가. 세상 이치란 그런 것이다. 그리고 난 가족들에게 고개를 끄덕여 인사를 했다. 그들은 이런 사실에 대해 아무것도 모른다. 설령 그런 사실을 알았다 해도 그걸 믿지 않았을 게다. 처방전을 쓰는 것은 쉬운 일이지만, 그 밖에 이 집 사람들과 말이 통하는 것은 어려운 일이다. 이제 그러니까 이곳에서의 나의 왕진이 끝날지도 모른다. 또 한 번 나는 쓸데없이 헛수고만 한 셈이다. 난 이런 일에 익숙해져 있다. 군내(郡內)의 모든 사람들이 야간 비상벨을 누르며 나를 괴롭히고 있다. 하지만 이번에는 로자마저도 넘겨주지 않을 수 없었다. 몇 년 동안 우리 집에 살았지만 내가 거의 거들떠보지도 않았던 이 아름다운 소녀를 말이다 — 이러한 희생은 너무 큰 것이다. 정말이지 아무리 그렇게 하고 싶더라도 로자를 나에게 되돌려줄 수 없는 이 가족에게 매달려 있지 않기 위해서는, 말이 안 될지라도 임시로 내 머릿속을 어떻게든 정리해 두지 않으면 안 된다.

그런데 내가 진찰 가방을 닫고 털외투를 달라고 손짓하자 가족들이 모여 선다. 아버지는 킁킁거리며 손에 든 럼주의 향내를 들이 맡고 있고, 어머니는 아마 나에게 실망한 모양으로 — 아니, 이 사람들이 대체 나에게 무얼 기대하고 있단 말인가? — 눈물을 글썽이며 입술을 깨물고 있으며, 누이는 피에 젖은 손수건을 흔들고 있다. 형편이 이렇다 보니 나는 사정에 따라서는 어쩌면 소년이 아플지도 모르겠다는 걸 인정할 용의가 되어 있다. 내가 그에게 다가가니, 그는 나에게 미소를 지어 보인다. 내가 마치 그에게 만병통치용 수프라도 가지고 온 것처럼 말이다. 아, 이때 두 마리의 말이 울부짖고 있다. 그 소음은 아마 저 높은 곳의 배려로서 나의 진찰을 쉽게 해주기 위한 것이리라. 드디어 난 알게 된다. 정말로 소년은 아픈 것이다. 그의 오른쪽 옆구리의 허리 부위에 손바닥

만한 상처가 나타난 것이다. 장밋빛을 띤 그 상처는 짙기가 다른 여러 부분으로 나누어져 있는데, 안쪽으로 갈수록 짙고 가장자리로 갈수록 보다 엷어진다. 크기가 일정하지 않은 핏덩이가 도톨도톨하게 맺혀 있는 그 상처는 노천 광산처럼 벌어져 있다.

좀 멀리 떨어져서 보면 이런 모습이고, 가까이서 보면 상태가 더욱 심각해 보인다. 이런 모습을 보고 누가 나지막하게 휘파람 소리를 내지 않을 수 있겠는가? 굵기와 길이가 내 새끼손가락만하고, 그 자체가 장밋빛인데다가 더욱이 피가 묻어 있는 벌레들이 상처의 안쪽에 달라붙어서는, 하얀 머리를 쳐들고 수많은 다리들을 꿈틀거리며 밝은 곳으로 나오려고 한다. 불쌍한 소년아, 너를 도울 수 있는 방법이 없구나. 난 너의 커다란 상처를 찾아냈어. 너의 옆구리에 피어난 이 꽃으로 넌 파멸을 맞이하고 있구나. 가족은 내가 일하는 것을 보고 행복해하고 있다. 여동생은 그런 사실을 어머니에게 말하고, 어머니는 아버지에게, 아버지는 양팔을 벌려 몸의 균형을 잡은 채 열린 문으로 달빛을 받으며 발끝으로 걸어 들어오고 있는 몇 사람의 손님들에게 말한다.

「저를 구해 주시겠어요?」 소년은 흐느끼며 이렇게 속삭이다가, 그의 상처에서 살아 움직이는 벌레들을 보고 완전히 질색을 해버린다. 이 지역 사람들은 다 이렇다. 언제나 불가능한 일을 의사한테 요구하는 것이다. 그들은 옛날에 가졌던 믿음을 잃어버렸다. 사제는 자기 집에 죽치고 앉아 사제복들이나 하나하나 쥐어뜯고 있지만, 의사는 외과 수술을 하는 섬세한 손으로 모든 일을 해내지 않으면 안 돼. 뭐, 저들 마음대로 생각하라지. 난 스스로 자청하고 나선 것이 아니었어. 너희들이 날 성스러운 목적에 쓰고 있는 것이며, 난 그것도 그냥 가만히 놓아두고 있어. 자신의 하녀를 빼앗긴 늙은 시골 의사가 더 이상 무슨 일을 바라겠는가! 그들, 가족과 마을의 최고 연장자들이 와서 내 옷을 벗긴다. 선생님을 맨 앞에 세운 학교 합창단이 집 앞에 서서, 멜로디가 아주 단순한 노래를 부른다.

그의 옷을 벗겨라, 그래야 치료할 것이다,
그가 치료하지 않으면, 그를 죽여라!
그것이 의사일 뿐이다, 그것이 의사일 뿐이다.

난 옷이 벗겨진 다음, 손가락으로 수염을 만지며 머리를 기울이고 그들이 하는 일을 가만히 지켜본다. 난 이런 상황에 더없이 차분하고 침착하게 대처하며, 이런 일이 나에게 아무런 소용이 없는데도 그대로 머물러 있다. 이제 그들은 나의 머리와 발을 붙잡고 나를 침대로 끌고 가고 있기 때문이다. 그들은 나를 울타리 삼아 상처의 옆에 눕힌다. 그러고 나서 모두 방에서 나간다. 문이 닫히고, 합창 소리도 잠잠해진다. 구름들이 움직이며 달을 가리고, 침구가 내 몸을 따뜻하게 감싸고 있다. 말의 머리들이 창의 열린 공간에서 그림자처럼 어렴풋이 일렁이고 있다.

「알겠어요?」 누가 내 귀에 대고 말하는 소리가 들린다.

「전 선생님을 별로 믿지 않아요. 선생님은 두 발로 걸어서 온 것이 아니라, 어딘가에서 내동댕이쳐진 것일 뿐입니다. 선생님은 사람을 도울 생각은 하지 않고 죽음을 맞이하는 저의 자리를 비좁게 만들고 있어요. 전 선생님의 두 눈을 후벼 파고 싶은 심정입니다.」

「맞는 말이다.」 내가 말한다. 「참으로 부끄러운 일이야. 하지만 난 의사가 아닌가. 날더러 어떡하란 말인가? 나로서도 쉽지 않은 일이라는 내 말을 믿어 주게.」

「그런 핑계에 제가 만족할 것 같습니까? 아, 참아야 하겠지요. 언제나 전 만족하지 않을 수 없거든요. 전 아름다운 상처를 안고 이 세상에 태어났어요. 제 몸에 지니고 있는 것은 그게 다였어요.」

「이보게!」 내가 말한다. 「전체를 보지 못하는 게 자네의 결점이야. 난 여기저기서 온갖 환자들을 다 보고 다녔네. 내 말하는데, 자네의 상처는 그리 심한 것이 아니야. 예리한 각도에서 도끼로 두 번 내리찍어 생긴 상처일세. 많은 사람들은 숲 속에서 옆구리를 드러내고 있으면서, 도끼 소리에는 별로 신경 쓰지 않거든. 하물며 그 소리가 보다 가까이서 들려도 마찬가지야.」

「정말로 그런 건가요, 아니면 열에 들뜬 저를 속이려는 건가요?」

「정말 그렇다네. 공직에 있는 의사의 명예를 걸고 하는 말이니 믿어 주게.」

그러자 그는 그 말을 받아들여 입을 다물었다. 하지만 지금은 내가 살아남을 방도를 생각할 때였다. 말들은 아직 그 자리에 충실히 서 있었다. 나는 옷들이며 털외투며 진찰 가방을 한꺼번에 움켜쥐었다. 옷을 입느라 꾸물거릴 시간이 없었다. 말들이 이곳에 올 때와 마찬가지로 쏜살같이 달린다면, 말하자면 난 이 침대에서 나의 침대로 단번에 뛰어들 것이다. 말 한 마리가 창에서 순순히 물러났다. 나는 나의 옷 뭉치와 가방을 마차 안으로 집어던졌다. 털외투는 너무 멀리 날아가서 한쪽 소매만 달랑 마차에 걸렸을 뿐이었다. 그 정도면 됐다. 나는 말 등에 뛰어올랐다. 가죽 끈들이 느슨하게 매여 있어, 한 말과 다른 말이 제대로 연결되어 있지 않은 모양인지 뒤에서 마차가 덜커덕거리고 있고, 털외투는 맨 끝에서 눈 위로 질질 끌려오고 있었다.

「이랴!」내가 외쳤다. 하지만 마차는 신나게 달리고 있지 않았다. 우리는 노인처럼 느릿느릿 눈 덮인 벌판을 이동해 가고 있었다. 우리 뒤에는 아이들이 부르는, 새롭지만 잘못된 합창이 오랫동안 울려왔다.

기뻐하라, 환자들아,
의사가 너희들과 함께 누워 있으니!

이래서는 난 다시는 집에 돌아가지 못할 것이다. 문전성시를 이루던 나의 진료실도 어디론지 사라지고 없어져 버렸다. 내 후임자가 훔쳐가 버린 것이다. 하지만 그래 봤자 아무 소용이 없을 것이다. 그가 나를 대신할 수 없을 것이기 때문에 우리 집에서는 그 역겨운 마부가 위세를 부리고 있고, 로자는 그의 제물이 되어 버렸다. 난 그 일을 생각해 내고 싶지 않다. 비참하기 그지없는 이 시대의 엄동설한에 늙은 나는 발가벗긴 채로, 저 세상의 말이 끄는 이 지상의 마차를 타고 끝

277

없이 떠돌고 있는 것이다. 나의 털외투는 마차 뒤에 매달려 있지만, 난 그것에 손이 닿지 않는다. 그리고 몸을 움직일 수 있는 환자들 무리 중에 아무도 손가락 하나 까딱하지 않는다. 속은 거야, 속은 거야! 잘못 울린 야간 비상벨 소리에 덜컥 응했다가 — 다시는 돌이킬 수 없는 상황에 빠지고 만 것이다.

서커스 관람석에서

폐를 앓는 어떤 쇠약한 여자 곡마사가 원형 연기장에서 비틀거리는 말을 타고, 지칠 줄 모르는 관중 앞에서 채찍을 휘두르는 단장 때문에 몇 달 동안 쉬지 않고 빙빙 원을 돌아야 한다고 생각해 보자. 그 여자는 말 위에서 바람을 가르고, 손으로 입맞춤을 날리며 이리저리 허리를 흔들고 있다. 그리고 오케스트라와 통풍 장치가 끝없이 요란한 소리를 내는 가운데 넓게 계속 열리는 회색의 미래로 이러한 연기가 이어진다고 생각해 보자. 그러는 동안 정말 증기 망치 같은 손으로 손뼉을 치는 듯, 박수 소리가 점차 사라지다가 다시 크게 울려 퍼지기도 한다 — 만약 이와 같은 일이 생긴다면 일반 관람석의 한 청년이 벌떡 일어나 여러 등급의 관람석을 지나 기다란 계단을 부리나케 내려와 원형 연기장으로 달려들어서는, 연기에 맞추어 계속 오케스트라가 울려 대는 가운데 이렇게 소리칠지도 모른다.

「그만해요!」

하지만 실상은 그렇지 않다. 흰색과 빨간색 옷을 입은 아름다운 여성이, 제복을 입은 당당한 모습의 남자들이 열어 준 커튼들 사이로 사뿐사뿐 들어온다. 단장은 헌신적으로 그녀의 시선을 살피고, 동물처럼 행동하며 그녀를 향해 숨을 몰아쉰다. 그는 그녀가 위험한 여행길을 떠나는, 눈에 넣어도 아프지 않을 사랑스러운 손녀라도 되는 양 그녀를 조심스럽게 회색 반점이 있는 백마의 등에 들어 올린다. 그런데 아직 채찍으로 신호를 보낼 결심이 서지 않는다. 그러다가 마침내 마음을 단단히 먹고 채찍을 후려치며 신호를 보낸다. 그는 입을 벌리고 말을 따라 같이 달리며, 곡마사 소녀가 말 위에서 뛰어오르는 모습을 주의 깊게 살펴본다. 그녀의 기량을 제대로 파악할 수 없어서 영어로 고함쳐 주의를 주려고 한다. 굴렁쇠를 들고 있는 마부들에게도 정신을 바짝 차리라고 화를 내며 경고한다. 아슬아슬한 공중 3회전을 하기 전에 오케스트라를 향해 두 손을 치켜들고 연주를 멈추라고 간청한다.

마침내 그는 부들부들 떨고 있는 말에서 어린 소녀를 안아 내려서는 그녀의 양 볼에 입맞춤을 하면서, 관중들의 열렬한 갈채에도 시큰둥한 반응을 보인다. 한편 소녀는 그의 팔에 의지한 채 높이 발끝으로 서서, 먼지가 흩날리는 가운데 두 팔을 활짝 벌리고 조그만 머리를 뒤로 젖히며 서커스단 전체와 자신의 행복을 나누려고 한다 — 실제 사정은 이러하기 때문에, 일반 관람석의 청년은 얼굴을 난간에 파묻고, 마치 괴로운 꿈속에 빠져들 듯 마지막 행진곡에 빠져들며 자신도 모르는 사이 울고 있는 것이다.

해묵은 원고

우리가 조국의 방위에 무척 소홀히 한 게 아닌가 하는 생각이 든다. 우리는 지금까지 그런 일에 신경 쓰지 않고, 우리의 일에만 전념해 왔다. 하지만 최근에 일어난 사건들은 우리에게 걱정을 안겨 준다.

나는 황제의 궁전 앞 광장에서 구둣방을 운영하고 있다. 하지만 동이 틀 무렵 나의 가게를 열자마자 나는 광장으로 난 골목의 입구마다 무장 군인에 의해 점령당한 것을 본다. 하지만 그들은 우리나라 병사가 아니라 북쪽에서 온 유목민이 분명하다. 하지만 그들은 나로서는 납득할 수 없는 방법으로 국경에서 아주 멀리 떨어진 이 수도까지 쳐들어온 것이다. 어쨌거나 그들은 이곳에 와 있다. 아침마다 수효가 더 늘어나는 것 같다.

이들은 집을 싫어하기 때문에 자신들의 습성에 따라 밖에서 야영을 한다. 이들은 칼의 날을 가는 일, 화살을 뾰족하게 하는 일, 말 타는 연습을 하는 일에 몰두한다. 이 조용하고, 늘 지나칠 정도로 깨끗하게 유지되던 광장을 그들은 그야말로 외양간으로 만들어 버린 것이다. 우리는 사실 가끔 우리 가게 밖으로 달려 나와 적어도 가장 지독한 오물을 치우려고 하지만, 그런 일도 점점 더 뜸해진다. 힘들게 애를 써 봤자 아무런 소용이 없고, 그것 말고도 거친 말발굽에 짓밟히거나 채찍에 맞아 다칠 위험이 있기 때문이다.

유목민과는 대화를 나눌 수 없다. 그들은 우리말을 알지 못할뿐더러, 그들 자신의 언어도 갖고 있지 않다. 그들끼리는 까마귀 비슷한 소리를 내서 서로 의사소통을 한다. 까마귀 울음소리가 자꾸 들려온다. 그들은 우리의 생활 방식이나 우리의 제도를 이해하지 못할 뿐만 아니라 그것에 아무런 관심도 없다. 그 때문에 이들은 몸짓이나 손짓에 의한 신호 언어에도 죄다 거부감을 보인다. 그대가 턱이 빠질 것 같은 동작을 하거나 손목 관절을 비트는 동작을 하더라도 그들은 그대의 뜻을 이해하지 못하고, 앞으로도 결코 이해하지 못할 것이다. 그들은 가끔 얼굴을 찌푸리기도 한다. 그럴 때는 그들은 눈의 흰자위를 굴리며 입에서 거품을 문다. 하지만 그건 어떤 말을 하려는 것도 아니고 남을 놀라게 하려는 것도 아니다. 그들이 이러는 것은 그게 그들의 방식이기 때문이다. 그들은 필요한 물건을 빼앗아 간다. 그렇다고 그들이 폭력을 쓴다고는 말할 수 없다. 그들이 움켜쥐기 전에 사람들은 옆으로 물러서며 그들에게 모든 것을 넘겨준다.

그들은 내가 가지고 있는 물건도 제법 많이 가져갔다. 하지만 정육점 주인이 당하는 것을 보면, 그에 대해 뭐라고 불평할 입장이 아니다. 정육점에서는 고기를 들여놓자마자 몽땅 털려 온통 유목민의 차지가 된다. 하물며 그들의 말들도 고기를 먹는다. 말 주인이 말 옆에 누워, 인간과 말이 같은 고깃덩어리를 각자 양쪽 끝에서 물어뜯고 있는 광경을 왕왕 볼 수 있다. 도축업자는 소심한 사람이라, 감히 고기의 공급을 중단하지 못한다. 그러나 그의 마음을 십분 이해하는 우리는 돈을 걷어 그를 도와준다. 유목민들이 고기를 얻지 못하면 그들이 무슨 짓을 저지를지 모른다. 하기야 그들이 고기를 매일 얻어도 무슨 일을 저지를지 모르기는 매한가지이다.

최근에 도축업자는 최소한 도살하는 수고는 덜 수 있지 않을까 생각하고, 아침에 살아 있는 황소를 한 마리 가져왔다. 그는 그런 일은 다시는 되풀이해서는 안 되었다. 나는 거의 한 시간 동안이나 구둣방 저 뒤쪽에서, 나의 옷이며 이불이며 방석 같은 것을 깡그리 머리에 뒤집어쓰고 바닥에 납작 엎드려 있었다. 오로지 황소가 울부짖는 소리를 듣지 않기 위해서 말이다. 유목민들이 온 사방에서 달려들어 이빨로 따스한 살점을 뜯어먹었기 때문이었다. 잠잠해지고 난 뒤에도 한참 있다가 나는 겨우 용기를 내어 밖으로 나가 보았다. 그들은 술통 주위에 널브러져 있는 주정뱅이들처럼 황소의 잔해 주변에 녹초가 된 채 누워 있었다.

바로 그 당시에 난 궁전의 어느 창가에 나온 황제를 보았다는 생각이 들었다. 그는 평소에는 결코 이 바깥 방에 오는 일이 없다. 그는 언제나 가장 깊은 정원 속에서만 살고 있는 것이다. 그러나 이번에는 그가 — 내 생각으로는 그렇게 보였다 — 적어도 어느 창가에 서서, 고개를 숙이고 자신의 궁성 앞에서 벌어지고 있는 짓거리를 내다본 것이었다.

「앞으로 어떻게 될까?」 우리는 모두 서로에게 물어본다.

「이러한 부담과 고통을 어떻게 참을 것인가? 황제의 궁전이 유목민들을 유혹해 불러들였지만, 이들을 다시 쫓아낼 방도를 알지 못하고 있다. 성문은 꽁꽁 닫혀 있고, 예전에는 늘 위풍당당하게 드나들던 호위병은 격자 창살 뒤쪽에 틀어박혀 있다. 조국을 구하는 일은 우리 같은 수공업자나 상인들에게 맡겨져 있다. 하지만 우리에게는 그러한 임무를 감당할 능력이 없다. 또한 그러한 능력이 있다고 뽐낸 적도 결코 없었다. 그것은 오해에서 빚어진 일이고, 우리는 그로 인해 파멸해 가는 것이다.」

율법 앞에서

　　율법 앞에 문지기 한 명이 서 있다. 이 문지기한테 시골에서 온 한 남자가 찾아와서 율법 안으로 들어가게 해달라고 간청한다. 그러나 문지기는 지금은 들어가게 해줄 수 없다고 말한다. 그 남자는 곰곰 생각하다가 그럼 나중에는 들여보내 줄 수 있는지 물어본다.

　　「그건 가능합니다.」 문기지가 말한다.

　　「그러나 지금은 안 됩니다.」

　　언제나 그렇듯이 율법으로 들어가는 문이 열려 있고, 문지기가 옆으로 물러나기 때문에 그 남자는 허리를 구부리고 성문 안을 들여다본다. 문지기는 이런 모습을 보고 웃으며 이렇게 말한다.

　　「그렇게 들어가고 싶으면 내가 막더라도 들어가 보시오. 그렇지만 내 힘이 대단하다는 걸 명심하시오. 난 가장 직위가 낮은 문지기일 뿐이오. 방을 하나씩 지나갈 때마다 문지기가 서 있으며, 점점 더 힘이 세지지요. 난 세 번째 문지기의 모습만 봐도 오줌을 지릴 지경이오.」

시골에서 온 남자는 그런 어려운 일이 있을 줄 미처 예상하지 못했다. 그런데 그는 율법이란 누구에게나 항상 열려 있어야 한다고 생각한다. 하지만 지금 털외투를 입은 문지기의 얼굴, 그의 큼지막하고 뾰족한 코, 듬성듬성하게 길게 자란 타타르인의 수염을 보다 찬찬히 들여다보며 그는 들어가도 좋다는 허락이 내려질 때까지 차라리 마냥 기다리기로 마음먹는다.

문지기는 그에게 등받이 없는 의자를 갖다 주며 문 옆에 앉아 있으라고 한다. 거기서 그는 몇 날 몇 년을 앉아 있다. 그는 안으로 들여보내 주도록 수많은 시도를 하고, 간청들을 하며 문지기를 지치게 만든다. 문지기는 종종 이런저런 간단한 질문을 던지며, 고향이며 다른 여러 가지 일에 대해 그에게 꼬치꼬치 물어본다. 하지만 높은 분들처럼 아무 관심도 없는 질문들을 던지다가, 결국에는 아직은 들여보내 줄 수 없다고 번번이 말하는 것이다. 자신의 여행을 위해 많은 물건을 가져온 그 남자는, 그것이 아무리 값비싼 것이라 하더라도 문지기를 매수하기 위해 온갖 물건을 서슴없이 내놓는다.

문지기는 그가 주는 족족 받아 챙기지만 그러면서 이렇게 말한다.

「내가 이 물건을 받기는 하겠지만 그건 당신이 무언가를 소홀히 했다고 생각하지 않도록 하기 위해서일 뿐이오.」

수많은 세월 동안 그 남자는 거의 쉬지 않고 문지기를 관찰한다. 그는 다른 문지기들도 있다는 사실은 잊어버리고, 이 첫 번째 문지기가 율법으로 들어가는 것을 막는 유일한 장애물이라고 생각한다. 그는 어쩌다가 이런 불행한 일이 생긴 것을 원망하며, 처음 몇 년간은 마구 큰 소리로, 나중에 늙어서는 그냥 혼잣말로 투덜거릴 뿐이다. 그는 어린애처럼 변해 간다. 그는 오랜 세월 동안 문지기를 면밀히 관찰하면서 그의 털외투 옷깃에 벼룩들이 있는 것을 알아채고 그 벼룩들에게도 자신을 도와 문지기의 마음을 돌리게 해달라고 애원한다. 마침내 그는 시력이 약해지기 시작한다. 그래서 그는 자신의 주위가 정말 어두워지는지, 또는 자신의 눈이 나빠 그렇게 보이는지 알지 못하게 된다. 하지만 그는 지금 어두운 가운데 율법의 문에서 한 줄기 찬란한 빛이 꺼질 줄 모르고 비쳐 오는 것을 알아챈다. 이제 그가 살날도 얼마 남지 않았다. 그가 죽기 전에 그의 머릿속에는 평생 동안 경험한 모든 일들이 지금까지 문지기에게는 아직 해보지 않은 하나의 질문으로 모인다. 몸이 굳어져 더는 일어날 수 없게 되자 그는 문지기를 자기한테 다가오도록 손짓을 한다. 문지기는 그의 쪽으로 몸을 잔뜩 숙여야 한다. 둘의 키 차이가 매우 커졌기 때문이었다.

「이제 와서 또 무얼 알고 싶다는 거요?」 문지기가 묻는다. 「정말 끈질긴 사람이군.」

「누구나 다 율법을 얻으려고 노력하지요.」 그 남자가 말한다. 「오랜 세월 동안 나 말고 아무도 들여보내 달라고 하지 않는 이유는 대체 뭐요?」

문지기는 그 남자가 얼마 못 살 거라는 것을 알게 된다. 그래서 청력을 잃어 가는 그가 잘 들을 수 있도록 큰 소리로 버럭 고함을 지른다.

「다른 사람은 아무도 이 안으로 들어갈 수 없었소. 당신만이 이 입구로 들어갈 수 있으니까요. 난 이제 가서 입구를 걸어 잠그겠소.」

재칼과 아랍인

    우리는 오아시스에서 야영을 했다. 같이 동행한 사람들은 잠들어 있었다. 키가 껑충하고 흰 옷을 입은 아랍인이 내 곁을 지나갔다. 낙타들을 돌봐 주고 나서 잠자리로 가는 길이었다.

    나는 풀밭에 벌렁 드러누웠다. 잠을 청했으나 잠을 이룰 수 없었다. 멀리서 재칼이 하소연하듯 울부짖는 소리가 들려왔다. 나는 다시 일어나 반듯이 앉았다. 그러자 멀리서 들리던 그 소리가 갑자기 가까이서 들려왔다. 내 주위에 재칼들이 우글거리고 있었다. 흐릿한 금색의 눈들이 번쩍거리며 꺼져 가고 있었다. 날씬한 몸들은 채찍에 쫓기는 듯 규율에 맞추어 민첩하게 움직인다.

    재칼 한 마리가 뒤쪽으로부터 와서 마치 나의 따스한 체온이 필요한 듯 나의 겨드랑이 밑으로 바짝 파고들었다. 그러고 나서 내 앞으로 가더니 거의 눈을 서로 맞대다시피 하면서 대화를 나누었다.

    「나는 이 일대에서 가장 나이가 많은 재칼입니다. 여기서 당신을 만나 뵙게 되어 기쁩니다. 난 진작부터 희망을 거의 포기하고 있었습니다. 우린 이루 말할 수 없이 오랫동안 당신을 기다리고 있기 때문입니다. 나의 어머니가 기다렸고, 어머니의 어머니가 기다렸으며, 그리고 모든 재칼의 어머니에 이르기까지 그전의 그들의 모든 어머니들이 기다려 왔습니다. 정말입니다!」

「알다가도 모를 말이군.」 나는 이렇게 말하느라 장작더미에 불을 붙이는 것도 잊어버렸다. 그것은 연기를 피워 재칼이 못 오게 하려고 준비해 둔 것이었다.

「그 말을 들으니 정말 알다가도 모를 일이야. 나는 어쩌다가 먼 북쪽에서 와서, 지금 막 짧은 여행을 하려는 중이야. 자네들이 바라는 게 대체 뭔가, 재칼들?」

그런데 이렇게 생각지도 않게 내가 너무 친절하게 응대하는 것에 용기를 얻었는지 재칼들이 좀 더 좁게 나를 빙 둘러에워쌌다. 다들 헐떡거리며 가쁘게 숨을 몰아쉬고 있었다. 나이가 가장 많은 재칼이 입을 열었다.

「당신이 북쪽에서 오셨다는 것은 알고 있습니다. 사실 그 때문에 우리가 희망을 걸고 있는 겁니다. 그곳 북쪽 사람들에게는 이곳 아랍인들한테서는 찾아볼 수 없는 깊은 생각이 있습니다. 아시다시피 아랍인들의 이러한 차가운 오만함에서는 깊은 생각의 불꽃이 번득이지 않습니다. 그들은 동물들을 죽여서 먹고, 썩은 고기는 무시하며 먹지 않습니다.」

「목소리가 너무 크군.」 내가 말했다. 「바로 옆에 아랍인이 자고 있어.」

「당신은 정말 외국에서 온 분이군요.」 그 재칼이 말했다.

「그렇지 않다면 당신은 여태껏 세계 역사상 재칼이 아랍인을 무서워한 적이 한 번도 없다는 것을 잘 아실 텐데요. 우리가 저들을 무서워해야겠어요? 그런 민족의 압박에 우리가 쫓겨났다는 것이야말로 불행이 아닐까요?」

「그럴지도 모르지, 그럴지도 몰라.」 내가 말했다. 「난 내 자신과 별로 관계가 없는 일에는 판단을 내리지 않아. 그건 아주 먼 옛날의 싸움인 모양이군. 결국 문제는 피 때문일지도 모르겠군. 그러니까 아마 피를 보아야 끝장이 날지 모르겠어.」

「머리가 아주 좋은 분이시군요.」 늙은 재칼이 말했다. 그리고 다들 숨이 더 가빠졌다. 다들 그냥 가만히 서 있는데도 폐의 움직임이 빨라진 것이다. 때로는 이빨을 꽉 물어야 할 정도로 참기 어려운 역한 냄새가 크게 벌린 그들의 입에서 새어 나왔다.

「머리가 아주 좋은 분이시군요. 당신이 한 말은 옛날부터 내려오는 우리의 가르침과 일치하고 있습니다. 그러니까 우리들이 그들의 피를 빼앗아야 이 싸움이 끝나지요.」

「아!」 난 생각했던 것보다 더 거칠게 말했다. 「그들도 방어를 할 거야. 그들은 엽총으로 자네들을 한꺼번에 쏘아 죽일 거야.」

「당신은 인간의 습성으로 우리를 잘못 이해하고 있습니다.」 그가 말했다. 「그러니까 먼 북쪽에서도 그런 것을 잃어버리지 않고 있군요. 하지만 우린 그들을 죽이지 않을 겁니다. 그런 짓을 하고 우리의 몸을 깨끗이 씻으려면 나일 강의 물로도 모자랄지도 모릅니다. 우리는 단지 그들의 살아 있는 몸뚱이만 보아도 보다 맑은 공기가 있는 곳으로, 사막으로 달아나야 합니다. 그래서 그곳이 우리의 고향이지요.」

그러자 그러는 사이에 먼 곳에서 많은 재칼들이 이곳으로 몰려왔는데, 주위에 빙 둘러서 있던 이러한 모든 재칼들이 머리를 앞 다리 사이에 처박고 앞발로 그것을 문지르기 시작했다. 이는 마치 그들이 반감을 숨기려는 동작 같았다. 그들이 이처럼 너무 끔찍하게 반감을 드러내는 바람에 난 풀쩍 뛰어 그들 무리에서 달아나고 싶은 생각이 굴뚝같았다.

「그렇다면 자네들은 어쩌자는 건가?」 난 이렇게 묻고 일어설 작정이었지만, 일어설 수 없었다. 뒤에서 두 마리의 어린 재칼이 나의 상의와 셔츠를 꽉 물고 있었기 때문이었다. 난 그냥 앉아 있을 수밖에 없었다.

「당신의 옷자락을 받들고 있는 겁니다.」 늙은 재칼이 진지하게 설명하며 말했다.

「경의를 표하고 있는 겁니다.」

「나를 좀 놓아주게나!」 나는 늙은 재칼과 어린 재칼을 향해 소리쳤다.

「원하신다면 물론 그렇게 해드리겠습니다.」 늙은 재칼이 말했다. 「하지만 그러려면 잠시 시간이 걸립니다. 그들이 관례에 따라 옷을 아주 깊숙이 물고 있어서, 물고 있는 이빨을 천천히 벌려야 하거든요. 그러는 사이에 우리의 부탁을 좀 들어주시기 바랍니다.」

「자네들이 하는 짓으로 보아 그리 귀담아듣고 싶지 않구나.」 내가 말했다.

「우리의 서투른 행동에 벌주지 마십시오.」 그는 이렇게 말하며 이제 처음으로 그의 자연스러운 목소리에서 애원조의

음을 이용했다.

「우린 불쌍한 짐승들입니다. 우리가 갖고 있는 거라곤 이 빨밖에 없습니다. 좋은 일이든 나쁜 일이든, 무슨 일을 할 때마다 우리는 무는 수밖에 없습니다.」

「그럼 자네가 바라는 게 뭔가?」 나는 마음이 약간 풀어져서 이렇게 물었다.

「나리!」 그가 소리쳤다. 그러자 모든 재칼들이 울부짖기 시작했다. 그것은 아주 멀리서 들려오는 멜로디처럼 생각되었다. 「나리, 세상을 두 개로 갈라 놓고 있는 싸움을 끝내야 합니다. 우리 조상들은 당신처럼 생긴 사람이 그 일을 할 거라고 묘사해 두었습니다. 우린 아랍인들에게서 벗어나 평화를 얻어야 합니다. 숨을 쉴 수 있는 공기를 얻어야 합니다. 그러려면 우리 주위의 지평선에 아랍인들이 없어져야겠지요. 아랍인이 도살하는 숫양이 슬피 울부짖는 소리가 들리지 않아야겠지요. 모든 동물들이 조용히 죽어 가야 합니다. 우리는 아무런 방해도 받지 않고 그 피를 다 마시고, 뼈까지도 깨끗이 먹어 치워야 합니다. 우리가 원하는 것은 다름 아닌 청결밖에 없습니다.」

그러자 이제 모든 재칼들이 울며 흐느끼는 것이었다.

「고귀한 심장과 감미로운 내장을 가진 당신이 이 세상에서 어떻게 그런 걸 견뎌 내겠습니까? 그들의 흰색은 더럽습니다. 그들의 검은색도 더럽지요. 그들의 수염은 두려움을 느끼게 합니다. 그들의 눈초리를 보면 구역질이 나지 않을 수 없습니다. 그들이 팔을 들어 올리면 그들의 겨드랑이에서 지옥이 아가리를 벌리고 있습니다. 그러니까, 아, 나리, 그러니까, 아, 친애하는 나리여! 모든 일을 행할 수 있는 당신의 손의 도움을 빌려, 모든 일을 행할 수 있는 당신의 손의 도움을 빌려 이 가위로 그들의 목을 자르십시오!」

그리고 그가 고개를 홱 움직이자 재칼 한 마리가 다가왔다. 그 재칼은 한쪽 송곳니에 낡고 녹슨 작은 재봉용 가위를 걸고 있었다.

「그러므로 결국 저 가위만 있으면 모든 게 끝장이야!」 우리 대상(隊商)의 아랍인 대장이 외쳤다. 바람과 반대 방향으로 몰래 우리에게 살금살금 다가온 그는 이제 자신의 거대한 채찍을 휘두르는 것이었다.

모든 재칼들은 걸음아 날 살려라 하고 달아났다. 하지만 약간 떨어진 곳에 옹기종기 모여 웅크리고 있었다. 이렇게 많은 동물들이 한군데 모여 꼼짝 않고 있으니 마치 좁은 우리 주위에 도깨비불이 날아다니는 것처럼 보였다.

「이것으로 나리도 좋은 구경거리를 보고 들으셨군요.」 아랍인은 이렇게 말하며 나름대로 신중을 기하면서 쾌활하게 웃었다.

「그렇다면 당신은 저 동물들이 무슨 일을 하려는지 알고 있었나요?」 내가 물어보았다.

「물론이지요, 나리.」 그가 말했다.

「그거야 누구나 다 아는 사실입니다. 아랍인이 있는 한 저 가위는 온 사막을 떠돌아다닐 겁니다. 그리고 이 세상이 끝날 때까지 우리와 함께 떠돌아다닐 겁니다. 저들은 유럽인만 보면 위대한 그 일을 하라고 권유한답니다. 유럽인만 보면 그런 일을 하기에 제격이라고 생각하거든요. 이 동물들은 터무니없는 희망을 품고 있는 거지요. 정말 바보입니다. 그래서 우리는 저들을 사랑합니다. 저들은 당신네들의 개보다 더 멋진 우리의 개이지요. 이것 좀 보십시오. 간밤에 낙타 한 마리가 죽어서 이곳으로 가지고 오도록 했답니다.」

네 사람이 무거운 낙타를 들고 와서 시체를 우리 앞에 내던졌다. 그것을 보자마자 재칼들이 높이 소리를 질러 대기 시작했다. 마치 저항할 수 없는 밧줄에 이끌려 오듯이, 한 마리 한 마리씩 머뭇거리며 배를 땅에 가볍게 스치듯 다가왔다. 그들은 아랍인들이며, 증오심도 잊고 있었다. 눈앞의 모든 일을 잊어버리게 할 정도로 강한 냄새를 풍기는 시체에 그들은 매혹당한 것이었다. 벌써 한 마리가 목에 달라붙더니 처음 물어뜯어 단번에 동맥을 찾아냈다. 마치 도저히 끌 가망이 없는 엄청난 화재를 끌려고 닥치는 대로 물을 뿌리는 조그만 펌프처럼, 그의 몸 근육 하나하나가 그 자리에서 바짝 당겨지며 경련하고 있었다. 그리고 벌써 모든 재칼들이 시체에 달려들어 똑같이 물어뜯으며 산더미를 이루고 있었다.

그러자 대상의 대장은 그들의 머리 위로 날카로운 채찍을 이리저리 마구 휘둘렀다. 재칼들은 반쯤 도취되어 실신한 듯 머리를 쳐들었다. 그들은 아랍인들이 자기들 앞에 서 있는 것을 보았다. 이제 채찍을 코끝으로 느끼자 풀쩍 뛰어 물러서며 뒤로 조금 달아나는 것이었다. 하지만 시체에서 흘러나온 피가 벌써 웅덩이를 이루어 김이 모락모락 피어오르고 있었다. 낙타의 몸은 여러 군데가 크게 찢어져 있었다. 재칼들은 유혹을 견디지 못하고 다시 시체 주위로 슬금슬금 모여들었다. 아랍인 대장이 다시 채찍을 쳐들자 나는 그의 팔을 붙잡았다.

「당신 생각이 맞습니다, 나리.」그가 말했다. 「그들이 끌리는 본성에 맡겨 둡시다. 또한 떠날 시간도 됐고요. 당신은 그놈들을 보았습니다. 참으로 놀라운 동물이 아닙니까? 그런데 그놈들이 왜 그렇게 우리를 미워하는지!」

광산 방문

    오늘 지위가 최고 높은 기사(技師)들 일행이 우리가 일하는 갱도를 방문했다. 새로운 갱도를 만들라는 지시가 상부에서 내려진 모양이었다. 그래서 이 기사들이 최초로 측량을 하기 위해 이곳에 온 것이었다. 이 사람들은 아주 젊으면서도 벌써 다양한 모습을 하고 있다! 이들은 자유롭게 발전해 왔으며, 벌써 젊은 나이에 아무런 구속도 받지 않고 확고한 자신의 모습을 드러내고 있다.

    검은 머리칼에 활기찬 어떤 기사는 두 눈으로 여기저기를 두루 살피고 있다.

    메모 철을 든 두 번째 기사는 걸으며 기록하고, 주위를 둘러보고 이것저것을 비교하며 메모를 한다.

    두 손을 상의 주머니에 넣고 있어 온몸이 긴장되어 있는 세 번째 기사는 반듯한 자세로 걸으며 위엄을 유지하고 있다. 입술을 계속 깨물고 있는 것에서만 초조해하고, 억제할 수 없는 청춘이 드러나고 있다.

    네 번째 기사는 세 번째 기사가 요구하지도 않은 설명을 하고 있다. 세 번째 기사보다 키가 작은 그는 유혹하는 악마처럼 옆에서 걸어가고 있다. 그는 집게손가락을 내내 공중에 쳐들고 이곳에 보이는 모든 것에 대해 지루하게 장광설을 늘어놓는 것 같다.

지위가 가장 높아 보이는 다섯 번째 기사는 누가 자신과 나란히 걷는 것을 용납하지 않는다. 그는 때로는 선두에서 걷기도 하고, 때로는 맨 뒤에서 걷기도 한다. 일행은 그의 발걸음에 보조를 맞추고 있다. 그는 창백하고 허약해 보인다. 책임감 때문에 그의 두 눈이 쑥 들어가게 되었다. 때때로 그는 곰곰 생각에 잠겨 손으로 이마를 지그시 누르기도 한다.

여섯 번째와 일곱 번째 기사는 허리를 약간 구부리고, 팔짱을 낀 채 머리를 맞대다시피 하고 걸으며 친밀하게 대화를 나누고 있다. 여기가 우리의 광산과 작업장에서 가장 깊은 갱도가 아니라면 뼈가 앙상하고 수염이 없으며 주먹코인 이 신사들이 젊은 성직자들로 보일지도 모른다. 한 사람은 대체로 고양이 울음소리 같은 목소리로 혼자 킥킥거리고 있다. 역시 빙그레 미소 짓고 있는 다른 사람은 혼자 도맡아 말을 하며, 자유로운 손으로 거기에 박자를 맞추고 있다. 이 두 신사는 자신들의 자리에 대해 무척 자신만만한 모양이다. 정말이지 나이가 젊은데도 우리 광산을 위해 상당한 공로를 세운 모양이다. 이렇게 중요한 조사를 하는 마당에 그들의 상관이 눈앞에 있는데도 자신들의 일에, 적어도 현재의 임무와 별로 관계가 없는 그런 일에 아무 거리낌 없이 열을 올리고 있으니 말이다. 아니면 이 두 사람은 저렇게 웃고 부주의해 보이면서도 필요한 것은 눈여겨보고 알아차리는 능력이 있는 것은 아닐까? 그런 신사들에 대해서는 감히 뭐라고 확고한 판단을 내릴 수 없다.

하지만 다른 한편으로 예를 들어 여덟 번째 기사는 이 두 기사, 아니 다른 모든 기사들과는 비교도 되지 않을 만큼 자신의 일에 열중하고 있음은 의심의 여지가 없다. 그는 모든 것을 만져 보고 조그만 망치로 두드려 보지 않으면 직성이 풀리지 않는 모양이다. 그는 번번이 그것을 주머니에서 꺼냈다가 다시 집어넣곤 한다. 그는 우아한 복장을 하고 있지만 가끔 더러운 곳에 무릎을 꿇고 지반을 두드려 보기도 한다. 그런가 하면 그냥 걸어가면서 벽면이나 머리 위의 천장을 두드려 보기도 한다. 한번은 그가 오랫동안 드러누워 가만히 있자 우리는 그가 어떤 불행한 일을 당한 게 아닌가 하고 생각하기도 했다. 하지만 그는 날씬한 몸을 약간 움찔하더니 벌떡 일어나는 것이었다. 그런 식으로 다시 조사를 한 것일 뿐이었다. 우리는 우리의 광산과 거기서 나오는 암석들을 알고 있다고 생각한다. 하지만 이 기사가 이곳에서 이런 식으로 무엇을 계속 조사하는지에 대해서는 도무지 알 수가 없다.

아홉 번째 기사는 측정 기구를 실은 유모차 같은 것을 밀고 다닌다. 말할 수 없이 부드러운 솜에 깊이 싸인 아주 값비싼 기구이다. 이런 유모차는 사실 광산 직원이 밀어야 하겠지만, 그 기사는 남에게 그 일을 맡기지 않고 직접 그것을 밀고 다니는 것이다. 우리가 보기에 그는 그 일을 기꺼이 하고 있다. 가장 나이가 어려 보이는 그는 아직 모든 기구를 속속들이 이해하고 있는 것 같지는 않다. 하지만 그는 줄곧 그 기구에서 시선을 떼지 않다가, 그 바람에 때때로 유모차가 벽에 부딪칠 뻔하는 위험에 빠지기도 한다.

하지만 유모차 옆을 따라다니며 유모차가 충돌하는 것을 막아 주는 다른 기사가 있다. 그는 분명 이 기구에 대해 철저히 이해하고 있으며, 원래 그 기구를 관리하는 사람인 모양이다. 가끔 가다 그는 유모차를 멈추지 않고, 기구의 부속품을 끄집어내서 그것을 들여다보며, 나사를 풀었다가 조이기도 하고, 흔들어 보거나 두드려 보기도 하며, 귀에 갖다 대고 소리를 들어 보기도 한다. 그러다가 유모차가 대체로 서 있는 동안 멀리서는 눈에 거의 보이지도 않는 작은 물건을 아주 조심스럽게 다시 유모차 속에 내려놓는다. 이 기사는 약간 권력을 부리려는 경향이 있지만, 그래도 그 기구에 한해서만 그러하다. 우리가 그 유모차 앞에서 열 보 정도의 거리만 떨어져도 그는 말없이 손가락으로 가리키며 비켜나라고 한다. 심지어 옆으로 비켜날 장소가 없을 때도 그는 물러서라고 한다.

이 두 기사의 뒤에는 아무 일도 하지 않는 직원이 따라다닌다. 아는 게 아주 많은 사람들이 당연히 그렇듯이, 이 두 기사들은 진작부터 거들먹거리는 일과는 거리가 멀었다. 반면에 그 직원은 거들먹거리는 태도가 완전히 몸에 밴 모양이다. 한쪽 손은 뒷짐을 쥐고, 다른쪽 손으로는 제복의 도금한 단추와 질 좋은 천을 쓰다듬으며, 우리가 마치 인사를 한 것에 대해 답례라도 하는 듯이 종종 좌우로 고개를 끄덕인다. 또는 우리가 인사를 한 것으로 간주하지만, 자신과 같은 높은 위치에서는 이를 제대로 확인할 수 없다는 듯한 태도이다. 물론 우리는 그에게 인사 따위는 하지 않지만, 그가 하는 꼬락서니를 보고 있으면 광산 본부의 사무국 직원이라는 게 아주 대단한 자리라도 되는 것처럼 생각될 정도이다. 이 사나이 뒤에서 우리는 물론 웃음을 터뜨리지만, 천둥이 친다 해도 그가 뒤돌아볼 것 같지 않은 생각이 들어서, 그는 불가사의한 존재로 우리의 경이로움의 대상이 된다.

오늘은 더 이상 일하지 않는다. 일을 그만 하게 되어 퍽이나 다행스러웠다. 그런 곳을 방문하면 일할 생각이 싹 가시게 된다. 시험용 갱도의 어둠 속으로 사라져 가는 신사들의 뒷모습을 보는 것은 너무나 커다란 유혹이다. 또한 우리의 일을 교대할 시간이 곧 다가온다. 그렇게 되면 신사들이 돌아오는 모습을 직접 눈으로 지켜볼 수 없을 것이다.

이웃 마을

우리 할아버지는 이런 말씀을 하시곤 했다. 「인생이란 너무나 짧은 거야. 이제 와서 돌이켜 생각해 보면 삶이란 짧게 축소될 수 있다는 생각이 들어서 가령 언뜻 이해할 수 없는 일이 벌어지기도 하지. 즉 젊은이가 어떻게 말을 타고 이웃 마을에 갈 결심을 할 수 있다는 말인가. 가는 도중에 불행한 일을 당할 위험은 완전히 별도로 친다 하더라도, 평범하고도 행복하게 흘러가는 삶의 시간이 그렇게 말을 타고 가기에는 너무나 짧다는 것을 전혀 걱정하지도 않고 말이야.」

황제의 교서

  황제 — 사람들은 그렇게 부른다 — 가 한 개인이자 보잘
것 없는 신하인 그대에게, 태양인 황제로부터 아주 멀리 도
망쳐 간 조그마한 그림자에게 바로 임종의 자리에서 교서를
보냈다. 황제는 전령(傳令)을 자신의 침대 맡에 꿇어앉히고
는 그의 귀에 교서를 속삭여 주었다. 그에게는 그것이 무척
이나 중요했기 때문에 전령으로 하여금 그 내용을 다시 말해
보도록 했다. 황제는 고개를 끄덕이며 그가 말한 내용이 맞
음을 확인해 주었다. 그의 임종 장면에 참석한 모든 입회인
들 앞에서 — 방해가 되는 모든 벽은 허물었고, 제국의 모든
고관대작들은 높다랗게 솟아오르는 널따란 옥외 계단에 원
을 이루며 빙 둘러서 있다 — 이 모든 사람들 앞에서 황제는
전령을 파견한 것이다.

  전령은 즉시 길을 떠났다. 지칠 줄 모르는 강건한 남자인
그는 때로는 이쪽 팔을, 때로는 저쪽 팔을 앞으로 내뻗으며
군중들 사이를 요리조리 빠져나간다. 말을 듣지 않는 자가
있으면 가슴에 단 태양의 배지를 내보인다. 그래서 그는 어

느 누구와도 달리 수월하게 앞으로 나아갈 수 있다. 하지만 군중의 수는 너무 많고, 집들은 가도 가도 끝이 나지 않는다. 만일 툭 트인 벌판이 펼쳐져 있다면 그가 비호처럼 내달려, 얼마 안 있어 그대는 영광스럽게도 그가 그대의 대문을 주먹으로 두드리는 소리를 듣게 될지도 모른다.

하지만 그런 일이 일어나는 대신에 전령은 쓸데없는 노력만 하게 된다. 그는 아직도 깊디깊은 구중궁궐(九重宮闕)의 방들을 힘겹게 빠져나가고 있다. 그는 결코 방에서 빠져나가지 못할 것이다. 설령 거기서 빠져나간다 해도 아무것도 얻지 못할 것이다. 죽을힘을 다해 계단을 하나하나 내려가야 할지도 모르기 때문이다. 그리고 설령 거기서 빠져나간다 해도 아무것도 얻지 못할 것이다. 그 다음엔 궁전의 뜰을 가로질러 가야 할 것이기 때문이다. 그리고 뜰을 가로지른 다음에는 또 다른 궁전이 첫 번째의 궁전을 에워싸고 있을 것이다. 그리고 다시 계단과 뜰이 나타날 것이고, 또다시 궁전이 나타날 것이다. 수천 년 동안 이러기를 계속할 것이다. 그러다가 마침내 가장 바깥쪽의 성문을 부리나케 빠져나온다 해도 — 하지만 절대로, 절대로 그런 일이 일어날 리 만무하다 — 세계의 중심인 제국의 수도가 여전히 그의 앞에 펼쳐져 있다. 수도는 퇴적물이 잔뜩 쌓인 높은 곳에 위치해 있어 아무도 이곳을 뚫고 나갈 수 없다. 하물며 죽은 자의 교서를 지니고는 어림도 없는 일이다 — 하지만 그대는 저녁놀이 비치면 창가에 앉아 황제의 교서를 애타게 그리워한다.

가장(家長)의 근심

　어떤 사람들은 오드라데크Odradek가 슬라브어에서 나온 단어라고 말하며, 이를 근거로 그 단어가 만들어진 내력을 설명하려고 한다. 또 다른 사람들은 그것이 독일어에서 나온 말이며, 단지 슬라브어의 영향을 받았을 뿐이라고 말한다. 하지만 두 가지 해석이 모호하게 생각되는 것은 당연히 어느 쪽도 딱히 옳다고 할 수 없기 때문일지도 모른다. 특히 어느 쪽을 받아들인다 해도 그 단어의 뜻을 찾아낼 수 없기 때문이다.

　오드라데크라고 불리는 존재가 정말로 없다면 물론 그런 연구를 하는 사람은 아무도 없을 것이다. 언뜻 보면 그것은 별 모양의 납작한 실패처럼 보인다. 그리고 실제로 거기에는 실이 감겨 있는 것 같기도 하다. 물론 실이라고 해야 가지각색의 종류와 색깔을 지닌, 낡아 빠져 너덜너덜해진 꼰 실이 서로 연결되어 엉켜 있는 것에 불과하다. 그러나 그것은 또한 하나의 실패인 것만 아니라, 별 모양으로 된 것의 가운데에는 작은 막대기 하나가 튀어나와 있고, 이 막대기에는 그

305

것과 직각으로 또 하나의 막대기가 이어져 있다. 한편으로 이 후자의 작은 막대기와 다른 한편으로 별 모양에서 나오는 광선의 도움으로 이 전체 물체는 마치 두 다리로 선 것처럼 똑바로 설 수 있는 것이다.

예전에는 이 물체가 어떤 용도에 맞는 형태를 지니고 있었는데 이젠 망가져서 이런 꼴이 되었다고 생각할 수 있을지도 모른다. 하지만 아무래도 그렇지는 않은 모양이다. 적어도 그런 추측을 할 만한 아무런 흔적이 보이지 않기 때문이다. 어디를 살펴보아도 무언가 비슷한 종류의 것이 붙어 있었을 만한 자리나 부러진 부분이 발견되지 않는다. 전체 모습이 사실 아무런 의미가 없어 보이긴 하지만 나름대로 완결된 형태를 하고 있다. 오드라데크가 매우 잘 움직여 붙잡을 수 없기 때문에 아닌 게 아니라 뭐라고 보다 자세한 설명은 할 수 없다.

오드라데크는 다락방이나 계단, 복도, 현관 같은 곳에 번갈아 가며 머무르고 있다. 때로는 몇 달 동안 보이지 않기도 한다. 어쩌면 다른 집으로 옮겨 간 것인지도 모른다. 하지만 그러다가 반드시 우리 집으로 다시 되돌아오곤 한다. 때로는 우리가 문 밖으로 나갔다가 마침 그가 계단 입구의 난간 같은 곳에 기대어 있는 것을 보면, 우리는 그에게 무슨 말을 걸어 보고 싶은 심정이다. 물론 우리는 그에게 까다로운 질문 같은 것을 하지는 않고, 그가 너무나 조그맣기 때문에 그를 어린이처럼 다루고 싶은 유혹이 생긴다.

「너 이름이 뭐니?」 우리가 묻는다.

「오드라데크예요.」 그가 대답한다.

「그럼 어디서 사니?」

「일정한 거처가 없어요.」

그렇게 말하고 그는 웃는다. 하지만 그 웃음은 허파가 없는 사람이 낼 수 있는 웃음소리일 뿐이다. 마치 땅에 떨어진 낙엽이 바스락거리는 소리처럼 들린다. 즐거운 대화는 대체로 이런 식으로 끝난다. 아닌 게 아니라 이 정도의 대답도 언제나 들을 수 있는 것은 아니다. 어떤 때는 그는 마치 나무토막처럼 오랫동안 아무 말도 하지 않기도 한다.

〈그에게 앞으로 어떤 일이 일어날까?〉 나는 스스로에게 물어보지만 아무런 답도 얻을 수 없다. 〈그는 대체 죽을 수 있을까?〉 죽음을 맞이하는 모든 것은 살아 있는 동안에 나름대로 목적을 갖고 나름대로 활동을 하기 때문에 그로 인해 기력이 다해서 죽는 것이다. 그런데 이것은 오드라데크에게는 적용되지 않는다.

〈그렇다면 나중에 언젠가 가령 내 자식들이나 손자들의 발길에 차여 실이 풀리면서 계단에서 굴러 떨어지게 될 건가?〉 정말이지 그가 누구에게도 해를 끼치지 않는 것은 분명하다. 그러나 내가 죽은 후에도 그가 계속 살아남아 있을 것을 생각하니 나는 거의 고통스러울 정도이다.

열한 명의 아들들

나에게는 열한 명의 아들이 있다.

장남은 생긴 모습은 별로 볼품이 없지만, 진지하고 현명하다. 그럼에도 난 그를 자식으로서 다른 모든 자식들처럼 사랑하고 있기는 하지만 장남을 그리 높이 평가하지는 않는다. 내가 보기에 그의 생각은 너무 단순해 보인다. 그는 오른쪽으로도 왼쪽으로도 보지 않고 멀리 바라보지도 않는다. 그의 좁은 사고 범위 내에서 줄곧 그 주위를 빙빙 돌고 있거나, 아니면 오히려 제자리를 맴돌고 있는 것이다.

차남은 잘생기고 늘씬하며 체격이 좋다. 그가 펜싱 자세를 취하고 있는 것을 보면 완전히 매료되지 않을 수 없다. 그도 현명하긴 하지만 그것 말고도 세상 물정에도 밝다. 그는 많은 것을 보았기 때문에 고향의 자연조차도 고향을 떠나 본 적이 없는 사람들보다도 그와 더 친근하게 대화를 나누는 것 같다. 하지만 분명 그의 이러한 장점은 여행을 많이 한 덕분만은 아니고 사실 그 덕택이라고 말할 수조차 없다. 그것은 오히려 가령 누구나 인정하는 이 아이의 모방할 수 없는 장점들 중의 하나이다. 이를테면 그가 다양한 모습으로 공중 제비를 하며 아주 숙달된 자세로 물속으로 뛰어드는 것은 아무도 따라 할 수 없는 일이다. 그를 따라 하는 다른 이들도 스프링보드의 끝까지 나갈 용기와 생각은 있지만, 그곳에서 뛰어내리기는커녕 갑자기 주저앉으며 변명 삼아 두 팔을 쳐드는 것이다.

이러한 온갖 사실에도 불구하고 — 난 그런 자식을 둔 것으로도 사실 행복해해야 할 것이다 — 내가 차남과 사이가 그리 좋은 것은 아니다. 그는 오른쪽 눈보다 약간 작은 왼쪽 눈을 자꾸 깜빡거린다. 물론 그것은 사소한 결점에 지나지 않는다. 심지어 그 때문에 그의 얼굴은 그렇지 않을 때보다 더욱 대담하게 보인다. 그리고 가까이 하기 어려운 그의 외골수 같은 성품에 비하면 이러한 약간 작은 눈을 깜빡거리는 것은 별로 흠잡을 일이 아닐지도 모른다. 그런데 아버지인 나는 그것이 눈에 거슬린다. 물론 내 마음을 아프게 하는 것은 이러한 신체적인 결함이 아니라, 그로 인해 빚어지는 정신의 불균형과 그의 혈관에 맴돌고 있는 독성이다. 그리고 내 눈에만 보이는 것으로, 그로 인해 그의 삶의 구도를 원만하게 완성시킬 수 없다는 점이다. 물론 다른 한편으로는 바로 이러한 점이 그를 다시 진짜 내 아들답게 만들기도 한다. 이러한 그의 결점은 동시에 우리 온 가족의 결점이기도 하지만 유독 이 아들에게만 두드러지게 나타나기 때문이다.

셋째 아들도 역시 잘생겼지만, 잘생긴 그의 모습은 내 마음에 들지 않는다. 잘생긴 가수 같은 모습이다. 그는 도톰한 입술, 꿈꾸는 듯한 눈, 효과를 내기 위해서는 뒷머리카락을 주름지게 하는 게 필요한 머리, 지나치게 불룩 솟아오른 가슴을 지니고 있다. 그는 너무 쉽사리 화들짝 놀라며 두 손을 치커들었다가 너무 쉽게 아래로 내려뜨린다. 두 다리는 몸을 떠받치고 다닐 힘이 없어서 점잔을 빼고 있다. 게다가 그의 목소리도 듣기에 그리 좋지 않다. 잠시 사람을 속여 전문가로 하여금 귀 기울여 듣게 한다. 그러나 그런 직후 숨을 돌리기 위해 잠깐 쉬는 것이다.

이 아들을 세상에 구경거리로 내놓기에는 아주 매혹적이지만, 그럼에도 나는 그를 꽁꽁 숨겨 두는 쪽을 가장 좋아한다. 그 자신이 치근대며 졸라 대지도 않는다. 하지만 이는 가령 그가 자신의 부족함을 알아서가 아니라 천진난만해서이다. 또한 그는 우리가 살고 있는 이 시대가 낯설다고 느끼고 있다. 그가 사실 우리 가족의 일원이긴 하지만 다른 가족의 일원인 것도 같아서 그를 영영 잃어버린 느낌이 들기도 한다. 그는 울적해할 때가 많은데, 그의 기분을 풀어 줄 수 있는 것은 아무것도 없다.

나의 네 번째 아들이 아마 모든 아들들 중에서 가장 붙임성이 좋을지도 모른다. 이 시대의 진정한 자식인 그는 누구에게나 이해받는 존재이다. 모든 사람들이 다 함께 딛고 있는 땅 위에 서 있는 그에게 누구나 고개를 끄덕이고 싶은 생각이 든다. 어쩌면 이처럼 누구나 그를 인정하는 까닭에 그의 성품에 무언가 가벼운 점이 있고, 그의 움직임에 무언가 자유로운 점이 있으며, 그의 판단에는 무언가 거리낌이 없는 구석이 있는지도 모른다. 사람들은 그가 한 어떤 말들을 종종 되풀이해서 말하고 싶어 하지만, 물론 그것은 그가 한 말들 중의 일부일 뿐이다. 대체적으로 보면 그는 자신이 너무 경박한 것에 다시 괴로워하기 때문이다. 그는 멋들어지게 날아올라 제비처럼 허공을 가르지만 결국엔 하찮은 티끌이 되어 끝나 버리는 존재, 무(無)와 같은 존재이다. 이러한 생각을 하니 이 아이를 볼 때마다 내 마음이 쓰라리다.

다섯 번째 아들은 사랑스럽고 착한 아이이다. 그는 약속을 하면 꼭 지키는 아이이다. 그는 눈에 잘 띄지 않기 때문에 그와 함께 있어도 혼자 있다는 느낌이 들 정도였다. 그래도 그는 어느 정도 명성을 얻게 되었다. 어떻게 해서 그렇게 되었느냐고 나에게 물으면 뭐라고 대답하기 어려울지도 모른다. 이 세상에서 악천후 속을 뚫고 나가기에는 천진난만한 것이 가장 수월할지도 모른다. 그는 천진난만한 존재이다. 어쩌면 너무나 천진난만할지도 모른다. 그리고 그는 누구에게나 친절하게 대한다. 어쩌면 지나치게 친절한지도 모른다. 솔직히 고백하자면 나에 비해 그를 너무 칭찬하면 난 기분이 안 좋아진다. 나의 아들의 경우처럼 분명히 칭찬할 만한 대상을 너무 칭찬하면, 이는 칭찬이라는 것을 너무 가볍게 만든다는 것을 뜻한다.

나의 여섯 번째 아들은 적어도 언뜻 보기에는 모든 형제들 중에서 가장 생각이 깊어 보인다. 그는 침울해 보이면서도 말이 많은 아이이다. 그래서 그를 파악하기가 쉽지 않다. 그는 누구에게 지기라도 하면 슬픔에 빠져 이에서 좀처럼 헤어나지 못한다. 그는 우월한 위치에 도달하게 되면 수다를 떨며 이를 유지하려 한다. 하지만 나는 그에게 자신을 잊고 어디에 빠져드는 열정이 있다는 것을 부인하지 않는다. 그는 환한 대낮에도 종종 꿈나라에 있는 듯 사색에 빠져 있기도 한다. 아프지도 않은데 ─ 도리어 그는 건강 상태가 아주 양호하다 ─ 그는 가끔 비틀거리며 걸어 다닌다. 특히 어스름한 무렵에 그러하다. 하지만 그는 남의 도움이 필요하지는 않고, 넘어지지도 않는다. 어쩌면 이런 현상이 생긴 것은 그의 몸의 발육 상태 때문일지도 모른다. 그는 나이에 비해 몸이 너무나 크다. 그래서 예를 들어 손과 발과 같은 신체 부위 하나하나는 눈에 띄게 아름다운데도 그의 전체 모습이 그리 멋져 보이지 않는다. 게다가 그의 이마도 그리 잘생기지 않았다. 피부뿐만 아니라 골격도 어딘지 모르게 쪼그라들어 있다.

일곱 번째 아들은 다른 어느 아들 이상으로 내가 애지중지하는 아이이다. 세상 사람들은 그의 진가를 제대로 인정할 줄 모른다. 그의 특별한 기지를 이해하지 못하는 것이다. 그렇다고 내가 그를 과대평가하는 것은 아니다. 난 그가 보잘것없는 아이라는 것을 알고 있다. 세상에 그를 제대로 평가할 줄 모르는 결점 말고는 다른 결점이 없다면 세상은 여전히 흠잡을 게 없을지도 모른다. 하지만 집안에서 나는 이 아이가 없으면 견딜 수 없을 것 같다. 그는 불안을 안겨 주기도 하고 전승에 대한 외경심을 품게 하기도 한다. 그리고 그는 적어도 나의 감정으로는 이 두 가지를 짜 맞추어 논란의 여지가 없는 하나의 전체로 만들고 있다. 물론 그 자신은 이 전체를 가지고 무언가를 조금도 시작할 줄 모른다. 그는 미래의 수레바퀴가 굴러가게 하지 못할 것이다. 하지만 이러한 그의 기질은 커다란 격려가 되고, 희망에 넘치게 해준다. 난 그가 아이들을 낳고, 이 아이들이 다시 아이들을 낳았으면

한다. 유감스럽게도 이러한 바람은 이루어질 것 같지 않다. 나로서는 사실 이해할 수 없는 일이긴 하지만 바람직하지 않은 자기 만족감을 품고 세상을 홀로 떠돌아다닌다. 물론 이러한 그의 자기만족은 주위의 평가와 완전히 배치되고 있다. 그는 소녀들에게는 눈길을 주지 않지만, 그래도 그의 좋은 기분을 결코 잃지 않을 것이다.

나의 여덟 번째 아이는 나에게 걱정을 끼치는 아이이다. 그런데 난 사실 그 까닭이 무엇인지 알 수 없다. 그는 나를 서먹서먹하게 대한다. 그렇지만 아버지인 나는 그와 밀접하게 연결되어 있다고 느낀다. 시간이 많은 좋은 일을 가져다주었다. 하지만 전에는 그를 생각하기만 해도 전율감에 사로잡히던 때가 가끔 있었다. 그는 자신의 길을 가며, 나와의 모든 관계를 끊어 버렸다. 그는 분명 자신의 딱딱한 두개골과 운동선수처럼 다부진 몸으로 — 다리만은 소년이라 좀 약했지만, 그 사이 그것도 어느덧 튼튼해졌을 것이다 — 자기가 가고 싶은 곳을 마구 쏘다닐 것이다. 종종 나는 그를 도로 불러들여, 어떻게 지내고 있는지, 왜 아버지에게서 떠나갈 생각을 했는지, 실제로 그의 계획이 무엇인지 묻고 싶은 때가 있었다. 하지만 이제 그는 너무 멀리 떨어져 있고, 또 너무나도 오랜 세월이 흘러가 버렸다. 그러니까 지금 그대로 놓아두는 게 나을지도 모르겠다. 소문에 듣자니 그는 내 아들들 중에서 유일하게 얼굴 전체에 수염을 기르고 있는 모양이다. 물론 덩치가 작은 남자에게는 그게 그리 멋져 보이지 않겠지만 말이다.

나의 아홉 번째 아들은 매우 우아하고, 여자에게서 볼 수 있는 매력적인 눈을 가지고 있다. 무척 귀여워서 때로는 나까지도 유혹을 당할 지경이다. 하지만 나는 이러한 모든 초지상적인 광채를 없애 버리려면, 젖은 해면(海綿) 하나로도 충분하다는 것을 알고 있다. 그런데 이 아이가 유혹 같은 데는 전혀 관심이 없다는 것이 그의 특별한 점이다. 평생 동안 안락의자에 누워 한없이 천장을 쳐다보거나, 또는 차라리 눈꺼풀 밑의 두 눈을 푹 쉬게 하는 것으로 그는 만족해할지도 모른다. 그는 자신이 좋아하는 이러한 자세로 있으면 말도 많이 하고 그 내용도 나쁘지 않으며, 간결하고 명료하다. 하지만 단지 좁은 한계 내에서 그러할 뿐이다. 그 한계가 협소해서 어쩔 수 없이 그걸 넘을 수밖에 없겠지만, 그 한계를 넘어서게 되면 그의 말은 내용이 텅 비게 된다. 잠에 졸린 그의 눈길이 이를 알아차릴 수 있으리라는 희망이 있다면 누구든 손짓으로 그를 제지하고 싶은 심정일 것이다.

나의 열 번째 아들은 성격이 솔직하지 못한 것으로 간주된다. 난 이러한 결함을 완전히 부정하지도 완전히 긍정하지도 않을 생각이다. 그는 자신의 나이에 맞지 않게 위엄을 부리며 다닌다. 그의 프록코트의 단추는 늘 단정하게 채워져 있고, 그의 검은 모자는 낡기는 했지만 지나칠 정도로 꼼꼼하게 손질되어 있다. 얼굴은 표정이 없고, 턱은 툭 튀어나와 있으며, 눈 위의 눈꺼풀은 묵직하게 활 모양을 이루고 있다. 그리고 간혹 가다 손가락 두 개를 입가로 가져간다 — 이런 모습을 보는 자는 그가 엄청난 위선자가 아닌가 생각한다. 하지만, 이제 그가 말하는 것을 들어 보라! 이해력이 있고 신중하며 말수가 적다. 짓궂을 정도로 활기차게 마구 질문들을 해댄다. 그는 당연히 세계 전체와 놀랄 정도로 흔쾌히 의견 일치를 이루고 있다. 그리하여 그는 어쩔 수 없이 목을 빳빳하게 세운 채 머리를 치켜들고 다닌다. 자신이 무척 똑똑하다고 생각하는 많은 사람들은 이런 이유로 그의 겉모습에 거부감을 느끼지만 그의 말에 강력하게 이끌리는 것이다. 그런데 이젠 그의 말을 위선적이라 생각하고 그의 겉모습에 냉담한 반응을 보이는 사람들이 다시 많이 있다. 하지만 아버지인 나는 이에 대해 아무런 판단을 내리고 싶지 않지만, 어쨌거나 후자의 견해가 전자의 그것보다 더욱 주목할 만하다는 사실을 고백하지 않을 수 없다.

나의 열한 번째 아들은 섬세하다. 아마 나의 아들들 중에서 가장 유약할지도 모른다. 하지만 그가 약하다는 사실을 믿을 수 없을 때도 있다. 말하자면 그는 때때로 힘차고 단호할 수 있는 것이다. 하지만 물론 그럴 때도 그가 약하다는 사실이 아무래도 그의 근본적인 특질이라 할 수 있다. 하지만 그건 수치스러운 약함이 아니라, 우리의 이 대지 위에서만 약하게 보이는 것이다. 이를테면 하늘을 날 준비가 되어 있는 것도 약한 모습이 아닐까? 몸이 흔들리고 자세가 불확실하며 날개를 푸드득거리고 있기 때문이다. 나의 아들은 그런 종류의 성향을 보이고 있다. 물론 아버지는 그런 특성이 기쁘지 않다. 정말이지 그러한 특성은 가족을 파괴하는 결과를 초래하는 것이 분명하기 때문이다. 가끔씩 그는 이렇게 말하려는 듯이 나를 바라보기도 한다.

「제가 아버지를 모시겠습니다.」

그러면 난 이렇게 생각한다.

「난 너를 결코 믿을 수 없을 것이다.」

그리고 그의 시선은 다시 이렇게 말하는 것 같다.

「그러므로 저는 적어도 믿을 수 없는 자식일지도 모릅니다.」

이상이 나의 열한 명의 아들들이다.

형제 살해

다음과 같은 방식으로 살인이 일어났음이 분명하다.

살인범 슈마르는 달 밝은 밤 아홉 시경에 그 거리의 모퉁이에 서 있었다. 그곳은 희생자인 베제가 자신의 사무실이 있는 골목에서 나와 그의 집이 있는 골목으로 접어들지 않을 수 없는 곳이었다.

밤공기가 차가워 누구나 몸을 떨지 않을 수 없었다. 그러나 슈마르는 푸른색의 얇은 옷을 걸치고 있을 뿐이었다. 게다가 상의의 단추도 끌러 놓고 있었다. 그는 아무런 추위를 느끼지 않았다. 몸을 계속 움직이고 있었기 때문이기도 했다. 어찌 보면 총검 같고 어찌 보면 부엌칼 같은 흉기를 완전히 드러내고 계속 손에 꼭 쥐고 있었다. 달빛을 받아 칼날이 번득이고 있었다. 슈마르는 이것에 만족하지 않았다. 포장도로의 벽돌에 칼날을 힘껏 내리치자 불꽃이 번쩍였다. 그런 행동이 아마 후회되는 모양이었다. 그리고 칼날이 무뎌진 것을 바로잡으려고 그는 장화 바닥에 칼날을 대고 바이올린의 활을 켜듯이 칼날을 갈기 시작했다. 그러는 동안 그는 허리를 구부린 채 한 발로 서서 자신의 장화에서 나는 칼의 소리와 이와 동시에 운명적인 일이 벌어질 옆 골목에 귀를 쫑긋 기울였다.

근처 3층 집 창밖으로 모든 것을 내다보고 있던 평범한 개인인 팔라스는 왜 이 모든 것을 참고 있었던가? 사람의 본성이란 속을 알 수 없는 것이다! 그는 옷깃을 높이 세우고, 뚱뚱한 몸에 잠옷을 걸친 채 고개를 흔들며 아래를 내려다보고 있었다.

그곳에서 다섯 채 떨어진 맞은편 집 창문에서는 베제 부인이 잠옷 위에 여우 털외투를 걸치고, 왠지 평소와는 달리 오늘 귀가가 늦는 남편을 기다리고 있었다.

마침내 베제의 사무실 출입문 앞의 초인종이 울린다. 출입문의 초인종 소리로는 너무 큰 그 소리는 시가지 너머 하늘로 울려 퍼진다. 근면한 야간 근무자인 베제가 건물 밖으로 걸어 나온다. 이쪽 골목에서는 아직 그의 모습이 보이지 않지만, 초인종 소리로 이를 짐작할 수 있을 뿐이다. 즉시 포장도로 위로는 그의 조용한 발자국 소리가 들려온다.

팔라스는 몸을 앞으로 더 구부린다. 그는 하나도 놓쳐서는 안 된다. 초인종 소리를 듣고 안심한 베제 부인은 드르륵하고 창문을 닫는다. 하지만 슈마르는 무릎을 꿇고, 몸에서 살이 드러난 부위를 가리기 위해 얼굴과 손을 벽돌 쪽으로 갖다 댈 뿐이다. 모든 것이 얼어붙어 있는데도 슈마르만은 불타오르고 있다.

바로 골목길이 갈라지는 경계 지점에서 베제는 우뚝 멈추어 서서, 구부러지는 골목 쪽으로 지팡이만 내밀 뿐이다. 일시적인 기분 때문이다. 검푸른 색과 금색의 밤하늘이 그를 유혹한 것이었다. 아무것도 모르고 그는 하늘의 빛깔을 쳐다본다. 아무것도 모르고 그는 모자를 약간 들어 올린 채 머리카락을 쓰다듬는다. 그의 코앞에 닥친 미래를 알려 주기 위해 저 위 하늘에는 움직이며 다가서는 것이 하나도 없다. 어처구니없고 불가사의하게도 모든 것이 원래 그 자리에 머물러 있다. 그 자체로는 지극히 당연한 일이라 베제는 계속 걸어가지만, 그는 슈마르의 칼날 속으로 들어가는 것이다.

「베제!」 슈마르가 소리친다. 그는 발끝으로 서서 팔을 쳐들었다가 급격하게 밑으로 내린다.

「베제! 율리아가 기다려도 소용없는 짓이야!」

그리고 슈마르는 베제의 양쪽 목과 배를 깊숙이 찌른다. 만약 들쥐가 칼에 찔린다면 베제와 비슷한 소리를 낼 것이다.

「해치웠어!」 슈마르는 이렇게 말하며 칼을, 성가시게 된 피 묻은 애물단지를 가까이 있는 집의 현관에 던져 버린다.

「살인의 희열이다! 다른 사람의 피가 흐르는 것을 보는 홀가분하고 신나는 기분! 베제, 늙은 독종, 친구이자 술친구인 너의 피는 어두운 거리의 바닥으로 스며들고 있다. 네가 피가 가득 담긴 자루였으면 좋았을 것을! 그렇다면 짓밟기만 해도 넌 완전히 사라졌을 텐데! 모든 희망이 다 이루어지는 것은 아니고, 꽃들의 꿈도 다 무르익는 것은 아니다. 네 몸의 남은 부분이 여기에 누워 있어, 벌써 아무도 가까이 접근하기 어려운 상태다. 거기서 누워 던지는 무언의 질문이 무슨 소용이 있단 말이냐?」

팔라스는 목을 조르는 듯한 분노를 참지 못하고 양쪽으로 열어젖힌 대문에 서 있다.

「슈마르! 슈마르! 죄다 보았어, 하나도 빠뜨리지 않고!」

팔라스와 슈마르는 서로를 살핀다. 팔라스는 만족해한다. 슈마르는 자신의 행위를 끝내지 못한 것이다.

양쪽으로 몰려드는 사람들과 함께 베제 부인이 급히 달려온다. 너무 놀란 나머지 그녀의 얼굴이 폭삭 늙어 보인다. 털외투의 앞자락이 벌어진 채, 그녀는 남편의 몸 위에 쓰러진다. 잠옷을 입은 몸은 남편에게 속하고, 무덤의 잔디처럼 부부를 덮고 있는 털외투는 주위의 군중에게 속한다.

슈마르는 이를 악물고 끝까지 구역질을 참으며, 경찰관의 어깨에 입을 댄 채 누르고 있다. 경찰관은 민첩한 발걸음으로 그를 연행해 간다.

꿈

요제프 K.는 꿈을 꾸었다.

날이 화창해서 K.는 산책을 가려고 했다. 그런데 두어 걸음 걷자마자 벌써 그는 공동묘지에 와 있었다. 그곳에는 무척 인위적인, 비실용적으로 구불구불한 길들이 나 있었다. 그는 흔들리지 않고 급류를 둥둥 떠가듯이 그러한 길을 미끄러져 갔다. 벌써 멀리서부터 금방 파헤쳐 놓은 무덤의 봉분이 눈에 들어왔다. 그곳에서 그는 발걸음을 멈출 생각이었다. 이러한 봉분이 그를 유혹하다시피 그를 끌어당기고 있어, 아무리 걸음을 빨리 해도 성에 차지 않게 생각되었다. 하지만 가끔 무덤의 봉분이 눈에 보이자마자 몇 개의 깃발들로 그것이 그의 시야에서 가려지는 것이었다. 깃발들은 마구 휘날리며 서로 세차게 부딪치고 있었다. 깃발을 들고 있는 사람들의 모습은 보이지 않았지만, 그곳에는 환호성이 울리고 있는 듯했다.

아직 먼 곳에 눈길을 향하고 있는 동안 그는 느닷없이 자신 옆의 길가에 같은 무덤의 봉분이 있는 것을 보았다. 정말이지 이젠 벌써 그의 뒤에 있는 거나 마찬가지였다. 그는 급히 풀 속으로 뛰어들었다. 그가 뛰어든 발밑의 길이 계속 울퉁불퉁해서 그는 몸이 흔들렸고, 무덤 바로 앞에서 무릎을 꿇으며 넘어지고 말았다. 무덤 뒤에는 두 남자가 서서 둘이서 묘석(墓石)을 공중에 쳐들고 있었다. K.가 나타나자마자 그들은 묘석을 땅에 처박았는데, 그러자 그것은 견고한 벽처럼 우뚝 서 버렸다. 그 즉시 숲에서 세 번째 남자가 빠져나왔다. K.는 그가 예술가임을 금방 알아볼 수 있었다. 그는 바지에다 아무렇게나 단추를 채운 셔츠를 입고 있을 뿐이었고, 머리에는 벨벳 모자를 쓰고 있었다. 손에는 평범하게 보이는 연필을 들고 있었다. 이쪽으로 다가오면서 벌써 그는 공중에 어떤 형상들을 그리는 것이었다.

그 사내는 이제 연필을 묘석 위에 갖다 대는 것이었다. 묘석이 무척 높아서 그는 허리를 구부릴 필요가 없었다. 하지만 몸을 앞으로 구부려야 했다. 그가 발을 들여놓고 싶지 않은 무덤이 그를 묘석으로부터 떼어 놓고 있어서였다. 그래서 그는 발끝으로 서서 왼손으로 묘석의 표면을 짚고 있었다. 그는 특별히 능숙한 솜씨로 평범한 연필을 사용하여 금문자를 새겨 넣을 수 있었다.

「여기 잠들다 ─」하나하나의 문자가 깊이 새겨져 완전한 금빛을 띠며, 깔끔하고도 아름답게 모습을 드러냈다.

그는 두 단어를 쓰고 나서 K. 쪽을 뒤돌아보았다. 비문이 새겨지는 것에 각별한 관심을 쏟고 있던 K.는 그 남자한테는 별로 신경을 쓰지 않고 묘석만 바라보았다. 사실 그 남자는 다시 문자를 새기기 시작했다. 하지만 어떤 문제가 생긴 것인지 그는 계속 작업할 수 없었다. 그는 연필을 아래로 내리고, 다시 K. 쪽을 뒤돌아보았다. 이젠 K.도 예술가를 바라보고서, 그가 무척 당황해하고 있지만 그 이유는 말할 수 없다는 것을 눈치 챘다. 조금 전까지만 해도 활기차던 그의 모습은 온데간데없이 사라져 버렸다. K.도 그 때문에 적이 당황하게 되었다. 둘은 어쩔 줄 몰라하며 서로 시선을 교환했다. 아무도 해소할 수 없는 볼썽사나운 오해가 생긴 것이다. 하필이면 이때 또한 묘지 예배당의 작은 종소리가 울리기 시작했다. 하지만 예술가가 손을 치켜들고 휘두르는 동작을 하자 종소리가 멈추었다.

잠시 후에 종소리가 다시 울렸다. 이번에는 아주 나지막하게 울리다가, 특별히 요구하지 않았는데도 이내 그치고 말았다. 마치 종이 자신의 음을 시험해 보려는 것 같았다. K.는 예술가가 처한 상황이 몹시 슬퍼 울기 시작했다. 그는 두 손에 얼굴을 파묻고 하염없이 흐느껴 울었다. 예술가는 K.가 마음을 가라앉히기를 기다리고 있었다. 그러고 나서 달리 뾰족한 방도가 없어서 그럼에도 계속 문자를 새기기로 마음먹었다. 그가 처음 새긴 작은 글씨는 K.로서는 일종의 구원이나 다름없었다. 하지만 예술가는 죽도록 하기 싫은 그 일을 단지 억지로 해내는 것이 분명했다. 글자도 아까처럼 그리 아름답지 않았다. 글자는 대문자였지만, 무엇보다 금박이 부족한지 글씨가 흐릿하고 명료하지 못했다. 그것은 〈J〉라는 문자였다. 글자가 거의 다 쓰이자 그 예술가는 분노하여 한쪽 발로 무덤을 쿵쿵 밟아 댔다. 그러자 주위의 흙이 공중으로 높이 치솟았다. 마침내 K.는 그의 마음을 이해할 수 있었다. 그에게 용서를 구할 시간이 더 이상 없었다. 양쪽 손을 모조리 사용하여 그가 흙을 파기 시작하자 거의 아무런 저항도 없이 무덤의 흙이 허물어졌다. 모든 것이 미리 준비되어 있었던 모양이다. 겉으로 보기에만 흙이 얇게 쌓여 있을 뿐이었다. 쌓인 흙을 파내자 즉시 깎아지른 듯한 벽들과 함께 커다란 구멍이 입을 벌렸다. K.는 어떤 부드러운 흐름에 이끌려 등을 돌린 채 그 구멍 속으로 빠져 들어갔다. 하지만 아래에서는 목덜미 속의 머리를 아직 쳐든 채 그가 벌써 깊이를 알 수 없는 구멍 속으로 빠져드는 동안에, 위에서는 그의 이름이 묘석 위에서 힘찬 장식 문자로 빠르게 새겨지고 있었다.

이러한 광경을 정신없이 쳐다보다가 그는 잠에서 깨어났다.

학술원에 보내는 보고서

존경하는 학술원 회원 여러분!

저는 영광스럽게도 이전에 원숭이 시절에 제가 겪은 일에 대한 보고서를 학술원에 제출하도록 요구받고 있습니다.

하지만 유감스럽게도 저는 그러한 요구에 따를 수 없습니다. 거의 5년이라는 세월이 흐르는 동안 저는 원숭이의 습성으로부터 벗어났기 때문입니다. 이는 달력상의 시간으로 볼 때는 짧은 기간일지도 모르지만, 제가 그랬듯이 부분적으로 훌륭한 사람들, 충고, 박수갈채 및 오케스트라 음악과 함께하며 정신없이 내달린 것을 생각하면 긴 시간일지도 모릅니다. 하지만 대체로 저 혼자였습니다. 비유적으로 말하자면 저를 둘러싼 이 모든 것들은 울타리 바깥 저 멀리에 있었기 때문입니다. 저의 출신이나 젊은 시절의 추억에 고집스럽게 매달리려고 했다면 이러한 성과를 거두지 못했을 겁니다. 제가 자신에게 내린 지상 명령은 바로 모든 고집을 버리라는 것이었습니다. 자유의 몸이 된 원숭이인 저는 이러한 멍에를 따랐습니다.

하지만 이로 인해 저는 나름대로 과거의 추억들을 점점 더 외면하게 되었습니다. 사람들이 원하는 바람에 제가 과거의 저로 되돌아갈 수 있게 되었다 칩시다. 하늘이 지상에 지어 놓은 성문이 활짝 열려서 말입니다. 그렇다 하더라도 채찍으로 앞으로 몰아대어 제가 발전한 것과 아울러 그 성문은 점점 더 좁아지고 낮아졌을 겁니다. 저는 인간 세계에 동화되어 더욱 편안하고 오붓하게 느꼈습니다. 저의 과거로부터 저에게 몰아치던 폭풍우는 잠잠해졌습니다. 오늘날에는 그것은 저의 발뒤꿈치를 서늘하게 해주는 바깥바람에 지나지 않습니다. 그리고 그 바람이 들어오고, 제가 언젠가 그곳으로 들어갔던, 멀직이 떨어져 있는 구멍은 너무나 작아졌습니다. 그래서 그 구멍까지 되돌아 달려갈 힘과 의지가 있다 하더라도 그곳을 통과해 나가려면 제 몸의 털가죽이 벗겨지는 걸 감수해야 할지도 모릅니다. 저는 이런 일들에 비유들도 즐겨 사용합니다. 회원 여러분, 당신들의 배후에 그러한 종류의 습성이 있다고 한다면, 저의 원숭이 습성이 저에게 가까운 것보다 당신들의 원숭이 습성이 당신들에게 더욱 가까울지도 모릅니다. 하지만 이 지상에서 걸어가는 자는 누구나 발뒤꿈치가 가려운 법입니다. 위대한 아킬레우스나 조그만 침팬지나 막론하고 말입니다.

하지만 제한된 의미에서나마 저는 여러분의 문의에 답할 수 있을지도 모르겠습니다. 그리고 그런 일을 하는 게 저로서는 커다란 기쁨이기도 합니다. 제가 맨 처음 배운 일은 악수를 하는 것이었습니다. 악수란 공명정대함을 보여 주는 겁니다. 이제 저의 인생의 정점에 서 있는 오늘, 처음으로 악수를 했을 때 받은 느낌에 대해서도 솔직하게 말해 볼까 합니다. 그것은 학술원에게는 근본적으로 새로운 내용을 알려 주지 못할 것이고, 여러분이 저에게 요구하고 있는 일과도 한참 거리가 있을 겁니다. 아무리 그러고 싶어도 제가 말씀 드릴 수 없는 내용일 겁니다. 어쨌거나 옛날에 원숭이였던 존재가 어떤 경로로 인간 세계에 뚫고 들어와서, 거기에 정착하게 되었는가는 대충 말씀드릴 수 있을 겁니다. 그렇지만 앞으로 이야기하는 내용이 보잘것없더라도, 만일 제가 완전히 마음의 안정을 얻지 못하고, 문명 세계의 온갖 대형 버라이어티 무대에서 확고부동한 자리를 얻지 못했더라면 분명 말씀드릴 수 없을지도 모릅니다.

저는 아프리카의 황금 해안 출신입니다. 제가 어떻게 붙잡혔는지에 대해서는 다른 사람의 보고에 의존하여 말씀드리겠습니다. 하겐베크 회사의 수렵 원정대 — 아닌 게 아니라 그 원정 대장과는 그 이후로 벌써 질 좋은 적포도주를 몇 병 나누어 마셨습니다 — 가 황금 해안의 숲 속에 매복하고 있었습니다. 저는 해질녘에 무리에 섞여 목을 축이러 달려가고 있었습니다. 그들이 쏜 총에 제가 유일하게 맞았습니다. 두 발의 총상을 입었던 것입니다.

한 발은 뺨에 맞았습니다. 가벼운 상처였지만 빨간 흉터를 남기게 되어 그 부위에 털이 자라지 않게 되었습니다. 그리하여 귀에 거슬리고, 전혀 딱 들어맞지도 않는 빨간 페터라는 이름을 얻게 되었습니다. 추측하건대 어떤 원숭이가 생각해 낸 이름인 모양입니다. 얼마 전에 죽은, 여기저기에 제법 이름이 알려진 페터라는 훈련된 원숭이와 나와 다른 점이

뺨의 빨간 흉터밖에 없기라도 하듯이 말입니다. 이건 그냥 말이 나온 김에 하는 겁니다.

두 번째 총알은 허리 아래쪽에 맞았습니다. 그것은 중상이었습니다. 제가 지금도 다리를 약간 저는 것은 그 때문입니다. 최근에 저는 여러 신문들에서 저에 대해서 이러쿵저러쿵 떠드는 수만 명의 공론가들 중의 한 명이 쓴 논설을 읽은 적이 있습니다. 저의 원숭이 속성이 아직 완전히 억압되지 않았다는 겁니다. 손님들이 오면 제가 바지를 벗고 총에 맞은 부위를 보여 주는 것을 아주 즐겨하는 게 그 증거라는 겁니다. 그 따위 글을 쓰는 녀석의 손가락마다 총을 쏴 분질러 놓아야 합니다. 저에 관해 말하자면, 제가 좋아하는 어떤 사람 앞에서도 바지를 벗을 수 있습니다. 사람들은 거기서 잘 손질된 털과 흉터밖에는 아무것도 발견하지 못할 겁니다 — 우리는 여기서 특정한 목적을 위해 특정한 단어를 선택하도록 하겠습니다. 하지만 이 단어가 오해되어서는 안 되겠습니다 — 극악무도한 총알을 맞은 흉터 말입니다. 모든 것이 명백히 드러나 있으므로, 아무것도 감출 게 없습니다. 고결한 생각을 지닌 사람이라면 누구나 진실이 문제가 될 때는 세련되기 짝이 없는 예의범절도 버리는 법입니다. 반면에 손님이 올 때 그 기사를 쓴 자가 바지를 벗는다고 한다면 이는 물론 다른 광경일지도 모릅니다. 저는 그가 그런 일을 하지 않는 것을 이성의 표시라고 받아들일 겁니다. 그러니 그럴 때 그쪽에서 저에게 동정심을 보인답시고 저를 성가시게 하지 않기를 바랍니다!

두 발의 총알을 맞은 후에 저는 깨어났습니다 — 그리고 여기서부터는 점차 저 자신의 기억이 시작됩니다 — 잠에서 깨어나 보니 하겐베크 회사가 소유하는 증기선의 3등 선실에 있는 우리 속이었습니다. 그것은 사방 벽이 창살로 된 우리는 아니었습니다. 오히려 세 개의 벽이 하나의 상자에 붙어 있었다고 할 수 있습니다. 그러므로 상자가 네 번째의 벽 역할을 했습니다. 우리 안은 일어나 서 있기에는 너무 낮았고, 앉아 있기에는 너무 비좁았습니다. 그래서 저는 허리를 구부리고 웅크린 채 무릎을 계속 떨고 있었습니다. 더구나 저는 처음에 아무도 보고 싶지 않았고, 계속 어둠 속에 있고 싶었기 때문에 상자 쪽으로 몸을 돌리고 있었습니다. 그러고 보니 제 등살이 격자 창살 밖으로 비어져 나가는 형편이었습니다. 잡힌 지 얼마 되지 않은 동안에는 야생 동물을 그렇게 가두어 두는 것이 유리하다고 생각한 모양입니다. 그리고 오늘날 저의 경험에 비추어 볼 때 인간의 입장에서는 사실 그럴 수밖에 없는 일임을 부인할 수 없습니다.

하지만 당시에는 그렇게 생각하지 않았습니다. 제가 살아오면서 처음으로 출구가 없어졌고, 적어도 곧바로 빠져나갈 수 없었습니다. 바로 제 코앞에는 상자가 있었는데, 널빤지를 하나하나 견고하게 이어 맞춘 것이었습니다. 사실 널빤지들 사이에는 빛이 새어 들어올 만한 틈새가 나 있었습니다. 저는 처음에 그것을 발견하고 어리석게도 행복에 겨워 울부짖으며 반가워했습니다. 하지만 그 틈새는 꼬리를 밀어 넣기에도 턱없이 좁았고, 아무리 안간힘을 써도 그 틈새를 벌릴 수 없었습니다.

나중에 사람들이 저에게 들려준 말에 의하면, 저는 다른 원숭이들과는 달리 별로 소란을 피우지 않았다고 합니다. 그래서 사람들은 제가 곧 쓰러져 죽을 걸로 생각한 모양입니다. 또는 제가 처음 부닥친 위기를 무사히 넘긴다면 훈련에 아주 잘 적응할 거라고 생각한 모양입니다. 저는 이러한 위기를 이겨 내고 살아남았습니다. 얼이 빠져 흐느껴 울고, 고통스럽게 벼룩을 찾으며, 피곤에 지쳐 야자열매를 핥고, 머리로 상자 벽을 받으며 시험하고, 누가 가까이 다가오면 혀를 드러내 보이는 것이 제가 새로운 삶을 맞아 처음으로 한 일들이었습니다. 하지만 이 모든 사실에도 불구하고 탈출구가 없다는 느낌만을 가졌을 뿐입니다. 물론 그 당시에 제가 원숭이로서 느낀 감정을 오늘날 인간의 말로 묘사할 수밖에 없고, 따라서 잘못 묘사할 수도 있습니다. 하지만 제가 원숭이의 옛 진실에 더는 이를 수 없다 하더라도 적어도 제가 묘사한 방향에는 그것이 깃들어 있음은 의심의 여지가 없습니다.

저에게 지금까지 많은 출구가 있었지만 이제는 더 이상 없습니다. 저는 붙들려 옴짝달싹할 수 없었습니다. 제가 못에 박혔다 하더라도 자유롭게 돌아다닐 수 있는 자유가 이보다 더 줄어들지는 않았을 겁니다. 그것은 왜일까요? 발가락 사이의 생살을 마구 할퀸다 하더라도 여러분은 그 이유를 알아내지 못할 겁니다. 뒤의 격자 창살에 살을 집어넣어 그것이 거의 두 부분으로 갈라진다 하더라도 여러분은 그 이유를 알아내지 못할 겁니다. 저에게는 출구가 없었지만, 그것을 마련하지 않을 수 없었습니다. 출구 없이는 제가 살아갈 수 없었기 때문입니다. 언제까지나 상자의 벽에 달라붙어 있었다면 저는 어쩔 수 없이 죽고 말았을 겁니다. 하지만 하겐 베크의 방침에 따르면 원숭이들은 상자 벽에 갇힐 수밖에 없습니다. 그래서 그때부터 저는 원숭이이기를 그만두게 되었습니다. 그것은 불을 보듯 뻔하고 멋진 생각이었습니다. 어떻게 해서든 저는 배로 그런 생각을 해냈음이 분명합니다. 왜냐하면 원숭이란 배로 생각하는 동물이니까요.

제가 출구라고 말하는 뜻을 사람들이 제대로 이해하지 못할까 봐 자못 걱정이 됩니다. 저는 가장 일반적이고도 가장 완전한 의미에서 그 단어를 사용하는 겁니다. 일부러 자유라는 말은 쓰지 않겠습니다. 어떤 면에서도 자유라는 이러한 위대한 감정을 말하려는 게 아닙니다. 저는 어쩌면 원숭이 시절에 그것을 알았을지도 모르고, 저는 자유를 동경하는 사람들을 알게 되었습니다. 하지만 저에 관해 말하자면 저는 그때도 현재도 자유를 갈망하지 않았습니다. 말이 나온 김에 말하자면, 사람들 중에는 자유라는 말에 속는 경우가 너무 허다합니다. 그리고 자유를 가장 숭고한 감정의 하나로 여기듯이, 그에 상응하는 환멸도 역시 가장 숭고한 감정으로 여기고 있습니다. 저는 버라이어티 극장에서 제가 등장하기 전에 어떤 한 쌍의 곡예사가 저 위 천장에서 공중그네를 타는 것을 종종 보았습니다. 그들은 몸을 흔들어 움직이며 그네를 타다가 뛰어올라 서로의 팔을 잡고 공중에 떠 있었습니다. 한 사람이 상대방의 머리카락을 이빨로 물고 매달려 있었습니다.

〈저것도 인간의 자유구나!〉하고 저는 생각했습니다.

〈자제력이 있는 움직임이야! 이는 성스러운 자연을 놀리는 행위가 아닌가! 이런 광경을 보고 원숭이들이 마구 웃어 댄다면 극장의 어떤 벽도 배겨 내지 못할 것이다.〉

그렇습니다, 전 자유를 원하지 않았습니다. 오직 하나의 출구를 찾았을 뿐입니다. 오른쪽이든 왼쪽이든 어느 쪽이든 상관없이 말입니다. 설령 출구가 환멸에 지나지 않더라도 저에게는 다른 요구가 없습니다. 그 요구가 작았기에 환멸이 그리 크지 않을지도 모릅니다. 앞으로 계속, 앞으로 계속 나아갈 뿐입니다! 양팔을 치켜든 채로 상자 벽에 몸을 바짝 붙이고 가만히 있기만 해서는 안 될 겁니다.

지금 와서 보니 명백합니다. 더할 나위 없이 마음이 안정되지 않았더라면 저는 빠져나갈 수 없었을 겁니다. 그리고 실제로 지금의 제가 있게 된 것은 거기 배 안에서 처음 며칠이 지나고 마음의 안정을 얻게 된 덕분입니다. 하지만 다시금 마음의 안정을 얻은 것은 어쩌면 배에 탄 사람들 덕분이었을지도 모릅니다.

이 모든 일들에도 불구하고 그들은 좋은 사람들입니다. 지금도 저는 그때 반쯤 졸고 있던 저의 귀에 메아리쳐 오던 그들의 묵직한 발걸음 소리를 즐거이 기억에 떠올리곤 합니다. 그들은 무슨 일이든 아주 느릿느릿 착수하는 버릇이 있었습니다. 누군가 눈을 비비려고 할 때는 손을 매달린 추처럼 들어 올렸습니다. 이들의 농담은 투박하기는 했지만, 인정이 담겨 있었습니다. 이들의 웃음소리는 위험하게 들리지만 거기엔 그리 문제 될 게 없는 기침 소리가 섞여 있었습니다. 이들의 입 속에는 언제나 무언가 뱉을 것이 들어 있었는데, 그걸 어디에다 뱉을 건가에 대해서는 아무런 관심이 없었습니다. 이들은 내 몸의 벼룩이 자기들에게 옮아 간다고 늘 불평을 해댔습니다. 하지만 그렇다고 해서 이들이 나에게 정말 화를 낸 적은 한 번도 없었습니다. 사실이지 이들은 내 살갗에 벼룩이 무럭무럭 번식하고, 벼룩은 풀쩍풀쩍 뛰는 데는 선수란 것을 알고 있었습니다. 이들은 그런 사실을 받아들였습니다. 근무가 없을 때는 몇몇이 더러 제 주위에 반원을 그리며 빙 둘러앉을 때도 있었습니다. 이들은 말은 거의 하지 않고 서로에게 투덜거릴 뿐이었습니다. 이들은 상자 위에 몸을 쭉 뻗고 드러누워 파이프 담배를 피웠습니다. 제가 몸을 조금이라도 움직이기만 하면 이들은 곧바로 서로 무릎을 찰싹 쳤습니다. 그리고 이따금씩 누군가 막대기를 집어 들고 제가 건드리면 기분 좋아하는 부위를 간질여 주었습니다. 오늘 그 배를 타고 같이 여행하자는 초대를 받는다면 저는 분명 이를 거부할지도 모릅니다. 그렇지만 또한 제가 그곳 3등 선실에 있을 때 늘 싫은 추억만 있었던 것은 아니란 사실도 분명합니다.

제가 이 사람들에 둘러싸여 마음의 안정을 얻게 됨으로써 저는 무엇보다도 도망치는 것을 단념하게 되었습니다. 지금 와서 생각해 보면 제가 살기 위해서는 어떻게든 출구를 꼭 찾아야 하지만, 도망을 쳐서는 이러한 출구를 찾아낼 수 없으리라는 것을 그때 적어도 어렴풋하게나마 예감했던 모양입니다. 그때 도망을 치는 게 가능했는지 더는 알지 못하지만, 저는 원숭이라면 언제나 도망칠 수 있다고 생각합니다. 지금의 이빨로는 평범한 호두를 까는 일도 조심하지 않으면 안 됩니다. 하지만 그때 시간만 충분히 있었다면 어쩌면 문

333

의 자물쇠도 물어뜯을 수 있었을지도 모릅니다. 하지만 저는 그러지 않았습니다. 그래 보았자 무슨 이득이 있었겠습니까? 머리를 밖으로 내밀자마자 저는 금방 다시 붙잡혀 더 나쁜 우리에 갇혔을 겁니다. 또는 사람들 모르게 다른 동물들, 가령 저의 맞은편에 있는 왕뱀한테 도망갈 수 있었을지도 모르지만, 뱀에 몸이 휘감겨 죽고 말았을 겁니다. 혹은 몰래 갑판까지 올라가 뱃전에서 몸을 날리는 데 성공했을지도 모르지만, 그랬다 하더라도 망망대해에서 잠시 이리저리 흔들리다가 결국 익사하고 말았을 겁니다. 모두 자포자기하여 저지른 행위에 지나지 않습니다. 제가 그리 인간적인 방법으로 일들을 생각한 것은 아니었지만, 제 주변의 영향을 받고 마치 이것저것을 고려한 듯이 행동했습니다.

제가 이것저것을 고려한 것은 아니었지만, 어쩌면 아주 차분하게 관찰했을지도 모르겠습니다. 저는 이 사람들이 이리저리 오르내리는 것을 보았습니다. 한결같이 똑같은 얼굴들이었고, 움직임도 하나같이 똑같았습니다. 어떨 때는 그들이 마치 한 사람인 것처럼 생각될 때도 있었습니다. 이 사람, 또는 이 사람들은 그러니까 아무런 방해도 받지 않고 돌아다녔습니다. 제 마음속에 한 가지 높은 목표가 어렴풋이 떠올랐습니다. 제가 그들과 같은 사람이 된다면 창살을 들어 올려 주겠다고 약속한 사람은 아무도 없었습니다. 이루어질 가능성이 없어 보이는 것에 그러한 약속을 할 사람은 없겠지요. 하지만 이루어질 가능성이 엿보인다면 전에는 아무리 요구해도 안 되었지만 나중에는 약속이 이루어질 수도 있는 겁니다. 그런데 이 사람들 자신에게는 저의 마음을 끌 만한 점이 아무것도 없었습니다. 만약 제가 아까 말한 자유의 신봉자라면 이 사람들의 흐리멍덩한 눈길 속에 보이는 출구보다는 차라리 망망대해 쪽을 택했을 겁니다. 하지만 어쨌거나 저는 이러한 일들을 생각하기 전에 이들을 오랫동안 자세히 관찰했습니다. 정말이지 거듭해서 관찰했기에 제가 일정한 방향으로 밀고 나아가게 되었습니다.

사람들을 흉내 내기는 퍽 쉬웠습니다. 처음 며칠 만에 벌써 침을 뱉을 수 있었습니다. 그러다가 우리는 서로의 얼굴에 침을 뱉었습니다. 단지 다른 점이라면 저는 얼굴에 묻은 침을 나중에 깨끗이 핥아 냈는데, 그들은 그러지 않았다는 겁니다. 저는 얼마 안 가 노인처럼 파이프 담배를 피우게 되었습니다. 그러다가 파이프의 대통에 엄지손가락을 밀어 넣었을 때는 온 3등 선실에서 환호성이 일었습니다. 그렇지만 속이 텅 빈 파이프와 속에 담배가 채워진 파이프의 차이를 오랫동안 이해하지 못했습니다.

브랜디 병이 저를 가장 힘들게 했습니다. 냄새가 저를 괴롭혀서 저는 온 힘을 다해 억지로 했습니다. 하지만 저 자신을 이겨 내는 데는 몇 주일이나 걸렸습니다. 사람들은 이상하게도 저의 이러한 내적인 투쟁을 저의 다른 어떤 것보다 더 진지하게 받아들였습니다. 저의 기억으로는 사람들을 일일이 구별할 수는 없지만, 그중에 한 사람이 뻔질나게 저를 찾아왔습니다. 혼자서 오기도 했고 동료들과 같이 오기도 했는데, 밤낮을 가리지 않고 아무 때나 찾아왔습니다. 그는 병을 가지고 와서 제 앞에 앉아서는 저에게 가르쳐 주었습니다. 그는 저의 실체를 파악하지 못해서, 제가 어떤 존재인지 그 수수께끼를 풀려고 했던 겁니다. 그는 천천히 병마개를 뽑고는 제가 이해했는지 살피려고 저의 얼굴을 쳐다보았습니다. 지금 와서 고백하자면, 저는 늘 왕성한 호기심을 가지고 대단히 열심히, 온 신경을 집중해서 그를 지켜보았습니다. 세상 어디에도 스승에게 그런 제자가 없을 겁니다. 그는 병마개를 뽑고 나서 병을 입으로 가져갔습니다. 저는 그가 하는 동작을 좇아서 그의 목에까지 시선을 보냈습니다. 그는 만족해서 고개를 끄덕이며 병을 입술에 갖다 댑니다. 저는 점차 무언가를 깨닫게 된 것이 너무 기쁜 나머지 끽끽 소리를 지르며 여기저기 손이 닿는 대로 마구 할퀴어 댑니다. 그는 기쁜 표정으로 병을 기울여 한 모금 마십니다. 저는 그를 따라 하고 싶은 마음에 안달이 나서 절망적인 심정으로 우리 안에서 오줌을 싸고 맙니다. 그러자 그는 다시 무척 흡족해하는 눈치입니다. 그러다가 이번에는 병을 든 팔을 앞으로 뻗었다가 위로 홱 쳐들어 입으로 가져가더니 고개를 뒤로 젖히고는 단숨에 쭉 마셔 버립니다. 마치 가르치려는 열성이 지나친 훈장처럼 말입니다. 흉내 내고 싶은 마음이 너무 커서 녹초가 된 나머지 더는 따라 하지 못하고, 창살에 몸을 기대고 축 늘어져 있습니다. 그러면 그는 자신의 배를 쓰다듬으며 히죽 웃는 것으로 자신의 이론 교육을 마치는 겁니다.

이제야 실제 훈련이 시작됩니다. 저는 이론 교육으로 인해 벌써 기진맥진하지 않았을까요? 어쩌면, 파김치가 되었을지도 모릅니다. 그것은 제 운명의 일부입니다. 그렇지만 저에게 내밀어진 병을 될 수 있는 한 잘 붙잡고 떨리는 손으로 병마개를 땁니다. 그것에 성공하자 서서히 새로운 힘이 솟아오릅니다. 제가 병을 집어 드는 모습은 벌써 원래 모델과 거의 다를 바 없습니다. 병을 입에 대자마자 혐오감이 생겨 내던 져 버립니다. 병이 텅 비어 있지만 아직 술 냄새로 가득 차 있 어 순전히 혐오감 때문에 병을 바닥에 내던져 버립니다. 스 승은 슬픔에 빠지고, 저 자신은 더욱 커다란 슬픔에 빠집니 다. 제가 병을 내던진 후에 기특하게도 배를 쓰다듬으며 히 죽 웃는 것을 잊지 않았지만 스승에게도 저에게도 마음의 위 로가 되지 않습니다.

저의 수업은 너무나 자주 그런 식으로 끝이 났습니다. 스 승의 명예를 위해 말해 두자면 그는 저에게 화를 내는 법이 없었습니다. 사실은 때때로 불이 붙어 있는 파이프를 저의 털에 갖다 댈 때도 있었습니다. 그러면 제가 손을 댈 수 없는 곳에서 이글거리며 불이 타오르기 시작했지만, 그는 자신의 솥뚜껑 같은 커다란 손으로 친절하게도 다시 불을 꺼 버리 는 것이었습니다. 그는 저에게 화를 내는 법이 없었습니다. 그는 우리가 같은 편에서 원숭이의 속성에 대항하여 싸우고 있다는 것과, 제 쪽이 보다 힘들어하고 있다는 것을 알고 있 었습니다.

그러다가 그에게뿐만 아니라 물론 저에게도 대단한 승리 가 되는 일이 일어났습니다. 어느 날 밤 많은 관중들이 모여 있는 앞에서 — 아마 어떤 축제였던 모양인데, 축음기가 울 리고 있었고, 장교 한 명이 사람들 사이를 돌아다니고 있었 습니다 — 저는 바로 이날 밤에 사람들이 보지 않는 틈을 타 우리 앞에 아무렇게나 놓여 있는 브랜디 병을 움켜잡았습니 다. 사람들의 관심이 커지는 가운데 저는 배운 대로 병마개를 따고 병을 입에 갖다 대고는, 망설이지도 않고, 입을 찡그리지도 않은 채, 제법 숙련된 술꾼처럼 둥그렇게 눈알을 굴리고 꿀꺽꿀꺽 소리를 내며 정말로 술을 다 마셔 버렸습니다. 그러고는 이번에는 자포자기한 태도가 아니라 예술적인 행위로 병을 내던졌습니다. 사실 배를 쓰다듬는 것은 잊어버리고 말았지만 그 대신에 달리 할 것도 없었고, 술이 얼큰히 취해 오는 바람에 그럴 수밖에 없어서 짧고도 분명하게 〈여보세요!〉 하고 외친 것입니다. 인간의 음성으로 터져 나온 겁니다. 이러한 외침과 함께 저는 인간의 사회로 뛰어들었고, 내 말에 그들이 응답한 소리를 듣게 되었습니다.

「이것 봐, 원숭이가 말을 했어!」 이러한 말이 땀으로 뒤범벅이 된 온몸에 하나의 입맞춤처럼 느껴졌습니다.

거듭 말씀드리지만, 제가 인간을 흉내 내려는 기분에 유혹당한 것은 아니었습니다. 흉내를 낸 것은 출구를 찾기 위한 때문이지 다른 이유는 없었습니다. 또한 그러한 승리가 아직은 별다른 도움이 되지 않았습니다. 인간의 음성도 곧장 다시 낼 수 없게 되었다가, 몇 달이 지나고 나서야 다시 가능해졌습니다. 심지어 브랜디 병에 대한 혐오감은 더욱 커졌습니다. 하지만 물론 제가 가야 할 방향은 확고하게 정해졌습니다.

함부르크에 도착하여 처음으로 조련을 받게 되었을 때 저는 자신에게 두 가지 가능성이 열려 있음을 즉시 알아채게 되었습니다. 그것은 동물원에 가든가, 또는 버라이어티 무대에 서든가 하는 것이었습니다. 저는 망설이지 않고 스스로에게 말했습니다. 온 힘을 다해 버라이어티 무대에 서도록 해라. 그것이 출구이다. 동물원은 새로운 격자 우리에 불과해.

그곳에 들어가면 넌 영영 파멸이다.

여러분, 이렇게 해서 저는 배웠습니다. 아, 꼭 배워야 한다면 배우는 겁니다. 출구를 원한다면 배우는 겁니다. 이것저것 따지지 않고 배우는 겁니다. 채찍을 들고 자기 자신을 감시합니다. 조금이라도 하기 싫어하면 채찍으로 마구 후려치는 겁니다. 이리하여 원숭이의 속성은 당황하여 곤두박질치며 저에게서 부리나케 도망쳐 나갔습니다. 그 바람에 저의 최초의 스승이 거의 원숭이처럼 되어, 이내 가르치는 것을 그만두고 정신병원에 보내질 수밖에 없었습니다. 다행히도 그는 그 후에 얼마 안 가 다시 그곳에서 나올 수 있었습니다.

하지만 저는 많은 스승들을 썼습니다. 심지어 여러 스승들을 동시에 썼습니다. 제가 어느덧 자신의 능력에 확신을 갖게 되고, 대중이 저의 발전에 관심을 기울이게 되자 저의 미래가 찬란히 빛나기 시작했습니다. 제가 직접 스승들을 받아들여 잇달아 이어진 다섯 개의 방에 그들을 모시고는, 이 방에서 저 방으로 정신없이 뛰어다니며 이들로부터 동시에 배웠습니다.

이러한 눈부신 발전! 이러한 지식의 빛이 사방팔방으로부터 눈을 떠 가는 뇌 속으로 뚫고 들어갔습니다! 제가 행복했다는 것을 부인하지 않겠습니다. 하지만 또한 고백하자면, 저는 이를 과대평가하지 않겠습니다. 그때도 그랬지만 지금은 더욱 그렇습니다. 지금까지 지상에서 유례가 없는 피나는 노력을 해서 저는 유럽인의 평균적인 교양 수준에 도달했습니다. 아마 그 자체로는 그것이 아무것도 아닐지도 모릅니다. 하지만 그것이 제가 우리 밖으로 나가게 도와주었고, 저

에게 이러한 특별한 출구, 인간이 되게 하는 이러한 출구를
마련해 주었다는 점에서는 의의가 있는 것입니다. 〈슬쩍 달
아난다 *sich in die Büsche schlagen*〉는 훌륭한 독일어 표현법
이 있습니다만, 저는 그 일을 해냈습니다. 〈저는 슬쩍 달아난
것입니다.〉 자유를 선택할 수 없었다는 점을 늘 전제로 한다
면 저에게는 다른 길이 없었던 겁니다.

저의 발전을 되돌아보고 지금까지 달성한 것을 쭉 훑어보
면 저는 한탄도 하지 않을뿐더러 만족도 하지 않습니다. 양
손을 바지 주머니에 찔러 넣고, 탁자에 포도주 병을 올려놓
은 채 저는 흔들의자에 비스듬히 누워 창밖을 내다보고 있습
니다. 손님이 찾아오면 의당 그래야 하듯이 정중하게 맞이합
니다. 저의 공연 매니저는 대기실에 앉아 있다가 제가 벨을
누르면 달려와서 제가 하는 말을 듣습니다. 저녁에는 거의
매번 공연이 있습니다. 저는 더할 나위 없을 정도로 성공을
거두고 있습니다. 밤이 깊어서 연회나 학회, 흥겨운 모임에
서 집에 돌아오면 반쯤 조련된 조그만 암컷 침팬지가 저를
기다리고 있습니다. 그리고 저는 원숭이가 하는 식으로 그
침팬지로부터 마음의 위안을 얻습니다. 낮에는 그녀를 보려
고 하지 않습니다. 말하자면 그녀의 시선에는 조련을 받으며
어리둥절해 있는 동물의 넋 나간 모습이 들어 있기 때문입니
다. 그러한 것을 저만 알아챌 수 있으며, 저는 이를 견딜 수
없습니다.

어쨌거나 제가 도달하려고 한 목표는 대체로 달성한 셈입
니다. 그것이 노력할 만한 값어치가 없었다고 저에게 말하지
마십시오! 아닌 게 아니라 저는 인간의 판단을 원하지 않으

며, 단지 저의 지식을 전하고 싶을 뿐입니다. 저는 그저 보고 할 따름입니다. 존경하는 학술원 회원 여러분, 여러분에게도 저는 보고만 했을 뿐입니다.

단식 광대

최초의 고민

공중그네 곡예사 — 다 알다시피 버라이어티 무대의 높디 높은 둥근 천장에서 부리는 이 묘기는 인간이 도달할 수 있는 갖가지 묘기들 중에서 가장 어려운 것 중의 하나이다 — 는 다른 계획이 없는 한 낮이나 밤이나 공중그네 위에 머물러 있었다. 처음에는 묘기를 완성하기 위한 일념에서 그랬을 뿐이지만, 나중에는 막무가내가 된 습관 때문에라도 그런 식으로 살아가게 되었다. 그의 욕구들은 아무리 사소한 것일지라도 밑에서 급사들이 교대로 돌아가며 자지 않고 해결해 주었고, 위에서 요구하는 것은 특별히 제작한 용기에 넣어 올려 주고 내려 주고 했다. 이런 식으로 살아가기 때문에 주위에 특별히 폐를 끼치는 일은 일어나지 않았다. 단지 다른 사람이 공연하는 동안에 그가 몸을 숨기지 않고 위에 그대로 있었기 때문에 약간 방해가 되기는 했다. 그런 경우 그는 대체로 얌전히 있었지만 관중들이 엉뚱하게 그를 쳐다보는 일이 더러 있었다. 그렇지만 그는 누구도 대신할 수 없는 특별한 곡예사이기 때문에 감독은 이러한 그를 그냥 눈감아 주고 있었다. 또한 그가 불손한 의도로 이러한 생활을 하는 게 아니라, 사실 끊임없이 수련을 해서 완전한 기량을 닦으려는 목적으로 이러한 생활을 하고 있다는 것을 물론 다들 잘 알고 있었다.

그렇지만 위에서 생활하는 것은 건강에 좋지 않았다. 그리고 보다 따뜻한 계절이 되어 둥근 천장의 측면 창문들이 활짝 열리면서, 상쾌한 공기와 함께 햇빛이 어스름한 공간으로 마구 밀려들면 그곳은 그지없이 아름답기까지 했다. 물론 그가 사람들과 교류하는 일은 한정되어 있었고, 가끔씩 동료 곡예사가 줄사다리를 타고 그가 있는 곳으로 기어 올라갈 따름이었다. 그런 다음에 두 사람은 좌우로 고정용 밧줄에 몸을 의지한 채 공중그네에 앉아 이런저런 잡담을 나누곤 했다. 또는 지붕을 수리하던 건설 노동자들이 열린 창으로 그와 몇 마디 대화를 나누거나, 소방관이 최고 꼭대기 층 관람석의 비상등을 점검하러 와서는 존경심에 차 있지만 무슨 뜻인지 알아들을 수 없는 말로 그에게 소리치기도 했다. 그것 말고는 그의 주변은 늘 조용했다. 가령 오후에 텅 빈 극장 안을 서성거리던 어떤 직원이 생각에 잠겨 시선이 잘 닿지도 않는 까맣게 높은 곳에 있는 그를 가끔 쳐다볼 뿐이었다. 거기서는 누가 자신을 빤히 쳐다보고 있는지도 모르고 공중그네 곡예사가 이런저런 묘기를 부리거나 휴식을 취하고 있었다.

불가피하게도 이곳에서 저곳으로 돌아다니지 않아도 된다면 그 공중그네 곡예사는 아무런 방해도 받지 않고 살아갈 수 있었을지도 모른다. 그에게는 돌아다니는 것이 극히 성가신 일이었다. 사실 공연 매니저는 공중그네 곡예사가 불

필요하게 이런저런 고통을 당하지 않도록 여러모로 신경을 써 주고 있었다. 도시에서 다닐 때는 경주용 차를 이용해서, 되도록 밤이나 이른 새벽에 인적이 드문 길을 최고 속력으로 질주했지만, 물론 그 곡예사가 동경하는 속도에는 어림도 없이 느린 것이었다. 기차로 여행할 때는 객실 하나를 통째로 빌렸다. 그리하여 곡예사는 사실 변변치 못하기는 하나 평소의 생활 방식을 그럭저럭 유지하며 위의 그물 선반에서 시간을 보내며 여행했다. 다음에 공연할 극장에서는 그가 도착하기 오래전에 벌써 공중그네를 제자리에 설치해 두었다. 또한 장내로 통하는 문을 모조리 활짝 열어 놓고, 모든 통로를 널찍하게 치워 놓았다 ― 하지만 그러고 나서 공중그네 곡예사가 줄사다리에 발을 대고, 순식간에 마침내 다시 공중그네에 매달리는 때가 공연 매니저의 삶에서 언제나 더없이 멋진 순간이었다.

수많은 순회공연에서 공연 매니저가 성공을 거두긴 했지만 새로운 여행을 할 때마다 매번 그는 곤혹스러웠다. 다른 것은 다 제쳐 놓는다 하더라도 어쨌거나 여행이 공중그네 곡예사의 신경을 망가뜨리는 역할을 했기 때문이었다.

이렇게 해서 이들은 언젠가 다시 같이 기차에 몸을 싣고 순회공연을 떠나게 되었다. 공중그네 곡예사는 그물 선반에 누워 꿈을 꾸고 있었다. 공연 매니저가 창가 모서리에 몸을 기대고 책을 읽고 있을 때, 곡예사가 그에게 나지막한 목소리로 말을 걸어 왔다. 공연 매니저는 즉각 그의 대화에 응해 주었다. 곡예사는 입술을 깨물면서 말했다.

「이제부터는 곡예를 할 때 한 개의 그네 대신에 항상 두 개의 그네를 써야겠소. 서로 마주 대하는 두 개의 그네를 말이오.」

공연 매니저는 그 말에 즉각 군말 없이 동의를 해주었다.

그러자 곡예사는 이 자리에서 공연 매니저가 찬성하든 반대하든 그런 것은 중요하지 않음을 보여 주려는 듯 앞으로는 어떤 일이 있더라도 하나의 그네 위에서는 곡예를 하지 않겠다고 말했다. 행여 다시 그런 일이 일어나는 경우를 상상하기만 해도 몸서리가 처진다는 듯한 표정이었다. 공연 매니저는 머뭇거리며 곡예사를 살피다가 다시 한 번 전적으로 동감이라고 말했다.

「한 개의 그네보다 두 개의 그네가 더 낫겠소. 그렇지 않아도 이러한 새로운 설비에 이점이 있으며, 연기에 다채로운 변화를 줄 거요.」

그러자 곡예사는 느닷없이 울음을 터뜨리기 시작했다. 깜짝 놀란 공연 매니저가 벌떡 일어나서 무슨 일이냐고 물었지만 곡예사는 아무런 대답도 하지 않았다. 공연 매니저는 의자 위에 올라가서 그의 몸을 쓰다듬으며 자신의 얼굴을 그의 얼굴에 갖다 댔다. 그러자 그의 얼굴에도 곡예사의 눈물이 흘러내렸다. 하지만 여러 번 묻고 달래서야 비로소 곡예사는 흐느끼면서 이렇게 말했다.

「이렇게 가로대 하나만을 달랑 들고 ─ 어떻게 내가 살아갈 수 있단 말이오!」

이제 공연 매니저는 곡예사를 달래기가 더 쉬워졌다. 그는 즉시 다음 정거장에서 다음 공연장에 전보를 쳐 그네를 하나 더 만들도록 부탁하겠다고 약속했다. 그는 그토록 오랫동안 곡예사를 하나의 그네 위에서 일하게 했다고 스스로를 질책

했다. 그는 마침내 자신의 잘못을 깨닫게 해주었다면서 곡예사를 치하하고 무척 추켜세워 주었다.

이렇게 해서 공연 매니저는 곡예사의 마음을 서서히 진정시킬 수 있었으므로, 다시 자신의 구석 자리로 되돌아갈 수 있었다. 하지만 정작 그 자신의 마음은 진정되지 않아, 답답하고 걱정스럽게 곡예사를 책 너머로 몰래 관찰하고 있었다. 일단 그런 생각에 시달리기 시작하면 어떻게 이를 완전히 떨쳐 버릴 수 있단 말인가? 그런 생각이 점점 더 심해지지 않을까? 그런 생각이 생존을 위협하는 게 아니었을까? 그리고 사실 공연 매니저는 이제 울음을 그치고 언뜻 잠든 것처럼 보이는, 어린이처럼 매끄러운 곡예사의 이마에 처음으로 몇 개의 주름이 잡히기 시작하는 것이 보인다고 생각했다.

조그만 여자

　어떤 조그만 여자가 있다. 원래 꽤 날씬한 편이지만 그래도 허리를 단단히 졸라매고 있다. 내가 본 바로는 그녀는 늘 똑같은 옷을 입고 다닌다. 그 옷은 노란 빛을 띤 회색의, 어느 정도는 나무 색의 천으로 만들어져 있고, 같은 색의 술이나 단추 모양의 장식물이 약간 매달려 있다. 모자를 쓰는 법은 없으며, 흐릿한 빛을 내는 금발은 매끄러운 직모이고, 헝클어져 있는 것은 아니지만 매우 느슨하게 풀어져 있다. 허리를 졸라매고 있지만 움직이는 동작은 가볍다. 물론 그녀는 이러한 동작을 과장되게 하며, 두 손을 허리에 얹고 상체를 놀라울 정도로 빨리 옆으로 휙 돌리기를 좋아한다. 그녀의 손에서 받은 인상을 묘사하자면 나는 그녀의 손처럼 손가락 하나하나가 확연히 구별되는 손가락을 여태껏 본 적이 없다고 말해야겠다. 그렇다고 그녀의 손이 해부학적으로 색다르다는 말은 결코 아니다. 그것은 흔히 볼 수 있는 정상적인 손이다.

　그런데 이 조그만 여자는 내가 무척이나 못마땅한 모양이다. 그녀는 틈만 나면 나에게 무언가 트집을 잡고, 그녀의 일이 잘못되는 것이 나 때문이라면서 가는 데마다 나에게 화를 내는 것이다. 삶이라는 것을 아주 작은 부분으로 잘라서 각 부분마다 따로 판단을 내릴 수 있다면, 그녀에게는 분명 나의 삶의 하나하나가 화나는 일일지도 모른다. 나는 그녀가 무엇 때문에 나에게 그렇게 화를 내는지 곰곰 생각해 볼 때가 간혹 있었다. 나의 모든 것이 그녀의 미적 감각이나 정의감, 그녀의 습관이나 관례 및 희망과 맞지 않을지도 모른다. 그와 같이 서로 맞지 않는 기질이 있는 법이다. 그런데 그녀는 왜 그것 때문에 그렇게 괴로워하는 걸까? 정말이지 우리 사이에는 나 때문에 그녀가 괴로워해야 할 아무런 관계가 없는데 말이다. 그녀는 나를 완전히 남으로 취급하기로 마음먹기만 하면 되지 않은가. 사실 나는 있는 그대로 남이며, 그러한 결심에 맞서는 게 아니라 환영해 마지않을 것이다. 그녀는 나라는 존재를 잊기로 마음먹기만 하면 될 것이다. 나는 나라는 존재를 그녀에게 강요한 적이 없고, 앞으로도 그럴 것이다 ― 그러면 온갖 고민은 씻은 듯이 사라질 텐데.

이 경우 나는 자신의 일, 즉 그녀의 태도도 물론 나에게 곤혹스럽다는 사실은 전혀 고려하지 않고 있다. 그 이유는 이러한 모든 고통이 그녀의 괴로움에 비하면 아무것도 아니라는 것을 잘 알고 있기 때문이다. 그렇지만 이때 그게 사랑의 고통이 아니라는 걸 나는 말할 것도 없이 너무나도 잘 알고 있다. 나의 태도를 개선시키는 것은 그녀에게 하등 중요한 문제가 아니다. 사실 그녀가 이 모든 것에 대해 시시콜콜 나에게 트집을 잡는다 해도 나의 행실이 그와 같은 속성상 그로 인해 방해받을 만한 것이 아니기 때문이다. 하지만 그녀는 나의 행실에 신경을 쓰는 것이 아니라, 다름 아닌 그녀 자신의 개인적인 이해관계에만 신경을 쓴다. 즉, 그녀는 내가 그녀에게 고통을 안겨 준 것에, 내가 그녀의 장래를 가로막을 것 같아서 그녀에게 고통을 안겨 준 것에 복수하는 데만 신경을 쓰는 것이다. 벌써 언젠가 나는 그녀가 이렇게 계속 화를 내는 것을 어떻게 그만두게 하는 게 제일 좋을까에 대해 그녀에게 지적해 주려고 한 적이 있었다. 하지만 그러다가 그녀의 화만 더욱 돋우는 결과가 되었기 때문에 다시는 그런 시도를 하지 않기로 했다.

어쩌면 나에게 모종의 책임이 있는지도 모르겠다. 그 조그만 여자가 나에게 아무리 낯설다 하더라도, 우리 사이에 존재하는 유일한 관계라는 게 고작 내가 그녀의 화를 돋우는 것이라 하더라도, 아니 오히려 그녀가 나로 하여금 그녀의 화를 돋우게 한다 하더라도, 그녀가 이러한 분노 때문에 육체적으로도 적잖게 괴로워하고 있는 것을 보니 나로서는 무관심할 수만은 없는 노릇이기 때문이다. 이따금씩 그녀에 대한 소식이 나에게 오는데, 최근 들어서는 그 횟수가 더 잦은 편이다. 그녀가 아침에 또다시 밤새 두통으로 시달리는 바람에 얼굴이 창백해져 거의 일을 할 수 없는 상태라고 한다. 그 때문에 그녀는 가족들에게 걱정을 안겨 주고 있다. 다들 그녀가 그런 상태에 빠진 이유에 대해 이러쿵저러쿵 추측하고 있지만, 그녀는 아직까지 그 이유를 알아내지 못했다. 그 이유를 알고 있는 사람은 나밖에 없는 것이다. 그것은 오래된 분노와 늘 새로운 분노 때문이다. 그렇다고 물론 내가 그녀의 가족과 걱정을 함께하는 것은 아니다. 그녀는 튼튼하고 강인한 여자다. 그렇게 화를 낼 수 있는 자라면 분명 분노의 결과도 이겨 낼 수 있을지도 모른다. 심지어 나는 그녀가 이렇게 괴로워하는 모습을 드러내 보이는 것은 — 적어도 부분적으로는 — 이런 식으로 세상 사람들의 의혹이 나에게 쏠리게 하기 위해서라고 의심하고 있다.

나라는 존재 때문에 그녀가 얼마나 고통을 겪고 있는가 하는 것을 솔직히 말하기에는 그녀는 너무 자존심이 강한 여자이다. 내 문제로 다른 사람들에게 호소하는 것을 그녀는 자신의 품위를 떨어뜨리는 일로 느낄 것이다. 오로지 반감 때문에, 그칠 줄 모르고 영원히 그녀를 몰아대는 반감 때문에 그녀는 나에게 신경을 곤두세우고 있는 것이다. 이러한 불순한 일을 대중 앞에 공공연히 이야기하는 것도 그녀로서는 참기 힘들 정도로 수치스러운 일일지도 모른다. 하지만 그녀가 계속 짓눌리고 있는 그 일에 대해 입을 꾹 다물고 있는 것도 견딜 수 없는 노릇이다. 그래서 그녀는 여자다운 약삭빠른 생각으로 중용을 택하려고 한다. 말은 하지 않고, 은밀한 고통이 밖으로 드러난 징후만으로 그녀는 그 사건이 대중의 심판을 받도록 하려고 한다. 어쩌면 그녀는 일단 세상 사람들의 시선이 나를 향하게 되면 나에 대한 대중의 대대적인 분노가 일어나, 그것의 강력한 힘을 수단으로 해서 완전히 결정적일 정도로, 비교적 미약한 그녀의 개인적인 분노보다 강력하고도 빨리 나를 혼내 주기를 희망하고 있는 모양이다.

하지만 그리고 나서는 그녀는 뒤로 물러나, 안도의 한숨을

쉬며 나에게서 등을 돌릴 것이다. 그런데 이것이 정말 그녀
의 희망이라면 그녀는 잘못 생각하고 있는 것이다. 일반 대
중은 그러한 역할을 떠맡지 않을 것이다. 그들이 아무리 강
력한 확대경으로 나를 살핀다 하더라도 나를 결코 한없이
질책하지는 않을 것이다. 나는 그녀가 생각하고 있는 만큼
그리 쓸모없는 인간은 아니다. 나는 뽐내고 싶은 생각은 없
다. 특히 이러한 경우에는 더욱 그러하다. 하지만 내가 특별
히 두드러지게 쓸모 있는 인간이 아니긴 하지만, 그 반대의
의미에서도 남의 눈에 띄는 사람은 분명 아닐 것이다. 오직
그녀에게만, 거의 하얀색으로 반짝이는 그녀의 눈에만 두드
러져 보일 뿐이다. 그녀는 다른 어느 누구에게도 그런 사실
을 납득시키지 못할 것이다. 그러므로 나는 이런 점에서 완
전히 안심해도 좋다는 말인가? 아니, 그렇지 않다. 나의 태도
때문에 그녀가 그토록 마음 아파하고 있다는 사실이 정말
알려진다면, 그리고 몇몇의 감시인들, 사실 부지런하기 짝이
없는 소식통들이 어느덧 이를 꿰뚫어 볼 순간에 있거나, 또
는 적어도 이를 꿰뚫어 보고 있는 척이라도 하고 있다면 세
상 사람들은 나에게 몰려와서 질문을 퍼부을 것이다. 도대체
왜 나의 태도를 개선하지 않아 불쌍한 조그만 여자를 괴롭
히고 있느냐고 말이다. 혹시 못살게 굴어 그녀를 죽이기라도
할 작정이냐, 언제쯤 그런 짓을 그만두고 이성이며 인간다운
소박한 동정심을 가질 거냐고 말이다 — 세상 사람들이 나
에게 그런 질문을 한다면 나는 대답하기가 쉽지 않을 것이
다. 그럴 경우 나는 그러한 병의 징후를 그리 신뢰할 수 없다
고 고백해야 할 것인가, 그리고 어떤 죄를 면하기 위해 내가

상스러운 방법으로 다른 사람에게 죄를 뒤집어씌운다는 불유쾌한 인상을 불러일으켜야 할 것인가? 그리고 그녀가 정말 병에 걸려 있다고 내가 믿는다 하더라도 가령 나는 조금도 동정심을 느끼지 않는다는 것을 솔직히 털어놓을 수 있을 것이다.

정말이지 그녀는 나에게 완전히 낯선 존재이고, 우리들 사이에 존재하는 관계도 그녀가 만들어 낸 것에 불과하며, 그녀 쪽에서만 존재하기 때문이다. 사람들이 내 말을 믿지 않을 거라고 말하고자 하는 것은 아니다. 오히려 사람들이 내 말을 믿지 않을 수도 있고 믿을 수도 있는 것이다. 그런 것은 문제가 될 정도가 결코 아닐지도 모른다. 사람들은 내가 약하고 병든 여자와 관련해서 행한 해명을 단지 기록할지도 모른다. 그리고 그 일은 나에게 별로 이롭지 않을 것이다. 다른 모든 해명의 경우에 그렇듯이 이와 같은 경우에는 둘 사이에 연애 관계가 있다는 의혹을 불러일으키지 않는 세상 사람들의 무능력이 사실 나의 앞길을 집요하게 가로막을 것이다. 그렇지만 그런 관계가 없다는 것은 불을 보듯 뻔히 드러나 있다. 설령 그런 관계가 있다고 한다면 이는 오히려 나로 말미암아 비롯되었을 것이다. 사실 내가 이 조그만 여자의 설득력 있는 판단과 끈기 있는 추론에 아무튼 경탄을 금치 못하기 때문이다. 그녀의 그런 장점으로 인해 사실 내가 처벌을 받지 않는다면 말이다. 하지만 어쨌든 그녀에게서 나에 대한 우호적인 감정은 조금도 찾아볼 수 없다. 그 점에서 그녀는 솔직하고 진실하다. 거기에 나는 마지막 희망을 걸고 있다. 나에 대한 그러한 관계를 믿게 만드는 것이 그녀의 전쟁 계획에 들어맞는다면 그와 같은 일을 결코 잊지 않고 행할 것이다. 하지만 이러한 면에 둔감하기 짝이 없는 일반 대중은 그녀의 견해를 지지하며, 언제까지나 나에게 반대하는 결정을 할 것이다.

그러므로 세상 사람들이 나에게 개입하기 전에 제때에, 이 조그만 여자가 가령 분노하지 않도록 하거나, 그런 일은 생각할 수 없는 일이라면, 약간이나마 분노를 누그러뜨리도록 어떻게든 나 자신을 변화시키는 수밖에 없을 것이다. 그리고 사실 나는 나의 현재 상태를 전혀 바꾸고 싶지 않을 정도로 그것에 만족하고 있는지 나 자신에게 몇 번이고 물어보았다. 내가 그것의 필요성을 확신해서가 아니라 단지 그 여자를 달래기 위해 그 일을 한다 해도, 나 자신을 어떻게든 바꾸는 것이 가능한 일인지 나 자신에게 물어보았다. 그리고 나는 힘이 들지 않은 것은 아니었지만 조심스러운 마음으로 그 일을 성실하게 시도해 보았다. 오히려 그 일은 나에게 맞아 보였고, 그 일이 나에게 거의 재미있기까지 했다. 몇 가지의 변화가 생겼고, 그것은 뭇사람의 눈에 띄게 되었다. 나는 그 여자가 이런 사실에 관심을 기울이도록 할 필요가 없었다. 그런 종류의 일이라면 그녀는 나보다 먼저 알아차리고, 벌써 나의 마음속의 생각까지 알아차려 버린다. 하지만 나는 아무런 성과도 거두지 못했다. 어떻게 그런 일이 가능하단 말인가? 내가 익히 잘 알고 있듯이, 나에 대한 그녀의 불만은 정말이지 근본적인 문제이다. 아무것도 그녀의 불만을 제거할 수 없으며, 나 자신을 제거한다 해도 이는 불가능한 일이다. 가령 내가 자살했다는 소식을 듣는다 해도 그녀의 분노는 결코 사그라지지 않을 것이다.

사정이 이러하니 그녀, 감각이 예리한 이 여자가 나처럼 이런 사실을 알아차리지 못할 거라고는 생각할 수 없다. 더욱이 그녀가 아무리 노력해 봤자 아무런 가망성이 없다는 사실뿐만 아니라, 내가 천진난만하다는 사실이며, 아무리 바랄지라도 내가 그녀의 요구에 응할 수 없다는 사실을 말이다. 확실히 그녀는 이런 사실을 알아차리고 있지만, 천성이 투쟁적인 그녀가 열정적으로 투쟁하는 가운데 이런 사실을 잊어버리고 있는 것이다. 그리고 이제 일단 그렇게 주어진 것이므로 달리 어떻게 선택의 여지가 없는 나의 불운한 특성은 정상적인 궤도를 벗어난 누군가에게 나지막하게 주의의 말을 속삭이고 싶어 하는 데에 그 본질이 있다. 물론 우리는 이런 식으로는 결코 서로 의사소통을 하지 못할 것이다.

가령 나는 아침 시간이면 언제나 행복한 마음으로 집을 나서지만, 나 때문에 기분이 상한 이 얼굴을 보게 된다. 기분이 언짢아 뾰로통하게 입술이 나와 있고, 유심히 살피면서 그 전에 미리 그 결과를 알고 있는 듯한 시선으로 나를 꼼꼼히 뜯어 본다. 아무리 잽싸게 도망치려 해도 아무것도 그 시선에서 벗어날 수 없다. 그녀는 소녀 같은 뺨을 움푹 들어가게 하며 씁쓰레한 미소를 짓고, 마음을 다잡기 위해 두 손을 허리에 얹으며 하소연하듯 하늘을 쳐다본다. 그리고 나서 분노를 이기지 못하고 얼굴이 창백해지며 몸을 부들부들 떤다.

얼마 전에 나는 처음으로 — 내가 얼떨결에 놀란 나머지 이런 고백을 했지만 — 어떤 친한 친구에게 이 일에 대해 넌지시 알려 주었다. 그냥 말이 나온 김에 가벼운 마음으로 몇 마디 이야기한 것이었다. 그 일이 겉으로 볼 때는 사실 나에게 사소한 일이긴 하지만, 나는 그때 전체의 의미를 사실보다 약간 축소해서 이야기했었다. 그런데도 이상하게도 그 친구는 그 이야기를 흘려듣지 않고, 심지어 자신이 거기에 의미를 덧붙이고는 화제를 다른 데로 돌리지 못하게 하면서 그 이야기에 계속 집착하는 것이었다. 더욱이 그가 결정적인 점에서는 그 일을 과소평가했기 때문에 물론 더욱 이상한 일이었다. 여행을 떠나는 것이 어떻겠느냐고 그가 나에게 진지하게 충고하였기 때문이었다. 그런 충고를 이해하지 못할 바는 아니다. 일이 사실 단순해서, 보다 가까이 다가가 들여다보면 누구나 일의 성격을 꿰뚫어 볼 수 있게 된다. 하지만 내가 여행을 떠남으로써 만사가, 또는 가장 중요한 일만이라도 해결될 정도로 일이 그렇게 간단한 것도 아니다. 그와는 반대로 나는 오히려 떠나지 않도록 조심하지 않으면 안 된다. 내가 어떤 계획을 따라야 할 때는, 어쨌거나 바깥 세계를 아직 포함시키지 않는 지금까지의 좁은 한계 내에서 일을 하고 싶다. 말하자면 현재 있는 곳에 가만히 머무르고 싶다. 그리고 이 일로 인하여 필수적으로 따르는 눈에 띄는 변화를 그대로 받아들이고 이에 대해 아무와도 이러쿵저러쿵 이야기를 나누지 않을 생각이다. 하지만 이 모든 생각을 하는 까닭은 그것이 어떤 위험스러운 비밀이기 때문이 아니라, 그것이 순전히 개인적인 문제이고 그 자체로 쉽게 감당할 수 있는 사소한 문제이며, 또한 계속 그런 상태로 놓아두어야 하는 문제이기 때문이다. 그런 점에서 그 친구의 지적은 무익한 것이 아니었다. 그러한 지적이 나에게 무슨 새로운 것을 가르쳐 준 것은 아니었지만, 나의 기본적인 견해를 더욱 굳건히 해주었다.

요컨대 조금만 더 잘 생각해 보면 알 수 있듯이, 시간이 흐름에 따라 이러한 사정으로 인하여 일어난 여러 가지 변화들은 그 일 자체의 변화가 아니라 그 일에 대한 나의 견해가 발전한 것에 지나지 않는다. 물론 이러한 견해는 어떤 때는 보다 차분하고, 보다 남자답게 되어, 핵심에 보다 가까워지기도 하고, 또 어떤 때는 아무리 가벼운 충격이라 하더라도 지속적인 충격으로 견딜 수 없는 영향을 받아 일종의 신경과민 증세를 띠기도 한다.

때로는 어떤 판결이 눈앞에 성큼 다가온 것처럼 보이기도 하지만, 그래도 아직은 그러한 판결이 내려지지 않을 걸로 깨닫게 됨으로써 나는 그 일을 보다 차분하게 대하게 된다. 사람들은, 특히 젊은 시절에는 판결들이 내려지는 속도를 너무 과대평가하는 경향이 있다. 어떻든 나의 조그만 여성 재판관이 나의 모습을 보고 힘이 빠져서, 의자에 푹 주저앉아 몸을 옆으로 기울이고는, 한쪽 손으로는 의자의 등받이를 꽉 움켜쥐고, 다른 손으로는 자신의 코르셋을 만지작거리며, 분노와 절망에 빠져 두 뺨에 눈물을 주르르 흘릴 때면 나는 늘 이렇게 생각했다.

〈드디어 판결이 내려지겠구나. 곧 소환당해 해명을 해야 할지도 모르겠어.〉

하지만 판결이나 해명에 대한 아무런 통지도 없다. 여자들은 걸핏하면 기분이 나빠지며, 세상 사람들은 그럴 때마다 주의를 기울일 시간이 없다. 그런데 대체 이 시절 동안 내내 무슨 일이 일어났단 말인가? 별다른 일은 더 이상 일어나지 않고, 이러한 사건들이 되풀이해서 일어나고 있는 것이다. 때로는 보다 강하게 일어나고, 때로는 보다 약하게 일어나서, 결국 일어난 횟수는 자꾸 불어나는 것이다. 그리고 거기에서 어떤 가능성을 발견하려고 한다면 주위에 사람들이 꾸역꾸역 몰려들어 이것저것 간섭하고 싶겠지만, 아무런 가능성도 발견하지 못할 것이다. 이제까지 그들은 자신들의 후각을 믿었을 뿐이다. 그리고 후각은 그것만으로 그것의 소유자로 하여금 정신을 잔뜩 집중시키게 하는 데는 충분하겠지만, 다른 사람에게는 아무 소용이 없다.

하지만 대체로 사정은 언제나 그러했다. 길모퉁이에서 빈둥거리는 이러한 쓸데없는 사람들과 무위도식하는 사람들이 언제나 있었다. 그들은 늘 어떤 약삭빠른 방식으로, 기꺼이 유사하다는 점을 내세우며 자신들이 가까이 몰려드는 이유를 댔다. 그들은 늘 주의를 기울였고, 그들은 늘 코를 벌름거리며 냄새를 맡았다. 하지만 그래 봤자 그 결과는 그들이 여전히 그곳에 서 있다는 것뿐이다. 그래도 차이점이 있다면 내가 그들의 얼굴을 알아보게 된다는 것을 점차 깨닫게 되었다는 점이다. 나는 전에는 그들이 하나둘씩 사방에서 몰려들어, 일의 규모가 점차 커짐으로써 어쩔 수 없이 저절로 판결이 내려질 걸로 생각했다. 그런데 오늘날에는 이 모든 것이 옛날부터 있었던 일이고, 판결이 임박한 것과는 별로 관계가 없거나, 하등 관계가 없다는 것을 알게 된 셈이다. 그런데 판결 그 자체를 나는 무엇 때문에 그토록 거창한 말로 부르고 있는 걸까? 만일 언젠가 — 그것은 분명 내일도 모레도 아니며, 결코 일어날 수 없는 일이겠지만 ── 내가 늘 거듭 말하는 바이지만, 일반 대중이 자신이 관계할 권한이 없는 사안에 관여하게 되는 일이 일어난다면, 나는 사실 그 소송에서 무사히 빠져나오지 못하겠지만 내가 그들이 모르는 사람은 아니라는 사실이 아마 고려될지도 모른다. 즉 옛날부터 나는 그들이 익히 잘 아는 가운데 살아가고 있고, 전폭적으로 신뢰를 얻고 있으며, 그런 신뢰를 얻을 만하기 때문이다. 그리고 그 때문에 나중에 나타난 이 괴로워하는 조그만 여인을, 말이 나온 김에 말하지만 벌써 오래전에 성가신 존재라고 생각하고 나 아닌 어떤 다른 남자가 대중을 위해 전혀 소리도 없이 자신의 구둣발로 짓밟아 버렸을지도 모른다는 사실이 고려될지도 모른다. 이 여자는 최악의 경우라 하더라도 대중이 오래전에 나를 그녀의 존경할 만한 일원이라고 선언한 문서에 보기 흉한 조그만 소용돌이 장식무늬나 덧붙일 수 있을지 모른다. 오늘날의 실정이 이러하니 나는 불안에 떨 이유가 별로 없는 것이다.

세월이 흐름에 따라 내가 약간 불안해졌다는 사실은 일의 본래적인 의미와는 하등 관계가 없다. 화낼 이유가 없다는 것을 잘 알고 있으면서 누구를 줄곧 화나게 만든다는 것은 도저히 참을 수 없는 일이다. 그러므로 사람들은 불안해져서, 이성적으로는 판결이 가까워졌다는 것을 그리 신뢰하지 않는다 하더라도, 어느 정도는 육체적으로만, 판결을 애타게 기다리기 시작한다. 하지만 부분적으로는 단지 나이라는 현상이 중요한 문제이기도 하다. 젊은 시절에는 무엇에든 잘 어울린다. 아름답지 않은 개별적인 일들도 끊임없이 솟아오르는 젊음이라는 힘의 원천에 빠져 사라지고 만다. 어떤 소년이 무언가를 애타게 기다리는 시선을 갖고 있다 하더라도 그는 나쁘게 받아들여지지 않고, 별달리 주목의 대상이 되지도 않으며, 그 자신도 그렇게 생각한다. 그런데 늙은이가 되어 남아 있는 것은 찌꺼기밖에 없으며, 다들 궁핍하다. 아무도 새로워지지 않으며, 다들 관찰의 대상이 되고 있다. 그리고 늙어 가는 남자의 애타게 기다리는 눈길은 사실 아주 분명히 애타게 기다리는 눈길이다. 또 그 눈길의 의미를 알아내는 것은 어려운 일이 아니다. 그렇지만 이 경우에도 상황이 실제적이고도 객관적으로 나빠져 가는 것은 아니다.

그러므로 어떤 측면에서 바라보더라도 언제나 분명하게 드러난다. 이와 동시에 내가 이 사소한 일을 손으로 아주 살짝 덮어 둔다 하더라도, 그 여자가 제 아무리 미쳐 날뛴다 하더라도 나는 아주 오랫동안 세상 사람들의 방해를 받지 않고, 지금까지 그래 왔듯이 앞으로도 계속 조용히 살아갈 것이다.

단식 광대

　지난 수십 년 동안 단식 광대에 대한 관심이 눈에 띄게 줄어들어 버렸다. 전에는 독자적으로 이런 종류의 공연을 대규모로 개최하여 짭짤한 수입을 올렸는데 오늘날에는 이게 전혀 불가능하기 때문이다. 그때에는 도시가 온통 단식 광대에게 촉각을 곤두세우고 있었다. 하루하루 단식이 계속됨에 따라 관심이 더욱 커져 갔다. 다들 적어도 하루에 한 번은 단식 광대를 보려고 했다. 나중에 가서는 종일 조그만 격자 창살 우리 앞에 죽치고 앉은 예약 신청자들도 있었다. 밤에도 효과를 높이기 위해 횃불을 켜고 공연이 행해졌다. 날이 화창할 때는 우리를 야외에 옮겨 놓았는데, 그러면 특히 어린이들이 단식 광대를 구경하러 많이 왔다. 유행 따라 가끔씩 구경 오는 어른들에게는 그가 흥밋거리에 지나지 않은 반면에, 어린이들은 깜짝 놀라 입을 딱 벌리고 안전을 기하기 위해 서로의 손을 맞잡은 채 광대의 창백한 얼굴을 빤히 들여다보았다. 그는 몸에 착 달라붙는 검은색 옷을 입고 있었기 때문에 갈비뼈가 앙상하게 드러나 보였다. 그는 안락의자마저

363

물리치고는 여기저기 짚을 깐 자리에 앉아 한 번 공손하게
고개를 끄덕이고 나서 긴장되고 피곤한 얼굴로 빙그레 미소
를 띠며 질문에 답했다. 그는 뼈만 앙상한 자신의 피부를 만
져 볼 수 있도록 창살 너머로 팔을 내뻗기도 했다. 하지만 그
러고 나서는 다시 깊은 상념에 잠겨 무념무상(無念無想)의
경지에 빠져드는 것이었다. 그는 우리 안에 있는 유일한 가
구라고 할 수 있는, 자신에게 그토록 중요한 시계가 재깍거
리는 소리에도 신경을 쓰지 않고, 지그시 눈을 감은 채 앞만
골똘히 응시하는 것이었다. 그리고 가끔 가다 입술을 적시기
위해 조그만 잔에 든 물을 홀짝거릴 뿐이었다.

거기에는 들락날락하는 구경꾼들 말고도 관객들이 뽑은
감시인들도 있었다. 이상하게도 그들은 보통 도축업자들이
었다. 이들은 언제나 세 명씩 짝을 지어 단식 광대가 몰래 음
식물을 섭취하지 못하도록 밤낮으로 감시하는 일을 맡고 있
었다. 하지만 이는 일반 대중을 안심시키기 위해 도입한 형
식적인 일에 불과했다. 단식 광대란 단식 기간에는 결코, 어
떤 일이 있어도, 강요를 당할지라도 음식물을 조금도 먹지
않는다는 것을 알 만한 사람들은 다 알고 있기 때문이었다.
그는 예술가로서의 명예 때문에 그런 일을 하지 않았다. 하
긴 그렇다고 모든 감시인이 이러한 사실을 이해할 수 있는
것은 아니었다. 때로는 야간 감시인 무리 중에는 일부러 멀
찍이 구석 자리에 모여 앉아 카드놀이에 몰두하면서 감시 업
무를 소홀히 하는 자들도 있었다. 이들은 단식 광대에게 자
기들은 아무래도 상관없으니 몰래 준비해 둔 것이 있으면 간
단한 음료라도 꺼내 먹으라는 식이었다. 단식 광대로서는 이

러한 감시인들을 만나면 그야말로 죽을 맛이었다. 이들은
그의 기분을 비참하게 만들었고, 그의 배고픔을 끔찍할 정도
로 심하게 만들었다. 때때로 그는 자신의 취약점을 극복해
냈고, 이러한 감시인들이 있는 동안 자신이 견딜 수 있는 한
힘껏 노래를 불렀다. 단식 광대에 대한 그들의 의혹이 얼마
나 부당한 것인가를 보여 주기 위해서 말이다.

하지만 이러한 노력도 부질없는 일이었다. 이들은 그가 노
래를 부르면서도 교묘히 잘도 먹는다고 의아해했기 때문이
었다. 그로서는 창살에 바짝 붙어 앉아 홀의 침침한 야간 조
명으로는 만족하지 못하고 공연 매니저로부터 제공받은 회
중전등을 자신에게 비추는 감시인들이 차라리 훨씬 마음에
들었다. 눈부신 불빛은 그를 조금도 방해하지 못했다. 물론
잠은 제대로 잘 수 없었지만, 불빛이 어떠하든 어떤 시간에
도, 심지어 사람들이 가득 찬 시끄러운 홀에서도 그는 약간
꾸벅꾸벅 졸 수 있었기에 이런 것은 별로 문제가 되지 않았
다. 그는 그런 감시인들과 밤새도록 한숨도 자지 않고 보낼
준비가 얼마든지 되어 있었다. 그는 그들과 농담을 나누고,
자신이 방랑 생활을 하면서 겪은 이야기들을 그들에게 들려
주고, 그들의 이야기를 들어 줄 준비가 되어 있었다. 이 모든
일은 단지 그들을 깨어 있게 하기 위해서였고, 자신이 우리
안에 먹을 것이 아무것도 없으며, 그들로서는 도저히 따라
할 수 없을 정도로 자신이 굶주리고 있음을 그들에게 되풀이
해서 자꾸 보여 주기 위해서였다. 하지만 그러다가 아침이
되어 자신이 치르는 돈으로 그들에게 아주 풍성한 아침 식사
가 제공될 때 그는 말할 수 없이 행복했다. 밤을 새느라 피곤

에 지친 그들은 건강한 남자들답게 왕성한 식욕으로 음식물에 덤벼들었다. 사실 이러한 아침 식사로 감시인들이 부당하게 영향을 받을지도 모른다고 생각하는 사람들도 있었지만, 그것은 너무 지나친 생각이었다. 그리고 가령 그 일만을 위해 아침 식사를 하지 않고 그를 밤새 감시할 생각이 있느냐는 질문을 받자 그들은 얼굴을 찌푸렸지만, 그럼에도 그들은 자신들의 의구심을 풀지 않았다.

물론 이러한 것은 단식과는 절대로 떼어 놓고 생각할 수 없는 의구심들 중의 하나였다. 어느 누구도 밤낮으로 단식 광대를 줄곧 감시할 수는 없는 노릇이었다. 그러므로 정말로 단식이 중단 없이 완벽하게 행해졌는지 아무도 자신이 관찰하는 바로는 알 수 없었다. 단식 광대 자신만이 이를 알 수 있었고, 그러므로 그만이 이와 동시에 자신의 단식에 완전히 만족하는 구경꾼이었다. 하지만 또다시 그는 다른 이유 때문에 결코 만족할 수는 없었다. 어쩌면 그가 단식했다고 해서 그리 수척해진 것은 아닐지도 모르므로 어떤 사람들은 유감스럽게도 그의 공연을 멀리 하지 않을 수 없었다. 이는 그들이 그의 모습을 차마 볼 수 없어서가 아니라 그가 그렇게 수척해진 것은 자기 자신에 만족하지 못했기 때문이었다. 단식이 얼마나 쉬운 일인지 그 자신만이 알고 있었고, 그 밖에 사정을 알 만한 어떤 사람도 그런 사실을 알지 못하고 있었다.

단식은 세상에서 가장 쉬운 일이었다. 그도 이런 사실을 굳이 숨기지 않았지만, 사람들은 그의 말을 믿지 않았다. 사람들은 좋게 본다 해도 그를 겸손하다고 생각했지만, 대개는 자신을 선전하려고 그런다든가, 또는 심지어 단식을 쉽게 하는 법을 터득하고 있기 때문에 물론 그것을 쉽다고 하며, 이를 넌지시 고백할 정도로 철면피하기도 한 사기꾼이라고까지 생각했다. 그는 이 모든 것을 감수하지 않을 수 없었고, 세월이 흐름에 따라 그런 것에 익숙해지기도 했지만, 이러한 불만족이 언제나 그의 마음을 괴롭히고 있었다. 그리고 단식 기간이 끝난 후에도 — 이러한 증명서를 그에게 발급해 주지 않을 수 없었다 — 그는 자발적으로 우리를 떠난 적이 한 번도 없었다. 공연 매니저는 단식의 최고 기간을 40일로 정하고, 어떤 대도시에서도 그 이상은 단식하지 못하게 했다. 물론 거기에는 그럴듯한 이유가 있었다. 경험에 비추어 볼 때 가령 40일이라는 기간은 선전 효과를 점차 끌어올려 도시 사람들의 관심을 점점 더 불러일으키기에 적당했기 때문이었다. 그 후로는 호응이 떨어져, 관객의 숫자가 눈에 띄게 줄어드는 것이었다. 물론 이 점에 있어서는 도시와 시골 사이에 약간의 차이가 있었지만, 40일을 최고 기간으로 하는 것이 통상적이었다.

그러다가 40일째가 되면 꽃으로 장식된 우리의 문이 열리고, 열광하는 관중이 원형 극장을 가득 메우며, 군악대가 팡파르를 울렸다. 두 명의 의사가 단식 광대에게 필요한 검진을 하기 위해 우리 안으로 들어갔다. 그 결과가 메가폰으로 장내에 보고되었고, 마침내 추첨으로 뽑히는 행운을 누린 두 명의 젊은 숙녀가 나타나 그 단식 광대를 우리에서 두서너 계단 밑으로 안내했다. 그곳에는 작은 탁자 위에 환자를 위해 주도면밀하게 가려 뽑은 음식이 차려져 있었다. 그런데 이러한 순간이 오면 단식 광대는 항상 거부하는 자세를 취했다. 사실 그는 순순히 뼈만 앙상하게 남은 자신의 팔을, 그를 도우려고 그 앞에 허리를 숙이고 서서 팔을 쭉 내뻗고 있는 숙녀들에게 맡기기는 하지만, 일어나려고 하지는 않았다. 40일이 지난 바로 지금 왜 단식을 그만두어야 하는가? 그는 아직 오랫동안, 무제한으로 오랫동안 버틸 수 있을 것 같았다. 단식의 절정에, 아직까지 맛보지 못한 단식의 절정에 있는 바로 지금 단식을 그만두어야 한단 말인가? 사람들은 왜 단식을 계속하려는 그의 명예를 빼앗아 가려고 하는가? 이것은 그가 이미 동서고금을 막론하고 최고의 단식 광대가 되어 있는 지금, 그러한 것에 그치지 않고 자기 자신을 뛰어넘어 믿기 어려울 정도로 높은 경지에 올라가려는 명예였다. 왜냐하면 그는 자신의 단식 능력에 어떠한 한계도 느끼지 못했기 때문이었다. 이처럼 그에게 탄복을 금치 못하는 척하는 대중이 왜 그에 대해 그토록 참을성이 없는 걸까? 그는 참고 버티며 계속 단식하겠다는데, 왜 그들은 이를 참지 못한다는 말인가? 또한 그는 지쳐 있기는 했지만, 짚 위에서 자세를 고쳐 앉았다. 음식 생각만 해도 구역질이 일어났지만, 이제 벌떡 일어나 음식이 있는 곳으로 가야 했다. 그렇지만 숙녀들을 생각해 구역질 난다는 표현을 간신히 참고 있을 뿐이었다. 그리고 그는 겉보기에는 아주 친절해 보이지만 실은 잔인하기 그지없는 숙녀들의 눈을 쳐다보고는, 가느다란 목 위에 달린 육중한 머리를 설레설레 흔들었다. 하지만 그러고 나서 항상 행해지는 일이 일어났다. 공연 매니저가 와서 말없이 — 음악 소리가 시끄러워 말을 할 수 없었다 — 단식 광대 위에 두 팔을 치켜들었다. 이 모양은 마치 짚 위에 앉아 있는 신의 작품인 이 가련한 순교자를 좀 굽어살펴 달라고 하늘에게 호소하는 것 같았다. 말할 것도 없이 단식 광대는 다만 전적으로 다른 의미에서이긴 하지만 순교자였다. 그는 단식 광대의 가느다란 허리를 감싸 안았다. 그러면서 공연 매니저는 마치 부서지기 쉬운 물건을 만지는 듯 지나칠 정도로 조심스럽게 그를 다루었다. 그러고는 그를 — 슬쩍 흔들기만 해도 단식 광대의 두 다리와 상체는 사정없이 이리저리 흔들렸다 — 그러는 사이 죽은 사람처럼 창백해진 숙녀들에게 넘겨주었다.

이제 단식 광대는 이 모든 것을 그저 참고만 있었다. 머리는 아래로 굴러 내릴 것처럼 가슴 위로 축 늘어져 있어, 그곳에 붙어 있는 게 도무지 설명이 안 될 정도였다. 몸은 속이 텅 빈 껍데기 같았다. 자기 보존의 본능으로 두 다리는 무릎에 꼭 붙이고 있었지만, 발을 딛고 있는 지면이 마치 진짜 땅이 아닌 것처럼 헛발질을 하고 있었다. 어떻게든 두 다리가 찾고 있는 것은 실제적인 지면이었다. 그리고 물론 그리 무겁지는 않지만 몸의 전체 중량이 한 숙녀에게 쏠렸다. 그녀는 숨을 헐떡거리며 도움을 청하면서 — 그녀는 이러한 무보수 명예직을 얻을 줄 꿈에도 생각하지 못했다 — 적어도 단식 광대에게 자신의 얼굴이 닿지 않게 하려고 우선 목을 길게 빼고 있었다. 하지만 그래도 이 일이 자신의 뜻대로 잘되지 않고, 보다 운이 좋은 숙녀는 자신을 도와주기는커녕 흡족해하는 기색이었으므로, 곤경에 빠진 숙녀는 부들부들 떨면서 뼈를 묶은 작은 다발과 같은 단식 광대의 손을 자기 앞으로 가져오려고 하다가, 장내의 관중이 열광하여 와자지

껄 웃어 대자 끝내 울음을 터뜨리는 바람에, 진작부터 대기하고 있던 직원과 교대되지 않을 수 없었다.

그러고 나서 음식이 나왔다. 공연 매니저는 실신한 것처럼 비몽사몽 중에 있는 단식 광대의 입에 음식을 약간 흘려 넣어 주었다. 그러면서 그는 단식 광대한테서 관객의 관심을 다른 데로 돌리기 위해 익살맞게 지껄여 댔다. 그러고 나서 단식 광대가 공연 매니저에게 속삭이는 것처럼, 관중에게 건배의 말이 외쳐졌다. 오케스트라는 우렁차게 팡파르를 울려 이 모든 것에 힘을 불어넣어 주었고, 사람들은 하나둘 흩어졌다. 그리고 단식 광대를 제외하고는 아무도 자신들이 본 것에 불만을 품을 권리가 없었다. 언제나 그만 불만족해했다.

이렇게 그는 규칙적으로 조금씩 휴식 시간을 가지며 오랜 세월을 살아왔다. 겉으로 보기엔 화려하게 세상 사람들의 존경을 받으며 생활했지만, 이 모든 것에도 불구하고 그는 대체로 기분이 울적했으며, 아무도 이를 진지하게 받아들여 주지 않았기 때문에 더욱 침울해졌다. 그를 어떻게 위로해 주어야 한다는 말인가? 그에게 해주어야 할 바람직한 일이 뭐가 남아 있었을까? 한번은 마음씨가 착한 사람이 나타나 그를 가엾게 생각하면서 그가 우울한 것은 분명 단식 때문일 거라고 그에게 설명하려고 했다. 특히 그때는 단식 기간이 상당히 진행되었을 때였는데, 단식 광대는 그 말을 듣고 분노를 터뜨리면서 짐승처럼 우리의 창살을 마구 흔들었기 때문에 다들 깜짝 놀라는 일이 벌어지게 되었다. 하지만 공연 매니저에게는 이런 사태가 벌어질 때 즐겨 사용하는 처벌 수단이 있었다. 그는 모여 있는 관중들 앞에서 단식 광대를 위해 사과를 하고, 배불리 먹는 사람들은 잘 이해하지 못하겠지만 단식을 하게 되면 곧잘 화를 내게 되니 단식 광대의 행위를 용서해 달라고 덧붙였다. 그러고 나서 이와 관련해서 공연 매니저는 또한 지금 하는 단식 기간보다 더 오래 단식할 수 있다는 단식 광대의 주장을 대변하는 연설을 하고는, 이러한 주장에도 분명 담겨 있는 비상한 노력과 선한 의지 및 가상한 자기 부정을 칭찬했다. 하지만 그러고 나서는 이 자리에서 팔고 있는 사진들을 내보이면서 그러한 주장을 반박하려고 했다. 단식 40일째에 침대에 누워 있는 모습을 찍은 그 사진은 기력이 쇠진해 당장이라도 사그라질 것 같은 몰골을 하고 있었다. 이처럼 단식 광대는 실상을 잘 알고 있으면서도 너무 지나치게 진실을 왜곡해 자꾸만 자신의 기력을 떨어뜨렸다. 사람들은 그가 때 이르게 단식을 끝내는 바람에 그러한 결과가 초래되었다고 보았다! 이러한 무지, 이러한 무지한 세상과 맞서 싸운다는 것은 불가능했다. 그는 언제나 다시 굳건한 믿음을 품고 창살에 기대어 공연 매니저의 말에 귀를 쫑긋 기울였지만, 사진이 나올 때마다 창살에서 벗어나 한숨을 쉬면서 짚 위에 풀썩 주저앉았다. 그러면 마음이 진정된 관객은 다시 가까이 몰려들어 그를 구경할 수 있었다.

이러한 장면들을 목격한 사람들이 나중에 2, 3년쯤 지나서 그때 일을 돌이켜 생각해 보면 그 자신들도 잘 이해가 되지 않을 때가 더러 있었다. 그러는 사이에 앞서 언급한 커다란 변화가 일어났기 때문이었다. 그 일은 그야말로 거의 눈 깜짝할 사이에 일어나 버렸다. 그에 대한 보다 깊은 이유들이 있을지도 모르지만, 그것을 찾아내는 일을 아무도 중요하게 생각하지 않았다. 어쨌거나 버릇이 잘못 든 단식 광대는 어느 날 즐거움을 좇는 대중들로부터 자신이 버림받은 것을 알게 되었다. 그들은 다른 구경거리를 찾아 썰물처럼 빠져나가 버린 것이었다. 공연 매니저는 어디선가 옛날처럼 다시 관심을 보여 주는 곳이 없을까 하고 유럽의 절반을 그와 함께 또 한 번 돌아다녔다. 그래 보았자 다 부질없는 일이었다. 서로 몰래 약속이라도 한 듯이 어딜 가나 단식 쇼를 혐오하는 분위기가 팽배해 있었다. 물론 실제로는 갑자기 그런 사태가 벌어진 것은 아니었다. 이제 나중에 돌이켜 생각해 보면 그때 성공에 도취된 나머지 제대로 주의를 기울이진 않았지만, 무시 못할 몇몇 징후가 나타났음을 기억에 떠올릴 수 있었다. 하지만 지금 와서 이를 막을 예방책을 강구하기에는 너무 늦었다. 사실 언젠가는 단식 쇼가 다시 인기를 누릴 때가 올 거라는 것은 확실했지만, 살아 있는 사람들에게 그건 아무런 위안이 되지 않았다. 그럼 이제 단식 광대는 어떻게 해야 한단 말인가? 수많은 관중들에 둘러싸여 환호를 받았던 그는 조그만 대목장의 가설극장 무대에도 나설 수 없었다. 다른 직업을 잡기에 그는 너무 나이가 들었을 뿐만 아니라 뭐니 뭐니 해도 단식이라는 것에 너무나 광적으로 빠져 있었다. 그래서 그는 둘도 없는 인생의 동반자였던 공연 매니저와 헤어지고, 어떤 대형 곡마단에 일자리를 잡았다. 불같은 자신의 성질을 건드리지 않기 위해 그는 계약 조건 같은 것은 쳐다보지도 않았다.

대형 곡마단에는 언제라도 갈아 치우고 보충할 수 있는 인원이며 동물이며 도구가 있어서 누구를 막론하고 어느 때라도 쓸 수 있다. 너무 터무니없는 요구를 하지 않으면 물론 단식 광대도 쓸 수 있다. 게다가 정말이지 이 특수한 경우에는 단식 광대 자신뿐만 아니라 오래전부터 잘 알려진 그의 명성도 함께 고용된 것이었다. 사실 그의 특기는 나이가 들어도 기량이 줄어들지 않아서, 이제 전성기를 지나 한물간 광대가 안정된 곡마단으로 도망치려고 한다고는 도저히 말할 수 없었다. 그와 반대로 단식 광대는 예전처럼 단식할 수 있다고 큰소리를 쳤는데, 이는 전적으로 믿을 만한 이야기였다. 심지어 그는 만약 자신의 뜻에 따라 준다면 ── 사람들은 그의 이 말을 들어주겠다고 곧바로 약속했다 ── 지금 당장이라도 세상을 깜짝 놀라게 할 수 있다고 주장했다. 물론 단식 광대가 흥분한 나머지 쉽사리 잊어버리고 만 세상 사람들의 분위기를 고려해 볼 때 이러한 주장은 전문가들의 실소를 자아내게 하는 것에 불과했다.

하지만 대체로 단식 광대도 그런 실상을 모르고 있는 것은 아니라서, 우리 안에 들어간 자신이 하이라이트 레퍼토리로 원형 경기장의 한가운데에 들어가지 못하고, 바깥의 마구간 근처에, 하여튼 사람들의 왕래가 꽤 잦은 곳에 들어가게 된 것을 당연하게 받아들였다. 알록달록하게 그려진 커다란 선전 문구가 우리 주위를 빙 둘러싸며, 그곳에서 무엇을 볼 수 있는가를 알려 주고 있었다. 공연을 쉬는 틈을 타 동물들을 구경하려고 관중들이 마구간 쪽으로 몰려들 때, 이들은 거의 예외 없이 단식 광대가 있는 데서 잠깐 멈추었다가 곧장 지나쳐 버리는 것이었다. 그의 옆에 좀 오래 있으려고 해도 그럴 수 없는 일인지도 모른다. 마구간으로 가는 길목에서 이렇게 멈추어 서 있는 이유를 모르고 뒤에서 몰려든 사람들은, 비좁은 통로에서 비교적 오랫동안 차분하게 구경할수 있는 형편이 못 되었던 것이다. 또한 이것이 단식 광대가 자신의 삶의 목표로 방문객이 몰려드는 것을 당연히 학수고 대했을 텐데, 도리어 그러한 시간이 오는 것이 두려워 다시몸을 부르르 떠는 이유이기도 했다. 처음에 그는 안달이 나서 이 막간 시간을 기다릴 수 없을 지경이었다. 그는 황홀한기분으로 꾸역꾸역 몰려드는 군중들을 지켜보고 있었다. 그러다가 그는 곧장 — 아무리 완강하게, 거의 의식적으로 자신을 속여도 이러한 경험들과 맞서 이길 수 없었다 — 군중들이 항상 거의 예외 없이, 순전히 마구간으로 가는 방문객이라는 것을 확실히 알게 되었다.

그런데 멀리서 보면 이러한 광경은 여전히 그야말로 더없이 멋진 장관이었다. 그가 있는 데까지 다가와서는 그의 주변에서 끊임없이 새로 편을 이루는 무리들의 고함과 욕설이난무했기 때문이었다. 그를 편안한 자세로 구경하려는 쪽들도 있었지만, 이들도 가령 무언가를 이해해서가 아니라, 일시적인 기분과 반항심 때문에 그랬으니, 이러한 사실이 단식광대로서는 이내 더욱 곤혹스러운 일이 되었다. 그런데 다른쪽은 곧장 마구간으로 가고 싶어 하는 사람들이었다. 많은무리가 지나가고 나면 뒤에 처진 사람들이 왔다. 그런데 물론 이들은 그럴 의향만 있으면 서서 지켜볼 수도 있으련만거의 한눈도 팔지 않고, 제때에 동물들이 있는 곳으로 가기위해 성큼성큼 서둘러 지나갔다. 그런데 자주 있는 일은 아니지만 아버지가 아이들을 데리고 와서 손가락으로 단식 광대를 가리키면서, 여기서 그가 무엇을 하고 있는지 상세하게 설명해 주는 행운도 없지는 않았다.

「예전에도 이와 비슷한 공연이 있었지만, 지금과는 비교도 되지 않을 정도로 커다란 구경거리였단다.」

그러면 아이들은 평소 학교에서나 집에서 이런 것에 대해 별로 들어 본 적이 없어서, 사실 뭐가 뭔지 여전히 이해가 되지 않았지만 ── 단식이 그들과 무슨 상관이 있겠는가? ── 무언가를 곰곰 살피는 눈빛으로 눈을 반짝이면서 새로 다가올 보다 은혜가 충만한 시대에 대해 막연히 자신의 생각을 드러내 보이는 것이었다. 그럴 때면 가끔씩 단식 광대는 혼잣말로 이렇게 말하기도 했다.

「혹시 내가 있는 장소가 이렇게 마구간 바로 옆이 아니라면 모든 사정이 좀 더 나을지도 모르겠는데.」

곡마단 사람들은 너무 가볍게 선택을 해버린 것이었다. 마구간에서 지독한 냄새가 진동하고, 밤중에 동물들이 소란을 피우고, 맹수들에게 줄 날고기를 운반해 가고, 먹이를 줄 때 울부짖는 소리가 그의 기분을 무척 상하게 하고, 계속 그의 마음을 무겁게 짓누른다는 것은 아예 고려의 대상도 되지 않았다. 하지만 그는 감독에게 감히 이의를 제기하지 못했다. 더욱이 정말이지 그는 동물들 덕택으로 사람들이 몰려든다고 이를 고맙게 생각하고 있었다. 찾아오는 사람들 중에는 그를 보려고 오는 사람들도 더러 있었다. 그리고 잘나가던 때의 자신의 모습을 떠올려 주려다가, 엄밀히 말하자면 자신이 마구간으로 가는 길목에 있는 장애물에 불과하다는 사실

만 그들에게 떠올려 주게 되어 그가 어느 구석에 처박히게
될지 알 수 없는 노릇이었다.

　물론 그는 하나의 작은 장애물, 점점 더 작아지는 장애물
이었다. 오늘날에 와서는 사람들은 주의를 끌려고 하는 단
식 광대의 색다른 방식에 익숙해졌고, 이러한 익숙한 정도에
따라 그에 대한 판결이 내려졌다. 그는 자신이 할 수 있는 능
력껏 단식을 하고자 했고, 이를 실천에 옮겼지만, 아무것도
더는 그를 구원해 줄 수 없었다. 사람들은 그의 곁을 스쳐 지
나갔다. 누군가에게 단식법을 설명하려고 해보라! 이를 느
끼지 못하는 자에게는 이해시킬 수 없는 노릇이다. 멋진 선
전 문구는 더러워지고 읽을 수 없게 되어, 사람들은 그걸 찢
어 버렸지만, 그것을 새로 만들어 붙일 생각을 하는 사람은
아무도 없었다. 단식 일수를 기록하기 위한 조그만 숫자판
도 처음에는 매일매일 정성스럽게 새로 갈았지만, 이미 오래
전부터 같은 것이 그대로 붙어 있었다. 처음 몇 주일이 지나
자 이 조그만 일을 맡은 직원 자신이 싫증이 나 버렸기 때문
이었다. 그리고 사실 단식 광대는 전에 언젠가 자신이 꿈꾸
었던 대로 이런 식으로 계속 단식을 해나갔고, 그때 자신이
예언했던 대로 별 어려움 없이 자신의 기록을 돌파하는 데
성공했다. 하지만 단식 일수를 헤아리는 사람은 아무도 없었
다. 단식 광대 자신마저도 자신이 얼마 동안이나 단식했는지
알 수 없게 되었다. 그래서 그의 마음은 무거워졌다. 그러던
어느 날 어떤 게으름뱅이가 그의 앞에 멈추어 서서는 낡은
숫자를 놀리면서 사기 짓거리라고 말했다면, 이러한 의미에
서 그 일은 무관심과 타고난 악의로 꾸며 낼 수 있는 어리석

기 짝이 없는 거짓이었다. 성실하게 일했다는 사실을 단식 광대가 속인 것이 아니라, 세상이 그의 보수를 가로채려고 그를 속인 것이기 때문이었다.

◆

그로부터 다시 수많은 날들이 지나갔고, 그런 상태도 끝이 나게 되었다. 하루는 우리가 어떤 감독의 눈에 띄어, 감독이 직원에게 썩은 짚이 든 이 우리는 충분히 쓸 만한데 왜 여기에 이렇게 방치하고 있느냐고 묻게 되었다. 아무도 그 이유를 알지 못하다가, 마침내 숫자판을 보고 단식 광대에 대한 생각이 떠올랐다. 막대기로 짚을 헤쳐 보니 그 안에 단식 광대가 있었다.

「아직도 단식하고 있는 건가?」 감독이 물었다. 「대체 언제까지 단식을 할 건가?」

「날 용서해 주세요, 여러분!」 단식 광대는 모기 같은 소리로 속삭였다. 귀를 창살에 갖다 댄 감독만이 그의 말을 알아들을 수 있었다.

「물론 용서하고말고.」 감독은 이렇게 말하고는, 손가락을 이마에 대면서 단식 광대의 현재 상태를 사람들에게 암시해 주었다.

「줄곧 난 단식으로 여러분이 경탄을 금치 못하게 하려고 했소.」

「그야 우리도 경탄하고 있지.」 감독이 친절하게 말했다.

「하지만 여러분은 경탄해서는 안 됩니다.」 단식 광대가 말했다.

「그렇다면 우린 경탄하지 않도록 하지.」감독이 말했다.

「대체 왜 우리가 경탄해서는 안 된다는 건가?」

「난 단식을 해야만 하고, 달리는 어쩔 수가 없기 때문이오.」단식 광대가 말했다.

「그건 또 무슨 말인가.」감독이 말했다.「왜 달리는 어쩔 수 없다는 건가?」

「나는 말입니다.」단식 광대는 이렇게 말하면서 조그만 머리를 약간 치켜들고, 어떤 말도 헛되이 사라져 버리지 않도록 키스를 할 때처럼 뾰족하게 내민 입술을 감독의 귀에 바짝 갖다 대고 말하기 시작했다.

「맛있는 음식을 발견할 수 없기 때문입니다. 그런 음식을 발견했다면, 이렇게 이목을 끌려는 짓을 하지 않았을 거고, 당신네들처럼 배불리 먹었을 거요.」

이게 그의 마지막 말이었다. 하지만 흐려져 가는 그의 눈빛에는, 더 이상 자신만만한 확신은 아니라 해도, 계속 단식하겠다는 굳은 의지가 담겨 있었다.

「자, 이제 치워 버려!」감독이 이렇게 말하자, 단식 광대는 짚과 함께 땅에 묻혔다. 하지만 그가 있던 우리에는 젊은 표범 한 마리가 들어왔다. 그렇게 오랫동안 황폐해져 있던 우리 속을 이러한 맹수가 늠름하게 돌아다니는 모습을 보자, 아무리 감각이 둔한 사람이라도 기분 전환이 되는 것을 느낄 수 있었다. 감시인들은 오래 생각하지 않고 표범이 좋아하는 음식을 가져다주었다. 표범은 자신이 누리던 자유마저도 그립지 않은 모양이었다. 폭발할 정도로 팽팽하게 모든 필요한 것을 갖추고 있는 이 고귀한 몸뚱이는 자유라는 것도 스스로 지니고 있는 모양이었다. 이빨 어딘가에 자유를 물고 있는 것 같았다. 관중으로서는 도저히 견딜 수 없을 정도로 뜨거운 열기를 내뿜으며 삶에 대한 기쁨이 그의 목구멍에서 나오고 있었다. 하지만 관중들은 이에는 아랑곳없이, 우리 주위에 몰려들어 그 자리에서 꼼짝도 하려고 하지 않았다.

여가수 요제피네,
또는 쥐들의 종족

우리의 여가수 이름은 요제피네이다. 그녀의 노래를 들어 보지 못한 사람은 그 노래의 힘을 알지 못한다. 본래 노래라는 것을 좋아하지 않는 우리의 종족 중에서 그녀의 노래를 듣고 감동을 받지 않는 사람이 없는 것으로 봐서, 더욱더 이런 사실을 높이 평가할 수 있다. 우리는 잔잔한 평화를 안겨 주는 음악을 가장 좋아한다. 우리의 삶이 힘들기 때문이다. 우리가 언젠가 나날의 근심을 떨쳐 버리려고 애쓴다 해도 음악처럼 우리의 일상생활과 동떨어진 그러한 영역으로 높이 올라갈 수 없을 것이다. 그렇지만 우리는 이에 대해서 그리 슬퍼하지 않는다. 우리는 결코 그 정도까지는 가지 않는다. 우리에게 물론 절실히 필요하기도 한 어떤 실제적인 교활함이라는 것을 우리는 우리의 가장 커다란 장점이라고 여긴다. 어쩌면 언젠가 — 하지만 그런 일은 일어나지 않는다 — 음악이 가져다줄지도 모르는 행복을 우리가 갈망한다고 해도 교활한 미소를 띠며 우리 자신을 위로하면서 이 모든 것을 잊어버리곤 한다. 오직 요제피네만은 예외이다. 그녀는 음악을 사랑하고 있으며, 음악을 전달하는 법도 잘 알고 있다. 그녀가 유일한 사람이다. 그녀가 죽으면 음악은 — 얼마나 오랫동안일지는 아무도 모른다 — 우리의 삶에서 사라질 것이다.

나는 그녀의 음악이 사실 어떤 의미를 지니고 있는가에 대해 곰곰 생각해 볼 때가 종종 있었다. 그렇지만 우리에겐 전혀 음악적 재능이 없다. 우리가 요제피네의 음악을 이해한다면, 아니 그녀는 우리가 그녀의 음악을 이해하지 못한다고 말하므로, 적어도 이해한다고 생각하는 것은 어찌 된 까닭일까. 이 노래가 비할 바 없이 아름다워서 아무리 감각이 둔한 자라도 그것에 도저히 저항할 수 없다는 것이 가장 간단한 답일지도 모른다. 하지만 이러한 대답으로는 만족스럽지 않다. 만약 실제로 그렇다면 사람들은 이 노래에 대해 먼저 언제나 탁월하다는 느낌을 가져야 할 것이다. 우리가 전에는 결코 들어 보지 못한 그 무엇, 우리가 그것을 들을 능력조차도 갖추지 못한 그 무엇, 이 요제피네만이 우리에게 그것을 들을 능력을 부여해 주고, 다른 어느 누구도 할 수 없는 그 무엇이 그녀의 목에서 울려 나온다는 느낌 말이다. 하지만 나의 견해로는 바로 그러한 점이 맞지 않는 것이다. 나는 그런 느낌을 받지 못하고, 다른 사람들이 그런 느낌을 받는 것도 본 적이 없다. 가까운 사람들끼리 서로 솔직하게 고백한 바에 따르면 요제피네의 노래는 노래로서 아무런 탁월한 점이 없다는 것이다.

그것이 과연 노래라는 말인가? 우리에게 비록 음악적 재능이 없긴 하지만 음악의 전통이 있지 않은가. 옛날 옛적에 우리 종족에겐 노래가 있었다. 이에 대해 말해 주는 전설들이 있고, 물론 이젠 아무도 더는 노래를 부를 수 없지만 심지어 가곡들도 보존되어 있다. 따라서 우린 노래가 무엇인가를 어렴풋이나마 알고 있는데, 이제 이러한 예감은 사실 요제피네의 예술과 들어맞지 않는다. 그것이 과연 노래라는 말인가? 그것이 어쩌면 찍찍거리는 소리에 불과한 것이 아닌가? 물론 우리는 이러한 찍찍거리는 소리에 대해 다들 잘 알고 있다. 그건 우리 종족 본래의 숙련된 기술인 것이다. 아니, 그것은 오히려 숙련된 기술이라기보다는 특색 있는 삶의 표현인 것이다. 우리가 다들 찍찍거리는 소리를 내긴 하지만, 물론 그렇다고 해서 아무도 그것을 예술이라고 내세울 생각을 하지는 않는다. 우리는 찍찍거리는 소리를 내지만, 그것을 대수롭게 생각하지는 않는다. 정말이지 그것을 눈치 채지도 못하며, 더군다나 우리들 중에는 찍찍거리는 것이 우리의 고유한 특성이라는 것을 알지 못하는 쥐들도 적지 않다. 그러므로 요제피네가 노래를 부르는 게 아니라 단지 찍찍거리는 것에 불과해서 ― 적어도 내 생각에는 그런 것 같다 ― 흔히 듣는 찍찍거리는 소리의 한계를 거의 벗어나지 않는다면 ― 이처럼 흔히 듣는 찍찍거리는 소리에 불과하다면 평범한 토목 공사 인부도 하루 종일 일하면서 그런 소리를 낼 수 있을 건데, 그녀의 힘은 어쩌면 그 정도에까지도 미치지 못할지도 모른다 ― 이 모든 것이 사실이라면 소위 말하는 요제피네의 예술가적 재능은 인정받지 못할지도 모르지만, 그것으로 비로소 그녀가 커다란 영향을 미치는 수수께끼는 풀 수 있을지도 모른다.

하지만 어쨌거나 그녀가 내는 소리는 그냥 찍찍거리는 소리에 지나지 않는다. 그녀에게서 좀 멀리 떨어져 들어 보거나, 혹은 이 점에 관해 자신의 생각을 시험해 보면 보다 분명해질지도 모른다. 그러므로 예를 들어 요제피네가 다른 사람들과 섞여 노래를 부를 때 그녀의 목소리를 분간해 내려고 해보면, 기껏해야 부드럽고 가냘프다는 점에서 약간 두드러질 뿐인 평범한 찍찍거리는 소리를 알아들을 수 있을 것이다. 하지만 그녀 앞에 서 있으면 그것이 단순히 찍찍거리는 소리만은 아니라는 것을 알게 된다. 그녀의 예술을 이해하기 위해서는 그녀의 노래를 들어 보는 것뿐만 아니라 그녀를 보는 것도 필요하다. 설령 그것이 우리의 일상적인 찍찍거리는 소리에 지나지 않는다 하더라도, 여기에는 무엇보다도 평범한 일을 하기 위해 누군가 장엄한 일을 벌이는 것 같은 특이한 점이 있는 것이다. 정말이지 호두를 까는 일은 예술이 아니다. 그 때문에 관중을 불러 모으고 그들을 즐겁게 해준답시고 그들 앞에서 호두를 까 보이는 일은 감히 아무도 하지 않을 것이다. 그렇지만 그가 그 일을 해서 그의 의도가 성공을 거둔다면 그것은 사실 단순한 호두까기일 수 없는 것이다. 아니 거기서 중요한 문제는 호두 까는 일이긴 하지만, 우리가 너무 매끄러운 예술에 익숙해졌기 때문에 이러한 기술을 무시해 왔다는 사실이 밝혀지게 된다. 그래서 이 새로운 호두 까는 사나이는 우리에게 예술의 본래적인 모습을 보여 준 셈이 된다. 그럼으로써 그가 호두를 까는 솜씨는 대다수의 우리들보다 다소 서툴더라도 그 효과는 더 클 수 있을지도 모른다.

어쩌면 요제피네의 노래도 이와 유사한 관계일지 모른다.

우리가 하면 전혀 경탄할 수 없는 일인데 그녀가 함으로써 경탄하는 것이다. 아닌 게 아니라 우리가 하면 전혀 경탄하지 않는다는 점에서 그녀는 우리와 완전히 의견이 일치한다. 나는 언젠가 일반 사람들이 찍찍거리는 소리를 내는 것에 누군가가 그녀에게 주의를 환기시키는 현장에 있은 적이 있었다. 물론 이런 일은 흔히 일어나는 일이다. 사실 아주 겸손하게 그랬을 뿐인데도 요제피네에게는 그게 너무 지나친 일로 생각된 모양이었다. 나는 그녀가 그때처럼 그토록 뻔뻔스럽고도 오만하게 미소 짓는 것을 아직 본 적이 없었다. 그녀는 겉으로 보기에는 사실 비할 데 없이 섬세한 여성이다. 그런 여성들이 많고 많은 우리의 종족 중에서도 눈에 띄게 섬세한 여성인 그녀가 그때만은 정말 천박하게 생각되었다. 아닌 게 아니라 대단히 민감한 그녀 자신도 이런 사실을 금방 느끼고 흥분을 가라앉혔다. 어쨌든 그러므로 그녀는 자신의 예술과 찍찍거리는 소리가 하등 관계가 없다고 주장한다. 자신과 반대되는 의견을 가진 자들에 대해서는 그녀는 오직 경멸감과 속으로는 분명 증오심만을 품고 있을 뿐이다. 이는 평범한 허영심이 아닌 것이다. 나도 반쯤은 거기에 속해 있는 이 반대파는 분명 일반 대중 못지않게 그녀에게 경탄하고 있지만, 요제피네는 단지 경탄받는 것만을 원하는 게 아니라 바로 자신이 바라는 특정한 방식으로 경탄받기를 원했다. 경탄 자체만으로는 그녀에게 아무런 의미가 없는 것이다. 그리고 그녀 앞에 앉아 보면 그녀를 이해할 수 있게 된다. 멀리 있을 때만 그녀에게 반대를 할 뿐이지, 막상 그녀 앞에 앉게 되면 그녀가 찍찍거리는 소리가 단순히 찍찍거리는 소리가 아님을 알게 된다.

찍찍거리는 거란 우리가 아무런 생각 없이 행하는 습관들 중의 하나이므로 요제피네의 청중들 중에서도 찍찍거리는 소리를 낼 거라고 생각하는 사람이 있을 수 있다. 그녀의 노래를 들으면 기분이 좋아지고, 우리의 기분이 좋아지면 우리는 찍찍거리는 소리를 낸다. 하지만 그녀의 청중은 찍찍거리는 소리를 내지 않고, 쥐 죽은 듯이 조용하다. 마치 열렬히 그리워하던 평화가 주어져서, 적어도 그로 인해 우리 자신이 찍찍거리지 못하게 되기라도 한 듯 우리는 입을 다물고 있는 것이다. 우리를 황홀하게 만드는 것은 그녀의 노래일까, 아니면 오히려 가냘픈 노래 소리를 에워싸고 있는 엄숙한 고요일까? 한번은 요제피네가 노래를 부르는 중에 어떤 어리석은 여자가 아무 생각 없이 찍찍거리는 소리를 낸 적이 있었다. 그런데 그것은 우리가 요제피네한테서 들은 것과 똑같은 소리였다. 아주 틀에 박혀 있지만 그래도 여전히 수줍어하는 저 앞의 찍찍거리는 소리와 여기 관중석에서 자신도 모르게 새어나온 찍찍거리는 소리의 차이를 분간한다는 것은 거의 불가능한 일일지도 모르겠다. 그런데 우리는 전혀 그럴 필요가 없는데도 쉿 소리를 내며 그 훼방꾼을 끽소리 못하게 해버렸다. 그 여자는 분명 그러지 않아도 겁이 나고 수치스러워 어디론가 기어서 달아났을 것이다. 그 반면에 요제피네는 양팔을 활짝 벌리고 목을 잔뜩 빼고는 승리의 노래를 부르기 시작했다.

아닌 게 아니라 그녀는 항상 그런 식이다. 온갖 사소한 일, 온갖 우연한 일, 온갖 다루기 어려운 일, 관람석에서 딱 하고

나는 소리, 이빨 가는 소리, 방해되는 조명, 이 모든 것을 그
녀는 자신의 노래의 효과를 높이는 데 알맞다고 여긴다. 정
말이지 그녀의 말에 따르면 그녀는 귀먹은 사람들 앞에서 노
래를 부른다는 것이다. 열광과 박수갈채가 없진 않지만 그녀
는 진정으로 이해를 받는 것을 오래전에 포기해 버렸다고 말
한다. 거기에다가 온갖 방해물이 아주 때맞추어 그녀에게 나
타난다. 외부로부터 아무리 노래의 순수성을 방해하려고 한
다 하더라도, 커다란 힘을 들이지 않고, 사실 전혀 힘들이지
않고도 단지 맞서는 것으로만 손쉽게 이겨 낼 수 있는 온갖
것이 대중을 일깨워서, 사실 이해를 시켜 주지는 못하더라도
어떤 경외감을 심어 주는 데는 기여할 수 있다.

　그런데 조그만 일들이 그녀에게 이렇게 도움이 되는데 하
물며 커다란 일들은 오죽하겠는가. 우리의 삶은 불안하기
짝이 없다. 날이면 날마다 깜짝 놀랄 만한 일과 불안한 일이
생기고, 희망이 샘솟았다가 공포가 엄습하기도 한다. 이 모
든 일을 개개인이 혼자서 감당해 낼 수 없다고 해서 매번 동
료들의 지원을 기대할 수 없는 노릇이다. 하지만 그럴 때조
차 꽤 어려울 때가 종종 있다. 사실 단 한 명이 져야 할 짐을
1천 명이 졌다 하더라도 어깨가 떨리는 경우가 더러 있다. 그
럴 때 요제피네는 자신이 나설 때가 왔다고 생각한다. 어느
새 그녀가 그곳에 나타난다. 그 섬세한 존재가 특히 가슴 아
래 부분을 떠는 것을 보면 불안한 마음이 생긴다. 그녀는 온
힘을 노래에 집중시키고 있는 듯이 보이고, 노래에 직접 도
움이 되지 않는 그녀 내부의 모든 것에 그녀의 모든 힘, 살아
가는 데 필요한 거의 모든 힘을 빼앗긴 듯이 보인다. 그녀는

벌거벗은 몸이 되고 자포자기한 상태가 되어, 단지 천사들의 보호에만 맡겨진 듯하고, 완전히 힘을 빼앗긴 상태에서 그녀가 이처럼 노래 속에서 사는 동안 차가운 미풍이 스쳐 지나가도 그녀를 죽일 수 있을 것만 같다. 그런데 바로 그 순간 소위 말하는 우리의 반대파가 우리에게 말을 걸어오곤 한다.

「그녀는 찍찍거리는 소리조차 낼 수 없어요. 우리나라에서 흔히 들을 수 있는 찍찍거리는 소리 정도의 노래나마 — 우린 그걸 노래라고 부를 수 없습니다 — 어떻게든 짜내기 위해서는 죽을 정도로 힘을 쏟아야 합니다.」

우리가 보기에도 그런 것 같다. 그렇지만 앞서 언급했듯이 이러한 인상은 사실 불가피한 것이긴 하지만, 보다 일시적이고 후딱 지나가버린다. 우리도 어느새, 따뜻하게 몸과 몸을 맞대고 숨죽이며 귀 기울이고 있는 대중과 같은 기분에 빠져든다.

거의 한시도 가만 있지 않고 뛰어다니며 종종 그리 분명하지 않은 이유로 이리저리 쏜살같이 내달리는 우리 종족 사람들을 주위에 불러 모으기 위해 요제피네는 대개 조그만 머리를 뒤로 젖히고 입을 반쯤 벌린 채 두 눈은 높은 곳을 향하고는, 이제 노래를 시작할 생각이라는 것을 암시하는 자세를 취해야 한다. 그녀는 자신이 원하는 곳에서는 어디서나 이런 동작을 취할 수 있다. 그런데 딱히 앞이 툭 트인 장소일 필요는 없고, 남의 눈에 띄지 않고 순간적인 기분으로 어쩌다가 선택한 외진 곳도 그럭저럭 괜찮다고 할 수 있다. 그녀가 노래를 부르려고 한다는 소식이 금방 퍼져 나가서, 얼마 안 가긴 행렬이 늘어서게 된다. 그런데 이따금씩 방해되는 일이 생기기도 한다. 요제피네는 분위기가 잔뜩 달아올랐을 때 노래 부르는 것을 가장 좋아하는데, 이런저런 걱정거리에다 위급한 상황 때문에 우리는 다들 제 갈 길을 가지 않을 수 없다. 아무리 애타게 바란다 하더라도 요제피네가 원하는 것만큼 그렇게 빨리 사람이 모일 수 없는 것이다. 그러면 그녀는 이번에는 청중이 충분히 모이지 않은 상태에서 과장된 몸짓을 취하며 한동안 그러고 서 있는다 — 그러다가 물론 그녀는 화를 내게 되며, 그런 다음에는 두 발을 쾅쾅 구르며 전혀 소녀답지 않게 욕설을 퍼붓고, 심지어는 물어뜯기도 한다. 하지만 그런 태도를 보여도 그녀의 명성에 먹칠이 되지 않는다. 사람들은 좀 지나치다 싶은 그녀의 요구를 억제하기보다는 이를 들어주려고 애를 쓴다. 청중들을 불러 모으기 위해 전령들이 파견된다. 그러한 일은 그녀 모르게 비밀리에 일어나는 것이다. 주변에 길목마다 배치된 보초들이 다가오는 자들에게 빨리 서두르라고 손짓을 한다. 이리하여 그럭저럭 하는 사이에 제법 어지간한 수의 청중이 모이게 된다.

무엇 때문에 이 종족은 요제피네를 위해 그렇게 애를 쓰는 것일까? 그것과도 밀접한 관련이 있는 요제피네의 노래에 관한 첫 번째 질문 못지않게 이 또한 대답하기 쉬운 일이 아니다. 가령 그 종족이 노래 때문에 아무런 조건 없이 요제피네에게 헌신하고 있다고 주장할 수 있다면, 그 질문을 취소하고 두 번째 질문과 완전히 하나로 묶을 수 있다. 하지만 실상은 그렇지가 않다. 우리는 아무런 조건 없이 헌신하는 종족이 아니기 때문이다. 이 종족은 뭐니 뭐니 해도 말할 것도 없이 아무런 해가 없는 교활성과 천진난만하게 귓속말을 하는 것을 사랑하고, 물론 아무런 악의 없이 입술만을 움직이는 요설(饒舌)을 사랑한다. 어쨌거나 그러한 종족은 무조건적으로 헌신할 수 없으며, 이러한 점을 요제피네도 느끼고 있다. 그녀가 가냘픈 목으로 전력을 다해 싸우고 있는 이유도 바로 그 때문인 것이다.

물론 그렇다고 해서 그러한 일반적인 판단을 너무 지나치게 적용해서는 안 된다. 무조건적으로 헌신하는 것은 아니라 해도 우리 종족은 요제피네에게 헌신하고 있으니까. 그들은 요제피네를 보고 웃을 수 있는 능력이 없을지도 모른다. 그래도 솔직히 고백하자면 요제피네에게 사람을 웃게 만드는 요소가 아주 없다고는 할 수 없다. 그리고 웃음 그 자체는 언제나 우리와 그리 멀지 않다. 우리의 삶이 아무리 참담하다 해도 우리는 언제나 나지막하게나마 웃을 수 있는 것이다. 그러나 요제피네를 보고 웃을 수는 없는 것이다. 나는 가끔씩 이 종족이 요제피네에 대한 관계를 이런 식으로 파악하고 있다는 인상을 받을 때가 있다. 즉 말할 수 없이 연약하고 보살핌이 필요하며, 어딘가 탁월한 점이 있고, 그녀의 견해에 따르면 노래 부르는 능력이 탁월한 이 여성이 자신들의 손에 맡겨져 있고, 자신들이 그녀를 보살펴 주어야 한다고 말이다. 아무도 그 이유를 분명히 알지는 못하지만, 그러한 사실만은 확고해 보인다. 하지만 사람들은 자신들의 손에 맡겨져 있는 것을 보고 웃지 않는 법이다. 그런 걸 보고 웃는다는 것은 의무를 이행하지 않는 일이 될지도 모른다. 우리들 중에서 가장 짓궂은 사람이 가끔 〈요제피네를 보면 우리 얼굴에서 웃음이 사라져 버려〉라고 말한다면 그거야말로 짓궂기 짝이 없는 말이다.

그러니까 이렇게 이 종족은 고사리 같은 손을 — 그것이 부탁하는 건지, 요구하는 건지 잘은 모르지만 — 내미는 자식을 보살피는 아버지의 심정으로 요제피네를 돌보아 주고 있다. 혹자는 우리 종족이 그러한 아버지 같은 의무를 이행하는 데 적합하지 않다고 말할지도 모르지만, 사실 그들은 적어도 이 경우에는 그러한 의무를 아주 놀랄 정도로 훌륭하게 수행하고 있다. 개개인은 해낼 수 없을지도 모르는 일을 종족 전체는 이런 점에서 해낼 수 있는 것이다. 종족 전체와 개개인 간에 힘의 차이가 엄청나다는 사실은 말할 것도 없다. 그래서 사람들은 보호받는 대상을 가슴에 따뜻하게 끌어안을 수 있는 역량이 충분해서, 그 대상은 충분히 보호를 받게 된다. 물론 요제피네한테는 이런 일에 대해 감히 이러쿵저러쿵 말하지 않는다.

「난 너희들의 보호를 받으며 찍찍거리고 있어.」 그럴 경우 그녀는 이렇게 말한다.

〈그래, 그래, 넌 찍찍거리고 있어.〉 우리는 이렇게 생각한다.

그리고 아닌 게 아니라 그녀가 반기를 든다면 이는 사실이지 반박을 하는 것이 아니라, 오히려 어린이다운 고마움의 표시에 지나지 않는 것이다. 그런데 그런 것에 아랑곳하지 않는 것이 또한 어버이다운 방식이다.

그런데 사람들과 요제피네 사이의 이런 관계로는 설명하기 더욱 어려운 다른 문제가 그 배후에 있다. 말하자면 요제피네는 사람들과 반대되는 의견을 가지고 있다. 그녀는 종족을 보호하는 쪽이 자기라고 생각하는 것이다. 소위 그녀의 노래가 정치와 경제 면에서 열악한 상황에 있는 우리를 구해 주고 있으며, 바로 다름 아닌 그 노래가 그 일을 해내고 있다는 것이다. 그녀는 그 노래가 우리의 불행을 몰아내지 못한다 하더라도 적어도 그것을 견뎌 낼 힘을 우리에게 준다고 생각한다. 그녀는 그런 사실을 말로 표현하지 않으며, 다른 방법으로도 말하지 않는다. 그녀는 도무지 말이라는 것을 하지 않으며, 입을 나불대는 사람들 틈에서 과묵하게 있다. 그러나 반짝반짝 빛나는 그녀의 눈으로, 꼭 닫힌 그녀의 입으로 ─ 우리들 중에는 입을 다물고 있을 수 있는 자가 매우 드물지만, 그녀는 그럴 수 있다 ─ 그녀의 생각을 읽을 수 있다. 나쁜 뉴스를 들을 때마다 ─ 날이면 날마다 나쁜 뉴스들이 그릇된 뉴스들과 반쯤 진실인 뉴스들과 한데 섞여 들어온다 ─ 그녀는 자리에서 벌떡 일어난다. 보통 때 같으면 피곤에 지쳐 자리에 드러눕고 말겠지만 그녀는 몸을 일으켜 목을 쑥 빼고 폭풍우가 오기 전의 목동처럼 가축 떼를 두루 살피려고 한다. 어린애들 같으면 분명 거칠게 떼를 쓰며 다짜고짜로 요구하겠지만, 요제피네는 애들처럼 그렇게 막무가내로 나가지는 않는다.

물론 그녀는 우리를 구원해 주지 않고, 우리에게 힘을 주지도 않는다. 이 종족의 구세주 행세를 하는 것은 쉬운 일이다. 이들은 고통에 익숙해 있고, 자신을 소중히 돌보지 않으며, 결정을 빨리 내리고, 죽음이란 걸 잘 알고 있다. 겉으로 보기에는 소심해 보이지만 언제나 용감무쌍한 분위기에서 살아가며, 게다가 대담할 뿐만 아니라 결실도 맺는다 ─ 아까 말했듯이 나중에 가서 이 종족의 구세주인 양 행세하는 것은 쉬운 일이다. 이 종족은 역사 연구자가 — 대체적으로 우리는 역사 연구를 아주 소홀히 하고 있다 — 놀란 나머지 몸이 딱 굳어질 정도로 희생자들을 낳기도 했지만 언제나 어떻게든 스스로를 구원해 왔다. 그렇지만 보통 때보다 바로 곤경에 처할 때 우리가 요제피네의 목소리에 더욱 열심히 귀기울인다는 것은 사실이다. 우리들에게 시시각각 다가오는 위협적인 상황 때문에 우리는 더욱 조용해지고 더욱 겸손해지며, 요제피네의 명령조의 지시에 더욱 순종하게 되는 것이다. 우리는 함께 모이기를 좋아하고, 서로에게 몰려드는 것을 좋아한다. 우리를 괴롭히는 주된 문제와 전혀 동떨어져 있는 어떤 계기를 맞아 그런 일이 벌어지기 때문에 특히 그러하다. 우리는 싸우기도 전에 다 함께 평화의 잔을 너무 서둘러 마시고 있는 듯한 생각이 든다 — 정말이지, 서두르는 것이 필요한데, 요제피네는 그런 사실을 너무 자주 잊어버린다. 그것은 독창회라기보다는 오히려 대중 집회라고 할 수 있다. 그 집회 때는 앞에서 가냘프게 찍찍거리는 소리가 나는 것 말고는 쥐 죽은 듯 조용하다. 이 시간은 아무렇게나 지껄이며 보내기에는 너무나 진지한 순간이다.

이러한 종류의 관계를 가져도 물론 요제피네는 결코 만족할 줄 모른다. 그녀의 입장이 확실히 밝혀진 적이 한 번도 없기 때문에 신경이 날카롭고 기분이 과히 좋지 않긴 하지만 그녀는 자부심에 눈이 먼 나머지 이런저런 일을 보지 못하고 있으며, 그렇게 나가다가는 더욱 많은 것을 놓치게 될 가능성이 농후하다. 이러한 의미에서, 그러므로 사실 일반적으로 유익한 의미에서, 아첨꾼들의 무리가 그녀 주위에서 줄곧 활동하고 있다 — 그러나 그녀는 그저 우연한 기회에, 아무의 주의도 끌지 못한 채 대중 집회가 벌어지는 한 귀퉁이에서 노래를 부르게 될 것이다. 그것이 그 자체로 아주 의미가 없는 일은 아니지만, 그렇다고 해서 그녀는 분명 자신의 노래를 희생시키려고 하지는 않을 것이다.

하지만 그녀는 그렇게 할 필요도 없다. 그녀의 예술이 주목을 끌지 않을 수 없기 때문이다. 우리가 대체로 전혀 다른 일에 몰두하고 있으며, 노래를 들으려고 조용히 있는 게 아니고, 몇몇은 위를 쳐다보는 게 아니라 얼굴을 옆 사람의 털에 파묻고 있어서, 요제피네가 저 위에서 괜히 헛수고를 하고 있는 것처럼 보이기는 하지만 — 이건 부정할 수 없는 사실이다 — 그래도 그녀가 찍찍거리는 소리는 어쩔 수 없이 우리의 귀에도 들어오고야 만다. 다들 침묵을 지키도록 되어 있는 곳에서 홀로 크게 울리는 이러한 찍찍거리는 소리는 마치 모든 사람들이 개개인에게 보내는 메시지처럼 들린다. 중대한 결단을 내려야 하는 와중에 요제피네가 가냘프게 찍찍거리는 소리는 적대적인 세계가 소용돌이를 겪는 가운데 우리 종족이 처해 있는 가련한 운명처럼 생각된다. 요제피네는 자신의 목소리와 자신이 거둔 성과가 아무것도 아니라고 말하고, 우리들에게 다가가는 길을 찾기 위해 온 힘을 기울인다고 주장하는데, 그 점을 염두에 두는 것이 좋을 듯하다. 훗날 우리들 사이에서 어떤 진정한 예술가가 나타난다 하더라도 우리는 그때 가서 분명 그자를 견뎌 내지 못할 것이고, 그러한 공연이 무의미한 짓이라고 이구동성으로 물리칠 것이다. 우리는 요제피네의 노래에 귀 기울이는 사실이 그녀가 가수가 아니라는 증거가 된다는 깨달음으로 이어지지 않기를 바란다. 그녀도 그런 사실을 어렴풋이 알고 있는지도 모른다. 그렇지 않다면 우리가 그녀의 노래에 귀 기울인다는 사실을 그녀가 왜 그토록 열을 내서 부정한단 말인가. 하지만 그래도 그녀는 여전히 노래를 부르며, 이러한 예감은 아랑곳하지 않고 계속 찍찍거리는 소리를 낸다.

하지만 그것 말고도 그녀에게 위안거리도 여전히 있을지도 모른다. 우리는 어느 정도는 정말로 그녀의 노래에 귀를 기울이기도 하는 것이다. 가수의 노래에 귀를 기울이는 것과 꼭 마찬가지로 말이다. 수단이 충분하지 못한 관계로 가수가 우리에게서 얻지 못하는 효과를 그녀는 거둔다. 어쩌면 이는 다분히 우리의 생활 방식과 관계가 있을지도 모른다.

우리 종족은 청춘이라는 게 없으며, 어린 시절이라는 것도 거의 없는 거나 마찬가지이다. 그래서 아이들에게는 특별한 자유를 보장해 주고, 특별히 보살펴 주자는 요구를 한결같이 하게 되는 것이다. 별다른 걱정거리 없이 살아가고, 아무렇게나 뛰어다니며 놀 수 있는 권리를 인정해 주고 그것이 실현되도록 돕자는 것이다. 그러한 요구를 하면, 거의 다들 그것에 동의한다. 이것보다 더 동의해 주어야 할 것이 아무것도 없을 것이다. 하지만 우리의 실생활에서 이것만큼 승인해 주기 어려운 것도 없다. 사람들은 그러한 요구를 수긍하고, 그것들을 들어주려고 노력하지만, 이내 모든 것이 다시 도로 아미타불이 된다.

우리들이 사는 세상에서는, 어린이란 조금이나마 뛰어다닐 수 있게 되어 주위 세계를 약간이나마 분간할 수 있게 되면, 그 즉시 어른처럼 자기 자신을 돌보며 살아가지 않으면 안 된다. 우리가 경제적인 면을 고려해 뿔뿔이 흩어져 살아가야 하는 지역이 너무 넓고, 우리의 적들도 너무 많으며, 예측할 수 없는 위험이 사방에 도사리고 있다 — 우리는 아이들을 생존 투쟁으로부터 보호해 줄 수 없다. 우리가 그런 일을 한다면 아이들은 금방 목숨을 잃게 된다. 자손을 많이 낳는 우리 종족의 덕목도 물론 이러한 슬픈 이유로 생겨나게 된다. 한 세대가 — 각각의 세대가 무수히 많다 — 다른 세대의 꽁무니를 물고 이어지며, 아이들은 아이들로 있을 틈이 없다. 다른 종족들의 아이들은 세심하게 보호받고, 거기엔 아이들을 위한 학교가 세워져 그곳에선 종족의 미래인 아이들이 매일 이런 학교에서 쏟아져 나올지도 모른다. 하지만 그곳에선 오랫동안 늘 같은 아이들이 학교에서 나오는 것이다. 우리에겐 학교라는 것이 없지만, 우리 종족에서는 아주 짧은 기간에 헤아릴 수 없을 정도로 많은 아이들이 쏟아져 나온다. 아직 찍찍거리지 못할 때까지는 즐겁게 쉿쉿거리거나 쩩쩩거리고, 아직 달리지 못할 때까지는 뒹굴거나 밀어 주면 떼구루루 굴러 가기도 하며, 그리고 눈이 아직 보이지 않을 때는 앞에 있는 것이면 아무거나 닥치는 대로 잡아챈다.

아, 우리의 아이들! 그리고 그들은 학교에 다니는 다른 종족의 아이들처럼 늘 똑같은 아이들이 아니다. 그렇다, 늘 새로운 아이들이고, 끝없이 쉬지 않고 새로운 아이들이 태어나는 것이다. 아이가 태어나자마자 이미 더는 아이가 아니다. 어느새 그 뒤에 그놈이 그놈인 아이들이 행복한 나머지 장밋빛 얼굴을 하고 꾸역꾸역 급히 밀려 나오는 것이다. 물론 이

것이 아무리 기쁜 일이라 하더라도, 이 때문에 다른 종족 사람들이 당연하게도 아무리 우리를 부러워한다 해도 우리는 사실 이 아이들에게 진정한 어린 시절을 마련해 줄 수 없다. 그 결과 중대한 영향을 끼치게 된다. 우리 종족에게는 어린이 같은 특성이 깊이 배어 있어서 좀처럼 사그라지지 않는 것이다. 우리들의 최대 장점이라 할 수 있는 올곧고 실제적인 상식과는 완전히 반대로 터무니없이 어리석은 행동을 할 때가 가끔 있다. 그것은 아이들의 어리석은 짓거리와 똑같은 것이다. 무의미하고 낭비가 심하며, 우쭐거리고 경솔하게 구는데, 때로는 그냥 재미 삼아 이렇게 행동하는 것이다. 우리가 이를 기쁘게 생각하더라도 아이들처럼 마음껏 기뻐할 수 없기는 해도 거기에 기쁨이 전혀 없는 것은 분명 아니다. 우리 종족의 이러한 어린이다운 특성으로 요제피네도 옛날부터 톡톡히 득을 보고 있다.

하지만 우리 종족은 어린이다울 뿐만 아니라 어떤 의미에서는 금방 늙어 버리기도 한다. 우리의 경우에는 유년과 노년이 다른 종족의 경우와 다르게 진행된다. 우리에겐 청춘이란 없으며, 곧바로 어른이 된다. 그래서 어른으로 지내는 기간이 너무 길다. 그로 인한 일종의 권태와 절망적 상황이 대체로 아주 강인하고 희망에 찬 우리 종족의 본질에 폭넓은 흔적을 남기고 있다. 어쩌면 우리의 음악적 재능이 부족한 것도 그것과 관계가 있을지 모른다. 우린 음악을 즐기기에는 너무 나이가 들었다. 음악이 주는 흥분과 날아오르는 기분은 우리의 둔한 느낌과 맞지 않는다. 우리는 피곤한 눈빛으로 손짓을 하며 음악을 그만 하라고 제지한다. 그래서 우리는 찍찍거리는 것으로 만족하면서, 가끔씩 조금 찍찍거리는 소리를 내는데, 그것이 우리에게 제격이다. 우리들 중에 음악적 재능을 지닌 사람이 있는지 누가 알겠는가. 하지만 그런 재능을 지닌 사람이 있다 하더라도 우리 동포의 성격으로 보아 그것을 계발하기도 전에 억압해 버릴 게 분명하다. 반면에 요제피네가 자신의 뜻대로 찍찍거리거나 노래를 부르든, 또는 그것을 뭐라고 이름 붙이든 그건 우리에게 방해되지 않고 우리의 마음에 맞는 것이라서 웬만큼 참아 낼 수 있다. 거기에 무언가 음악적 요소가 들어 있다 하더라도 아주 눈곱만큼 들어 있는 것이다. 그래서 어떤 음악적 전통이 보존되기는 하지만, 이런 사실에 우리는 조금도 힘들어하지 않을지도 모른다.

하지만 요제피네는 이러한 기분을 느끼는 이 종족에게 더욱 많은 것을 가져다준다. 그녀의 음악회에서, 특히 자못 사태가 심각할 때 가수 그 자체로 그녀에게 관심을 가져주는 사람들은 아주 젊은 사람들밖에 없다. 그녀가 입술을 비죽이며, 귀여운 앞니들 사이로 공기를 뿜어 내는 모습을 그들만은 놀라운 눈길로 지켜보는 것이다. 그녀는 자신이 만들어 내는 음들에 경탄한 나머지 점점 생기를 잃어 가며, 쓰러질 것 같은 이러한 기분을 이용하여 점점 더 알 수 없게 되어 가는 자신의 예술적 행위에 새로 불을 지피는 것이었다. 그런 반면에 눈앞의 대중은 — 이 점은 분명히 알 수 있다 — 자신의 본연의 모습으로 되돌아오게 되었다. 이들이 서로 싸우는 짧은 막간에 사람들은 여기서 꿈을 꾼다. 개개인은 사지의 힘이 풀리는 듯한 기분이 들고, 쉬지 못한 자는 편한 마음으로 널찍하고 따스한 이들의 침대에서 피로를 풀며 팔다리를 한번 쫙 뻗어도 될 것 같은 기분이 든다.

그리고 이렇게 꿈을 꾸는 가운데 가끔씩 요제피네의 찍찍거리는 소리가 들려온다. 요제피네는 이를 은쟁반에 옥구슬 구르는 소리 같다고 하고, 우리는 이를 심금을 울리는 소리라 한다. 하지만 어쨌거나 일찍이 거의 그런 적이 없었는데, 음악이 자신을 기다리는 순간을 발견함으로써 사람들에게는 다른 그 어디보다도 이곳이 안성맞춤인 장소이다. 그 안에는 무언가 가련하고 짧은 어린 시절이 담겨 있고, 잃어버려 다시는 찾을 길 없는 행복이 담겨 있다. 하지만 거기에는 무언가 활동적인 일상생활도 담겨 있고, 이해할 수 없지만 그럼에도 자꾸 솟아 나와 억누를 길 없는 약간의 명랑한 기분이 담겨 있는 것이다. 그런데 사실 이 모든 것은 커다란 음으로 표현되는 게 아니라, 나지막하게 속삭이는 소리로 친밀하게, 때로는 약간 쉰 목소리로 표현되는 것이다. 물론 그것은 찍찍거리는 소리이다. 당연히 그렇지 않겠는가? 찍찍거리는 소리는 우리 종족이 쓰는 언어이며, 어떤 사람은 평생 동안 찍찍거릴 뿐인데 그런 사실을 알지 못하는 것이다. 하지만 여기서 찍찍거리는 소리는 일상생활의 질곡으로부터 벗어나 있으며, 아주 짧은 시간 동안이나마 우리를 해방시켜 주기도 한다. 정말이지, 이런 공연이 없으면 우리가 무슨 재미로 살겠는가.

하지만 그렇다고 해서 요제피네가 자신이 그러한 기회에 우리들에게 새로운 힘을 불어넣어 주고 있다고 주장한다면 이는 얼토당토않은 얘기이다. 물론 이는 평범한 사람들에게 해당되는 말이고, 요제피네에게 아첨하는 무리들에게는 해당되지 않는 말이다.

「달리 어떻게 설명하겠어.」이들은 솔직하게 용기를 내서 말한다.

「특히 곧 위험이 닥쳐올 것이 빤한데 사람들이 잔뜩 모여드는 현상을 달리 어떻게 설명할 수 있겠나. 그래서 사실 이러한 위험을 피하기 위해 제때에 적절한 조치를 취하는 것이 벌써 여러 번 방해받지 않았는가.」

그런데 안타깝게도 나중의 말이 사실이며, 특히 다음과 같은 사실을 덧붙일 때 이는 요제피네에게는 아무래도 명예롭지 않은 일이 될 것이다. 그러한 집회 때 예기치 않게 적의 습격을 받아 사람들이 강제로 뿔뿔이 흩어지게 되었을 때, 우리들 중의 일부는 목숨을 잃는 경우도 있었다. 정말이지 자신의 노래로 적을 불러들인 셈이 되어 이 모든 일에 책임이 있는 요제피네는 늘 가장 안전한 자리를 차지하고 있다가, 추종자들의 호위를 받으며 아주 조용히 제일 먼저 서둘러 사라져 버리는 것이었다. 하지만 이것도 대체로 다들 아는 사실이다. 그렇지만 막상 요제피네가 다음번에 자기 마음대로 언제 어디서 노래를 부른다고 하면 다시 사람들이 우르르 몰려드는 것이다. 이런 사실로 볼 때 요제피네는 모든 사람들을 위험에 빠뜨린다 하더라도 자기가 하고 싶은 일을 해도 되고, 무슨 일을 하더라도 용서가 되므로, 그녀는 거의 법의 밖에 존재한다고 결론 내릴 수 있을 것이다.

사정이 이러하긴 하지만 요제피네의 요구도 충분히 이해할 만할지도 모른다. 그러니까 종족 사람들이 그녀에게 부여하는 이 자유라는 것에서, 그 밖의 다른 사람에게는 아무에게도 허용하지 않고, 사실 법을 위배해 오직 그녀에게만 예외적으로 허용하는 이 선물에서, 그녀가 주장하듯이 사람들이 자신을 이해하지 못한다는 사실을 고백하고 있음을 알 수 있을지도 모른다. 사람들은 그녀의 예술을 넋을 잃고 놀라서 멍하니 바라보면서, 자신들은 그것을 누릴 만한 자격이 없다고 느낀다. 그래서 사람들은 그녀에게 가해지는 이러한 아픔을 덜어 주려고 그녀를 위해 필사적으로 몸 바쳐 희생하는 것이다. 대중이 그녀의 예술을 이해하지 못하는 것과 마찬가지로, 그녀라는 인물과 그녀의 소망도 그들이 마음대로 할 수 없는 것이다. 그런데 이것은 물론 전혀 맞는 말이 아니다. 사람들 개개인은 어쩌면 요제피네에게 너무 쉽게 굴복할지 모르지만, 대체로 이들은 아무에게나 무조건 굴복하는 것은 아니므로, 그녀에게도 마찬가지라 할 수 있다.

벌써 오래전부터, 아마 그녀가 가수 생활을 시작할 때부터 노래를 한다는 핑계로 일상적인 일은 면제받으려고 투쟁해 왔다. 그러므로 그녀는 일용할 양식을 얻기 위한 걱정과 그 밖에 우리의 생존 투쟁과 관련되는 일체의 일을 하지 않고 ― 다분히 ― 전체 종족이 이를 대신 떠맡아야 한다는 것이다. 쉽게 감격을 하는 자라면 ― 그런 자들도 있다 ― 이러한 요구가 특이하다는 사실만으로도, 그녀가 그런 요구를 생각해 낼 수 있는 정신 상태에 있다는 사실만으로도 벌써 그녀에게 내적으로 그럴 만한 자격이 있다고 결론을 내릴 수 있을지도 모른다. 그렇지만 우리 종족은 다른 결론을 이끌어 내고, 그녀의 요구를 조용히 거절한다. 그런 요구가 부당함을 지적하는 것은 그리 어려운 일이 아니다. 예를 들어 요제피네는 힘들게 일을 하면 자신의 목소리에 좋지 않다는 점을 지적한다. 사실 노래할 때의 고생에 비하면 일할 때의 고생은 별 것 아니지만, 노래하고 나면 푹 휴식을 취하며 새로운 노래를 하기 위해 힘을 축적해야 하는데 그럴 수 없다는 것이다. 그리하여 완전히 파김치가 될 수밖에 없을 거고, 허나 그런 상태에서는 결코 최고의 성과를 낼 수 없다는 것이다. 사람들은 그의 말에 귀를 기울이지만 그냥 건성으로 들을 뿐이다. 이 종족은 쉽게 감격하기도 하지만 때로는 전혀 감격하지 않기도 하는 것이다. 때로는 너무 매정하게 거절하는 바람에 요제피네조차도 놀라 어안이 벙벙해한다. 그녀는 곧 현실에 순응하는 모양인지, 적당히 일을 하며 될 수 있는 한 훌륭하게 노래를 부르지만, 이 모든 것도 한순간에 그칠 뿐이다. 그러고 나서 그녀는 새로 힘을 — 그녀는 그런 힘을 무한정 많이 갖고 있는 모양이다 — 내서 다시 싸움을 시작한다.

그런데 요제피네가 실제로 원하는 것은 그녀가 말로 요구하는 것이 아님이 분명하다. 그녀는 분별력이 있고, 우리 모두가 그렇듯이 일하는 것을 꺼리지 않는다. 그녀는 자신의 요구가 받아들여진 후에도 분명 예전처럼 살 것이고, 일이 그녀의 노래에 결코 방해되지는 않을 것이다. 그리고 그녀의 노래도 물론 더 아름다워지지 않을 것이다 — 그러므로 그녀는 자신의 예술이 지금까지 알려진 모든 것을 훌쩍 뛰어넘어 시대를 초월해, 공공연하게 확실히 인정받기를 원하는 것이다. 다른 모든 일은 거의 성취될 것으로 보이지만 이 일만은 아무래도 뜻대로 되지 않는다. 어쩌면 그녀는 처음부터 다른 곳을 공격했어야 할지도 모르고, 어쩌면 이제 와서 실수를 저지른 것을 스스로 알게 되었는지도 모른다. 하지만 이젠 더는 뒤로 물러설 수도 없는 일이고, 후퇴하면 자신을 배반하는 일이 될지도 모른다. 이런 요구를 한 결과 그녀는 결국 일어서거나 넘어지는 수밖에 없는 것이다.

그녀의 말대로 그녀에게 정말 적이 있다면 그들은 직접 손가락 하나 까딱하지 않고도 흥미 있게 이러한 싸움을 지켜볼 수 있을 것이다. 하지만 그녀에게는 적이 없다. 몇몇 사람이 가끔씩 그녀에게 이의를 제기한다 하더라도 아무도 이런 싸움을 흥미 있게 바라보지 않을 것이다. 평소의 우리 모습과는 완전 딴판으로 사람들이 여기서 재판관 같은 냉정한 태도를 보이기 때문은 아니다. 이런 경우에 이런 태도를 보이는 걸 수긍하는 사람이 있다 하더라도 언젠가 사람들이 자신에 대해서도 비슷한 태도를 취할지도 모른다는 생각만 해도 즐거운 기분이 싹 달아나 버리는 것이다. 사실 요구하는 경우와 비슷하게 거절하는 경우에 문제의 관건이 되는 것은 그 일 자체가 아니라, 어떤 같은 종족 사람이 도저히 뚫고 들어올 수 없을 정도로 사람들이 빗장을 꽁꽁 걸어 잠그고 있다는 사실이다. 다른 점에서는 이들이 사실 이러한 같은 동족 사람에게 아버지처럼, 아니 아버지 이상으로 염려하는 마음으로 잘 돌보아 주기 때문에 그런 만큼 더욱 뚫고 들어갈 수 없는 것이다.

가령 여기에 사람들이 아니라 한 명의 개인이 있다고 치자. 이 남자가 이러한 굴종의 세월에 언젠가는 종지부를 찍어야겠다는 염원을 늘 마음에 품고 내내 요제피네에게 굴복

402

하고 있다고 생각해 보자. 그는 참고 희생하는데도 어느 정도 한계가 있으리라는 확고한 믿음을 품고 초인적으로 굴복을 거듭해 왔다. 정말이지, 그가 필요 이상으로 계속 굴복하는 것은 단지 일을 빨리 끝맺기 위해서이다. 즉 요제피네의 응석을 받아 줘서 계속 새로운 소망을 피력하게 하여, 그러다가 정말 최종적인 요구를 제기하도록 하기 위해서 말이다. 그러면 물론 오랫동안 준비한 대로 매몰차게 결정적인 퇴짜를 놓겠다는 것이다. 그런데 실제로는 일이 이렇게 흘러가지 않는다. 사람들은 그런 술수를 쓸 필요가 없는 것이다. 게다가 요제피네에 대한 이들의 숭배는 솔직하고 믿을 만하다. 물론 요제피네의 요구가 너무 심해서 삼척동자라도 그녀에게 그 결과를 미리 말해 줄 수 있었을지도 모른다. 그럼에도 요제피네가 그 일에 대해 품고 있는 견해에는 그러한 추측도 함께 작용하고 있어, 퇴짜 맞은 자의 고통을 더욱 쓰라리게 할지도 모른다.

하지만 그렇게 추측한다고 해서 그녀가 그런 것에 겁먹어 싸움을 그만두지는 않는다. 심지어 최근에 와서는 싸움이 더욱 격화되고 있다. 지금까지는 그냥 말로 싸웠지만 이제부터는 다른 수단을 사용하기 시작한다. 그러한 수단이 그녀의 견해로는 더 효과적일지도 모르지만, 우리의 견해로는 그녀 자신에게 더욱 위험한 것이다.

일부 사람들은 요제피네 자신이 늙어 간다고 느끼고, 목소리의 힘이 약해져서 그렇게 집요하게 군다고 생각한다. 그래서 자신이 인정받기 위한 최후의 일전을 벌일 절호의 기회가 왔다고 그녀가 생각하는 것 같다는 것이다. 나는 그렇게 생각하지 않는다. 그게 사실이라면 요제피네는 더 이상 요제피네가 아닐지도 모른다. 그녀는 늙어 가지도 않고 목소리의 힘이 약해지지도 않기 때문이다. 그녀가 무언가를 요구한다면 외적인 일 때문이 아니라, 내적인 정연한 논리 때문에 그러는 것이다. 그녀가 최고 영예로운 관을 얻으려고 손을 내미는 것은 그것이 현재 약간 낮은 곳에 걸려 있어서가 아니라, 그것이 최고 영예로운 것이기 때문이다. 그녀가 할 수 있는 일이라면 그 관을 보다 높은 곳에 걸어 둘지도 모른다.

이처럼 외적인 어려움을 무시하기 때문에 물론 그녀는 더없이 비열한 수단을 사용하는 것도 마다하지 않는다. 그녀에게 자신의 권리는 의심의 여지가 없다. 그러므로 어떻게 이를 얻는가 하는 것이 중요한 문제이다. 그녀의 말을 빌리면, 특히 이 세상에는 정직한 수단 같은 건 통하지 않기 때문이라고 한다. 심지어 이런 이유로 그녀는 자신의 권리를 얻기 위한 투쟁을 노래의 영역에서 그녀에게 별로 소중하지 않은 다른 영역으로 옮긴 모양이다. 그녀의 추종자들이 퍼뜨리는 소문에 의하면 그녀는 온갖 계층의 사람들부터 속으로 반대하는 사람들에 이르기까지 실제로 즐겁다고 생각하도록 노래를 부를 수 있는 능력이 있다고 느끼고 있다. 그 실제적인 즐거움이란 옛날부터 요제피네의 노래를 듣고 느꼈다고 주장하는 사람들의 수준에서의 즐거움이 아니라 요제피네가 요구하는 수준에서의 즐거움을 말한다. 하지만 그녀가 덧붙여 말하는 바에 따르면, 자신은 고상한 것을 그렇지 않다고 속이거나 천박한 것에 아첨할 수 없기 때문에, 그녀의 노래는 있는 그대로의 모습에 머물러 있지 않을 수 없다는 것이다. 하지만 일에서 벗어나고자 그녀가 투쟁할 때는 사정이 다르다. 그것은 사실 그녀의 노래를 둘러싼 투쟁이기도 하지만, 여기서는 노래라는 귀중한 무기를 가지고 직접 투쟁하지는 않는다. 어떤 수단을 사용하든 다 괜찮다는 것이다.

그래서 이를테면 이런 소문이 나돌아 다녔다. 사람들이 그녀의 뜻에 따르지 않으면 그녀는 장식음을 생략할 생각이라고 한다. 나는 장식음이 무엇인지 아는 바가 없으며, 그녀의 노래에 장식음의 요소가 있다는 언급을 한 적도 없었다. 하지만 요제피네는 장식음을 생략하겠다고 한다. 잠시 없애 버리겠다는 것이 아니라 다만 생략하겠다는 거다. 그녀는 말로만 하던 위협을 그대로 실행했지만, 내가 볼 때는 물론 그녀가 예전에 하던 공연과의 차이점이 눈에 띄지 않았다. 사람들은 다들 장식음에 대해서는 아무 말도 하지 않고 예전처럼 귀를 기울였고, 요제피네의 요구를 어떻게 다룰 건가 하는 문제도 변하지 않았다. 아닌 게 아니라 요제피네에게는 그녀의 자태에도 그렇듯이, 그녀의 생각에도 때로는 어딘지 모르게 우아한 점이 있음을 부인할 수 없다. 그래서 이를테면 그녀는 공연이 끝난 후에, 장식음에 대한 자신의 결심이 사람들에게는 너무 가혹하거나 너무 갑작스러운 것이었다는 듯이, 이 다음에는 장식음을 완전히 넣어 노래를 부르겠다고 설명했다. 하지만 다음 음악회가 끝난 다음에는 이젠 위대한 장식음을 완전히 그만두겠다고 다시 생각을 바꾸었다. 그리고 요제피네에게 유리한 결정이 내려지기 전에는 장식음이 다시 나타나지 않을지도 모른다. 그런데 근본적으로 호의적인 생각을 품고 있지만 이를 들어줄 수 없기 때문에,

아이가 지껄이는 말을 어른이 마음속으로 건성으로 듣는 것처럼, 사람들은 이 모든 선언, 결심 및 결심의 번복을 그냥 흘려듣는다.

하지만 요제피네는 굴복하지 않는다. 예를 들어 그녀는 최근에 일을 하다가 발을 다쳤다고 주장했다. 그래서 노래를 부를 때 서 있기가 힘들다는 것이다. 그러나 그녀는 서서만 노래를 부를 수 있기 때문에 이젠 심지어 노래를 생략하지 않을 수 없다는 것이다. 그녀는 다리를 절면서 추종자들의 부축을 받고 있지만 그녀가 진짜로 다쳤다고는 아무도 생각하지 않는다. 그녀의 조그만 몸이 특별히 민감하다는 것은 인정한다 하더라도, 우리는 일을 하는 종족이고 요제피네도 같은 종족에 속한다. 하지만 우리가 찰과상을 입어 다리라도 절게 되면 종족 전체는 다리를 저는 일을 결코 그만두지 못할지도 모른다. 하지만 그녀가 절름발이처럼 남의 손에 이끌린 채, 이러한 가여운 상태로 평소보다 더 자주 모습을 드러낸다 해도 사람들은 그녀의 노래를 고맙게 들으며 예전처럼 황홀해하지만, 노래를 생략했다 해서 그리 호들갑을 떨지는 않는다.

요제피네는 줄곧 다리를 절고 있을 수는 없기 때문에 무언가 다른 것을 생각해 낸다. 그녀는 피곤하다든가, 기분이 좋지 않다든가, 몸이 약하다는 핑계를 댄다. 우리에겐 이제 음악회 말고 연극도 있다. 요제피네의 뒤에는 추종자들이 따라나와 노래를 불러 달라고 부탁하며 애원한다. 그녀는 노래를 부르고 싶지만 부를 수 없다. 사람들은 그녀를 위로하고, 그녀에게 아첨하고 달라붙으며, 거의 안다시피 해서 그녀가 노래를 부르도록 미리 골라 둔 장소로 데려간다. 마침내 그녀는 까닭 모를 눈물을 터뜨리며 이들의 요구에 응한다. 그녀가 분명 젖 먹던 힘까지 내서 노래를 부르려고 하지만 힘이 없는지, 평소처럼 두 팔을 활짝 벌리지 않고 몸의 양옆에 맥없이 축 늘어뜨리고 있다. 그 모습이 마치 팔이 너무 짧은 게 아닌가 하는 인상을 준다 — 이런 자세로 노래를 시작하려고 하지만 이제 다시 노래가 제대로 되지 않는다. 기분이 나쁜지 머리를 절레절레 흔드는 것으로 이를 알 수 있다. 그리고 그녀는 우리의 눈앞에서 그만 쓰러지고 만다. 그런 다음에 물론 힘들여 몸을 벌떡 일으키고는 노래를 부른다. 내가 듣기에 지금까지와 그리 다르지 않은 노래다. 혹시 아주 미묘한 뉘앙스를 식별할 수 있는 귀를 가진 자라면 그녀가 이례적으로 흥분해서 노래를 부르고 있다는 사실을 알아들을 수 있을지도 모른다. 그렇지만 이러한 흥분은 이 일에 적지 않게 도움이 된다. 그런데 노래를 끝내도 그녀는 이전보다 덜 피곤한 모습이다. 급히 서두르는 그녀의 총총걸음을 그렇게 부를 수 있을지 모르지만, 그녀는 추종자들이 부축해 주겠다는 것을 뿌리치고, 존경하는 마음으로 그녀에게 길을 비켜 주는 사람들을 차가운 눈초리로 살피면서 흔들림 없는 발걸음으로 멀어져 간다.

얼마 전에 그런 일이 일어났다. 그런데 최신 소식에 의하면 그녀가 노래를 부르도록 되어 있는 시간에 사라졌다는 것이었다. 그녀의 추종자들뿐만 아니라 많은 사람들이 그녀를 찾아 나섰지만 헛수고에 지나지 않는다. 요제피네는 실종된 것이다. 노래를 부르고 싶지 않고, 그런 부탁을 받는 것마저 싫어져서 이번에는 완전히 우리 곁을 떠난 것이었다.

그녀가 계산을 잘못한 것이 참으로 이상하다. 현명한 그녀가 계산을 한참 잘못한 것이다. 사람들은 그녀가 도통 계산이라는 건 하지 않고, 우리들 세상에서 아주 비극적인 운명이 될 수밖에 없는 그녀의 운명에 계속 휩쓸린다고 생각할지도 모른다. 그녀는 스스로 노래 부르는 것을 회피하고, 사람들 마음을 사로잡은 힘을 스스로 파괴해 버린다. 사람들의 마음을 이다지도 알지 못하면서 그녀는 어떻게 이러한 힘을 얻을 수 있었을까. 그녀는 자취를 감추고 노래를 부르지 않는다. 그러나 사람들은 차분히 눈에 띄게 실망한 기색도 없이, 당당하고 안정된 마음으로 살아간다. 겉모습은 그것과 다르게 말할지라도, 이러한 성품을 지닌 이들은 선물을 줄 수 있을 뿐 결코 받을 수는 없다. 요제피네한테서도 선물을 받을 수 없는 이들은 계속 자신의 길을 간다.

하지만 요제피네는 몰락의 길을 걸을 수밖에 없다. 머지않아 그녀가 마지막으로 찍찍거리다가 마침내 잠잠해지는 때가 올 것이다. 그녀는 우리 종족의 장구한 역사에서 하나의 에피소드에 지나지 않으며, 사람들은 그녀가 없어도 이겨 낼 것이다. 물론 우리의 삶이 평탄하지는 않을 것이다. 입을 꾹 다물고 있으면서 어떻게 집회를 열 수 있겠는가? 하기야 요제피네가 있을 때도 집회에서 입을 다물고 있지 않았던가? 그녀가 실제로 찍찍거리는 소리는 우리가 그것에 대해 갖고 있는 기억보다 훨씬 더 크고 생기 있는 것이었을까? 그녀가 살아 있을 때도 이미 그 소리는 우리가 단순하게 기억한 그 이상이었을까? 사람들은 오히려 그녀의 노래가 바로 이런 식으로 잊히지 않았기 때문에 지혜롭게도 그것을 그렇게 높은 자리에 세워 두지 않았을까?

어쩌면 우리는 그녀 없이는 결코 살아갈 수 없을지도 모른다. 하지만 그녀의 견해에 의하면 그녀는 선택된 자들만 겪게 되는 지상의 고난에서 구원되어, 우리 종족의 무수한 영웅들 무리 속으로 즐겁게 사라질 것이다. 그런데 우리는 허세를 부리는 사람이 아니므로, 얼마 안가 그녀는 더욱 높은 단계로 구원받아 그녀의 모든 형제들과 마찬가지로 잊혀질 것이다.

프란츠 카프카의 삶과 작품

1. 생애

프란츠 카프카Franz Kafka는 유대인 중산층 가정에서 상인인 헤르만 카프카Hermann Kafka(1852~1931)와 율리에 뢰비Julie Löwy(1856~1934)의 셋째 아들로 1883년 7월 3일 체코의 프라하에서 태어났다. 체코어로 〈*Kavka*〉인 카프카는 까마귀를 뜻한다. 두 형이 어려서 죽었기 때문에 맏아들이 된 카프카는 죽을 때까지 맏이로서의 역할을 의식하며 살았다. 부모와 세 여동생 엘리Eli, 발리Valli, 오틀라Otla 중 그와 제일 가까웠던 사람은 막내인 오틀라였다. 이들은 모두 나치 강제 수용소에서 1942년에 비참한 최후를 맞이했다.

카프카가 태어난 프라하는 당시 이중 삼중으로 그를 억압하고 있었다. 그는 서른다섯 살까지는 오스트리아-헝가리 왕국의 시민이었고, 그 이후로는 체코 국민이 되었다. 그러나 그는 유대인이었고, 체코 사람이면서도 아버지의 요구로 강대국 언어인 독일어로 교육받았다. 독일어를 쓰는 프라하 주민은 인구의 7.5퍼센트에 불과했지만 이들은 대학교, 공과 대학, 콘서트 홀, 다섯 개의 고등학교, 네 개의 실업 고등학교 그리고 강력한 언론을 소유하고 있었다. 그렇지만 독일이 아니라는 지역적인 한계로 카프카가 사용하는 독일어 어휘는 풍부하지 못했고, 그가 쓴 문장은 생동감이 없었다. 그리고 그를 둘러싼 가족과 시대의 억압은 그를 내면세계로 깊이 빠져들게 했다. 카프카는 프라하의 상층부를 장악하고 있던 독일인에게는 유대인이라는 이유로, 같은 유대인들로부터는 시온주의에 반대한다는 이유로 배척받았다. 그러한 환경은 카프카로 하여금 사회의 억압적인 구조를 혐오하고, 억압 없는 이상 사회를 꿈꾸게 했다. 그는 노동 계급의 권익 향상을 위한 성명서를 만들고, 아나키즘의 원조인 크로포트킨Kropotkin의 저서를 읽었고, 사회주의 서클에서 활동하기 시작했다.

아버지는 남부 뵈멘의 보섹Wossek이라는 조그만 마을에서 궁핍하게 태어나 유대인이 거주 이전의 자유를 얻자 프라하로 이주한 후, 잡화 행상에서 시작해 직물 도매상으로 자수성가한 사람이었다. 아버지는 자칭 〈동화된 유대인〉이었지만 유대인 공동체의 예배와 의례를 마지못해 지킬 뿐이었으므로 카프카는 언어나 문화 면에서 독일인이었다. 카프카는 체격이 당당한 아버지에게서 평생 동안 위압감을 느꼈던 반면에 영적이고 이지적이며 기인(奇人)들이 많고 기질이 섬세한 어머니 쪽 혈통과 강한 일체감을 느꼈다. 어머니는 얌전하고 온화한 성격에다 감정이 섬세하고 두뇌가 명석하여 지혜로운 여성이었다. 하지만 그녀 역시 남편과 마찬가지로, 아들이 아무런 이익도 없고 건강을 해칠지도 모르는 글쓰기에 몰두하는 것을 거의 이해하지 못했다. 카프카는 부모의 몰이해 속에 〈몽상적인 내면생활〉을 기록해 갔다. 그는 내향적이고 선병질(腺病質)적이며 죄의식으로 어두운 그림자가 드리워진 소년이었지만, 건전한 것과 친근했고 자연의 위대성을 찬미했으며 엽기적이거나 병적인 것에 쏠린 성향은 아니었다.

아버지는 4년제 초등학교를 마친 프란츠에게 상인의 기질이 보이지 않자 독일계 인문 중고등학교에 진학하도록 했는데 이곳에서 카프카는 평생을 두고 사귈 몇 명의 중요한 친구들을 만나게 된다. 카프카에게 사회주의적 지식을 전수한 루돌프 일로비Rudolf Illowý, 시온주의자 후고 베르크만Hugo Bergmann, 훗날 노동자 상해 보험 회사에 카프카를 추천해 준 보험 회사 사장의 아들 에발트 펠릭스 프르지브람Ewald Felix Příbram, 그리고 오스카 폴락Oskar Pollak이 그들이었다.

특히 매우 조숙했던 오스카 폴락은 카프카의 예술과 철학에 커다란 영향을 주었고, 외부 세계와 단절하며 살았던 카프카와 세상 사이에서 교량 역할을 해주었다. 대학에서 카프카는 처음에 문학과 예술사 강의를 주로 들었으나 전공은 법학으로 결정지었다. 부모와 가족의 기대를 저버릴 수 없었기 때문이었다. 그는 이미 고등학교 시절부터 문학에 마음을 두고 글을 썼다. 이때 쓴 작품들은 그의 일기와 함께 사라져 버렸는데, 아마 그가 없애 버린 것으로 추정된다.

그는 독일계 초등학교에서도, 학구적인 엘리트를 양성하는 규율이 엄격한 독일계 김나지움에서도 모범생이었다. 그러나 카프카는 체코어에 관심이 많았고, 체코 문학에 대해서도 조예가 깊었다. 교사들은 그를 높이 평가하고 좋아했지만 그의 내면에서는 이 권위주의적인 제도와 기계적인 암기식 학습, 고전어들을 강조하면서 인문 과학을 비인간화시키는 교과 과정에 반기를 들고 있었다.

아버지의 형상은 카프카의 존재뿐 아니라 작품에도 어두운 그림자를 던졌으며, 사실 그의 작품 세계에서 가장 인상적인 인물 유형으로 등장하고 있다. 물질적인 성공과 사회적인 출세 외에는 숭배할 것이 없는 거칠고 현실적이며 오만한 가게 주인이자 가부장인 아버지는 카프카의 상상 속에서 거인족의 일원으로, 무시무시하고 감탄스럽기는 하지만 혐오스러운 폭군으로 등장한다. 1919년에 쓴 「아버지에게 보내는 편지Brief an den Vater」로 아버지에 대한 그의 오이디푸스 콤플렉스를 엿볼 수 있는데, 실제로 이 편지를 아버지에게 부치지는 않았다. 여기서 카프카는 그의 내면에 자신이 무능하다는 생각을 주입시켜 준 위압적인 아버지 덕분에, 결혼하여 아버지가 되는 평범한 삶에 실패하여 문학으로 도피했다고 고백한다. 그는 아버지가 자신의 삶의 의지를 꺾어버렸다고 느꼈으며, 「선고Das Urteil」는 이런 아버지와의 갈등을 직접적으로 반영한 작품이다. 간결한 산문으로 쓰인 카프카의 소설들은 이와 같이 압도적인 힘과의 절망적인 투쟁을 그리고 있는데, 미지의 힘은 『소송Der Prozß』에서처럼 희생자를 짓궂게 괴롭히며 심문하기도 하고, 『성Das Schloß』에서처럼 자신의 존재를 인정받으려고 갈망하는 주인공의 노력을 허사로 만든다.

카프카는 결국 아버지의 바람에 따라 1901년 프라하의 카를 페르디난트 대학에 입학하여 법학을 전공하게 된다. 그러나 이는 자의반 타의반으로 한 것일 뿐, 법관이나 변호사가 될 생각은 추호도 없었다. 대학 시절의 카프카는 헤세Hesse, 플로베르Flaubert의 작품에 감격했고, 토마스 만Thomas Mann의「토니오 크뢰거Tonio Kröger」에 매혹되어 문예지 『노이에 룬트샤우Neue Rundschau』에 실리는 토마스 만의 작품을 관심 있게 읽었다. 또한 그는 카로사Carossa, 헤벨Hebel, 폰타네Fontane, 슈티프터Stifter의 작품을 즐겨 읽었고, 나중에는 발자크Balzac에 찬탄하고, 불행한 작가 클라이스트Kleist에 공명했으며, 만년에는 철학자 키르케고르Kierkegaard의 작품을 애독했다.

카프카는 청년 시절 자신을 사회주의자 내지는 무신론자라고 선언하고 기성 사회에 대해 명백한 적대감을 표명했다. 성인이 되어서도 제한적이긴 하지만 줄곧 사회주의자들에 대한 공감을 표시했고, 제1차 세계 대전 전에는 체코 무정부주의자 회합에 참석했으며 말년에는 사회주의화된 시온주의에 뚜렷한 관심과 공감을 보였다. 그러나 그는 본질적으로 수동적이었고, 정치적으로 방관적인 자세를 고수했다. 유대인이었기에 프라하의 독일인 사회에서 고립되어 있었고, 현대 지식인이었기에 유대의 유산으로부터도 소외되어 있었다. 그는 체코의 정치적·문화적 열망에 공감했지만, 독일 문화에 동화되어 있었기 때문에 그러한 공감은 억눌린 채 드러나지 않았다.

이와 같이 사회적으로 고립되고 삶의 토대를 잃어버리는 바람에 카프카는 일생 동안 개인적으로 불행하게 지냈다. 그는 프라하 동료들과 비교하면, 그리 성공하지도 알려지지도 않은 몇몇 친구들에게만 인정받는 외로운 글쟁이였다. 클라이스트처럼 당시 문학적 평가를 제대로 받지 못했고, 시대의 조류에 적응하려 하지 않았다. 그렇지만 프라하에 있는 일부 독일계 유대 지식인이나 문학자들과 꾸준히 친분을 유지했는데, 대학 시절인 1902년 만나게 된 막스 브로트Max Brod는 카프카의 친구들 중 가장 가깝게 지내며 그를 염려해 주는 친구가 되었다. 브로트는 1906년부터 1915년까지 베를린 문학권에서 신즉물주의와 표현주의의 선구자로서 새로운 양식을 주도하고 베를린 문단을 활성화시킨 자로 인정받는다. 자신의 초기 시, 수필, 소설 등을 잡지 『악티온Die Aktion』을 통해 발표했을 뿐 아니라 바움Oskar Baum, 픽O. Pick, 카프카, 베르펠Franz Werfel과 같은 프라하 작가를 베를린 문단에 소개했다. 카프카는 종종 그에게 자신의 작품을 읽어 주기도 했다. 결국 카프카의 글을 장려하고 구제하고 해석한 막스 브로트는 후에 가장 영향력 있는 그의 전기 작가로 부상했다.

1906년 간신히 법학 박사 학위를 받은 카프카는 민사 법원과 형사 법원에서 각각 6개월간의 법관 수습 기간을 마쳤지만 법관이나 변호사가 되는 것을 포기하고 1907년 일반 보험 회사에 입사한다. 그러나 이곳에서의 근무는 매우 고되어 소설을 쓸 시간도 낼 수 없을 정도였다. 그는 이 회사를 그만두고 1908년 프라하의 보헤미아 왕국 노동자 상해 보험 회사라는 준(準) 국영 기업에 법률 고문관으로 취직하여 폐병으로 중간에 병가를 얻어야 했던 1917년까지 머물다가,

마침내 죽기 2년 전인 1922년 연금을 받으며 퇴직했다. 이곳에서 카프카가 주로 맡았던 임무는 기업의 이의 제기에 대한 반박문을 작성하고 노동자 상해 보험 회사의 일을 홍보하는 선전문을 만들고 법률가로 법정에 출두하여 보험 회사를 변호하거나 라이헨베르크의 북부 공업 지대의 공장들에 대한 감독 출장을 가는 것이었다. 카프카가 이곳 보험 회사에서 그토록 오랫동안 근무한 까닭은 노동자의 권익을 보호하는 일을 한다는 보람이 있었고 오후 2시에 퇴근하는 조건이 좋았기 때문이다. 당시 유대인으로서는 어렵게 들어간 이 직장에서 그는 열성적으로 일에 매달렸다. 작품에서 풍기는 어두운 이미지와는 달리 카프카는 성실하고 지적이며 유머 있는 사람이었으며, 사장도 그의 능력을 인정해 주었고 함께 일하는 동료들도 그를 좋아했다.

카프카는 글을 쓸 시간을 내기 위해 엄격하게 절제하는 생활을 했다. 오전 8시부터 오후 2시까지 회사의 일을 마치고 귀가해서 3시부터 7시 30분까지 잠을 잤다. 그리고는 친구들과, 혹은 혼자서 한 시간의 산책을 하고 가족들과 저녁 식사를 했다. 그런 다음 밤 11시경에 글을 쓰기 시작해서 새벽 2시나 3시 혹은 좀 더 늦게까지 썼다. 이 무렵 유럽의 노동 환경은 무척 열악했다. 카프카는 공무 출장을 통해 관료 기구의 무자비성, 노동자에 대한 가혹한 대우, 노동자들의 비참한 생활을 직접 체험하며 자본주의 세계의 내면을 속속들이 꿰뚫어 볼 수 있었다. 이러한 체험을 바탕으로 그는 『성』에서 관료 조직의 실체를,『소송』에서 재판 조직의 정체를 신랄하게 풍자하고 있다. 뿐만 아니라 시위 운동에도 참가하

고 사회 혁명가의 집회에도 참가하였다. 클라우스 바겐바흐
Klaus Wagenbach는 카프카를 서민 대중 편에 선 당시의 유
일한 작가라고 지적하고 있다.

1912년 8월 카프카는 펠리체 바우어Felice Bauer와 교제
하며 그녀를 사랑하게 되었는데, 이는 카프카의 창작에 커다
란 영향을 미쳤다. 그는 같은 해 9월 22일 밤부터 23일 새벽에
걸쳐 「선고」를 완성했고 그해 10월에는 『아메리카Amerika』의
1장에 해당하는 「화부Heizer」를 브로트에게 낭독해 주었다.
11월에는 『아메리카』 2장과 『변신Die Verwandlung』이 쓰였
다. 그는 1913년 8월에 바우어에게 구혼하고 1914년 초여름
베를린에서 정식으로 그녀와 약혼했지만, 7월에 가서 파혼해
버리고 말았다. 결혼은 그에게 딜레마였고, 구원인 동시에 소
름 끼치도록 무섭고 불가능한 일이었기 때문이다. 그의 사랑
은 카네티Canetti의 지적대로 〈또 다른 소송〉이자 주저와 연
기의 과정이며, 정당화를 하기 위한 소송 심리(審理)였다. 이
무렵 카프카는 『소송』을 거의 다 쓰고, 『아메리카』를 완성하
는 가운데 두통과 불면증에 시달리면서, 성서, 스트린드베리
Strindberg, 도스또예프스끼Dostoevskii, 크로포트킨, 키르케
고르의 작품을 탐독했다. 바우어와 파혼한 후 1913년 11월
초 카프카는 그녀의 친구이자 성적 매력이 넘치는 그레테 블
로흐Grete Bloch와 사귀어 다음 해 아들을 낳았는데, 그 아이
는 1921년 일곱 살 때 사망하고, 브로흐는 이후 나치에 체포
되어 강제 수용소에서 비극적인 최후를 맞았다고 전해진다.

1917년 8월 9일 카프카는 각혈했으나 그것이 정신적인 이
유 때문이라며 의사의 진찰을 거부하다가 결국 결핵 요양소

에 들어가라는 권고를 받았지만, 이를 받아들이지 않고 여동생 오틀라가 살고 있는 취라우Zürau로 요양을 갔다. 각혈은 카프카의 내면이 분열되었음을 나타내는 징후로, 병을 계기로 그는 또다시 자신의 정신적 분열과 주저를 정당화할 수 있었다. 『성』에 나오는 마을의 상황과 농민들의 모습은 그가 머물던 취라우의 풍토와 지리적 환경이 소재가 되고 있다. 이러한 전지 요양의 결과 그의 병세는 회복되었고 1917년 다시 각혈하기 직전 바우어와 약혼했는데, 그해 성탄절 무렵 또 한 번 파혼하고 말았다. 카프카는 1918년 여름까지 취라우에 머물다가 프라하로 돌아와서 「시골 의사Ein Landarzt」의 원고를 정리해, 다음 해 「유형지에서In der Strafkolonie」와 함께 책으로 출판하였다.

바우어와 파혼한 다음 카프카는 1918년 11월 프라하의 북쪽 쉘레젠Schelesen이라는 곳에 체재하면서 율리에 보리체크Julie Wohryzek와 1919년 6월 약혼까지 하게 되었다. 하지만 그녀의 아버지 직업이 제화공이라는 이유로 카프카의 아버지가 결혼에 반대하는 바람에 이번에도 파혼하였고, 그후 그녀는 프라하의 어떤 요양원에서 폐결핵을 앓다가 사망했다고 한다. 카프카는 1919년 9월에 「아버지에게 보내는 편지」를 써서 아버지에 대한 자신의 독립적인 입장을 주장하려 했다.

1920년에 다시 몸이 나빠진 카프카는 직장에서 휴가를 얻어 4월 티롤 지방의 메란Meran이라는 곳으로 전지 요양을 떠나는데, 이곳에서 그의 작품을 체코어로 번역해 준 것이 계기가 되어 밀레나 예젠스카Milena Jesenská 알게 되었다.

은행원을 남편으로 둔 유부녀이자 슬라브계 체코 명문가 출신의 그녀를 카프카는 2년간 열렬히 사랑하여 청혼까지 했지만 일언지하에 거절당하고 말았다. 그녀를 그리스의 헬레나처럼 이상화한 카프카에 반해, 그녀는 현실적이고 객관적이며 이성적으로 그를 바라본 것이었다. 그녀는 1939년 나치 군대가 프라하로 진주했을 때, 고의로 유대인의 표지를 가슴에 달고 다니다가 강제 수용소에 끌려가 해방되기 직전에 병으로 사망하였다.

한편 1920년 3월 무렵 카프카는 훗날 『카프카와의 대화 Gespräch mit Kafka』로 유명해진 구스타프 야누흐Gustav Janouch를 알게 되었다. 둘의 관계는 괴테와 에커만의 그것과 비교되어 이 대화집은 카프카의 문학과 사상을 이해하는 데 귀중한 자료가 되고 있다.

1923년 여름에는 여동생 엘리와 함께 발트 해 연안의 뮈리츠Müritz에 머무르다가 유대계 폴란드 여성인 도라 디만트Dora Dymant(혹은 디아만트Diamant라고도 함)를 알게 되어 죽을 때까지 그녀의 간호를 받으며 살게 된다. 그가 연극적인 소질이 다분한 그녀의 재능을 인정하고 지도해 준 덕분에 두 사람의 사이는 급속도로 가까워졌다. 그녀는 카프카를 서구적 정신과 유대적인 마음을 가진 자로 보고, 자기보다 두 배나 나이가 많은 그를 흠모했으며 열과 성을 다해 그를 돌보았다. 카프카 사망 후 나치가 진주한 뒤에도 기적적으로 살아남은 그녀는 1949년 카프카의 출판물에서 나오는 인세로 여비를 마련하여 팔레스트리나로 이주했다가, 후에 영국 런던에서 1952년 사망했다고 한다. 카프카는 그녀와 함께 1923년 7월 프라하를 떠나 베를린 교외인 슈테크리 츠Stegritz에서 살았다. 몸은 극도로 쇠약하고 건강이 말이 아니었지만 그는 비로소야 일찍이 맛보지 못한 삶의 행복을 맛보았다. 창작 활동도 부분적으로 계속하여 「소굴」, 「여가 수 요제피네, 또는 쥐들의 종족」이 나왔다.

그러나 1924년 3월 병세가 극도로 나빠져 다시 프라하로 돌아온 카프카는 집에도 있을 수 없어 빈의 요양소를 거쳐 클로스터노이부르크Klosterneuburg 부근의 키어링Kierling 요양소로 옮겨졌다. 후두 결핵으로 제대로 말도 할 수 없는 상황에서도 도라의 헌신적인 사랑으로 그는 삶에 애착을 보 이면서 의사의 지시에도 잘 따랐으나, 1924년 6월 3일 결국 41세의 나이로 짧은 삶을 마감하고 만다.

1920년대에 이미 발터 베냐민Walter Benjamin이나 쿠르 트 투콜스키Kurt Tucholsky 같은 문예 비평가들은 카프카 에게 지대한 관심을 보였지만, 카프카가 죽을 무렵 그가 사 귄 문학인들은 소수에 지나지 않았다. 카프카는 브로트에게 미출판 원고는 전부 없애고, 이미 인쇄되어 나온 작품은 재 판 발행을 중지해 달라고 유언했지만, 브로트가 이를 따르 지 않음으로써 카프카의 이름과 작품이 사후에 세계적으로 명성을 얻게 되었다. 특히 그의 명성은 히틀러 점령 시 실존 주의 작가 사르트르와 카뮈에 의해 프랑스와 영어권 국가에 서 널리 알려졌다. 그가 독일과 오스트리아에서 재발견되어 독일 문학에 지대한 영향을 끼치기 시작한 것은 1945년 이 후였고, 공산권에서도 그의 가치를 재조명했지만, 조국 체코 에서 그는 퇴폐적인 부르주아 작가로 낙인찍혀 오랫동안 금지된 작가로 있다가 동구권의 몰락 이후 다시 자유를 얻게 되었다. 특히 체코 출신의 밀란 쿤데라Milan Kundera는『참을 수 없는 존재의 가벼움』에서 주인공의 이름을 토마스와 프란츠로 하면서 토마스 만과 프란츠 카프카를 기림과 동시에, 작품의 구조나 주제도 카프카의「변신」과 다른 작품들의 그것을 대거 수용하고 있다.

2. 작품들에 대해

카프카는 생전에 자신의 작품을 세상에 내놓는 것을 꺼렸다. 출판업자들의 요청으로 자신이 쓴 글 가운데 일부를 마지못해 발표하는 정도였다. 그러나 발표된 작품들은 대중의 몰이해 속에 거의 팔리지도 않았다. 여기에 수록한 작품들은 그가 생전에 책으로 출간한 작품들로, 단편 산문집『관찰 *Betrachtung*』(1912), 그의 예술적 재능을 보여 주는 대표적인 단편들인「선고」(1913),「화부」(1913),「변신」(1915),「유형지에서」(1919)와 단편집『시골 의사』(1919)이다. 간결하고 투명한 문체의 특성을 보여 주는 네 편의 후기 소설집『단식 광대*Ein Hungerkünstler*』(1924)는 출판을 준비했으나 카프카의 사후 며칠 후에 발행된 것이다. 카프카는 자신의 작품을 발표하는 것에 불안을 느껴 죽기 전에 미발표 원고들을 전부 소각시켜 달라고 부탁했다. 하지만 유언 집행자였던 브로트는 이를 어기고 장편『소송』,『성』,『아메리카』를 각각 1925, 1926, 1927년에 출판했고, 생전에 발표하지 않은 많은 단편들을 사후에 출간했다.

카프카의 환상적이고 초현실적인 난해한 작품들은 어찌 보면 지극히 현실적으로 우리에게 다가오기도 한다. 「선고」에서는 주인공이 조국에서의 상황에 절망하여 외지로 떠나는 모습, 결혼 문제로 갈등을 겪다가 파경을 맞이하는 우리의 모습이 보인다. 「화부」에서는 주인공이 조국에서 불미한 일을 겪고 3등 선실에 몸을 실은 채 외국으로 이주하게 되지만, 거기서도 살아가는 게 결코 호락호락하지 않음을 알게 된다. 「변신」에서는 실직하여 경제 능력을 잃은 가장에 대한 가족의 따가운 시선을 느낄 수 있다. 그럴 때 우리는 결국 한 마리 바퀴벌레가 되어 차라리 죽음을 갈망하게 된다. 나중에 히틀러가 유대인을 〈갑충 Ungeziefer〉이라고 부르며 카프카의 여동생들을 강제 수용소에서 처형한 것을 보면 카프카의 예지적 능력에 섬뜩한 느낌이 든다. 「유형지에서」에서는 권력이라는 이름으로 왜곡된 정의가 사람을 죽음으로 몰고 가는 독재 시절의 암울한 현실이 보이고, 「시골 의사」에서는 예술가와 시민, 자기 구원과 안락하고 건강한 삶 사이에서 고뇌하는 〈길 잃은 예술가〉의 모습이 보인다.

카프카의 단편에 나타난 많은 주제들은 장편에서도 등장한다. 나중에 『소송』에 삽입된 단편 「율법 앞에서」는 접근하기 어려운 율법과 그것에 대한 인간의 끈질긴 열망을 보여 준다. 능력 있고 양심적인 은행원이자 독신자인 요제프 K.는 그를 체포하러 온 사람에 의해 잠이 깬다. 치안 판사의 법정에서 행해지는 심문은 환멸스러운 광대극으로 바뀌고 그가 무슨 혐의로 체포되었는지는 결코 설명되지 않는다. 이런 상황에서 요제프 K.는 접근할 수 없는 법정에 스스로 찾아가 자신이 알지도 못하는 죄로부터 무죄 석방을 받기 위한 노력에 전념한다. 그는 중재자들에게 호소해 보지만 그들의 충고와 설명은 오히려 새로운 혼란을 가중시킬 뿐이다.

그리고 「화부」는 『아메리카』의 1장을 이루고 있다. 『아메리카』의 주인공인 소년 카를 로스만은 하녀에게 유혹당해 그녀를 임신시키는 바람에 부모에 의해 미국으로 보내진다. 거기서 아버지와 같은 유형의 많은 인물들과 은신처를 찾고자 애쓰지만 순진하고 단순한 그의 성격으로 인해 어디서나 이용당하며, 마지막 장의 묘사에 따르면 꿈의 세계인 〈오클라호마의 자연 극장〉에서 일자리를 얻게 된다. 카프카는 로스만이 궁극적으로 파멸하게 되리라고 말한 적이 있다.

카프카의 후기 작품인 『성』의 무대는 어떤 성의 지배를 받는 조그마한 촌락이다. 이곳의 겨울 풍경 속 시간은 정지해 버린 것 같고 거의 모든 장면은 어둠 속에서 벌어진다. K.는 성 당국이 임명한 측량 기사라고 주장하며 마을에 도착하지만, 마을 관리들은 그의 주장을 물리친다. 이 소설은 K.가 성으로부터 인정받으려고 노력하는 과정을 그린 것이다. 성에 접근하기 어렵지만 K.는 희생자가 아니라 공격자로서, 하찮고 거만한 관리들과 그들의 권위를 받아들이는 마을 사람들 모두에게 도전한다. 그러나 그의 책략은 모두 실패하고 만다. 『소송』의 요제프 K.처럼 그 역시 하녀와 사랑을 나누는데 술집 여종업원 프리다는 그가 자신을 단순히 이용하는 것뿐임을 알고 떠나 버린다.

이렇듯 『성』을 비롯하여 「율법 앞에서」 등 카프카의 작품에는 먼저 성(城)에 들어간 사람들, 즉 어떤 조직이나 사회에 들어가 확고한 자리를 잡은 사람들이 뒤에 들어오려는 사람들을 박해하며 조롱하는 장면이 눈에 들어온다. 이때 그 자리가 〈철 밥통〉이거나 비열한 문지기가 지키고 있을수록 이들을 저지하는 정도가 심하다. 「학술원에 보내는 보고서」에서는 출구를 찾다가 결국 출구도 자유도 잃어버리지만 이를 알지 못하는 현대인의 모습이 잘 드러난다. 그리고 가치가 모호한 임무에 극단적으로 헌신하는 모습은 「유형지에서」에서뿐만 아니라 「단식 광대」에서 다시 등장한다. 여기서는 이 책에 수록된 여러 작품들 중에서 중요한 몇몇 단편들에 대해 살펴보기로 하겠다.

1912년 발행된 산문 모음집 『관찰』에는 열여덟 개의 짧은 산문들이 수록되었다. 이 중에는 1908년과 1910년 사이에 두 개의 잡지에 이미 실린 작품들도 있다. 이들 산문에는 친구들과의 교제, 거울 속에 비친 자기 모습, 제2의 자아, 자신의 본연의 모습, 유령, 불안과 고독, 독신 생활과 상인의 어려움, 가족 내에서 자신이 처한 위치, 의지할 데 없음, 버림받음, 불행, 말을 타고 달리기와 같은 이후 작품들의 모티프들이 주변 세계에 대한 카프카의 독특한 시각으로 묘사되고 있다.

1912년에 완성되고 1913년에 발표된 「선고」는 카프카의 일기에 따르면 9월 22일 밤 10시부터 23일 새벽 6시에 걸쳐 여덟 시간 만에 단숨에 쓰였다고 한다. 이는 카프카가 펠리체 바우어와 편지 교환을 하면서 처음으로 그녀에게 구애한 지 이틀째 된 날이었다. 〈노벨레Novelle〉의 성격을 지니는 「선고」는 「시골 의사」와 함께 드물게 그의 마음에 든 작품으로 알려져 있다. 이때부터 카프카는 글쓰기와 평범한 시민적 삶이 같이 양립하지 못한다고 보고 둘 중에 어느 한쪽이 희생되어야 한다고 생각했는데, 노벨레는 카프카의 작품 중에서 여러 가지 문학 이론으로 가장 다양하게 해석되고 있다.

젊은 상인인 주인공 게오르크 벤데만은 3년 전부터 러시아에서 거주하고 있는 친구와 편지를 서로 주고받지만, 자신이 유복한 집안의 딸인 프리다 브란덴펠트와 약혼했다는 사실은 그에게 알리지 않고 있다. 그러나 결혼식이 임박해 이소식을 알리려고 마음먹고 편지를 쓴다. 하지만, 그는 아버지와의 대화로 아버지가 그 친구와 오래전부터 연락을 취하고 있어, 친구가 자신에 대해 모든 사실을 알고 있음을 알게 된다. 침대에 누워 있던 아버지는 거대한 형상을 하고 벌떡 일어나 화를 내면서 게오르크가 자신과 멀리 떨어진 친구를 저버렸다고 꾸짖는다. 프리다와의 약혼이 자신과 죽은 어머니에 대한 배신이라는 것이다. 이어 아버지는 아들에게 익사하라는 선고를 내린다. 게오르크는 비틀거리며 집을 나와서는 강으로 달려가 다리 위에서 물속으로 뛰어든다.

이 작품은 카프카가 당시 펠리체 바우어와 처음으로 사귀던 때에 나온 작품이다. 주인공의 약혼녀 프리다 브란덴펠트도 펠리체 바우어와 똑같은 F. B.라는 머리글자를 지니고 있다는 데서 이 작품이 그녀와 관련이 있음을 짐작할 수 있다. 장래의 전망에 불만을 품고 몇 해 전에 러시아로 간 친구의 모습은 문학을 지향하는 작가의 모습과 여러 면에서 비슷하다. 카프카 자신이 문학에 확신을 갖지 못했듯이 이 친구는 〈사업이 기울었고〉, 〈병에 걸린〉 모습이며, 사회와 〈접촉이 없는〉 생활을 하고 있고, 무엇보다 〈독신자〉로 살아가고 있다. 이 같은 친구의 존재와 시민적 삶을 성공적으로 살아가는 게오르크의 관계는 결혼과 문학을 놓고 고민한 작가의 처지가 반영된 것으로 보인다. 즉, 그에게 결혼은 따뜻하고 안락한 환경을 제공하는 시민적 삶인 데 비해 문학의 길은 쓸쓸하고 곤궁한 독신자적 삶의 방식인 것이다.

　게오르크의 아버지가 결혼하려는 아들 게오르크보다 멀리 있는 그 친구를 더 좋아하는 것은 역설적인 것으로 보인다. 카프카의 아버지는 아들의 문학 작업을 이해하지 못하고, 그의 시민적인 결혼을 바랐기 때문이다. 작품에서 게오르크의 아버지가 내리는 익사 선고는 게오르크와 동시에 시민적 결혼 생활에 내리는 선고인 셈이다. 게오르크는 분열된 자아로 보이는 친구와 달리 안정된 시민적 삶에 안주함으로써 본래의 문학적 소망에서 벗어난 것에 자책하여 아버지의 뜻에 복종하는 것이다. 결혼 생활을 포기하는 게오르크의 죽음과 대비되는 마지막 문장인 〈이 순간 다리 위에서는 그야말로 끊임없는 차량의 행렬이 이어지고 있었다〉의 〈끊임없는 차량의 행렬*unendlichen Verkehr*〉에서 〈*Verkehr*〉에는 〈교통〉이라는 뜻 말고도 〈성적인 교류〉라는 뜻도 있기 때문에 익사 선고는 삶의 분출인 성적인 생활을 못하게 하는 의미로 읽힐 수 있다. 이렇게 볼 때 주인공에게 내려지는 익사 선고는 펠리체와 결혼하는 것을 순수 자아가 단죄하는 거라고 해석할 수 있으며, 이 선고를 통해 러시아에 있는 또 하나의 자아는 결혼으로 인해 예술적 존재가 침해받을 공포로부터 자유로워질 수 있다. 이렇게 볼 때 「선고」야말로 카프카의 예술적 명제를 가장 핵심적으로 요약한 단편이라고 할 수 있을 것이다.

「변신」은 1913년 11월 말에서 12월 초에 쓰여 1915년에 출간되었다. 이 중편에서는 주인공 그레고르의 의식의 흐름이 내면 독백의 형식으로 서술되며, 어떤 화자도 끼어들지 않고 그레고르의 생각들이 직접적이고 즉각적으로 표현되고 있다.「선고」, 「시골 의사」와 함께 오이디푸스 콤플렉스를 다룬 이 작품은 현대 사회에서 자기 존재의 의의를 잃고 살아가는 소외된 인간 모습을 형상화한 표현주의적 소설이며, 실존의 문제성을 다루고 있어 실존주의 소설로 간주되기도 한다. 소설에서는 일상적 시간과 모험적 시간이 교대로 반복되고 있다. 이 작품은 종교적, 심리학적, 사회학적인 해석 등으로 다양하게 분석되는데 영화감독 데이비드 크로넨버그David Cronenberg는 이런 카프카적인 불안을 「비디오 드롬」 같은 작품을 통해, 스티븐 소더버그Steven Soderbergh는 영화 「카프카」를 통해 카프카가 맞닥뜨리고 있는 현실을 노동자를 억압하는 권력으로 드러내고 있다.

젊은 출장 영업 사원인 그레고르 잠자는 어느 날 아침 뒤숭숭한 꿈에서 깨어나 자신이 한 마리 흉측한 갑충으로 변신해 있는 것을 알게 된다. 출근 시간이 지나도 아무런 기척이 없자 가족들은 문을 두드리고 회사의 지배인은 왜 그레고르가 출근하지 않는지 알아보려고 찾아온다. 지배인은 그레고르의 수상쩍은 행동을 회사 문제와 연결시켜 의심하고는 해고하겠다고 위협한다. 그레고르는 안으로 잠긴 문을 통해 자신의 처지를 호소하려고 하지만 남들은 찍찍거리는 그의 목소리를 알아듣지 못한다. 얼마 후 힘들게 문을 열고 나간 그레고르의 모습을 본 지배인은 혼비백산해 도망치고 부모는 커다란 충격을 받는다. 아버지는 위협하는 동작으로 벌레를 다시 방으로 들여보내는데, 이 와중에 그레고르는 상처를 입고 피를 흘린다.

주인공은 문틈으로 가족들을 관찰한다. 그의 모습에 질린 누이동생은 공포를 느끼며 그에게 먹을 것을 갖다 주지만 그는 예전 음식에 구미가 당기지 않는다. 2주일 후 그의 방을 찾아온 어머니는 벌레의 형상에 놀라 실신하고, 그 모습을 본 아버지가 사태를 잘못 파악하고 던진 사과가 등에 박혀 그레고르는 심한 상처를 입는다. 그레고르에게 부양 능력이 없어지자 가족들은 스스로 생활대책을 강구한다. 아버지는 은행에 일자리를 마련하고, 여동생과 어머니도 일을 해서 생계를 도우며, 게다가 방을 하나 비워 하숙인들을 받아들이기도 한다.

어느 날 저녁 누이동생이 저녁 식사 후에 하숙인들을 위해 바이올린을 연주하고 있을 때, 음악에 매혹된 주인공은 거실로 기어 들어간다. 하숙인들이 벌레를 보고 깜짝 놀라며 집에서 나가겠다고 하자, 여동생은 벌레를 더 이상 오빠로 간주할 수 없다며 어떻게든 〈저것〉을 없애야 한다고 부모를 설득한다. 그레고르는 겨우 몸을 이끌고 자기 방으로 돌아와 최후를 맞이한다. 늙은 하녀가 벌레의 시체를 치우고 한결 홀가분해진 가족은 휴일을 맞아 행복한 기분으로 소풍을 떠난다.

그레고르 잠자의 운명은 이 작품에 앞서 1907년에 완성된

「시골에서의 결혼 준비Hochzeitsvorbereitungen」에 나오는 라반의 꿈을 생각나게 한다. 라반은 여기서 자신의 육체를 시골에 보내는 대신 자신은 벌레의 형상으로 남아 침대에서 쉬고자 한다. 그러나 라반의 경우는 스스로의 환상 속에서만 변신 과정이 진행된다. 또한 라반은 동물로 변신하기를 원하고 있지만, 그레고르 잠자의 경우는 그렇지 않다. 그는 이 불쾌한 꿈에서 깨어나 일상적인 업무의 세계로 돌아가고자 하며, 라반의 경우와는 달리 〈벌레〉를 자신의 〈자아〉와 동일시하려고 하지 않는다. 그도 물론 일의 세계와 자아의 세계 사이에서 갈등하며 살고 있지만, 자아를 철저하게 인식하지 않은 채 두 세계 사이에서 떠나니고 있다.

그가 잠에서 깨어나 이러한 믿기지 않는 상황이 발생한 것에 대해 여러 가지로 원인 분석을 해보니, 자신의 일상생활에 많은 문제점이 있다는 사실이 드러난다. 자신을 그리 반기지도 않는 사람들을 찾아다니는 출장 영업 사원인 그레고르는 하루하루 늘 피곤하고 막연한 불안에 쫓기고 있다. 게다가 아버지가 사업에 실패하여 진 빚을 갚고 가족을 부양하는 입장인 그는 5, 6년 후 빚을 다 갚으면 직장을 그만두려는 생각을 갖고 있었다. 그러나 회사를 그만둔 후 막상 어디로 갈 것인지, 어떤 생활을 할 것인지는 정해 두지 않았다. 그는 원치 않는 직장 생활을 하면서 은밀하게 본래적인 자신으로 되돌아가려는 소망을 품고 있었는데, 이러한 변신은 그레고르로 하여금 억눌러 온 소망을 실현시켜 주는 계기가 되기도 한다.

그레고르가 갑충으로 변신하자 어쩔 수 없이 가족도 나름대로 변신하여 생활 전선에 나섰고, 자신들에게 기생하는 그레고르를 없어져야 할 무용지물이라고 여기게 된다. 그레고르가 가족 중 가장 사랑한 인물로, 자신이 돈을 대서 음악 학교에 보내 주려는 계획까지 세우고 있던 여동생에게서 그는 오히려 가장 매몰차게 따돌림을 당하게 된다. 여동생은 처음에는 오빠를 〈마치 아내처럼〉 극진히 보살피다가, 결국 그가 아무짝에도 쓸모가 없게 된 것을 알고는 잔인하게 등을 돌리고 만다. 이런 상황에서 그레고르는 자신의 삶이 무의미하다는 결론을 내리고 화해하는 심정으로 죽음을 맞이한다. 물론 음식이 입에 맞지 않고, 아버지가 던진 사과에 맞아서 생긴 상처가 덧난 이유도 있지만, 오히려 그가 자발적으로 죽음을 받아들였다는 인상이 강하다. 죽은 갑충을 치운 후, 여동생 그레테의 탐스럽게 피어오른 육체에서 미래의 희망을 기대하며 가족이 교외로 소풍을 떠나는 결말은, 그로테스크하고 비인간적인 현대인의 모습을 비추어 주고 있다.

　「유형지에서」는 1914년 10월 4일과 18일 사이에 완성되어 1919년에 쿠르트 볼프 출판사에서 처음으로 출간되었다. 1916년 11월에 뮌헨의 한 독회에서 이 작품을 소개했을 때 청중과 언론은 부정적인 반응을 보이며, 카프카를 〈공포의 난봉꾼〉으로 불렀다. 제1차 세계 대전의 영향으로 쓰인 이 작품은 중세의 고문 장면을 생각나게 하기도 한다. 여기에는 외적인 정치적 사건들뿐만 아니라 카프카 개인의 사도마조히즘적 경향이 반영된 것일지도 모른다. 글을 써야 한다는 것은 그에게 고통스러운 강요이자 깊은 만족이기도 하기 때문이다.

명망이 높은 어느 답사 연구자가 유형지를 방문하자 여기서 근무하는 장교는 자신이 긍지를 갖고 능숙하게 다루는 처형 기계로 어느 죄수를 처형하는 장면을 보여 주려고 한다. 재판관이자 처형관인 그는 이 과정을 통해 우수하고 완벽한 기계의 성능을 과시하고자 한다. 죄수는 항명과 상관 모욕죄로 유죄 판결을 받았다. 장교는 어떤 범죄건 조사나 심문이 필요 없다고 주장하고, 이에 따라 죄수로 끌려온 사병에게는 변명할 기회조차 주어지지 않는다. 처형 기계는 죄수의 몸에 그가 위반한 죄목을 바늘로 새기고 몸에서 흐르는 피를 닦도록 고안된 기계 장치이다. 열두 시간이 지나면 죄수는 죽어 구덩이에 던져지게 되어 있다. 이런 처형 제도는 전임 사령관이 애착을 갖고 실시하던 것인데, 그가 죽고 신임 사령관이 부임한 이후에는 논란거리가 되어 있다. 장교는 답사 연구자에게 이 제도를 좋게 평가해 달라고 부탁하지만 답사 연구자가 이를 물리치자, 그를 납득시키기 위해서 장교 자신이 직접 기계 속으로 들어가 눕는다. 그런데 기계는 정상적인 작동을 하지 않고, 장교를 고문하는 대신 죽여 버리는 것이다.

　이 단편의 주제는 비인간적이고 전체주의적 권력 제도가 부르짖는 정의라는 게 극단적으로 왜곡되었음을 보여 주는 것이다. 권력이 자신의 전체주의적인 주장을 정당화하기 위해 과거의 비합리적인 전통을 고집하거나 사이비 종교적인 광신적 수단에 맹목적으로 의존하는 것으로 읽히기 때문이다. 법치 국가의 사법 제도를 비웃기라도 하듯 입법, 사법, 집행 등 모든 권한이 기계를 담당하는 장교 한 사람의 손아

귀에 들어가 있다. 또한 피고의 죄는 처음부터 확고부동하게 결정되어 있고, 장교가 내리는 판결은 완전무결한 것으로 인정받는다. 이런 세계에서의 처형은 이미 범죄 자체와는 아무 관계가 없다고 볼 때, 기계 장치는 인간의 운명을 상징한다고 볼 수 있다. 인간은 처형되기 전에 판결을 알지 못하고, 스스로를 변호할 수도 없는 것이다.

　죽은 전임 사령관을 광신적으로 숭배하는 장교는 한계를 모르는 권력에 종속되어 왜곡된 정의의 이념으로 가득 차 있는 인물이다. 그는 스스로 처형 기계에 누워 희생될 만큼 자신의 임무에 열성적이다. 그러나 판결을 정확하게 수행해야 할 기계가 예기치 않게 오작동하여, 법 제도의 충실한 수호자이자 신봉자인 장교는 스스로 완벽하다고 믿는 제도에 의해 희생되고 만다. 그러나 그는 끝까지 자신의 믿음이 미혹이고 착각이라는 사실을 깨닫지 못한다. 장교는『소송』의 요제프 K.와 법에 대해 뒤바뀐 관계를 보여 주고 있다. 즉 K.가 법에 무지한 결과로 죽는 데 비해 장교는 법을 신봉하고 수호하는 자로 희생된다. 이 점에 있어서는「율법 앞에서」의 시골 사람과 보다 뚜렷하게 대비된다. 그가 율법의 내부를 보기 위해 평생 기다리다 죽는다면, 장교는 평생 법을 지키고 법대로 살다가 죽기 때문이다.

　이 이야기를 문학적 자기 처단의 기록으로 보는 브로트의 해석을 받아들인다면 장교의 죽음은 외부 세계에 종속되어 이에 집착한 카프카가 자신을 처단한 것에 비유된다고 할 수 있다. 자신이 복종하는 제도를 따르다가 그 제도에 의해 파멸하는 장교는 외부 세계를 지향하는 자아의 절망적인 최후를 암시해 준다. 이에 비해 답사 연구자의 역할은 예술을 지향하는 자아의 한 변형으로 보인다. 예술가가 과학자의 얼굴로 등장했다는 한 가지 가정을 해보면, 이 사람이 유형지의 비인간성과 잘못된 법 제도에 반대하면서도 이를 바로잡으려고 하지 않는 태도에서, 우리는 유형지처럼 그 사회가 불의와 모순투성이라는 것을 인식하면서도 외부 사회로 향하려는 자아를 극력 제지하는 그의 우유부단함을 느낄 수 있다.

서술 시점의 기준이 되는 답사 연구자는 재판 절차가 부당하며 사형 집행이 비인도적이라는 것을 확신하지만, 유형지의 주민이 아니라는 이유로 진실을 파헤쳐야 하는 답사 연구자 본연의 의무를 저버린다. 그는 유형지의 잔인하고 비인간적인 제도를 개혁하려는 의지를 품지 않고, 더구나 기계 담당 사병과 풀려난 죄수가 함께 데려가 달라고 애원하는데도 이들을 유형지에 두고 혼자 서둘러 떠나 버린다. 자신들의 믿음에 대한 태도에서 장교와 답사 연구자는 대조적이다. 잘못된 믿음이지만 장교는 강한 추진력을 갖고 확고부동한 자세인 데 비해 답사 연구자는 자신의 생각이 옳다는 것을 알면서도 이를 추진할 용기를 갖지 못하고, 끝까지 방관자로 남을 뿐이다. 그는 잔인한 제도에 대항할 엄두를 못 낼 뿐 아니라, 세계를 개선해야 할 작가로서의 의무마저 저버리는 모습을 보여 준다. 이런 점에서 두 사람 다 전체주의 제도를 가능하게 하는 요소를 지니고 있는 자들이므로, 결국 독일은 히틀러의 제3제국이 탄생하는 것을 막지 못하고 만다.

1917년에 쓰인 「시골 의사」는 여러 단편들을 묶어 1919년 단편집『시골 의사』로 출간되었다. 시골 의사는 트리슈에서 실제로 시골 의사로 일했던 카프카의 외삼촌 지그프리트 뢰비 Siegfried Löwy의 특징을 닮고 있다. 이 작품이 쓰인 1917년에 카프카는 펠리체와 다시 가까워져 7월에 그녀와 두 번째 약혼을 했고, 8월에는 결핵으로 인해 처음으로 각혈이 있었다. 12월에 들어서는 재차 파혼을 하게 된다.

한밤중에 벨 소리를 듣고 나이 든 시골 의사는 급히 중환자에게 달려간다. 자신의 말이 죽었기 때문에 그곳까지 가기 위해서는 마차를 끌 새로운 말이 필요하다. 하녀는 동네 사람들에게 말을 빌리려고 하지만 눈보라가 치는 밤에 말을 빌려 줄 사람이 없다. 이때 갑자기 돼지우리에서 튼튼한 말 두 마리가 나오고 낯선 마부가 말에 마차를 달자, 마차는 달리기 시작한다. 짐승 같은 마부에게 하녀 로자를 맡기는 것이 싫어서 의사는 가기를 꺼리지만 이미 마차는 어느 순간 환자의 집에 도착해 있다.

처음에 보니 환자는 전혀 아픈 게 아니며, 자신을 그냥 죽게 내버려 둬 달라고 한다. 그러나 말들이 창문을 통해 방 안으로 고개를 들이밀고 있을 때 다시 확인하니 소년의 허리에 치료할 수 없는 커다란 장밋빛 상처가 나 있다. 환자의 집에서도 로자에 대한 걱정을 멈출 수가 없다. 의사는 어느 순간 환자가 되어 소년의 옆에 눕히고, 소년의 부모와 누이가 이 과정을 지켜보는 가운데 학교 합창대의 이상한 노래가 들려온다. 소년은 의사가 무능하다고 비난하고 주변 상황이 위협적으로 변하자 의사는 옷을 제대로 걸치지도 못한 채 서둘러 마차에 오른다. 그러나 말들이 올 때와는 달리 천천히 마차를 끄는 가운데 합창대의 노랫소리가 뒤를 따른다. 속았다는 것을 깨달은 의사는 집으로 돌아가지 못하고 눈 내리는 한밤의 벌판을 한없이 헤매게 된다.

시골 의사에게는 두 가지 영역이 대비되어 존재한다. 하나는 하녀 로자와 독신자로 살아가는 의사의 집이고, 다른 하나는 눈보라 치는 먼 길을 사이에 두고 떨어져 있는 환자의 집이다. 여기서 한밤에 그를 다급하게 부르는 벨소리는 카프카 본래의 자아로부터의 부름이라고 볼 수 있다. 의사의 본분은 환자를 치료하는 것이고 카프카는 문학 창작을 자신의 본래적 사명이라고 생각하기 때문이다. 의사는 아무에게서도 말을 빌릴 수 없는 동네에서 고립된 채 하녀인 로자의 소중함도 모르며 살아왔다. 그런데 짐승 같은 마부가 등장함으로써 로자에 대한 생각이 달라진다. 환자에게 가는 것이 급하다고 생각하면서도 그는 자기 앞에서 하녀를 끌어안고 얼굴을 갖다 대는 파렴치한 마부 때문에 출발을 포기하려고 한다.

이것은 여자 내지는 안락한 시민적 생활과 자신의 예술적 삶을 결합하는 게 불가능하다는 생각을 하고 있으면서도 쉽사리 약혼을 포기하지 못하는 작가의 의식과 동일하다. 약혼자와 결합하는 게 불가능하다고 생각하면서도 쉽사리 포기하지 않듯이, 의사는 끝까지 로자에 대한 걱정을 멈추지 못한다. 작가로서 살아가려면 시민적이고 관능적인 삶을 버려야 하지만 그러기가 어려웠던 카프카와 마찬가지로, 의사는 로자에게 집착하다가 두 영역의 중간 지대에서 영원히 헤매게 되고 마는 것이다. 로자가 마부를 피해 문을 모조리 걸

436

어 잠그고 실내로 숨었음에도, 의사가 환자의 집으로 향하는 순간 마부의 습격으로 문이 산산이 부서지는 소리가 의사의 귀에 들린다. 자신의 본래적인 자아를 찾으러 가는 순간에도 안락하고 에로틱한 결혼 생활이 그의 눈에 자꾸 어른거리는 것이다.

그를 환자의 집으로 데려다 주는 말들은 비지상적인 존재이다. 의사의 말이 죽었다는 것은 그의 문학적 영감이 죽었다는 것으로 볼 수 있는데, 어디에서인가 낯선 예술적 영감이 불쑥 떠올라 그를 본래의 자아와 만나게 해준다. 따라서 환자는 의사와 동일 인물이라고 볼 수 있다. 하녀와 살아온 의사가 사회적 존재로서 외적인 껍데기라면 환자는 본래의 자아이다. 이것은 그가 환자 곁에 누운 뒤 자아 내면의 독백으로 볼 수 있는 환자의 속삭이는 목소리로 또렷하게 묘사되어 있다. 즉, 본래의 자아로 귀환한 뒤에도 자신을 약탈당한 의사로 규정하며 끊임없이 로자를 걱정하는 것은, 순수 자아인 환자에게는 도움이 안 된다는 것이다. 환자와 로자는 서로 상반된 영역을 상징하는 존재들이다. 작가의 사명이라 할 치료 때문에 로자와의 관계가 방해받는다면 순수 자아인 환자는 로자에 대한 의사의 집착 때문에 방해받는다. 환자의 상처가 장밋빛*rosa*이라는 것은 로자Rosa로 대표되는 에로스적 삶이 작가적 존재를 방해한다는 의식이 반영된 것으로 보이기 때문이다.

한편 카프카가 병이 들어 결국 약혼을 포기하듯이 의사는 환자의 병 때문에 로자와 궁극적으로 이별하게 된다. 작가적 삶과 시민적 존재 사이에서 카프카는 시종 괴롭힘을 당하며 생각이 계속 흔들린다. 로자에 대한 걱정은 예술적 영역에서 다시 시민적 삶을 갈망하는 것을 의미한다. 두 영역의 대표자인 의사와 환자는 이처럼 갈등하다가 너무 지쳐 둘 다 죽고 싶어 한다. 또한 의사가 환자의 상처를 치료하는 게 불가능하다는 말은 자신의 작가적 자아에 철두철미하지도 못하다는 말이기도 하다. 시골 의사는 확신을 품은 작가가 될 자신도 없고, 행복하게 결혼 생활을 해나갈 용기도 없다. 두 영역의 틈바구니에서 좌고우면(左顧右眄)한 결과 그는 어느 곳에도 소속하지 못하고 한겨울의 우주 공간을 영원히 떠돌게 된다.

1917년에 완성된 것으로 추정되고 1919년 『시골 의사』에 수록되어 출간된 「학술원에 보내는 보고서」는 E. T. A 호프만Hoffmann의 『개 베르간차의 최근 운명에 관한 보고』와 빌헬름 하우프Wilhelm Hauff의 『젊은 영국인』으로부터 영향을 받은 것으로 알려져 있다. 국내에서 1970년대부터 80년대에 걸쳐 장기 흥행에 성공한 추송웅의 「빨간 피터의 고백」은 바로 이것을 원작으로 한 모노드라마였다.

인간화된 원숭이 빨간 페터는 학술원 회원들에게 원숭이로서의 이전 삶과 자신의 인간화에 대해 보고서를 제출할 것을 부탁받는다. 자기도취로 가득 차 있는 그는 힘겹게 도달한 자신의 신분에 대단한 자부심을 보인다. 다른 작품들과는 달리 여기서는 카프카와 주인공이 동일하지 않은 것으로 보인다. 우선 원숭이 빨간 페터는 아직 교양도 제대로 갖추지 못한 상태이고, 벼락출세를 해서 지나치게 인간 세계에 적응을 한 시각으로 자신의 체험을 말하기 때문에 신뢰가 잘 가지 않는다. 요컨대 그는 자기기만에 사로잡혀 있다. 그는 자기 과거를 회고하면서 동물 상태로 있을 때의 자유를 과대평가하는데, 사실 그는 사냥꾼들에게 붙잡혀 배에 실린 시점까지만 기억할 수 있다.

현재 페터는 무대에서 쇼를 공연하고 있지만, 이것 역시 진정 자유로운 상태라 할 수 없다. 우리 속에 고통스럽게 갇혀 있다가 어쩔 수 없이 〈출구〉로 강요된 상태가 이것이기 때문이다. 그가 붙잡혀 실려 온 배는 그에게 생애 처음으로 〈출구 없는〉 상황을 안겨 주었고, 그는 〈출구 없이〉는 살아갈 수 없기 때문에 더 이상 원숭이로 남기를 포기한 것이다. 따라서 이 〈출구〉라는 것은 자기실현의 길이 아니라 강요된 적응이라는 성격을 갖는다. 그는 원숭이가 아니지만 진정한 인간도 아니다. 이는 낮과 밤이 다른 그의 이중생활에서 가장 뚜렷하게 드러난다. 낮에는 쇼 무대에서 공연을 하지만 밤에는 침팬지와 동침하며 동물의 본성을 유지하기 때문이다. 침 뱉기라든가 악수, 브랜디 마시기 등과 같은 인간적인 관습들은 그가 인간 세계의 일원임을 말해 주는 것이 아니라, 피상적으로 인간화한 것에 불과하다는 사실을 보여 줄 뿐이다.

1922년 봄에 완성된 「단식 광대」는 1922년 10월 『노이에 룬트샤우』지에 실렸다가, 카프카가 죽은 지 8일 후인 1924년 6월 11일 다른 세 개의 단편과 함께 책으로 출판되었다. 이것은 관중에게 자신의 뛰어난 단식법을 보여 주는 광대에 관한 이야기이다. 공연 매니저는 그에게 40일까지만 단식하라고 허락하지만, 그는 그 이상 단식하다가 대중의 외면을 당해 쓸쓸하게 죽고 만다. 광야에서 40일간 단식한 예수보다 더 오래 단식하려는 그의 오만함에는 신을 모독하는 요소가 담겨 있다고 할 수 있다.

단식 광대에 대한 관중들의 관심은 날로 커져 밤에도 구경꾼들이 몰려든다. 40일 후 공연 매니저는 단식 광대에게 다시 음식을 조금 먹을 것을 설득한다. 그리고 관중들과 함께 단식이 성공적으로 수행되는 것을 축하하는 작은 축제를 벌인다. 그러나 몇 년 후 상황이 급변하게 된다. 단식 광대에 대한 관중의 흥미가 점점 줄어드는 바람에 거의 공연하지 못하다가, 결국 그는 어느 곡마단에 취직을 하게 되고 여기서 동물 우리 옆에 우리를 하나 배정받는다. 얼마 후 관리인은 이 광대의 존재를 까마득히 잊고 만다. 그리하여 그의 단식 일수를 기록할 사람이 아무도 없어지자 그는 완전히 탈진할 때까지 단식을 계속한다. 죽기 직전에 그는 자신의 입맛에 맞는 음식을 발견할 수 없었다며 자신이 광적으로 단식한 이유를 털어놓는다. 즉, 그가 죽고 난 후 그의 빈 우리에는 젊고 팔팔한 표범이 들어온다.

단식 광대는 구도적인 예술가의 상징으로 보인다. 관중에게는 단식법이 힘들게 얻어지는 능력으로 보이지만 예술가에게는 그것이 자신의 본질과 일치하는 욕구이자 충동이다. 단식 광대에게는 세상에서 가장 쉬운 일인 단식이 스스로를 치료하는 성격을 지니고 있다. 다른 사람들에게는 그것이 엄격한 금욕이지만 그에게는 자연스러운 행위이자 예술적 삶에 대한 자기 확인인 것이다. 카프카가 자신이 문학 창작에 늘 회의를 느꼈고, 외부 사회와의 소통이 이루어지지 않는 내면세계의 문학을 고집한 것처럼 광대의 단식도 동일한 특성을 보여 준다.

처음에는 관중이 많이 몰려들어 예술가의 내면세계가 사회와 소통을 이루는 것처럼 보이지만, 그것은 늘 재미만을 찾는 대중의 일시적인 변덕에 지나지 않는다. 그들의 관심이 점점 줄어들면서 그는 할 수 없이 나중에 대형 곡마단으로 옮겨 가고, 거기서도 관객들이 동물들한테만 흥미를 보이자, 결국 그는 대중의 무관심 속에 죽어 가는 것이다. 하지만 처음부터 그가 사회와 진정한 소통을 했다고는 볼 수 없다. 그가 스스로 좋아서 한다는 단식의 이유를 관중은커녕 공연 매니저 자신도 이해하지 못하기 때문이다.

단식 광대 자신이 스스로 만족을 찾아 선택한 행위를 이해할 수 있는 사람은 그 자신 외에는 아무도 없다. 주인공이 단식하는 이유는 입맛에 맞는 음식을 발견할 수 없기 때문이다. 삶에 필수적인 음식을 발견할 수 없다는 것은 삶을 지탱해 갈 길을 발견하지 못했다는 말과 다름없다. 작가가 처한 환경에 눈을 돌려 보면, 이는 자신의 문학적 삶이 외부 세계에서 살아가는 것과 양립될 수 없다는 카프카의 자기 인식과 유사하다. 마지막에 광대의 우리에 들어가는 젊은 표범은 단식 광대와 완전히 정반대되는 모습이다.

그렇다고 정상적이고 활기찬 삶과 단식 광대의 예술 지향적인 삶 중에 어느 쪽이 옳은지 최종적으로 판정을 내릴 수는 없다. 일반 관중들은 다른 한편으로 자기만족만 추구하는 비정한 집단으로 천박하게 묘사되어 있기 때문이다. 카프카는 예술과 시민적 삶 사이에서 분명한 결정을 내리지 않고 있는 셈이다. 다만 언어 기능을 상실한 「변신」의 그레고르처럼 외부 환경과 전혀 소통되지 못하는 공간 속에서 자신의 예술에 대한 유일한 관객으로 존재하는 단식 광대는 소외된 개인의 숙명적인 모습을 보여 준다고 할 수 있고, 사회와 소통이 단절된 개인의 실존은 출구가 없는 모습으로 암시된다고 할 수 있다.

카프카의 마지막 작품인 「여가수 요제피네, 또는 쥐들의 종족」은 1924년 3월에 완성돼 그해 6월 『단식 광대』에 수록되어 출판되었다. 이 작품을 쓴 후 카프카는 병이 점점 악화되어 글을 쓸 수 없게 되었다. 이 작품의 모티프는 체코의 뵈멘 지방의 민간 설화에 쥐들 종족이 노래에 매혹당한다는 이야기에서 유래하고 있다. 카프카의 문학에서 일반적으로 음악은 자유로운 비상(飛翔), 영혼의 양식에 대한 갈망으로 이해된다.

이 작품은 여가수로 활동하는 쥐 요제피네와 쥐들의 종족에 관한 이야기이다. 사실 그녀가 찍찍거리는 소리는 보통 쥐들이 아무 생각 없이 그냥 찍찍거리는 소리와 다를 것도 없지만, 요제피네의 노래는 쥐들의 종족을 지배하는 묘한 힘을 가지고 있다. 그녀의 노래에 매혹당하지 않는 자가 없는데, 쥐들의 종족이 원래 음악을 좋아하지 않기 때문에 이 점은 더욱 높이 평가된다. 그녀의 목소리를 듣고 쥐들 종족은 자기 자신을 깨닫고 확인하며 소속감을 느끼는 것이다.

그것은 또한 흘러간 어린 시절에 대한 향수이자, 행복했던 지난 세월에 대한 그리운 추억이기도 하다. 요제피네의 소망은 그녀의 예술이 공공연하게 인정받고, 지금까지의 어떤 인물들보다 높은 칭찬을 받아 시대를 초월해 오랫동안 명성을 유지하는 것이다. 그녀의 자부심에는 허영심과 예술가의 오만이 들어 있지만, 쥐들도 종족의 대표자로 그녀를 사랑하고 그녀의 자긍심을 감수한다. 그런데 요제피네는 자신에게 노래 기술이 있다는 핑계로 일을 면제해 달라고 요구하나, 쥐들 종족은 이를 거부한다. 그러자 쥐들 종족의 인기를 한 몸에 받은 요제피네가 어느 날 실종되었다는 소문이 퍼지며 드디어 그녀는 종적을 감춰 버린다. 이리하여 그녀는 쥐들의 종족, 즉 유대 민족의 역사에 길이 남을 일화의 한 토막이 된다.

이 작품은 「단식 광대」처럼 예술가 개인과 관중의 관계를 다루고 있다. 이런 점에서 이것은 자신의 작품의 예술성에 대한 카프카 자신의 성찰이기도 하다. 언뜻 보기에 우스꽝스럽고 불쾌한 여가수와 카프카 사이에 아무 관계가 없어 보이지만 실은 뚜렷한 연관성이 드러나고 있다. 이를테면 예술에 전념하기 위해 그 밖의 일을 면제받으려는 여가수의 소망은 카프카의 삶에서도 커다란 문제였다. 하지만 이 이야기는 여가수의 시각이 아니라 쥐들의 종족, 즉 청중의 시각에서 전개된다. 힘들게 살아가는 종족 사람들과는 달리 여가수는 현실과 거리가 먼 프리마돈나 상으로 나타난다.

다른 한편 요제피네는 쥐들 종족을 위해 아주 중요한 기능을 지니고 있다. 다들 침묵을 지키는 가운데 홀로 높이 울려 퍼지는 요제피네의 찍찍거리는 가냘픈 소리는 적대적인 세계가 소용돌이를 겪는 가운데 쥐들 종족이 처해 있는 가련한 삶의 모습이다. 요제피네의 노래는 자신의 의도와는 무관하게 종족을 지켜 주고 안식을 얻게 해주는데, 이는 위험에 처한 쥐들 종족, 즉 유대인에게 대단히 필요한 일이다. 카프카는 자신의 예술 작품이 독자에게 영향을 끼칠 거라고 별로 기대하지 않았을지도 모르지만, 이런 점에서 예술 창작은 대단히 긍정적인 역할을 한다고 할 수 있다. 카프카는 이 작품에서 정상적인 사람과 처지가 다른 자신의 예술가로서의 삶을 아이러니컬하게 바라본다. 그리고 카프카는 자신이 죽은 후 요제피네처럼 대중에게 잊힐 것으로 보았지만 그가 죽은 지 80년이 지난 오늘날에도 전 세계에서 카프카에 대한 관심이 사그라지지 않는 상황으로 볼 때 그의 생각은 잘못된 것으로 드러났다.

홍성광

프란츠 카프카 연보

1883년 출생 7월 3일 오스트리아 – 헝가리 제국의 속국으로 있던 체코 프라하의 알트슈타트에서 자수성가한 유대인 상인 아버지 헤르만 카프카Hermann Kafka와 부유한 가문 출신의 어머니 율리Julie(친정 성은 뢰비Löwy) 사이에서 6남매 중 장남으로 태어남. 집안에서는 독일어 사용. 엘리Elli, 발리Valli, 오틀라Ottla라는 세 여동생을 둠.

1889년 6세 초등학교에 입학할 때까지 부모의 사업 관계로 여러 차례 이사를 다님. 독일계 학교인 플라이슈마르크트 초등학교 입학.

1893년 10세 1901년까지 프라하 알트슈타트에 있는 독일계 왕립 김나지움에 다님.

1897년 14세 친구 루돌프 일로비Rudolf Illowý와 교류하며 사회주의에 관심을 둠.

1898년 15세 시온주의자 후고 베르크만Hugo Bergmann, 에발트 펠릭스 프르지브람Ewald Felix Přibram 그리고 특히 오스카 폴라크Oskar Pollak와 교류. 페르디난트 아베나리우스가 발행하던 잡지 『예술지기Kunstwart』를 구독. 다윈과 헤겔을 읽음. 문학 작품을 습작함.

1900년 17세 여름 방학을 체코 동부 모라지방 트리시(시골 의사였던 외삼촌 지크프리트 뢰비 아저씨 댁)와 부모의 피서지인 로츠토크에서 보냄. 니체를 읽음.

1901년 [18세] 고등학교 졸업 시험 통과. 가을에 프라하의 카를페르디난트 대학에 입학. 첫 2주는 화학을 듣고 그 뒤엔 법학 과목을 수강. 예술사 강의도 함께 수강.

1902년 [19세] 여름 학기 동안 독문학 공부. 프라하 근교의 시골 리보흐와 트리시에서 방학을 보냄. 뮌헨으로 여행하며 독문학을 계속 공부할 계획을 함. 겨울 학기엔 프라하 카를페르디난트 대학에서 법학 공부를 계속함. 10월 평생 친구가 된 막스 브로트Max Brod를 처음 알게 됨. 헤르만 헤세, 플로베르의 작품을 탐닉. 토마스 만의 「토니오 크뢰거」에 감동을 받음.

1903년 [20세] 독일 드레스텐 근교의 요양소 〈백록원Weißer Hirsch〉에서 요양 휴가. 11월엔 뮌헨에 체류.

1904년 [21세] 「어느 투쟁의 기록Beschreibung eines Kampfes」 집필 시작.

1905년 [22세] 여름, 추크만텔의 슈바인부르크 요양원에 체류. 첫사랑을 함. 겨울에는 오스카 바움Oskar Baum, 막스 브로트, 펠릭스 벨치 Felix Weltsch 등 유대계 문인들과 정기적 회합을 가짐.

1906년 [23세] 7월 프라하 대학 법학 박사 학위 취득. 가을, 프라하 민사 법원과 형사 법원에서 1년간 법관 시보 수업.

1907년 [24세] 10월 첫 직장인 〈아시쿠라치오니 제네랄리〉 보험 회사 입사(임시직). 「시골에서의 결혼식 준비Hochzeitsvorbereitungen auf dem Land」 집필 시작.

1908년 [25세] 7월 노동자 재해 보험국으로 직장을 옮기다. 프란츠 블라이가 발행하는 잡지 『휘페리온Hyperion』에 〈관찰Betrachtung〉이라는 제목으로 8편의 산문을 처음으로 발표. 프라하의 〈노동자 재해 보험 공사〉에 정식으로 취직. 막스 브로트와 더욱 사이가 긴밀해짐. 프라하 근교로 자주 소풍을 감.

1909년 26세 막스 브로트 형제와 이탈리아 가르다 호숫가의 리바에서 휴가를 보냄. 일기를 쓰기 시작.

1910년 27세 사회주의 청년 서클 플라디히 클럽에 가입. 막스 브로트 형제와 파리 여행. 12월에 일주일간 베를린 체류.

1911년 28세 라이헨베르크, 프리트란트 등지로 수많은 출장. 유대인 배우 이차크 뢰비Jizchak Löwy와 교류.

1912년 29세 『실종자Der Verschollene』(일명 『아메리카』)의 초고 집필. 첫 번째 책인 『관찰』을 8월에 정리하여 12월에 펴냄. 「시골길의 아이들 Kinder auf der Landstraße」, 「산으로의 소풍Der Ausflug ins Gebirge」, 「집으로 가는 길Der Nachhauseweg」, 「승객Der Fahrgast」, 「거절Die Abweisung」, 「골목길로 난 창Das Gassenfenster」, 「인디언이 되려는 소망 Wunsch, Indianer zu werden」, 「나무들Bäume」, 「불행함Unglücklichsein」 등의 소품 17개가 실림. 여름에 막스 브로트와 바이마르를 여행. 8월, 막스 브로트의 소개로 베를린 출신의 펠리체 바우어Felice Bauer와 만난 이후 서신 교환을 시작. 9월 22일 밤 약 여덟 시간만에 「선고Das Urteil」 완성. 10월, 그가 증오하는 석면 공장의 감독직을 시키려는 가족에 맞서 자살을 생각함. 9월부터 1913년 1월까지 「아메리카Amerika」 앞부분 일곱 장을 집필. 11~12월 『변신Die Verwandlung』을 완성. 12월 프라하에서 「선고」로 첫 번째 공개 낭독회를 갖음. 『실종자』의 두 번째 원고 집필.

1913년 30세 베를린에 있는 펠리체 바우어를 세 번 방문. 『실종자』의 첫 장에 해당하는 「화부」 출간. 펠리체의 친구 그레테 블로흐와 교류. 키르케고르를 읽음.

1914년 31세 베를린으로 펠리체 바우어를 두 번 방문. 펠리체가 프라하로 옴. 6월 1일 베를린에서 펠리체 바우어와 정식으로 약혼. 7월 약혼을 파기. 『소송Der Proceß』을 집필하기 시작. 10월 「유형지에서In der Strafkolonie」 집필. 『아메리카』 마지막 장 완성.

1915년 32세 1월 펠리체와의 첫 번째 재회. 『소송』 집필 중단. 4월, 여동생 엘리와 헝가리 여행. 『변신』 출간(쿠르트 볼프 출판사).

1916년 ^{33세} 7월 펠리체 바우어와 온천 마리엔바트에 감. 「선고」 발표. 뮌헨에서 두 번째 공개 낭독회를 갖고 「유형지에서」와 「시골 의사」를 낭독함.

1917년 ^{34세} 3월 히브리어 공부를 시작. 7월 펠리체와 두 번째 약혼. 8월 각혈. 9월에 폐결핵 진단을 받음. 「일상의 당혹Eine alltägliche Verwirrung」, 「산초 판자에 관한 진실Die Wahrheit über Sancho Pansa」, 「사이렌의 침묵Das Schweigen der Sirenen」, 「프로메테우스Prometheus」 등을 집필. 12월, 펠리체와 두 번째 파혼. 「학술원에 보내는 보고서Ein Bericht für eine Akademie」 발표.

1918년 ^{35세} 5월 프라하로 돌아와 직장 생활을 함. 11월부터 셸레젠에서 지냈는데 그곳에서 여관집 딸 율리에 보리체크Julie Wohryzek를 만남.

1919년 ^{36세} 셸레젠 체류. 율리에 보리체크와 지냄. 4월부터 다시 프라하 체류. 5월 율리에 보리체크와 약혼. 쿠르트 볼프 출판사에서 「유형지에서」 출간. 11월 다시 셸레젠에 요양차 체류. 『아버지에게 드리는 편지Briefe an den Vater』 집필. 12월부터 프라하 체류.

1920년 ^{37세} 회사에서 승진. 체코 출신의 여기자로 카프카의 작품을 체코어로 번역한 밀레나 예젠스카Milena Jesenská와 서신 교환. 많은 단편 「포세이돈Poseidon」, 「밤에Nachts」, 「시의 문장Das Stadtwappen」, 「법의 물음에 대하여Zur Frage der Gesetze」 등을 집필. 아버지의 반대로 율리에 보리체크와 파혼. 쿠르트 볼프 출판사에서 단편집 『시골 의사 Ein Landarzt』 출간. 12월부터 마틀리아리 요양원 체류.

1921년 ^{38세} 마틀리아리 요양원에서 의사 로베르트 클롭슈토크와 교류. 가을에 다시 프라하로 돌아감. 10월, 지난 10년간(1910~1920) 작성한 일기를 모두 밀레나에게 넘김.

1922년 ^{39세} 1월 『성Das Schloß』을 집필하기 시작. 「단식 광대Ein Hungerkünstler」, 「어느 개의 연구Forschungen eines Hundes」. 노동자 재해 보험 공사 퇴직.

448

1923년 ^{40세} 다시 히브리학 공부 시작. 팔레스타인으로 이주할 계획을 세움. 발트 해 뮈리츠에서 열다섯 살 연하의 청순한 처녀 도라 디아만트Dora Diamant를 만남. 9월부터 베를린에서 유대계 처녀 도라와 처음이자 마지막인 짧은 동거를 함. 「굴Der Bau」, 「작은 여인Eine kleine Frau」 집필.

1924년 ^{41세} 3월 다시 프라하로 돌아옴. 마지막 작품 「여가수 요제피네, 또는 쥐들의 종족Josefine, die Sängerin oder Das Volk der Mäuse」를 집필. 도라 디아만트, 로베르트 클롭슈토크와 함께 빈 북쪽 키얼링 시의 호프만 요양원에 체류하다가 6월 3일 마흔 살의 나이로 사망. 6월 11일 프라하의 신유대인공동묘지에 묻힘. 여름에 「단식 광대」 출간.

열린책들 세계문학 010 변신

옮긴이 홍성광 1959년 삼척에서 태어나 서울대학교 독어독문학과를 졸업하고 동 대학원에서 문학 박사 학위를 받았다. 논문으로는 「토마스 만의 소설 『마의 산』의 형이상학적 성격」, 「하이네 시의 이로니 연구」, 「토마스 만과 하이네 비교 연구」, 「토마스 만의 괴테 수용」, 「토마스 만과 김승옥 비교 연구」 등이 있고, 옮긴 책으로는 토마스 만의 『부덴브로크 가의 사람들』, 『베네치아에서의 죽음』, 페터 한트케의 『어느 작가의 오후』, 헤르만 헤세의 『싯다르타』, 미하엘 엔데의 『마법의 술』, 하이네의 『독일. 겨울 동화』, 프리더 라욱스만의 『철학의 정원』, 에리히 마리아 레마르크의 『서부 전선 이상 없다』, 프리드리히 니체의 『짜라투스트라는 이렇게 말했다』 등이 있다. 현재 전문 번역가로 활동 중이다.

지은이 프란츠 카프카 **옮긴이** 홍성광 **발행인** 홍예빈
발행처 주식회사 열린책들 **주소** 경기도 파주시 문발로 253 파주출판도시
전화 031-955-4000 팩스 031-955-4004
홈페이지 www.openbooks.co.kr 이메일 literature@openbooks.co.kr
Copyright (C) 주식회사 열린책들, 2007, 2009, *Printed in Korea.*
ISBN 978-89-329-0924-0 04850 **ISBN** 978-89-329-1499-2 (세트)
발행일 2007년 7월 31일 초판 1쇄 2008년 6월 10일 초판 2쇄 2009년 11월 10일 세계문학판 1쇄 2025년 4월 15일 세계문학판 19쇄

이 도서의 국립중앙도서관 출판예정도서목록(CIP)은 서지정보유통지원시스템 홈페이지(http://seoji.nl.go.kr)와 국가자료공동목록시스템(http://www.nl.go.kr/kolisnet)에서 이용하실 수 있습니다.(CIP제어번호:CIP2009003163)

열린책들 세계문학
Open Books World Literature